本译著出版受中央高校基本科研业务费专项资金资助
Supported by the Fundamental Research Funds for the Central Universities
项目编号：2072019016

U0829056

喜剧性和悲剧性

思考戏剧及其历史

［比］米歇尔·梅耶　著
沈　澍　译

上海交通大學出版社
SHANGHAI JIAO TONG UNIVERSITY PRESS

内容提要

米歇尔·梅耶是比利时布鲁塞尔自由大学哲学和修辞学教授，问题学哲学的奠基人。在这部问题学文艺理论的重要文献中，梅耶从问题学的角度对戏剧这一体裁进行了重新定义，回溯了戏剧的起源，重新界定了各种文类的典型特征并梳理了自古希腊直至当代的西方戏剧史。梅耶用差异的历史性对西方戏剧演进史进行的精到解读，对丰富国内西方文艺理论和戏剧史研究具有重要意义。

图书在版编目(CIP)数据

喜剧性和悲剧性：思考戏剧及其历史 / (比) 米歇尔·梅耶(Michel MEYER)著；沈澍译. —上海：上海交通大学出版社，2023.12
ISBN 978-7-313-27555-4

Ⅰ. ①喜… Ⅱ. ①米… ②沈… Ⅲ. ①文学评论－西方国家 Ⅳ. ①I106

中国国家版本馆 CIP 数据核字(2023)第 030577 号

喜剧性和悲剧性：思考戏剧及其历史

XIJUXING HE BEIJUXING :SIKAO XIJU JI QI LISHI

著　　者：[比] 米歇尔·梅耶
译　　者：沈　澍
出版发行：上海交通大学出版社　　地　　址：上海市番禺路 951 号
邮政编码：200030　　电　　话：021-64071208
印　　刷：广东虎彩云印刷有限公司　　经　　销：全国新华书店
开　　本：710mm × 1000mm　1/16　　印　　张：23.5
字　　数：313 千字
版　　次：2023 年 12 月第 1 版　　印　　次：2023 年 12 月第 1 次印刷
书　　号：ISBN 978-7-313-27555-4
定　　价：98.00 元

版权所有　侵权必究
告读者：如发现本书有印装质量问题请与印刷厂质量科联系
联系电话：0763-85252189

前　言

作为西方主要的文学形式之一，戏剧诞生于距今两千多年前的古希腊，并一直都是人与城邦遭遇的突出场域。它通过表演将各种跌入失度行为陷阱、被其置于群体边缘的人们呈现出来。罪恶与乱伦、强奸与暴政最终都以悲剧告终。城邦因此重获平静和其先前的同一性。除了悲剧之外，与之相对应的还有喜剧这一不可或缺的戏剧体裁。因为在悲剧英雄的消失令人们感到宽慰的同时，笑也打消了人们的疑虑。悲剧和喜剧因此相互补充并在失度与不足之间保持某种合理的距离。诚然，这种距离是理想化的。喜剧展示的是与我们相似的，或许更为天真的人，并在我们与那些也许是最令人担心的人们之间建立起某种距离。正确与非正确差异之间的平衡一直都是不稳定的、脆弱的。它们的轮廓因为大写历史（Histoire）对各种社会的冲击和在其中制造的混淆而变得越发不确定。如果悲剧英雄认为自己无所不能的话，那么喜剧人物则没有意识到时间和情境已经发生了变化。前者想要骑在大写历史的马背上，后者则还未意识到大写历史已经使一切都发生了改变。悲剧与喜剧被用来使人明白当人们被困惑和某种迅速增加而人们却无力从种种貌似已经被完美确立的回答中分离出来的问题性所折磨的时候所发生的事情。对于悲剧英雄来说，这些回答不是别的，只是种种他们擅自使用的一些字面忠实性（littéralité），即由他们自己的见解所填充的隐喻。而对喜剧人物来说，恰恰相反：即便差异已经渗透进种种旧回答与旧同一性的中心，一切都还如从前一般仍然忠实于字面意义。悲剧反馈到某种隐喻性的失度之上，而喜剧则身在忠实义的王国（l'empire du littéral）之中。并且喜剧人物由于一再从忠实义的根基去理解一切，最终沦为了笑柄。

但是悲剧所做的并不仅仅是强行占有各种历史性的差异，它还体现出各种价值的隐喻性变化，这使悲剧英雄能够用他们的欲望填补字面忠实性之中逐渐失去的任何实质所留下的空白。于是，他们就将自身的欠缺紧紧地包覆在大写历史所创造的不足之上。他们能够重新阐释、重新定义任何东西，而迷失的群体则被托付给那些被认为服务于它，其实却只会背叛它的人。喜剧人物面对这种隐喻性则仍然保持着陌生的态度。喜剧让我们看到一些特别的人，他们与周围的人以及观众存在着一定的距离；观众之所以嘲笑他们是因为这些人对于某种回答表现得迟钝，甚至不曾对它产生怀疑。比如情人躲在壁橱里，而只有丈夫对此一无所知。

无论是悲是喜，戏剧都是那些见证大写历史加速运行、各种标记变得模糊的时代所产生的结果。戏剧使人安心并提醒人们注意，它通过笑制造距离并通过惩罚平息焦虑。因此，解构各种失度行为同疏远那些今后有可能伤害到我们自身的吝啬或不忠具有相同的功能。由此，无论观众的身份是公民、吝啬鬼、被欺骗的人还是爱慕虚荣者，都能够认识自己而不直接感觉到被质疑。

尽管喜剧性和悲剧性方面的著述已经汗牛充栋，但人们却远未在所有这些分析中找到某种严密的、建立在某种理性之上的、阐明戏剧发展历程的视角。我们的目的在于面对这一挑战，而不陷入简单罗列或百科全书式的卖弄学问之中。这就表明我们从未尝试谈论所有作者和所有作品。一些重要的剧作家，例如克洛岱尔（Claudel）、叶芝（Yeats）、蒙泰朗（Montherlant）、达里奥·福（Dario Fó）、萧伯纳（Bernard Shaw）、霍普特曼（Hauptmann）、杜拉斯（Duras）或奥尼尔（O'Neill）往往只被一笔带过。尽管这些人在戏剧史上曾经占据过，并且对于某些人来说仍旧占据着某种重要地位，但他们并没有像哥尔多尼（Goldoni）、莫里哀（Molière）、莎士比亚（Shakespeare）或易卜生（Ibsen）那样对戏剧史进行革新。在我们看来，更重要的是观察戏剧是怎样在经历自身的一些重大时刻后演进的，什么才是那些曾经的根本性的转折。尽管在这一点上我们的讨论贡献微薄，但在为充当阅读框架的观点进行辩护方面，它也许并不逊色。这种观点是在被我们称为问题学的新思考形式中找到的，其核心概念是叩问。当代戏剧如同谜语一般的说法屡见不鲜，但在这之前的戏剧又是什么样的呢？事实上，在古希腊或自文艺复兴时期起的西方，加速运行的大写历史见证了那些旧的回答与自那时起开始产生问题的古老回答之间的较量和混淆。戏剧的存在是为了揭示，使人们看到当问题性与回答的混淆引起各种制造幻觉与盲目，或使人具有欺骗他人的能力的激情时所产生的后果。于是，喜剧性和悲剧性共存并以将这些无差异化的时刻搬上舞台并引起人们的警惕为目标。一些人，例如堂吉诃德，没有看到世界已经发生了变化，言语也不再和原来相同，正义与真相、爱情和忠诚不再具有同样的含义。正是这些使他们变得可笑。所有一切最终都顺利解决，而他们最终与观众处于同一水平，并在某种程度上成为与观众同时代的人。但是，在这种由人们误解需要提供的回答和需要避免的回答所产生的真空中，某些人投身于冒险并迷失其中，有时如俄狄浦斯一般并未在当时意识到这一点。如果群体的主要差异，例如生死，对长辈、孩子 [如伊菲革涅亚（Iphigenia）]、配偶 [如阿尔克斯提斯（Alcestis）] 的尊敬等已经被破坏，这就会酿成悲剧。如果群体将这些差异合法化并认为它们神圣不可触犯的话，就会使它们独立于其他一切差异，因为它们显然与群体的集体同一性背道而驰；并且由于这些差异获得了例外身份，群体就会变得更加尊重这些差异，神圣性的角色也就应运而生。

为了抓住由此在戏剧中发挥作用的关键，哲学或更确切地说有关叩问与问题的理论扮演着至关重要的角色。人们经常忘记哲学思维属于某种彻底的叩问，因此思考叩问并随后向它提问是一种基本的行为。从现在起，当一切都表现出问题性并且回答本身似乎在我们脚下消失的时候，我们该如何是好？在这样一种境遇下，为了简化各种利害关系和将其撕裂的各种问题，社会做出回答，并将未区分应当区分之物和混淆问题性与非问题性所付出的代价搬上舞台，在悲剧中通过激情、在喜剧中通过幼稚呈现出来。这样，借助于种种具体的情境、各种被大写历史变得有利的混淆和无差异化，人们能够更好地被再次表达。人们并不总是有进行哲学思考的欲望，于是就选择用视觉来呈现。而对于观众来说，在没有这种呈现方式的情况下，他们并不总会通过拒而远之的手段来接受那些自己也许并未准备好承受的东西。

除此之外，戏剧还给人们带来快乐。这如何成为可能？悲剧性也逃不出这一规则，因此有关审美享受的问题便有待澄清。另外，为什么要将喜剧性与悲剧性分离呢？这究竟回答了什么？笑和激情因此成为问题。我们的第一部分就是要致力于解决所有这些问题。但在第二部分，则必须要弄清楚戏剧随着时间的推移是如何承担它的任务的。这便是透过各种故事和各种戏剧体裁所呈现出的大写历史。同样被揭示的还有在人类与社会中心不断加深的、与道德和价值的问题性紧密相连的潜在的理性精神。戏剧是人类和社会的镜子，它暴露出所有人都会提出的各种问题。这一点在媒体世界中更加明显，专家和目击者充斥在电视屏幕之上，给出充当解决办法的答案。今天所有人都可以做出回答，但是他们所制造出的问题也无人能及。戏剧从未忘记这一点，这正是使其变得无可替代的原因。

目　　录

第一部分

再现的美学

第一章　悲剧与喜剧的诞生

戏剧的起源

戏剧随着差异被搬上舞台而诞生。群体的同一性排斥差异，我们甚至可以从本质上或从定义上补充说任何人类群体都排斥差异。但是同时，因为缺少了差异，这种同一性既无法想象又无法实现。为了进行自我界定，也为了定义其同一性的边界，一个群体应该拥有某个超越它、笼罩它、象征它，并在某种情况下凝聚这种同一性的人。这就是国王和普遍意义上任何权力的作用。他将群体中的每个成员所投射和承认的东西统一起来。从这个意义上讲，即便他不是唯一的，至少也与其他所有人都有所不同。在大家眼中，他体现了集体可见的同一性。因此，为了获得同一性，就需要某种差异。这就是在任何人类群体中的同一性所具有的最基本定律。我们无法仅凭其成员单独的同一性来设想各种群体与社会，因为这种同一性的前提是某人走出群体以便表达它，并由此使作为同质实体之群体的存在合法化。人们很容易料到这就是对宗教起源的解释，即对同一个群体自我承认、自我认同的超验关系的解释。内聚力、同一性如同每个人的身份一样从属于这种标志性的差异，它确保每个个体在整体中能够认识自身，因此这意味着的不是别的，而是每个人从政治上来说与其他人都是平等的。这种对群体、对共同体的认同就使涂尔干[1]做出宗教是集体意识最明显的表达，或更确切地说集体意识最初具有宗教性的判断。

因此，差异作为既外在于又内在于社会的东西，呈现在各个社会的中心。但是，人们直到现在还没有很好地认识到的一点是，即便差异是对社会的表达，却也在破坏着群体的同一性。从群体中走出去建立群体的同一性，去阐释它、重塑它、实现它的人必然与群体的同一性相矛盾，因为他使自己有别于群体。由于他做了任何其他人都没有做的事，他变成了任何其他人都无法成为的人，即与众不同的人。并且因为他破坏了他所代表的社会的律条，那么与众不同的人就必须消失和死亡，以便让同一性秩序重新掌权。一开始，差异只为了被牺牲而存在，这就是人类或者至少是社会性的所有悖论。这还解释了对于今天的我们来说比较奇怪的一个现象，即在所谓的“原始”社会中在季节变化时用国王献祭的行为；另外，最好将这些社会界定为反历史（anhistorique）的社会。詹姆斯·弗雷泽[2]的著作金枝：巫术与宗教之研究（*Le Rameau d' or*）是第一部对这种国王献祭现象感兴趣的作品。鉴于我们的社会对权力持有的尊敬态度，这种现象成为最令人瞠目结舌的现象之一。如果国王必须被牺牲的话，那是因为他体现了差异；而没有差异就没有丝毫的社会同一性可言，即便国王是群体的代表。但是他却因为自身的存在而与这种同一性背道而驰；由于这个原因，他必须接受牺牲，以便使部落的同一性得到维护。献祭通常发生在自然的力量显示出万象更新场景的春天。这种希望看到强者被击倒的愿望在我们的社会中还残存着一些痕迹：人们很享受不走运的强者们出现在新闻报道的丑闻中，也乐于看到司法诉讼导致强者们失去他们的权力。这种窥探癖与过去的献祭仪式十分相似，群体在差异

① 埃米尔·涂尔干（Émile Durkheim，1858—1917），法国犹太裔社会学家、人类学家，法国首位社会学教授，《社会学年鉴》创刊人，主要著作有《自杀论》《社会分工论》等。——译者

② 詹姆斯·乔治·弗雷泽（James George Frazer，1854—1941），英国社会人类学家，神话学和比较宗教学的先驱，主要著作有《金枝：巫术与宗教之研究》等。——译者

被消除的过程中取得一致，以便更加坚信：事实上，并不存在可能的、在远期不付出代价的差异。

人们很容易料到为了不遭受这种命运，权力最终会做出反应。为了这个目的，它需要找到某种替代物并使其合法化。但是选择哪种牺牲品替它去死呢？如果有俘虏的话，牺牲品便是他们，但更多的是那些被认为象征着王权的动物们。比如在埃及人那里，牺牲品是神圣的隼；在其他社会中，则是公山羊或小羊羔，并由此产生了应当确切地从字面意义上理解的替罪羊（bouc émissaire）的称谓。如同以前的国王那样，神圣的动物代替国王被牺牲掉。也许这就是纯洁与不纯洁对立的源头，所有社会都通过它们的禁忌来区分二者。弗雷泽是第一个将“禁忌”这一概念从澳大利亚部落那里借用过来并使用它的人。国王是神圣的、不可触碰的，任何与他的接触都传递出某种需要涤除的污染。因此，国王是被排除在外的，这就导致神圣性既是尊敬又是恐惧的来源。如果他想要永存不朽的话，就必须找到某个牺牲品以便为他的差异付出代价。这也许就解释了为什么在今天，人们仍然能体会到那种为了赋予自己某种只有在集体中才能感受到的同一性，而去憎恨那些与众不同的人的需求。

于是献祭成为一场目睹差异消失的节日。这意味着某些稳定社会中的同一性，或者说反历史性（anhistoricité）相对来说更加强烈。否则，差异就不可缩减：大写历史自身的前进，将现在的事物变得与过去的事物截然不同。诚然，在所谓的反历史性社会中，尽管有对差异的牺牲，但是神圣性仍然具有很强的生命力，因为它被引入到了世俗社会当中。在那里，神明通过仪式在事物的秩序上发挥作用，这一点符合人们对神明的期待。于是必须重新创造某种牺牲，因为仪式破坏了差异，但是同样也接受了差异，这就迫使人们要在适当的时间牺牲新的国王，以此类推。

国王成功地找到另外一个人并让人们接受这个人替他去死这一事实意

味着象征性思想的诞生。因为这种替代性建立在牺牲品代表国王这一事实基础之上。这是人类思想所实现的一个重大进步，因为如果没有象征主义的话，也就没有科学和普遍意义上的抽象。人们杀死国王的代理人，就是说它仅仅是国王的代表而非国王本人。以象征性手段来把握事物的思想便应运而生；它是语言的固有特性，即便一开始各种名词曾被认为是万事万物中的一部分；人们曾经相信他们能够通过命名的方式直接作用于事物之上。这就是巫术思想的根基，它建立在信仰之上。在信仰看来，对名词的控制就是对事物的控制。简而言之，国王死了，国王万岁。牺牲本身也变得越来越具有象征性。替罪羊于是不再是一只真正的公山羊，并最终成为必须被破坏以便群体重新找回其同一性的差异的象征。悲剧（tragédie）一词的来源承载着这种象征性滑动。tragos 在古希腊语中的意思是公山羊（bouc），即使没有一个像这样的动物被呈现在当时的舞台之上。然而，该词源并没有使人产生疑惑。公山羊和悲剧之间到底存在什么样的关系呢？我们知道尼采对该问题的回答：向狄奥尼索斯致敬的酒神节可能是悲剧产生的基础，因为酒神节使人们借由酒醉和放纵忘记自我，像舞台上的演员那样具有两重性。悲剧表达的是撕裂以及来自其中一项内容的消失所带来的最终和解。尼采说，悲剧是一种解药。好吧。但狄奥尼索斯与颂扬他的酒祭之间的亲缘关系的确也提出一些补充的问题：

> 在这些节日期间，一些活动具有某种真正的演出属性。那些在主要的中心举行的仪式由一些祭祀的队伍完成。人们将这些活动称为大酒神节（Grandes Dionysies）。被宽大披风包裹着的狄奥尼索斯被放置在推车上。祭祀队伍一旦到达祭坛，公牛就被献祭，森林之神们则唱起酒神赞美诗（dithyrambe），即赞美狄奥尼索斯的歌曲。起先，这种歌曲没有任何固定的形式，都是即席演唱的。到了后来，人们才赋予它某

种确定的结构。人们会给森林之神们指定一篇韵文，其特点仍然以抒情演奏为主。由森林之神们的歌队[①]一起演唱歌曲，而不存在任何戏剧性的对照。但是很快组成歌队的人们就一分为二，一半人提问，另一半人作答。[②]

为什么会分化出提问者和回答者呢？这是一个谜。后来，一个演员从歌队中脱颖而出，然后是另一个；而代表城邦，即观众的歌队最终消失，只把位置留给了那些演员们。装扮演员的面具随后也会消失，于是喜剧演员们扮演的将是一些普通人的角色，而不再是抽象概念或者诸神。

歌曲和舞蹈构成宗教仪式的一部分，而灵魂附身似乎是对这种形式最初的表达。狄奥尼索斯是这一仪式的保证人和主角，人们通过由公山羊所象征的牺牲品来纪念他。但是，这离悲剧或喜剧还远。比起悲剧，以狄奥尼索斯为代表的醉酒更让人想起狂欢节，想起喜剧和它的放纵，这就进一步加深了喜剧性戏剧和悲剧性戏剧诞生的神秘性，正如保罗·德蒙（Paul Demont）和安娜·勒博（Anne Lebeau）所强调的那样。他们思索了描述诸神甚至人类伟绩的宣叙性歌队会显现出“悲剧性”的原因。

我们对此并不清楚，Trag é die（悲剧）这个词的第一部分，即建立在 *tragos*（公山羊）一词之上的那部分起的作用是什么呢？许多解释都已经做出了假设，但没有一个获得绝对的肯定。唯一一件被肯定的事是公山羊是经常与狄奥尼索斯联系在一起的动物之一。*Tragoidos* 这个

① 他们装扮成公山羊。

② Vito Pandolfi, *Histoire du théâtre*, vol. 1, p. 39, Liège, Marabout, 1968。除另有标注，本书译文均由译者根据法文引用原文译出。——译者

词所提及的是否就是装扮成公山羊的人所唱的歌曲呢？①

因此，众多问题仍然悬而未决。为什么会有悲剧和喜剧呢？悲剧与狄奥尼索斯或者公山羊的联系是什么？比起悲剧，酒神节难道不是更像喜剧而不是悲剧，属于一种去神圣性的节日吗？

为了能够给出某种解释，就需要参照先前所提到的内容，即体现在国王或普遍意义上的强者那里的牺牲和作为牺牲对象的差异。悲剧事实上是差异的某种象征性的牺牲；从冷酷无情的群体法则来看，这是一种赎罪，因为群体不希望有任何东西违背其成员们的，即整体的同一性。权力为了活下来，就必须要将其自身的死亡、自己的牺牲再现出来，以便不经受真正的死亡，其前提就是必须以某个象征他的牺牲品来替代他。从埃斯库罗斯的普罗米修斯到索福克勒斯的俄狄浦斯，古代的悲剧英雄都与这种图示相契合。公山羊是代替人类被牺牲的无辜动物，它象征着起初要被牺牲的那个人。公山羊曾经常常使悲剧的分析者们感到好奇：人们询问这是否是狄奥尼索斯的某种再现，还是最好的悲剧得到的比赛奖励，抑或是戏剧演员专有的森林之神的面具。为了解决这个问题，就必须想到动物是某种双重性的创造物，它与人类一起分享某些共同特征，并因为这种部分同一性而能够代替人类。如果人们用动物代替自己来献祭的话，这同样是因为动物代表一切人类试图远离的、被当作绝对相异性所要拒斥的东西。牺牲它就等于牺牲差异；其通过象征性的一面，使无论作为某个神还是某个国王的差异得以维持它当下的状态和地位而不招致太多的危险。此外，在强调例如国王在行使差异时所产生的失度、混乱、暴力的同时，戏剧可以说间接地记录下了某种权力的合法性；这种权力值得被维护，因为它是正义的且是稳定性的源泉。非正义的权力，

---

① P. Demont et A. Lebeau, *Introduction au théâtre grec antique*, p. 26, Hachette, Le Livre de poche – Références, 1996.

即悲剧命运的牺牲品通过某种隐性的、被颠倒的形象，隐约反馈到正在竭力避免这类失度发生的权力之上；这种权力由此逃脱了被自己的失度造成的困境所包围的悲剧英雄注定牺牲的命运。还存在一个问题，即古希腊人和许多古代人所进行的多神教仪式，与古希腊人所独有的悲剧之间有什么关系？差异被仪式性破坏，诸神渗透进人类世界，在其中进行活动，甚至如同在《伊利亚特》和《奥德赛》中那样通过他们的中间人进行相互对抗。由于这个原因，诸神的内在性赋予他们种种思想、意志甚至是某种人的形象。但是大写历史在确立于古希腊人面前的同时，也必然通过宗教仪式重新引入他们想要破坏的差异。这种“破门而入”（effraction），如果我们能这么说的话，就是悲剧的基础。诸神唤起了唯独被大写历史拷问的人们的美好回忆。在悲剧中某个宣称只关注自身命运的人的失度受到惩罚，因为建立这种失度的基础是无视诸神应当扮演的角色。然而，强权通常对悲剧表演起推波助澜的作用。从庇西特拉图[①]到路易十四（Louis XIV），这样的例子不胜枚举。其原因是悲剧英雄所遭受的惩罚是某种再现或某种表演（theatron），而不是真正的死亡。观众对差异注定遭受的境遇感到满足，因为差异被打破。但是这仅仅停留在表演层面。权力也感到欣慰，因为惩罚纯粹是象征性的。甚至希腊的民主制度也从中得到了好处：它一点也不喜欢那些先天就意味着不平等并与群体同一性背道而驰的差异。悲剧是对那些出身和际遇曾经高高在上的人们的惩罚；因此，这些人从神坛跌落并不会使人感到不快。但是一旦差异在社会的内部被缩减，或者被泛化且看不到被打破的希望，悲剧就随之死亡。因为它失去存在的理由。众所周知，从埃斯库罗斯到索福克勒斯再到欧里庇得斯之间的距离很短：仅有八十年的时间。[②]

悲剧建立在对某种有害差异进行重新认识（亚里士多德）的基础之上。

① 庇西特拉图（Peisistratus，约公元前600—约公元前527），古希腊雅典僭主。——译者

② J. de Romilly, *La tragédie grecque*, p. 6, 6e éd., PUF, « Quadrige », 1997.

一开始的时候，存在某种对部分同一性的赞美，它违背任何忠实义，即现实的束缚（这是以酒神狄奥尼索斯为代表的激情一面）；它最终在去神秘化、推翻隐喻以显露其真实面目后结束（这便是尼采所谓的以阿波罗为代表的另一面）。于是，诸神与人类便分别树立起自己的威望，作为人类自以为是根源的神与人之间的混淆随即停止。每个人都回归到他原来的、某种无害的忠实义状态之中。悲剧在人类与诸神之间的无差异化之中诞生。尽管诸神已经内化于人类的心中并披上了人类的躯壳，然而通过仪式，尤其是牺牲这种形式，诸神重新找回了他们的同一性，即他们的差异。这种差异不但确保人类成为他们的所是，更确保不变成他们所不是的东西。但是旧的同一性被大写历史消磨殆尽，一切都被打乱：人们本以为做某件事是正确的，但其实恰恰相反。此外，无辜的牺牲品通常是女性，就像伊菲革涅亚一样。她的父亲将她作为牺牲品献祭，以感谢诸神确保他能够顺风启航前往特洛伊。拉辛（Racine）在欧里庇得斯之后也写了一部《伊菲革涅亚》（*Iphigénie*）。他在阿伽门农（Agamemnon）一段著名的大段独白中提醒我们注意到其中的关键所在。在独白中，伊菲革涅亚的父亲哀叹自己不得不付出这样一种代价：

> 你看我惶恐不堪。听好其中的缘由，
>
> 并且请做出判断，我的朋友，是否到了该我做出回答的时候了。
>
> 你记得那天在奥利德，我们那被风集合在一起的战舰似乎被召唤。
>
> 我们正动身离去。我们已经用无数的欢呼声远远地威胁特洛伊的海岸。
>
> 一件令人惊奇的神迹让舰队鸦雀无声。
>
> 抚摸着我们的风使我们停留在了港湾之中。
>
> 必须停止前进，无用的桨徒劳地搅动着静止的海水。
>
> 这前所未有的奇迹使我的眼睛转向那人们在此敬仰的神明。

在梅内拉斯、内斯托尔和尤利西斯的跟随下，

我向他的祭坛上供奉了一件神秘的祭品。

他竟是如此回答啊！

我变得何等不幸啊，阿尔卡斯，当我听到卡尔克斯说这些话的时候！

"您攻打特洛伊的武装是一支无用的力量，

如果在一场庄严和隆重的献祭中，

海伦的一个女儿的鲜血没有染红此处狄安娜的祭坛的话。

为了获得上天拒绝给予您的风，请将伊菲革涅亚牺牲。"①

当女人仅仅体现大自然的时候，她无法缩减的差异便是一种威胁。因为作为混合体，她必须分担文化、社会、传宗接代的任务和稳定家庭的责任。因为她与生殖神话相联系，自然与文化的对立通过她才得以呈现。一方面，她是需要被摆脱以便达致社会和文化同一性的差异；另一方面，她又是使这种同一性成为可能所不可或缺的条件。我们都诞生自某个女人，她是每个人的，而并不仅仅是男人的相异性，因此她值得被敬仰和尊敬；但是也因为她代表差异，所以必须被牺牲在同一性的祭坛上。她引起恐惧和距离感，并被认为是人类动物性的代表。这种动物性不仅仅是有性生物的动物性，还是普遍意义上人类的动物性。女人既是母亲又是荡妇，人们对于女性曾被认为是不纯洁、罪孽的象征（夏娃）或邪恶的象征（女巫）这件事并不感到惊讶。当人们说她是男人的他者的时候，我们看到人类和有性生物汇集到了同一种同一性之中，并使其同女性的关系完全具体化为同一性的问题。

我们已经讨论过了伊菲革涅亚，但是我们无法忽略安提戈涅（Antigone）的象征性意义。安提戈涅想要人们像安葬任何一个人类那样安葬她违反城邦

① Racine, *Iphigénie*, acte I, scène I, v. 43-62.

法律的哥哥。掌管城邦的克瑞翁（Creon）反对这样做。安提戈涅对此置之不理。克瑞翁让人把她关了起来，但是深爱着安提戈涅的克瑞翁的儿子却因此而死去。由于悲伤，克瑞翁的妻子随后也自尽而亡。黑格尔在克瑞翁和安提戈涅的冲突中看到了城邦法和自然法的冲突。也许需要回溯到一个更高的层面。自然是社会想要超越的差异，安提戈涅是这种差异的代表。在试图去埋葬波吕尼刻斯（Polynices）的过程中，她将取消这种差异，因为这一行为将死亡神圣化，即赋予死亡以人性；因为死亡是绝对差异，是混乱和绝望。克瑞翁站在他的立场上，企图将混乱留在城邦之外并将身为女性的安提戈涅流放。在权力眼中，安提戈涅违背和破坏了最基本的差异，即成就了城邦同一性的差异。然而，安提戈涅却是解决性（résolutoire）的，因为丧葬仪式的功能就是消除作为自然事件的死亡身上那令人不快和混乱的特性。丧葬仪式赋予具有破坏性本质和自然性、生物性特征的死亡以人性并将其社会化。安提戈涅通过这种方式解决了自身的自然性，同时也使差异成为人的一部分，参与到人类同一性的建构之中。克瑞翁并没有发现安提戈涅所扮演的这种角色，因为他拒绝接受这一点，并希望任何差异都停留在外部。他在群体内部，具体地说是他自己家庭的内部制造混乱和无秩序。自此，差异发生位移并转向克瑞翁一方：他是被揭露出真实面目的权力，即某种差异。如果这种差异破坏了安提戈涅所代表的群体的法律——因为她想要埋葬任何死去的人，不管这人是否曾犯下过罪行——那么它就只能为自己的行为付出代价。安提戈涅的悲剧在于她既是某种差异的表达，又是解决这种差异的方法。她只有在肯定她作为女性差异的情况下才能成为其自身，即首先成为人。她需要牺牲什么呢？索福克勒斯向我们揭示出差异存在于任何群体这一事实，而这是克瑞翁所不愿看到的；他将自己局限于最严格的形式与社会同一性中。但是甚至连这种同一性也无法自持。女性的悖论在于她既是必不可少的又是被抛弃的，女人的命运总是悲剧性的，正如我们在易卜生那里看到的那样，只消看一眼他那些戏剧的篇名便知：《海达·高布乐》(*Hedda Gabler*)、《海上夫人》(*La dame de mer*)或《玩偶之家》(*La maison de poupée*)。正如黑格尔所说，安提戈涅想要取消作为单纯自然事件的死亡以便赋予其人性的做法，代表了某种高级的、绝对的正义，属于自然法范畴。由此产生安提戈涅的，即女性的双重性。她既是无辜的又是有罪的，既处于群体之外又处于群体之中，也就是说，既在文化的范围之外又在文化的范围之内。这就使她在自己的解决方式或命运中成为一个卓越的悲剧人物。

亚里士多德说过，悲剧英雄激发怜悯和恐惧，而喜剧则喻示着嘲笑。嘲笑反馈到境遇的粗俗或直接反馈到人物道德及性格的低贱之上。亚里士多德所预设的、在悲剧中显而易见的这种怜悯与恐惧的双重反应又从何而来呢？诚然，出身高贵的英雄的命运通过他们失度的野心和行为使人产生恐惧，一如他们的衰落只能引起怜悯。这样一种描述事实上延续了最初的问题。再者，人们真的对麦克白（Macbeth）心存怜悯吗？不，或许是因为人们无法将自己等同于他，也无法等同于马洛（Marlowe）笔下的浮士德博士（Docteur Faustus）。后者在被梅菲斯特（Mephisto）赋予魔力之后，用多种致命的魔法伤害他所遇到的人们。人们最后可怜他了吗？这一点有待观察。人们对用杀死自己孩子的方式来向伊阿宋（Jason）的不忠复仇的美狄亚（Medea）感到怜悯了吗？这可不一定。

那么悲剧与恐惧和怜悯这种双重宣泄性反应的结合又从何而来呢？亚里士多德有关悲剧英雄的论述中，有些东西是完全正确的：如果没有一个因其失度、出身、行为本身而与众不同的人物的话，悲剧就没有任何意义。但是，正如任何差异都必须付出代价一样，这种失度也有它的代价。英雄衰落，群体所珍视的同一性因此重新完全掌握它的权力。悲剧英雄所凸显的差异只能引起恐惧，而对其差异的补偿则唤起群体内部源于重新找回的同一性的某种切近。对于在英雄身上所发生的事情，人们感到同情；英雄像任何凡人一样重新变得脆弱，这制造出某种暂时的认同，将他的不幸变成某种共同和普遍的事物。要注意到，这类英雄的悲剧命运完美地与前面所说的有关国王牺牲的观点重合。国王既是群体和部落的成员，又因为其地位而被孤立：诚然，他是群体某种象征性的同一性，但是他也与众不同，这一点只能通过对其差异的补偿来解决，以便加强群体的同一性；如果没有一个新国王来接替老国王位置的话，这种同一性就不复存在。国王们的命运是悲剧性的，而只有在他们仅是被象征性地杀死之时，人们才会提及这一点。悲剧性于是变成悲剧：悲剧是代替牺牲本身来表达牺牲的话语。悲剧用某种已经被大写历史模糊化了的真实性来呈现表演。表演代替差异为其存在做出人们所希望看到的补偿。强大的力量喜欢悲剧，在还没有角斗士格斗的时候，戏剧的存在就十分有必要。众所周知，尽管现在保存下来的第一部悲剧，即埃斯库罗斯的《波斯人》(*Les Perses*)诞生于公元前472年，但事实上悲剧已于公元前530年左右在僭主庇西特拉图统治下的古希腊诞生。由于城邦的同一性代替了个体的权力，而这种同一性又通过位于古希腊戏剧核心的差异所遭受的待遇而得到加强，所以希腊的民主制十分热衷于悲剧竞赛。埃斯库罗斯、索福克勒斯和欧里庇得斯都将在竞赛中散发出闪耀的光芒。

亚里士多德所界定的悲剧类型与喜剧类型的典型特征

对亚里士多德而言，悲剧是由韵文，即酒神赞美诗（Dithyrambes）讲述的对高贵行动的模仿，它通过多重的突转引发人们对英雄的恐惧和怜悯。[①]这个定义建立在三种要素即性情（ethos）、激情（pathos）和逻各斯（logos）的基础之上，它们三者也构成修辞学的根基。如果修辞学表述的是现在存在但可能今后并不存在的事的话，诗学表述的则是现在并不存在，即虚构，但以

① 亚里士多德，《诗学》，1449 *b* 23。

后却可能存在的事，[1]即某种反馈到人类身上的偶然性。修辞学与他们所表述的事相关，而诗学则与他们所做的事相关。尽管存在一些有关史诗和喜剧的评论，但在《诗学》中占据中心地位的是悲剧。至于悲剧的三种成分，即性情、激情和逻各斯，它们是如此重要以至于有必要在这个论题上多花一点时间。为了粗略地概括一下这三个词所表达的意义，我们把性情表述为自我（le soi），激情表述为他者（l'autre），逻各斯表述为建立这两个领域，即说话者（或书写者）或作为问题的一方与做出反应或回答的一方联系的中介。自我、世界和他者一直都是人类向自我提出的基本问题，[2]但是在大写历史的进程中，人类赋予这些问题以不同的名称。康德曾经谈论过上帝、意志自由和灵魂不死来覆盖世界、他者和自我，并重新印证这所蕴含的一切。因为上帝同时是自我同一性、自由和灵魂救赎的根基。但这对自由来说也是成立的，它与他者或上帝一样与自我有关；上帝是某种“道德的”存在，他留给人们自由，即作恶的烦恼；这使上帝无法被认为对此负有责任。维克多·雨果（Victor Hugo）在其戏剧《克伦威尔》（*Cromwell*）著名的前言中提及上帝、灵魂和创造物，以便提醒我们审美的目的在于在这些如此不同甚至自立的领域之间建立起想象的，即虚构的桥梁。绝对他者、自我和世界是既相互交叉又相互分离的领域，但是它们一直都是需要通过性情、激情和逻各斯去理解的事物的种种变化。对亚里士多德而言，那个时代的含混性要比现代少得多。例如，他并不对以下事件提出问题，即弄清楚上帝是否是宇宙的起源（逻各斯）、是否道德高尚或以他者为中心（激情）、是否是一个人格神（Dieu personnel）（性情）。使这些问题在大写历史的发展中变得意义丰富的正是这些阐释和解读。但是也因为相互承接的沉积作用，这些问题又变得更加不确定。对于亚里士多德来说，性情首先是演说家，而激情则是听众，逻各斯

---

① 亚里士多德，《诗学》，1451 *a* 36。

② 对于这一主题，参见 Michel Meyer, *Questionnement et historicité*, PUF, 2000, § 7, p. 51。

是表述他们之间关系的言语。修辞学的构成依据了这种三重耦合。[①] 说服他人、使人相信甚至讨人欢心的目的在于回答那些鼓舞听众的问题。听众接受言语，由此产生“激情”一词，但是听众的问题表达的是他们所感受到的和有可能使他们感动的东西。这也是在法语中 pathos 一词和 passion（激情）一词被联系起来的原因。激情是听众的各种差异，即被质疑的各种价值。如果激情与听众有关，性情则是演说者观点的表达。“性情”和它现代的翻译“伦理”（éthique）之间的关系是什么呢？事实上，演说者说服他人的唯一条件是他知道在自己的讲话中所论述问题的答案，而基本上这些问题也是那些鼓动听众、读者和观众精神的问题。但是，什么都无法阻止上述这些人像孩子那样无休止地询问“为什么”，演说者必须在某个地方打断这类问题。换句话说，就是直截了当地建立起信任感。演说者的可信度 [也就是他的威望（autorité），这个词也与作者（auteur）的意义有关] 在于他的身份是什么：人们在医学问题上更愿意相信一个医生而不是一个水管工，但是如果人们在家中遇到漏水的问题，情况就恰恰相反。因此性情不是别的，而是演说者的专业技能（expertise），它与人们对其言辞可信性的承认程度以及对其信任有关；归根结底，在于演说者的所是、他的性格、他是否有能力回应人们对他的期待。因此，当人们遇到有关正义、好、坏、善良、智慧等没有明确限定专家的、普遍意义上的问题时，谈论这些事的人的可信性就只与他的性格和个人品德有关。如果一个人作恶多端的话，就很难去鼓吹善。因此性情一词就滑向了伦理（éthique）。但性情首先是人的性格，是他们自身的德行和用来在不同问题上发表自己意见的能力，因此，就是他们在激起信任和可信性的过程中，利用他们自身、行为和言辞做出回答的能力。

亚里士多德说，当人们检视悲剧的时候，会再次碰到同样的三分法。性

---

① 这一主题参见 Michel Meyer, *Questions de rhétorique*, Paris : Hachette, Le Livre de poche, «Biblio-Essais», 1991。

情与人物的性格有关：在悲剧中则人物是出身高贵的英雄、国王、王子、公主或道德高尚的男女；在喜剧中则恰恰相反，他们都比我们出身低贱，例如奴隶、侍女、奴才、小丑和其他老疯子。激情表达情感性的回答，在悲剧中，解决办法（résolution）是导泻性的（purgative），这个词是 catharsis 的糟糕翻译。因为这种解决消除了戏剧所提出的各种问题，由此产生怜悯和恐惧。恐惧与突然出现在英雄面前，将加快其陨落的突转有关；而怜悯则与对其所是的承认有关，这将英雄带回到与他人同样的水平。[①] 对其命运、错误和作为失度同义词的差异的最终承认，是对这种失度所提出的问题的一种解决方法。因此，悲剧英雄最终意识到这一点并抵偿这种差异，即他自身的差异常常以他的生命或不幸为代价。剧情的突转是境遇的翻转，而承认则是这种翻转的翻转：一切都回归秩序，总之回归到某种秩序之中。在喜剧中，情感性回答则是笑，剩下要解决的是逻各斯。在戏剧行动中，问题的所在是什么呢？是行动，这一点我们已经说过。但是，逻各斯也涉及了人们表达发生的事和再现这种行动的方式，这就是所谓的 *mimesis*，人们把它翻译成模仿（imitation）。由此，戏剧就被揭示为一种再现（représentation）。逻各斯具有模仿性，此外，对古希腊人来说普遍意义上的艺术也具有模仿性。但为什么用韵文来书写悲剧呢？这根本不是现实中人们说话方式的再现。也许是因为，这种形式的言语比其他任何形式都能更好地表达悲剧英雄的灵魂或身份——总而言之即他们行为的高贵。这种言说方式更加符合间离悲剧英雄、间离他们行动的需要，可以用于制造戏剧的距离。在剧场中，谁才是主人公？相反，日常生活的语言，即散文更适合喜剧人物，他们是我们的同类，与我们有着相同的日常境遇，因此，他们的说话方式和我们相同，就是说与观众们相同。

逻各斯、激情和性情由此以特殊的方式展开，以便在艺术中界定悲剧

① 亚里士多德，《诗学》，1452 *a* 30。

性与喜剧性的特征。这三种维度以特定的方式耦合，以便孕育出悲剧和喜剧艺术。如果人们对三种维度中的一个视而不见的话，就会遇到另一种文学形式。亚里士多德谈了许多有关史诗（épopée）的事，并不断拿它和悲剧进行比较。[①] 事实上，这两种文学类型表现出了某种很强的亲缘关系。必须要说，从性情的角度来看，悲剧与史诗几乎没有分别，因为它们都与英雄的行动有关，与“比我们好的人”有关。并且从中流露出的激情也十分相似，它们均通过难以置信的境遇所引发的惊异而产生。[②] 只有逻各斯能将二者分离，然而两种类型的诗律也十分一致，它们都关注行动。在悲剧中，诗是被唱出来的，以便更加强调与英雄叙述诗（récit épique）之间的差距，这种做法就取代了人物确实在行动的印象。亚里士多德被迫到史诗漫长的行动铺陈中，甚至到诗句所使用的格律中去寻找它与其姊妹——悲剧的不同之处。而悲剧与诗，即抒情诗体裁在形式上十分接近；二者的区别就好像“他”和“我”的区别：抒情诗人谈论的是自己的感情，而悲剧作家注意到的是他人的行为，甚至是他们的感情（至少在现代戏剧中），即便两种体裁都借助作诗的语言。将二者区分开的是性情，演说者在其中扮演的角色并不相同。在史诗中，同样存在某种作诗的语言，但是悲剧与史诗的区别不在于激情，而在于逻各斯。它不仅属于形式言语的类型，而且还是这种言语的对象。史诗描述的是世界的某种状态以及与之相吻合的社会秩序；而戏剧通过它所预设的表演更加关注与他人的关系，即向他人展现（faire-voir à autrui），其中对话（interlocution）是关键。史诗反馈到“他”而戏剧则集中于“你”，这就是逻各斯与激情之间的所有差别。这就显示出区分性情、激情、逻各斯对于抓住史诗与悲剧、抒情诗与悲剧之间的差异是多么关键；少了它们，人们找到的注定是一些并非属于它们的差异，注定要为区分它们而白费力气，并且建立

---

① 亚里士多德，《诗学》，1459 *b* 8.

② 同上，1460 *a* 和 *b*。

起来的差别也是站不住脚的。感情的角色在戏剧中比在史诗中更为重要，史诗中占主导地位的是各种价值。不幸的是，亚里士多德几乎没有察觉到这种差异，正如米歇尔·马尼安（Michel Magnien）在其为亚里士多德的《诗学》（*Poétique*）所作的优美序言中重新提及的那样，[①] 因为哲学家亚里士多德将悲剧推向激情而将喜剧推向性情。笑难道不也是一种解脱性的愉悦吗？但是确实与在悲剧中所发生的事相反，笑在建立观众道德感方面毫无地位可言。这样一种滑动意味着性情指的是伦理，而这在古罗马时代到来以前几乎没有任何意义。

这一切很显然提出了有关喜剧起源的关键问题，这种起源自身应该承载着悲剧与喜剧之间差异的源泉。亚里士多德对此说了些什么呢？

"悲剧上溯到领唱酒神赞美诗的那些人，而喜剧则起源于领唱生殖崇拜歌（chants phalliques）的那些人。" [②]

狂欢终场（comos）因此也是一种歌曲，一种看到由酒醉引出放肆行为和嘲笑的狂欢之歌；而 comoidoi 的意思则是从一个城邦到另一个城邦参加节日的"行吟诗人"（trouvère）的一种。因此，狄奥尼索斯似乎在悲剧作家和喜剧作家那里都得到了颂扬，这就排斥了有关它们各自起源的问题。剩下的就是通过社会性、通过受众类型和被昭明的问题类型做出解释，但这并不能解释该文学体裁的永恒性以及作为固有文学类型的悲剧和喜剧的构成。它们穿越各个历史时期和各类受众群体，证明"普通人"与"精英"之间的对立在这里并不能够准确评价索福克勒斯、欧里庇得斯或既是悲剧作家又是喜剧作家的莎士比亚。在不忽视大写历史即文学的历史性的同时，还需要在其他地方寻找悲剧体裁和喜剧体裁之间互补性和差异的来源。在最终找到差异的原动力之前，不妨先关注它们在同一个普遍意义上的文学场之中的互补性。

① Aristote, *Poétique*, tr. fr. M. Magnien, Le Livre de poche, p.47, «Classique», 1990.

② 亚里士多德，《诗学》，1449a10。

为此，我们将依据构成该场域的各种体裁，在悲剧和喜剧所处的这个场域的结构问题上稍作停留。

怎样确定悲剧、喜剧和其他文学体裁之间的关系？

如果人们愿意跟随我们以平等的方式遵守性情、激情和逻各斯的三维划分的话，就能更好地理解、连接和区分悲剧与史诗、悲剧与喜剧之间的关系。因此，让我们重新拾起这幅三折画并看一看这三个入口分别引出了什么。此外，让我们来具体地阐述一下这分别对应着哪些用韵文书写以及像喜剧那样用散文书写的作品。

性情 (ethos)	激情 (pathos)	逻各斯 (logos)
诗 （抒情诗体裁）	戏剧 （戏剧体裁）	叙述文 （史诗体裁）

这并不意味着比如说在戏剧里既不存在逻各斯也不存在性情，而仅仅意味着一些看法隶属于某种优势观点。在抒情诗体裁中，最重要的是“我”的视角，即我们先前所称的“自我”（le soi）。诗人投身于表演和实践，其与他人的关系和与世界的关系一样都从属于这种问题性。在史诗中，重要的是对某种事物秩序的描述，这种秩序在对各种建功立业的叙述中得到直接或间接的肯定，这些功绩树立起与世界秩序相适应的各种价值观。相反，在戏剧中占据首位的是对话，也就是与他者的关系；这个他者不仅是舞台上的那个他者，而且也是观众，即人们想成为的、不能成为的甚至是拒绝成为的那个他者。戏剧中存在某种对任何关系的内在“呈现”（faire-voir），他者在那里并在戏剧中通过戏剧进行自我表达，而这一点对于史诗来说则是完全陌生的。史诗剧的概念没有任何意义，即便是戏剧，尤其是当代戏剧和南美小说一样都具有史诗体裁的痕迹，原因是被讲述的故事继承了大写历史的衣钵。

史诗通常是一种原初的、奠基性的叙述，在那里人们根据某种十分具体的计划来组织安排一切。戏剧从本质上讲更具有冲突性，但亚里士多德并未对这一点做足够的强调。这本应该能够作为某种仅在更晚时间出现在欧洲的大写历史哲学的前提。然而尽管如此，我们却错误地将其抛弃。例如，诗体风格解答了人们对制造隐喻的忧虑，这就使携带大写历史所镌刻的印迹的各种差异重新回到部分的同一性；但恰恰由于这些差异是种种隐喻，人们也无法对它们信以为真，因为这是被引申的言语。同一性是引申性的。人们将大写历史或者更准确地说将大写历史的历史性整合。总而言之，历史性界定着大写历史的特点，以便更好地将大写历史放在一边，并谋求某种当下或某种以神话方式，即以文学的方式来永久延续下去的实在性。引申性言语体现差异，并且由于人们总是能够仅通过本是，即通过作为其参照性、忠实性对象的角度来考察在言语中被表述的东西，便会忘记在文学场中的隐喻性，而仅仅看到在其中被表述的东西。文学言语的这种双重风貌使诗的言语能够表达悲剧英雄和普通人之间的差距，一如它可以使后者能够在被再现的行动中抓住问题的关键，即把文本归诸某个尽管存在个体之间的种种差异，但在理智上所有人都可以理解的世界。因此，就产生了某种强调被言说之物隐喻性和引申性的言语，同时也生成了某种突出话语实在风貌的言语；文学已经懂得把玩这两个对立面，以便生成种种特定的类型。如果人们坚持引申性的话，就会找到用来表达这种引申性的文学体裁，而其他人则会用散文的方式书写，以便捕捉言语实在性的一面。于是这就得出下面的表格：

	性情	激情	逻各斯
引申性言语	诗歌	悲剧	史诗
实在性言语	小说	喜剧	历史

让我们从第一列开始解读。性情所凸显的是“我”，即那个通过各种情感或某个故事进行自我言说、自我表达的演说家或叙述者。此外，是各种情

感还是某个故事并不重要，因为如果人们聚焦于这种区别的话，怎样解释另一种更加重要的区别，具体地说即悲剧与史诗的区别呢？人们也并不怎么会将诗与散文联系起来，因此两种体裁好像恰好处于对立的状态。然而，在此需要弄清楚一点，那就是即便“我”在这两种体裁中用诗文和散文讲述自己的故事，那么首先问题所在仍然是自我。前进的大写历史加速运行，挤压旧的同一性以便将它们隐喻化并因此将它们变为种种虚构。这种历史招致某种更加强烈的形象性以及某种与之相符的、用另一种方式表达的现实主义。这便解释了诸如浪漫主义诗歌在面对某种不断增强的玄奥体验时，需要在歌剧或所谓的现实主义小说甚至绘画中寻求现实性的平衡。在这种现实性中，每次人们都能够更容易地接触到参照物和某种忠实性，后者确保人们能够分享一个共同的、在那里能够更加直接地互相沟通的世界。

让我们来看第二列。在这里相异性是从属性的关键。视觉、由他者的感知、表演是第二列的关键词。如果织就并构成文本的是种种隐喻和有引申义或象征性的言语的话，人们就得到悲剧。相反，如果人们在“呈现”中关注的是现实主义的话，人们就得到喜剧。喜剧可以是粗野的，它能够使人发笑（或不发笑），总之看起来更贴近观众所经历的各种情境。在旧的回答中加深差异的大写历史，使制造问题的回答与其他回答之间的分解被暴露出来。而“演员”或故事中的人物并不一定都意识到了这种分解，否则也许悲剧和戏剧就不存在了。

第三列突出逻各斯，就是说突出的并不是言语而是象征性言语或现实性言语想要反映的事物的秩序。模仿（在这里意为再现、对同一性的重现）是那些在其实际安排中极力抓住现实的文本的关键所在。史诗具有这种功能，并且当现实主义要强行超越神话和旧的信仰的时候，史诗便蜕变为故事、关于起源的言说和一连串的各种事件。于是，人们就进入了散文的场域。

将这些亲缘关系用线条串联起来是件有意思的事。在史诗和悲剧之间存在某种联系，正如亚里士多德所注意到的那样。[①] 但是如果没有上面一开始的那个表格的话，人们注定要在其他层面寻找各种差异。这样，人们就会把故事和情感对立，就是说将叙述与行动对立、将叙事（diegesis）与模仿对立 [正如热奈（Genêt）所言]，而模仿是再现同一性的行动。人们最终会把喜剧归类在性情之下，因为悲剧与喜剧唯一的区别在于前者所激起的各种激情，即 pathos，就好像悲剧自身没有任何想要感化观众的雄心一般。同时，史诗有可能与喜剧站在一边，原因是喜剧同样凸显的是性情和各种价值，并因其中感情的分量与悲剧相对立，而史诗只能够被冷静地叙述。事实上，悲剧与史诗之间的确存在亲缘关系，但是该关系取决于大写历史强加于旧回答身上的形象性。这种形象性使史诗凸显了这些旧回答的宝贵价值，而悲剧则体现这些回答已经失效的或至少存在问题性的（problématique）特征。史诗属于逻各斯，悲剧属于激情，区分它们的并不是形式而是构成问题的东西。在史诗中，人们拥有回答并且不提出问题，问题是显而易见的（这仍然是一种回答的方式）；而在悲剧中，在某个特定的时刻，回答骤然崩塌，人们经历着这种回答与新事物、与大写历史的冲突。尽管被埋藏在隐喻之中，差异还是暴露出来。

正如我们在荷马那里、在《圆桌骑士传奇故事》（*Romans de la Table Ronde*）中、在冰岛的《北欧传说》（*Sagas*）中、在《罗兰之歌》（*Chanson de Roland*）中或在印度的《罗摩衍那》（*Ramayana*）中看到的那样，如果说史诗与悲剧相近的话，同样能够因为相同的理由说它与其他体裁，例如小说和喜剧，甚至与历史是相近的。小说中存在历史，因此也就一直存在与体裁亲缘关系相关的某种史诗的可能性。在小说中也存在喜剧的种种维度，比如说在《堂吉诃德》（*Don Quichotte*）之中。但毫无疑问的是，《堂吉诃德》是一部小

① 参见亚里士多德《诗学》的第 24 章。——译者

说而不是一部喜剧。诚然，它的主人公是喜剧性的：他把什么都当真，磨坊与巨人相似却并不是真的巨人。堂吉诃德无视那些需要去辨别的，由大写历史在骑士世界中镌刻下来却仅以文学方式幸存着的差异。然而，堂吉诃德在那些他经过的地方也确实造成了种种悲剧，结局经常很糟糕：他释放了那些他认为是受害者但其实触犯了共同法（droit commun）的囚犯们；他替一位牧羊人辩护，因为牧羊人的主人拒绝支付原本属于他的工资，但是堂吉诃德一离开，牧羊人的处境却变得更加糟糕。即便堂吉诃德是滑稽的，可他的冒险并不总是这样，并且这些冒险也不能与喜剧相提并论。总之，现实主义突出的是性情和叙述者的观点，甚至将道德维度置于前台。喜剧本身则因为那种垂直的亲缘关系而能够蕴含悲剧性的风貌，正如它也能够以某种纯粹并且残酷的现实主义为中心一样。简而言之，表格纵向线性与横向线性的交叉创造了许多有意思的混合体，这些混合从很久以前起就创造出丰富多彩的文学。

喜剧与悲剧的审美：若干重大问题

对亚里士多德学说的检验能够使人们隐约地看到那些在论及戏剧史时不可避免地面对的重大问题。让我们对它们进行概括，因为在前面的分析中我们已经遇到了它们。

1. 悲剧节日性的或者如果我们愿意的话可以说“狄奥尼索斯性”的起源在喜剧那里成了男根之歌（chant phallique）。如果这算是它们的源头，那么它们之间的区别又从何而来呢？

2. 性情在悲剧中由地位较高的人物构成而在喜剧中由地位较低的人物构成。这是为什么？

3. 让我们转向逻各斯。悲剧的形象性与喜剧的散文性特征从何而来？

4. 悲剧与喜剧历史性的分裂是针对什么做出的回答呢？

5. 某些补充性的体裁又关涉到什么呢?

6. 让我们最终来到激情。并不是任何喜剧都使人发笑，尽管它们都有好的结局。人们经常缺少对悲剧人物的鉴别。比如说，人们对莎士比亚《一报还一报》(*Mesure pour Mesure*)中的操纵者和欺骗者没有丝毫同情。戏剧突出的是激情 [卡塔西斯(catharsis)]，但是喜剧和其他任何表演不都发挥着同样的作用吗?

所有这些问题都彰显了一个事实，那就是悲剧与喜剧间的各种关系，即对那些将它们确切认定一如理应将它们分离的东西提出问题。让我们以激情、逻各斯或性情为中介探讨这些关系。

经由某种大写历史理论的戏剧的起源问题

如果权力不曾感觉到有寻找某种象征性替代品来代替它牺牲的必要性，以便用戏剧的方式来满足那种取消差异的仪式的话，戏剧就可能不会产生。这就解释了它在庇西特拉图专治时代的雅典出现的原因，是大写历史将差异带到了社会之中。而正是出于这个原因，当人们从一个反历史社会过渡到一个历史性社会的时候，权力不再被牺牲。债务关系被逆转了，权力的附庸从此以后必须重视并尊敬权力所代表的差异，而另外一个象征着差异的人则代替权力偿还债务。如果不以戏剧的手段将这种处决仪式正式化的话，权力便无法自持。有面包的话，就要有马戏团。① 我们之所以说这是一种被逆转了的债务关系，是因为权力不再对它的子民亏欠自己的生命。从今以后，对权力来说，人们才是欠债的一方。

---

① *Panem et circenses*，拉丁文，意为“面包与马戏团”，用来揭露罗马皇帝故意使用派发面包和组织马戏表演的手段来取悦大众，以消除民众的不满情绪，获取他们的好意与支持。——译者

前进的大写历史留下它的印记，并用问题性抽打那些旧的回答。但是什么都无法阻止人们将问题性遗忘并使旧的回答一直延续下去，甚至将它们改头换面以便更好地抵御这种加剧差异的大写历史。所是（ce qu'il est）不再完全呈现出它的真实风貌，或者更确切地说它不再完全是曾经的真实风貌。它并不一定完全是另一个东西，也并不一定消失在大写历史的旋涡中，仅仅不一样了而已。那么个人或某些群体会如何反应呢？他们当然能够自由地选择是否能随机应变，自由地在回答对他们的答案产生影响的问题性的同时选择忽略后者，或重新阐释他们的答案，抑或努力产生新的答案。旧的答案无论如何不能再继续存在，除非变成它们曾经真实风貌的各种隐喻，因为它们不再能够被从字面的根基上去理解了。然而这并不妨碍某些人继续这么做，好像什么都没发生过一样。于是有些人将他们从前的回答变成对某种当下的各种隐喻，而这种当下也允许这些隐喻延续下去。但是由于大写历史本身也在继续前进，这些隐喻最终分崩离析，暴露出它们的真实面目，即种种虚幻。长此以往，这种立场无法站稳脚跟。因为就虚幻的外部层面而言，这些旧的回答将失去效力，因为它们所维持的词语本身是以隐喻的方式存在的同一性。大写历史就是差异，而由隐喻在引申义（或形象性）层面所汇集的东西将分崩离析并作为自立为差异或不同的语词，仅仅是因为加速运行的大写历史加剧了差异，尤其是在那些已经被某些人暂时填补上了的地方。悲剧是对事物这种状态的文学性表达，它见证了旧事物的破裂与大写历史碰撞——悲剧中的英雄经常是大写历史中的人物或创造大写历史的人物——并把差异揭露出来。这些差异在被隐喻化的同时不再作为虚构的同一性，而显现为真正的差异。悲剧是被大写历史冲击的隐喻性的历险记（odysée）。因此，各种忠实于字面意义的身份与旧的回答都无法自持，在意识与行动中爆炸，无视那些以自己的方式重新阐释，仍然试图为它们辩驳的人们的意愿，尤其是那些将差异作为对旧回答的隐喻写入后者之中的那些人们的意愿。好像在大写历史的游戏背后，这些旧的回答依然存在，并没有被差异所改变一样。还有必要再提起麦克白的例子吗？从女巫们谜语一般的预言中，他解读出的是为了成为国王而对他的谋杀行为所做的辩护，即便最后这些模糊的预言事实上指定了另外一个人成为国王。各种隐喻完全将秘密遮盖，只有对隐喻的忠实化（littéralisation）才能提供这种有效形态的回答。越来越具有类同性的弱势存在（l'être faible）深入到了各种作为旧的回答的同一性之中，而在这种弱势存在中出现某种被隐喻遮蔽的不可能的对字面意思的忠实性。这种忠实性就会欺骗那些仍然深陷其中，试图确认那些他们所纠缠不休的旧回答的人们。他们在弱势存在中看到的是曾经想看到的东西，形象性的增加仅仅是一种手段，它被用来否认即将不顾一切暴露出来的差异。因为大写历史就是差异。它追赶上那些否认它的人，并因此与悲剧联姻，激发出了各种新的状况。但是如果个体仅仅用新事物代替旧事物、用从这些新状况那儿借鉴来的解决方案来回答旧事物所提出的问题的话，悲剧和喜剧可能就不会诞生。(悲剧性的) 冲突或 (喜剧性的) 延迟之所以成为可能，原因是旧事物与新事物依然同时存在。这是某种历史性的最初时刻，它标志着各种差异依然能够被人们缩减为同一性。但为此所付出的代价是承认某种延迟或见证某种考虑到实际情况、命运和性格而被人们认为是恰当的暴力。这种暴力的名称并不重要，因为释放各种剧烈的，有时甚至是有害的力量的是大写历史本身。

有些人放弃旧的回答以便寻找新的回答，比如说科学家。但是我们在这里并不谈论他们。相反，有些人单纯想要保留旧的回答，而看不到已经发生的变化，他们使人发笑或微笑，而这就养活了喜剧。大写历史已经从那里经过了，而喜剧人物却紧紧抓住过去的某种字面上的忠实性和一些不再通行的同一性不放。使人发笑的这些人却并未意识到这一点。文字游戏（jeux de mots）、张冠李戴（quiproquos）以及各种各样迷惑人的 (例如在主人与仆人之间）角色调换便应运而生。以上这些只愚弄了那些最幼稚的人，而不是观众——后者在某种程度上已经“置身度外”了。大写历史在喜剧中处于越位的位置（hors jeu）：它的工作已经完成了。只剩下一些特别的“故事”，这就说明在喜剧中和人们打交道的是在日常生活中能够遇到的普通个体，这些人像你、像我，总之与观众相似。如果仅仅是我们的话，我们并不会像喜剧人物那样上那些过时的或简单的，只针对字面忠实性的当。因此我们赋予喜剧人物某种“卑贱性”。比起具体地拒绝正视造成他们差异的某种原因，这种“卑贱性”更多地与他们的无知和幼稚有关。另外，他们最后终于接触到了与我们相同的知识，这说明一切都将在喜剧的最后一幕时回归秩序，而没有“主人公/英雄”的死亡。但是，我们并不能真正地将这些与现实错位的人物称为“英雄”，因为他们感知不到已经建构起来的各种差异。总而言之，喜剧只因为有字面忠实性的失度才成为可能，而悲剧的产生却是因这种忠实性的不足。用来表达悲剧所澄清的混淆所使用的引申性、隐喻性的语言与抒情诗和诗体体裁的韵律完美契合，这也解释了为什么人们经常注意到喜剧与悲剧在形式上有所差异。

我们所谓的引申性或形象性的语言通过种种隐喻体现出来，这些隐喻是人们不能从字面忠实义去理解的同一性。隐喻性的语言是正在演进的大写历史的语言，因为被历史所加深的差异将同一性转变为差异，这就使同一性不再完全是它的本来面目，它变得不确切，就是说以不忠实于字面的方式呈现。一种不再忠实于字面意义的同一性事实上是一种隐喻，一种隐喻性的同一性，它建立在某种联系和存在之上。正如在“A 是 B”中 B 变得越来越失去它的本质属性，而越来越成为某种微妙的、弱势的相似事实。与散文的语言相反，诗的语言在形式上由这样一种形象性编织而成。我们在日常的语言中不会用诗体的方式讲话。

然而，事实是在悲剧中，差异将悲剧英雄将要发现的种种同一性隐喻成为差异，而他在开始的时候并没有意识到这一点。但是大写历史却给了他当头一击。悲剧是被某种隐喻化拒斥的大写历史，这种隐喻化最终暴露出它的真实面目。那么这种暴露就并不一定是相互对峙的人物间的冲突。通常，悲剧英雄陨落的原因在于他并不了解这种隐喻性，后者在他不知情的情况下悄悄地对他造成了影响。正如在爱的激情的场合下，尽管有源自积淀了社会秩序的大写历史的种种障碍存在，人们仍然相信“2=1”的奇迹（例如拉辛）。悲剧英雄并没有马上看见这种隐喻，它像一切隐喻一样隐匿了某种差异，而在行动中破裂的正是这种差异。悲剧性便由此产生。让我们思考一下拉辛的《布里塔尼居斯》(*Britannicus*)吧。我们从中可以看到，尼禄（Néron）的母亲阿格里庇娜（Agrippine）要求她的儿子履行他所拒绝的义务与行为。阿格里庇娜用母亲的隐喻进行论证:“我做的一切都是为了你，因此我是你的一切。”而尼禄则用字面上的忠实义进行辩驳：“当然，你是我的母亲，但是，我是恺撒。因此，除了自己我不亏欠任何人。”这里的差异就是大写历史。蒙蔽阿格里庇娜的是这种她丝毫没有察觉的隐喻性，但是尼禄则将这种隐喻性摆在她的眼前，目的是针对他母亲的意志将自己的自主权合法化。最后，他还是铲除了他同母异父的兄弟、他想要引诱的朱妮（Junie）的未婚夫布里塔尼居斯。

悲剧英雄并没有意识到从历史角度所发生的变化。对他而言，隐喻性仍然是一种有效的回答，和其他的回答一样确切。当他意识到回答仅仅以隐喻的名义才有效的时候，悲剧性就开始不可避免地发挥作用了。身份变得具有隐喻性，而悲剧英雄过去没有看见的东西将强加到他的身上，他与大写历史重逢。在开始时，悲剧因某种字面忠实性的缺乏而产生（相对于某种没有被这样承认的隐喻化而言）。悲剧主人公或者能够意识到这一点，进而实现某种对他来说是致命的命运，例如俄狄浦斯；或者选择与他人进行对抗，例如阿格里庇娜对抗她的儿子。她的儿子明白什么是隐喻性，并且不赋予它除此之外的任何价值。重要的是强调那种所谓的悲剧的互补性的东西（la complémentarité tragique）。当隐喻性增加的时候，有些人就跌入它设下的陷阱之中，就像阿格里庇娜，因为他们在冲突之中发现自己是受害者。但是其他人，例如麦克白则利用差异被消除这一事实，将别人还没有意识到的隐喻性按照自己的利益进行解读。他们凌驾于大写历史之上，利用崩塌的各种价值寻求权力，犯下各种罪行。不辨是非的和（在一定的时间内）利用他人盲目的并不是同一群人。阿格里庇娜处于一种具有潜在戏剧性的境遇之中：她有变成尼禄的受害者的危险，后者让她看清了欺骗她的各种隐喻的真实面貌。而尼禄也是潜在的麦克白式的人物，但是在拉辛那里，他还没有成为这种人：拉辛使我们沉浸在大写历史的中间状态之中，也许是因为绝对王权被认为是对以前的失度的一种限制。大写历史是这些冲突的来源，而在喜剧中，大写历史则已经运用它的种种差异打击了现实。因此，人们不再谈论大写历史，因为它无论如何都不再重要了，也因此被排除了。后知后觉的人是喜剧性的，总之是受喜剧支配的。他们似乎沉浸在因为自己的幼稚而被排除在外的各种境遇之中。喜剧的言语是散文式的，因为各种隐喻为了产生新的字面忠实义已经失去了它们的模糊性。各种差异已经发生了变化。例如没有看到这些新的忠实义的茹尔丹先生[①]（M. Jourdain）的言语，它引出的是种种夸张的、空洞无物的言论；他也因此显得更加滑稽可笑，似乎错过了一场战争。如果人们愿意的话，喜剧代表“之后”（l'après），悲剧代表“之前”（l'avant）。这也许证实了霍勒斯·沃波尔（Horace Walpole）的格言。他说大写历史对于那些经历他们的人来说是悲剧性的，而对那些站在阳台上的人们来说则是喜剧性的。

不管怎样，与喜剧和悲剧一道，人们面对的是针对历史性差异的两种基

① 莫里哀喜剧《贵人迷》（*Le Bourgeois gentilhomme*）中的男主人公，一心想挤进上流社会，为过上贵族的生活出尽洋相。——译者

本回答。这两种回答代表了当加速运行的大写历史并未融入每个人的行为之中时，种种通过呈现所发生之事的负面结果的表演来将大写历史拒而远之的方式——并且因为这是表演所以也就不会牵连任何人。第一种回答，即悲剧旨在揭示当大写历史裹挟并直接牵连某个人物时会产生的结果。第二种回答，即喜剧在于简单地忽略掉大写历史新的有效性（effectivité）。于是结果便是：差异具化为恶，目的是产生悲剧。它凌驾于集体内部的各种差异之上，并嘲弄这些差异。这些集体内部的各种差异是神圣的，正如对父母、对血缘或者对生和死的敬畏一样。在前历史社会，各种国王和王子是与众不同的，但是如果他们违背了这些神圣的差异的话，他们的与众不同就等同于恶，麦克白和卡利古拉（Caligula）就是例子。悲剧描述了差异灾难性的命运。关于喜剧，由于大写历史已经被沉淀下来，它表现的对象必然更加轻佻。从一开始特殊的、唯一可能遭受悲剧性命运的个体性，人们过渡到了对例如吝啬鬼或被戴绿帽子的人这样常见类型的描写。恶习来自对那些普遍性缺点的夸大，而不具有悲剧所引起的重大历史性罪行的那种严重性。起源于18世纪的正剧（drame）将要把这二者，即寻常的恶与对权力的巨大热情混合在一起。在这两种情况下，人们看到的是大写历史如何以消极的方式影响对他者和对世界的回答。如果人们从前能够清楚地将过去的有效性理解为过去的话，那么这种过去本不应该将我们欺骗：有时，欺骗并不严重，因为事物的秩序会重掌它们的权力，并且我们能够得到别人也具备的知识；但是有时，欺骗却十分严重，并且大写历史也因此无法改变。大写历史成为宿命并且将那些不曾把欺骗拒而远之的人们卷走。历史性是每个人生命中大写历史的有效性。

当差异加深时，总是有一些在新与旧之间发生冲突的时期，这就使有些人偎依在过去的怀抱中，无视新事物的存在；或是——这也不是独有的——有人将旧的东西重新阐释以便赋予它们新的外衣。当对旧回答的重新阐释维系了后者的生命，却不再令人信服的时候，这种对历史性的忽视就会导致悲剧性的产生。仍将这些旧的回答原封不动地来看待的行为就是无视从现在起界定它们特征的问题性，后者将趁悲剧英雄与字面意义上的忠实性交锋的时候在他的面前爆发。懂得将从现在起制造问题的东西与那些仍旧作为回答发挥作用的东西区分开来并不是一件容易的事。例如李尔王（Roi Lear）便是这种混淆的牺牲品：他向他的女儿们提出问题以便知道谁爱着他，目的是在他仍在世时把王国分一部分给她们；但是她们用正确的回答欺骗了他，只有唯一一个真诚的女儿因为回答得不好而被抛弃。李尔王在不久之后便被剥夺了财产，并且在他意识到女儿们给他的回答并不是真正的回答之后变成了疯子。失去理智不是别的，而是跌入精神的混乱和无差别之中，其表现是把仅是对自身问题的表达想象成回答的形式并把它当作回答。在精神之中一切都被混淆，这就是疯狂。我们在麦克白那里发现了相似的情形。在悲剧的开始，他错误地对预言，即在他面前现身的女巫们谜一般的回答做出阐释。借着犯下的几件罪行，他把自己当成了国王。这里我们看到的仍然是一个迷失在回答与问题性之中的悲剧英雄；这种问题性以一种神示或预言的形式出现，并在当时通过巫术（la magie）表现出来。在高乃依那里也一样，人们可以观察到一种相似的进程：旧的回答对于某些人显现为回答，而从历史的角度来说却已经不再如此了。让我们想想《熙德》(*Cid*) 吧。我们在那里看到冲突始于一个有关回答地位的问题：它究竟忠于字面还是具有隐喻性？唐·狄埃格（Don Diègue）与伯爵就自己承蒙国王的恩典所做的辩白是否恰当展开争论，即国王的恩典属于荣誉还是功劳？施曼娜（Chimène）的父亲高迈斯伯爵（Comte de Gormas）曾经在老唐·狄埃格手下听令，伯爵嫉妒国王刚刚授予唐·狄埃格卡斯蒂亚总督的称号。于是，伯爵就反驳说：“这次选择就对全体廷臣做出了证明：他们并不懂得酬答今日的辛苦。”① 伯爵也没

① [法] 高乃依：《熙德》，选自《高乃依戏剧选》，张秋红、马振骋译，上海：上海译文出版社，1990 年，第 11 页。

有忘记提醒对方荣誉在功劳面前轻如鸿毛："我这么许多年来随便哪一天的功绩，有什么不能来和你比个高低？从前虽然数你勇敢，但如今却数我英武。"[①] 显然，国王的恩典对于接收任命者是字面意义上的，对竞争者而言则是一种隐喻。然而，唐·狄埃格毫不怀疑地相信这种恩典的字面含义，于是冲突便不可避免。回答究竟是正确的还是一种隐喻？谁有道理？是唐·狄埃格还是伯爵？

伯爵：这本该我得到的差使，你却偏给夺走。

唐·狄埃格：谁胜过你，谁就更配得到这报酬。

伯爵：这活儿谁能干得出色，谁就最有资格到手。

唐·狄埃格：碰了一鼻子灰，可不是个好兆头。

伯爵：身为老臣，你全靠做手脚才当了太傅。

唐·狄埃格：我丰功伟绩的光荣是我唯一的信徒。

伯爵：说得好听些，王上不过是给你的年龄增光添彩。

唐·狄埃格：王上在决定取舍时依据勇敢才慎重地作出安排。

伯爵：照这么说这荣誉就只该到我手里。

唐·狄埃格：谁到不了手，谁本来就不配享有这份权利。[②]

正如人们看到的，在这充满火药味的对话之后，唐·狄埃格得到的称号使荣誉在伯爵眼中成了对年龄和资历的简单隐喻。也就是说，该称号从战功的角度来说是某种极具问题性的东西，可战功对他而言则不是这样。然而，战功本身在封建制度下也是一种典型的对武力的隐喻。君主必须超越战功才能历史性地确定自己的地位。因此，王权只能够向唐·狄埃格一方倾斜。

悲剧从这种隐喻中产生，人们通过隐喻所引起的争端意识到它的存在。

① ［法］高乃依：《熙德》，选自《高乃依戏剧选》，张秋红、马振骋译，上海：上海译文出版社，1990 年，第 12 页。

② 同上，第 13—14 页。

如果隐喻引起了争端，那是因为它是遮蔽同一性中差异的一种形式。无法意识到某种隐喻等于只在隐喻中看到了某种完全是字面意义上的同一性。除去回答的字面忠实义等于如实地理解隐喻性，这就像一个方程式、一个谜团、一个问题，它被摆在桌面上即将被解开，以便使一切恢复正常秩序。如果一个个体认同某种字面上的忠实义，而那里又存在隐喻即谜团的话，那么一旦隐喻分解为不同的、不可调和的和互相损害的字眼时，就会向曾经拒绝它的人物现形并导致他的灭亡。这就解释了专门为俄狄浦斯保留的悲剧性命运，他亲自发现了自己身上的各种隐喻，却甚至不曾怀疑过自己会成为这些隐喻的牺牲品。对他而言，隐喻是那些以清晰的方式实现的各种神谕。杀死悲剧英雄的并不总是另一个人物，有时是他自己的行为导致了他的灭亡。在易卜生的戏剧里，人们经常看到过去重新出现并摧毁那些以为已经从旧的回答的负担中解脱的个体，这些旧的回答在他们眼中已经成为对旧的、一去不复返的事物的隐喻。易卜生的伟大恰恰在于对这种隐喻性的翻转。剧中人物以为旧的回答不再和原来一样，它们只作为各种言说方式而存在，它们的有效性随时间一起变得模糊不清。然而事实并非如此。在他最著名的戏剧之一《野鸭》(*Le Canard sauvage*) 中，一个男人发现他妻子过去的雇主是他孩子的父亲，而他过去一直认为自己才是孩子的生父；另外，家庭日常开销也从这位雇主而来。一切都因此爆发。父亲抛弃了爱他如亲生父亲般的女儿，后者也因绝望而自杀。野鸭受伤的翅膀象征着弱点，后者和流逝的时间一起对人们造成打击。我们都是被他人勉强驯服的野鸭，我们都有自己的缺陷，而其他伤痕都是对我们童年时代伤痕的一种重复。在易卜生那里，过去是一切悲剧的根源，因为各种旧的回答并不一定是无效的，人们仅是将它们埋藏在记忆的深渊之中。而各种隐喻则将它们的力量保存得毫发无损。它们都是一些人们以为已经摘除了引信的定时炸弹。人们将旧的回答界定为非回答（non-réponse）并将它们从有效性的场域中撤回。但是如同在《野鸭》中一样，母亲所犯下的“罪孽”最终造成了沉重的打击，并摧毁了她的家庭。即便这个女人曾经以为已经从“罪孽”之中解脱了出来；但另一种秩序，在这里指的是家庭的秩序，已经诞生并取代了原先的设定。在原先的设定中，她是一名为雇主服务，又怀了他的孩子的女佣。已经被新的回答替换掉的各种旧回答重新作为有效的回答浮出水面，并且将它们的所有重量都压在了当下的问题之上。而人们通常认为这些问题已经被诚心诚意地解决了。这就意味着回答与问题的分隔不再有效，因为过去的各种回答远未呈现出被降级的模样，反而继续在当下的问题之上发挥着作用：过去无法被充分地排斥，被重制以便如哲学家所说的那样不再具有效力。在易卜生那里，被排斥到旧的问题的东西与即将对新事物作答的东西之间的双重标准无法被确立。这种无差异化使各种人们以为已经永远消失了的问题重新出现。戏剧再一次在这种问题性与非问题性的混淆之中发挥作用。易卜生所描绘的社会神经症在于他笔下的人物都依靠着那些看似有效、实则无效的回答维持着生活。这就是导致他们觉得不被理解和被孤立的原因。

陶冶性的分离或喜剧如何不再使人发笑而悲剧如何不再令人感到恐惧

对亚里士多德而言，戏剧的一个功能是它试图用感动之情“净化”灵魂。这就是模仿、再现的伦理。人们希望将使人发笑的东西呈现出来，这就产生了喜剧。人们希望将令人恐惧的东西呈现出来，并引起同情，于是就产生了悲剧。这种有些将表演对他者的影响理想化的观点失败了，现在没有几个戏剧方面的专家还认为这种观点是可靠的。喜剧不令人发笑、悲剧不令人哭泣的现象已经由来已久。在面对他人的痛苦或当单纯的同胞们遭遇不幸时，人们难道已经变得无动于衷了吗？现在并不比过去更糟糕，只是因为这其中发生了某种缺少笑的，从喜剧性向喜剧的过渡，以及某种从不幸向悲剧的过渡。悲剧不再作为眼泪的同义词。这一切的原因是什么呢？如果笑用过度的相似性将一个对象（或一个主体）拒而远之的话，那么有表演存在这一事实就足以指出距离的所在；这就使以产生喜剧效果为目的的笑显得多余。林荫道喜剧（comédie de boulevard）或轻歌舞剧 / 幽默短剧（vaudeville）是唯一明确试图使人发笑的喜剧，因为它们将与观众十分相似的人物搬上舞台。这既不同于《悭吝人》（*L'Avare*），又不同于《云》（*Nuées*）中的苏格拉底。让我们从喜剧性和喜剧开始吧。当一个神父扮演大主教的角色时，他就戴上了一副面具，他扮演的是他所取消的某种差异。笑来自这种嘲笑，来自通过夸张所产生的某种差距。因为所有人都知道他并不是大主教。他采用一种模仿的手段假装是大主教。所有人都清楚差异的所在，人们甚至会强调说，如果在狂欢节的那些天像神父那样装腔作势引起人们嘲笑的是大主教本人的话，就不会让人觉得那么可笑了。但是，在某些情况下，差异被戏剧的主角们忽视，有点像狂欢节的参加者们并没有发现藏在大主教身后的神父一样。他也许具备大主教那些形式上的特征，但是由于失度，他非但没有使人发笑，反而可能让人对他感到害怕并使那些不得不忍受他所体现出的那种差异的人们感到更加恐惧。欺骗终究将被揭穿，喜剧也因此收回了本应在悲剧性事物身上的权利。我们能够在莎士比亚的作品与西班牙戏剧中找到这种处理方式。《伪君子》（*Tartuffe*）中的处理方式也很近似。如果笑存在的话，是因为那些被替代品愚弄了的人身上显示出了幼稚和盲从，例如用神父来代替大主教。那么是神父让观众们发笑，而不再是神父去嘲笑其他人。观众区分出了戏剧主角所忽视的差异。人们嘲笑戏剧的主角而不是和他一起发笑。距离因为表演的效果而加深。笑就是这种表演的结果，但是对于笑的对象来说却一点也不好笑。因此，从喜剧到悲喜剧（tragicomédie）只有一步之遥：中心人物不理解某种差异事实上是不公平、不合理、不合法的，这就使他无法好好地感受这种差异，而成为这种差异、这种力量的牺牲品。在戏剧的最后，没有任何悲剧性可言，因为一切将回归秩序——这是喜剧所要求的——却不再有一丁点儿喜剧性的效果附着在这种角色的转换之上。在《一报还一报》中，这种转换是更多的不公正的同义词。取代公爵的安吉洛（Angelo）比前者要强硬得多。我们在另一部喜剧中找到了相同的理念，即卡尔德隆（Calderôn）的《人生如梦》(*La vie est un songe*)。在这部喜剧中，西吉斯蒙德（Sigismond）因为一个预言自幼被关在一座城堡的主塔之中(这有点像一开始就被人关起来的俄狄浦斯)。他被释放出来之后，就如同预料中那样以暴君的姿态出现。在这一切之中没有任何滑稽的东西，但是这部戏却不失为一部喜剧。喜剧的特点是反转：角色的颠倒——囚犯变成国王、仆人占据主人的位置等等——是某种被推向极端的字面忠实义的固有特性。在那里，同一性主宰着一切，这就导致人们放心大胆地死抠字面意思，相信自己所看到的而不去怀疑那骗人的把戏。

尽管如此，喜剧还是通过以下这种方式与任何一种喜剧性效果相分离，即：差异仅仅被观众所知晓，戏剧主角事实上在遭受着他们信以为真的差异，即便最终这种差异将在行动之中变得模糊不清。喜剧性效果原来建立在某种同一性之上。这种同一性被体现它的戏剧主角所忽视或者为其他人所知，就像神父在狂欢节上笨拙地模仿大主教那样。因此，必须清楚地看到：喜剧所特有的差异的游戏并不必然产生滑稽的效果。正是这一点将古典意义上的喜剧与盛行于18世纪，尤其是19世纪的正剧区分开来。因为在正剧中，差异所牺牲的并不是差异的践行者，而是在他身上起作用的那个人；正剧将成为社会距离的理想表达，其目的在于再现这种距离的危害和流弊。这些危害和流弊最终将会被某个善意的王权或者变得强大的资产阶级所遏制。至于悲剧，它也将不再被定义为类似于卡塔西斯那样对激情的宣泄。乔治·斯坦纳（George Steiner）[1] 甚至在谈论《悲剧之死》（*La mort de la tragédie*），这里我们借用了一下他其中一部书的名字，其目的是强调贵族们的英雄行为（通常是尚武的）不再具有模范的价值。同时，贵族政治也走到了尽头，资产阶级统治的时代已经到来。后者更关心的是普通人（Monsieur-Tout-le-Monde）的行动；在这种统治下，资产阶级注定能够更加清晰地认识自己。但是悲剧早已切断了与从前鉴别它的标识之间的联系，大概是因为“莎士比亚式”的罪恶。仅就它们而言，已经不再适用于这种标识了。归根结底，通过质疑戏剧所承担的，由亚里士多德所赋予的“净化 / 导泻”功能，有关表演意义的问题被提了出来。为什么人有表演的需求？表演所寻求的效果是什么？被人们拒而远之的差异使人们所亲身经历的差异变得容易接受。表演使人对其自身的同一性及命运感到放心。表演为我们所经受的种种差异报仇雪耻，而人们更倾向于参与到那些更加糟糕的、影响到他人的差异中去。同时，表演能够使排斥持续下去，甚至助长怨恨和不满。从象征的意义上来讲，它用人们的本是减轻他们的痛苦，并将问题转移到他人的本是之上。因此，对“景观社会”[2]（société du spectacle）进行思考是件很重要的事。众多发达资本主义社会的雄心壮志在“景观社会”中进行自我麻痹并自我实现。唯一能与命运的均等化相媲美的是各种远大志向和多样化的竞争。人们不得不沉湎于他人的不幸和烦恼中，目的或是在经历了离异和事业失败之后聊以自慰，或是一边确认自身无法违背的局限性，一边嫉妒着别人的幸福并将它归功于运气；

---

① 乔治·斯坦纳（George Steiner,1929—2020），文艺批评家、翻译理论家，出生于法国巴黎，代表作有《巴别塔之后》《悲剧之死》《何谓比较文学》《马丁·海德格尔》等。——译者

② 源自居伊·德波（Guy Debord）1967 年所出版的《景观社会》（*société du spectacle*）一书。德波是字母主义国际（Internationale lettriste）和情境主义国际（Internationale situationniste）的奠基人之一。《景观社会》是德波对商品社会和消费社会的批判。围绕“景观”这一概念，德波指出，当代社会正处于从马克思所面对的资本主义物化时代向社会景观之王国的过渡之中，在这种新的历史断代里，整个社会生活显示为一种巨大的景观的积累，景观关系中纯客观性的拜物教式表象，掩盖了人与人、阶级与阶级之间的关系。——译者

因为他者不幸的反面是人们所欠缺的幸福。人们也必须参与惩罚那些违反由人性所赋予的最神圣差异的人。在这里我们想到的是莎士比亚的戏剧。在其中，谋杀、篡位、乱伦的强暴行为使那些沉湎于此的人们走向灭亡，即便这只发生在舞台上。

因此，表演的功能在于打消掉人们对那些可能给某些人招致不幸的灾祸的疑虑；同时将恐惧拒而远之，仅留下人们对此所能够感受到的同情和怜悯。从此，人们明白了一件事，那就是各种被大写历史肯定或推翻的差异在某些社会中造成了问题；而在这样的社会中，戏剧达到了它的最高水平。例如在古希腊戏剧诞生的那个时代，差异是社会冲突的同义词，一部分精英的地位在上升，而另一部分既得利益者的地位则不断下降。希腊正在走向民主；奥林匹斯诸神之间无休止的战斗和憎恨让人们想起了高贵的战士之间的争斗，而诸神所代表的旧的贵族阶级价值观正在变得越来越具有问题性。希腊悲剧所彰显的是人们对诸神秩序的呼唤。人类与诸神如此相像，以至于他们越来越倾向于将诸神抛在脑后。因为人与神有被互相替代的可能性和趋势；差异正在消失，如果人类开始像神一样行事的话，一切都变得被许可了；而诸神的角色在于证明各种罪行和应受惩罚的激情这些越界行为是专门为“越界的”（au-delà）他们所准备的。至于古希腊的喜剧，它所表达的是古代的知识分子投射在一个已经被大写历史遗忘了的社会身上的目光。一些人身上的怪癖、另一些人身上的恶习和愚蠢，成为某种已经日薄西山的笑的对象。盲目和愚蠢已经取代了任何命中注定的东西；从那时起，探讨命运在一个即将被大写历史吞没的骨肉相残的希腊已经成为禁忌。

戏剧将在西班牙和英格兰得到复兴；在那里，混乱的政治秩序、稳固的君主政体与王权合法化的必要，再一次成为悲剧和与它最为相似的，也是西班牙人最为钟爱的“悲喜剧”的核心。中世纪的人们经历了滑稽剧（farce）和神秘剧（mystère）的洗礼，而它们并不算是真正意义上的喜剧和悲剧。基督教世界认为不管怎样最终一切都全靠基督的赎罪行为来解决。没有任何真正悲剧性的东西能够突然发生，而这种观念在西班牙戏剧中也得以延续。另外，也不存在任何真正意义上的喜剧性的东西，因为人类的命运由原罪和错误交织而成。幸运的是有国王在最后做出调解。在《羊泉村》(*Fuente ovejuna*)里，村民们因为反对领主在婚礼当天将新娘抢走便杀死了他。最后重新恢复城中秩序的不就是国王吗？在蒂尔索·德·莫利纳（Tirso de Molina）的戏剧中，不还是国王在一个被戴绿帽子的贵族的公诉中保护了唐璜（Don Juan）吗？在西班牙戏剧的黄金时代和莎士比亚占统治地位的伊丽莎白一世时期之前，文艺复兴时期的三部伟大戏剧作品分别是：罗哈斯（Rojás）的《塞莱斯蒂娜》(*La Célestine*)、马基亚维利（Machiavel）的《曼陀罗》(*La Mandragore*）和马洛的《浮士德博士》(*Le Docteur Faustus*)。这三部戏剧是文艺复兴精神的典型代表，魔法和巫术在其中扮演着决定性的角色。一切都是隐喻性的，各种隐喻被逐字逐句地信以为真：如果只有一个人相信这些的话，就很滑稽。因为其他人都通过这种方式努力去欺骗这个人（马基亚维利）；而如果所有人都感到相似性具有真正的操纵能力，都相信催情药的魔力和女巫或魔鬼的力量的话，这就不那么好笑了，就像人们在《塞莱斯蒂娜》中看到的那样。

莎士比亚时代的环境发生了变化。因为有了真正的悲剧，而女巫的力量仅仅具有高深莫测的甚至是不可理解的神谕性质。每个人都以他自己的方式听从那些女巫，而这还并不具有决定性。因此，悲剧性的个体自身变得如同怪物一般可怕，他们表现得好像是被赋予了更为强大的力量。于是，加速运行的大写历史将越来越具有问题性的旧答案削弱为隐喻或虚假的同一性。某些悲剧人物并没有立即意识到这一点；而另外一部分人则清楚地看到从前的各种差异仅仅是一些隐喻，是对生和死的隐喻，对物质财富和他人的隐喻，对家庭即亲属、兄弟、姐妹、儿女、父母的隐喻。即使不是从法律意义上来讲，但至少就事实而言，一切都是被允许的。

> 弟兄变成不睦：在城里，有兵变，在乡间，有争端，在宫中，有叛逆；父子之间又要生出裂痕……国王之忽改常态，这是父与子绝缘。[①]

这个时代的人们目睹了冲突和对抗成为差异的体现，悲剧性就诞生其中。人们知道伊丽莎白一世曾对莎士比亚的支持，一如后来路易十四对拉辛和莫里哀的支持。这种支持的目的在于宣布种种源自大写历史喧嚣的差异的有效性，并把讥笑这些差异时所发生的事用表演的方式呈现出来。这些差异被认为比那些需要被取代的差异更为正当合理，因为前者是和平与稳定的同义词。人们会觉得它们可笑，也会对它们感到恐惧；如果不管怎样都不再有任何东西能够确保对大写历史主角的正当权益的阐释的话，人们就必须对这些差异感到恐惧。

如果对莎士比亚悲剧来说最重要的年份是1600年的话，那么对西班牙戏剧而言，最重要的年份则是1630年。因为《塞维利亚的骗子》(Abuseur *de Séville*) 在这一年问世，而卡尔德隆的《人生如梦》也在差不多五年之后出现在世人的面前。然而，戏剧的目的仍然是呈现出种种正确的和因为不再被尊重而带来致命后果的差异。荣誉在贵族阶级乃至作为最高主宰的国王那里得到体现。它是西班牙戏剧最为偏爱的主题：荣誉总是能够找到它合理的回报，而如果缺少这种回报的话，就会出现惩罚。

法国古典戏剧也许是悲剧最后的伟大时刻。在那之后，喜剧占据了统治地位，成为充斥着资产阶级情调和讽刺语调的18世纪的固有特性。哥尔多尼、马里沃（Marivaux）和博马舍（Beaumarchais）是这个时代最杰出的代

---

① [英] 莎士比亚：《李尔王》，选自《莎士比亚全集33》，梁实秋译，北京：中国广播电视出版社，台北：远东图书公司，2002年，第43页。

表。新古典主义时代仍旧彰显着旧事物与新事物的对抗，二者处于一种不稳定的平衡之中；后来，一切都与种种新的价值观一道彻底转向了另一种秩序。激情放纵（拉辛）的表演，或那些忘记差异，即他们正确的位置的人（例如自认为高贵的贵人迷或行为举止不符合人们对那个时代女性期望的可笑的女才子）的滑稽表演，很快就不再能够慰藉那些明白自身处境并因此想要做出改变的人的精神。

因此，戏剧真正的使命并不在于对激情进行“评判”，而是将人们所忽略或嘲笑的差异搬上舞台。人们在忘记差异的情况下得到了喜剧，而在嘲弄差异的情况下得到了悲剧。使人发笑或哭泣是亚里士多德学派的雄心壮志，但这种愿望大概很难被实现。今天似乎很难想象人们在观看阿里斯托芬戏剧的时候，曾经发出和后来观看林荫道喜剧时一样的笑声。相比而言，后者的讽刺性和批判性更弱。讽刺和批判并不一定能受到那些经常试着寻找一些好借口以去赞同而不是进行排斥的大众的青睐。

为什么会有喜剧和悲剧存在而不是一无所有？

事实上，悲剧和喜剧分别构成激情之历史性的反面和处所。以他者为对象的“向他人展现”这一行为怎样进行自我表达？从历史的角度来看，这种“展现”具有不同的形式，而戏剧仅仅是其中一种。激情不仅以更为静态的方式体现在绘画中，也体现在歌剧和后来的电影中。相异性统摄着此类艺术形式。如果这样或那样的社会在某个时期更喜欢歌剧而不是戏剧或相反的话——我们可以想到17世纪的意大利和法国——那是因为当时的意大利君主政体合法化的问题并没有被提出，而国王的调解作为新的差异将取代那些旧的差异，后者被认为是暴力和混乱的源头而理应被戏剧搬上舞台。悲剧和喜剧作为回答被记录在某种历史性之中，后者便由不同人物所体现的新旧事物相互对抗。大写历史加速运行使各种差异加剧。曾经的所是改变了模样，仍然具有的属性则从属于另一种隐喻的同一性。因为隐喻事实上是一种被抵消了的差异，当然这种抵消是虚幻的。人们不能察觉到这一点并继续死抠回答的字面意义，而看不到改变。这就是喜剧的固有特点：因为过度的忠实义而犯错，没有察觉到已经成为其他的所是，弄错已经加剧了的各种差异，将并不一致的东西当作相同的，所有这一切都让人发笑或至少孕育了喜剧。但是以物质性为代表的生命（柏格森）和被贬低的高尚（拉伯雷）创造出了怪诞性和滑稽性。因为人们总是可以拒绝感知差异的存在，正如喜剧人物，例如小丑所做的那样，但他是故意为之。人们也总会冒着令人发笑的危险，从字面意义阐释那些他们不惜一切代价所坚持的各种相互承接的回答。严格地说，人们可以过度阐释一切事物并指定给每个回答某种引申的、秘密的、神秘的价值，而他们也有可能成为或不成为这种价值的占有者，哪怕以谵妄和成为疯狂的小丑为代价，例如李尔王。这两种对大写历史的回答是相互对立的，这就解释了在历史加速运行的同时人们获得喜剧和悲剧的原因。喜剧开始于悲剧结束的地方：作为隐喻性解决方案的字面忠实义在喜剧中成为发挥作用的各种问题的形式。在悲剧中，历史仍然在前进，因为各种隐喻影响着人物，而他们却并不一定能意识到这一点——这与喜剧性的盲目有共通之处，也解释了悲剧经常向大写历史借用主题的原因。那些伟大、崇高的人成为悲剧的题材，例如古代的神祇或后来的国王，因为他们是历史的隐喻。相反，喜剧是已经发生并构成了（暂时的）共同世界的大写历史，它的明证性成为大家的共识，它的平凡性总是或多或少被打上时间的烙印。各种回答都在那里供人自由使用。悲剧的崇高性让位于一些更加平庸的人物。在一个大写历史仅由一些特别的故事构成的世界中，这些平庸的人物像其他任何人一样表达着自己的感情。喜剧的修辞性在那些被大家所赞同的回答上发挥作用，而悲剧则在问题性上发挥作用；但是人们知道，这是针对在回答行为内部加剧差异的大写历史的两种互补手段。回答行为既是它自身又是他者。作为所是的隐喻，回答仍然继续存在。将大写历史抛在一边以便在某个将各种同一性打乱的社会中更好地体验这些同一性的行为所假设的是，人们将这两个相互对立的侧面分解为种种各自独立的可能性。崇高与现实、悲剧与喜剧一样都代表着大写历史的双重倒影；人们想要将影响他们的这种历史的历史性拒而远之，通过表演使自己安心，因为悲剧是为其他人准备的，最糟糕的事情可以被引向一出滑稽的喜剧。喜剧中存在没有看到变化的迟到者或外围人的角色，但是观众们手头上却掌握着所有新的回答，这就使人安心。在悲剧中，人们面对的是历史性的变化和旧回答的突转，一些人自认是新回答的主人，仅仅是因为他们认为能够以个人意志和任性强迫别人接受这些新回答。而通常这些意志和任性仅仅是疯狂或盲目的，或至少是靠野心或激情来实现的。

当然还有些关键的问题：这种对悲剧和喜剧下定义的抉择从何而来，即隐喻性的失度和字面忠实义的失度从何而来？在大写历史的某个时刻，言说、逻各斯和对真实的回答为什么会依据这条双重轴线发生分歧？是什么使人们在幻想那些身处各种困境的人物的同时，在大写历史中观察到各种受到特别对待的时刻——在那里站在虚构对面的是字面忠实性与隐喻性。又是什么原因导致悲剧和喜剧经常在同一时期的几十年时间里共存？就像古希腊的欧里庇得斯和阿里斯托芬、法国的拉辛和莫里哀与同时活跃在这两个领域的英格兰的莎士比亚。

为了回答上述问题，让我们回想一下当大写历史开始加速运行时所发生的事。各种同一性在减弱，它们仅仅用隐喻性的方式保留着曾经的所是；就如同现在的事物（其实已经是他者，哪怕是部分的他者）仅仅是曾经的事物的类比物或相似物。当大写历史加速运行的时候，事实，即现在的事物只是依靠隐喻的方式在其同一性中延续下去。但这也意味着，事实在其同一性之中通过各种类比的而不是死抠字面意义的关系被一字一句地陈述出来。人们并不将这类隐喻视为具有言外之意，而把它们当作以现在的事物为参照的忠实于字面的各种回答，即其真实的风貌。因为这些隐喻被感知为现实的图像本身，一如现实从此在理论化和感受性之中被确立起来的那样。那么，大写历史的历史性究竟是隐喻还是忠实义呢？显然两者都是，而这就是问题的全部。我们可以将各种隐喻化解读为图像、幻想、讲话方式等；但是我们也可以将这些隐喻化重新引向对现在的所是的论述，即以忠实于字面意义的方式阐释它们。在第一种情况下，这些讲话的方式通过一些弱势的同一性将各种差异遮蔽起来。人们明白这些同一性被反馈到某种替代项、某种名称不同的差异上来。“里夏尔在战斗中是一头狮子”像是某种谜语，而我们都不能从字面意义上将里夏尔等同于一头狮子。当人们这么做的时候，他们事实上通过“里夏尔既是一个人又不是一个人”(因为他被界定为动物）这一替代的形式提出了一个问题。这个问题通过狮子和里夏尔所共同具有的勇气这一共性得到解决。但这其实是一种弱势的同一性。某些共同的属性使人们将它们的载体视为同一。堂吉诃德看到了巨人而那里只有几座风车，因为它们是一些大家伙，身上的翅膀使人联想起手臂的模样。弱势的同一性应当提出何谓一致物的问题，当它被辨识为隐喻本身时会发生这种状况。隐喻的作用依然是将造成问题的东西表现为回答，以便不必明确地解决它。隐喻将问题粉饰为回答，而这仅是一种形式上的、隐喻性的回答。事实上，存在一个谜团，即便在这儿的例子中，反馈到该谜团的神秘性已经过于陈旧了。

在第二种情况下，那种能够说明现实与以前相同的隐喻化并没有被正确地感知，因为弱势的存在从现在起成为变化中存在的新形式。在真正的当下存在的苛求下，各种同一性被不断削弱。从字面忠实义的角度来看，各种事物是不同的并与它们先前的状态有关，人们应该通过相像、类比和相似来表达它们。在那里没有任何的问题性，但相反被回答行为本身以这种方式重新定义。从字面忠实义的角度回答现实所提出的问题意味着各种新的同一性被书写为弱势的存在，意味着各种差异事实上是（有待寻找的）种种相似和对应。

逻各斯的这种双重可能性对思考提出了一个重大的问题。如果人们在隐喻中发现既渗透着问题（从回答的角度来看，它们是各种隐喻）又存在着解决问题的回答的话，怎样区分问题与解决问题的办法呢？怎样发现当下的所是并将其与不再是当下之所是的东西分离？怎样将已经变得具有问题性的旧回答和即将代替它们的回答划清界限？削弱中的存在编织着问题的秩序，后者用无效性击打着被大写历史要求替换的旧回答；同时，它还编织着回答的秩序，后者从此变得更加具有类比性，尽管那些片面的同一性被信以为真。例如在文艺复兴时期，人们确实认为小宇宙和大宇宙是一样的：因此人们就会在人体与宇宙之间寻找共同点，就像后来在机械时代，人们将身体等同于一台机器。我们在上面提到的危险在于不再能够分辨出问题性和非问题性、分辨出造成问题的东西和作为其回答的东西，因为这两个层面是与各种既松散又片面的同一性一起作用的。那出无差异化的戏剧是从行动和判断角度定义哈姆雷特（Hamlet）的踌躇不定最好的办法（由此产生“生存还是毁灭”那句著名的独白）。其实更确切地说，人们说的应该是混淆。不管哈姆雷特是否愿意，这种混淆都占据着他的精神，即便他为了更好地欺骗占有他被害父亲王位的新国王在竭尽全力地发挥着混淆的作用。

回到我们的问题上来：喜剧和悲剧到底回答了什么？它们和上述内容有什么关系？不断削弱的存在将差异整合并将其隐喻化为同一性，以便确保某种不被大写历史触及或主宰大写历史的延续性；这种存在在被削弱的同时，使“A 是 B”既能够从字面意义上去解读，又能够从隐喻的角度去解读。这只能在已经成为问题的（需要被新回答取代的）回答与被确立为解决方案的回答之间产生混淆。如何强调这样一种事实，即：需要做出区分但这种区分却无法实现？回答是：多亏有了喜剧和悲剧。它们彰显了当个人在什么是回答的问题上产生错觉或犯错，或当他强行抓住问题性以便赋予它一个仅属于他自己的含义时所发生的事情。归根结底，喜剧和悲剧一样使某种差异生效，并展现出对它不敬时所产生的结果。当把一切都以隐喻性的方式对待而没有意识到问题性的时候，人们就忽视了后者的实际风貌；当坚持对问题性做出唯一忠实于字面意义的解读时，人们就忽视了他们所纠缠不放的各种回答已经过期失效并失去了回答的价值。从此，喜剧和悲剧的功用在于将问题、回答的差异搬上舞台。那么在对话中、在冲突中、在对幼稚幻想那天真的表达中，这种差异在实践中指的是什么呢？是如实地认识到这种遮掩着某种差异的隐喻性的本来面目。在喜剧和悲剧中，人们懂得既不能太死抠隐喻性的字面意义，也不能无视它并将它在已经不再流行并流于形式的回答中字面化。让我们举两个例子，一个喜剧的，一个悲剧的。由此人们可以更清楚地看到问题、回答差异（différence question-réponse）位于戏剧表演这个允许问题和回答这两种概念相混淆的世界的中心。在悲剧中，人们清楚地观察到由某种隐喻性引起的幻觉，这种隐喻性越是被如此感知就变得越强。于是，它便不作为回答而呈现为对某种问题的表达。鉴于特殊的背景，这种问题是无法逾越的，只能作为一种问题性的回答一直延续下去：这部悲剧就是拉辛的《安德洛玛刻》（*Andromaque*）。很显然，在这部悲剧中各种事实上是虚假同一性或假象的隐喻使人们上当了。由于并没有意识到这一点，他们将面临这些隐喻即将爆发的字面忠实化的挑战。个体们做出的“回答”远未解决任何问题，反而纯粹是隐喻性的，它们的问题学性质（problématologique）将被揭露为各种真实的问题；而这些问题却在回答的表象下被这种表象所排斥。爱情于是就这样将剧中人物相互联系起来；但事实上，爱情本身又是造成他们痛苦的原因。有什么比爱的激情更具隐喻性的呢？它难道不让深陷其中的人相信“2=1”吗？一旦这种错觉得不到认同，它就只能在现实的压力下让步，被掩盖的差异就分崩离析。这种情况发生在《安德洛玛刻》中每个人物的身上。俄瑞斯忒斯（Oreste）爱赫耳弥俄涅（Hermione），但后者却不爱他，因为她爱着皮修斯（Pyrrhus）；皮修斯不爱赫耳弥俄涅而爱安德洛玛刻，但后者却一点也不爱他，因为安德洛玛刻继续敬仰着她的丈夫、被皮修斯的父亲杀害的海克托尔（Hector）。然而，安德洛玛刻在皮修斯面前妥协了，因为害怕皮修斯将她和她的儿子交给前来要求归还他们的俄瑞斯忒斯。希腊人也希望借此避免安德洛玛刻的儿子在成年之后对他们进行任何报复。在盛怒之下，赫耳弥俄涅让俄瑞斯忒斯杀死了皮修斯。此外，每个人物都在无意识中落入隐喻性关联的圈套，安德洛玛刻是第一个。她爱的人不是已经死了吗？但是归根结底，每个人都被他对另外一个人的激情所蒙蔽；可后者却因为种种客观原因而逃避前者。这些原因将立刻被字面忠实化，也就是不可避免地现身，就像任何显而易见的事实一样。这些人物令人震惊的一点是，他们就是禁锢、定义自身的某种过去的各种隐喻。因为这些隐喻蒙蔽了他们：安德洛玛刻是海克托尔的遗孀，她把自己和他的利益合二为一；皮修斯是阿喀琉斯（Achille）的儿子，特洛伊人即海克托尔的敌人；赫耳弥俄涅是海伦——特洛伊之战起因——的女儿；俄瑞斯忒斯则是伟大的希腊战士阿伽门农王的儿子。简而言之，每个人物都把自己当作那个赋予他们儿子、女儿或妻子身份的人，或至少把自己等同于他并无视那些将他们区分开来的差异。可是尽管存在这种同一性的幻觉，各种差异仍然无法回避。即将打乱这一切隐喻的爱的激情本身也是某种隐喻，它在分崩离析的同时，将对所有人表明超越现实的不可能性；现实是束缚、是差异，它强迫每个人都回到对世界的某种基于字面意义的解读。唯有这种解读能够确保人们生活在其中并辨别出方向。

正如拉辛这部戏剧所呈现的那样，悲剧是过度隐喻化与字面忠实性相互碰撞的场域；字面忠实性如实地破除了这种过度隐喻化的神秘性。一切悲剧性冲突都基于这一点：它迫使各种悲剧人物意识到他们所相信和希望的东西事实上都充满了各种隐喻，而后者仅以假象作为唯一的根基。由此产生了问题性与非问题性之间的差异，即我们前面提到的问题学差异（différence problématologique）。悲剧将这种需要被遵守的差异典范化，即便是通过与之截然相反的境遇，即所谓的反面例证来实现。悲剧的目的在于展现当问题学差异因为某种过度的隐喻化而被忽视时所发生的事情。这种过度的隐喻化使人们随着利益或影响他们的各种激情的支配而做出回答。

喜剧的机制则恰恰相反：在那里，各种本应被感知为多重可能意义的隐喻一下子被缩减为某种唯一的字面忠实义。后者沿袭自人们错误地认为没有改变的过去。喜剧人物是其反历史性的牺牲品，如果我们可以这么说的话：他似乎一直生活在自己的世界之中，而这个世界已经和其他人的世界不同了。这就解释了幼稚的人和孩子令人发笑的原因。此外还有在拉丁戏剧中不朽的，但在古希腊阿里斯托芬戏剧中已经存在的老人形象。在《马蜂》（*Guêpes*）中，老菲洛克里昂（Vieux Chéricléon）唯一的梦想就是起诉他的同胞们。作为儿子的布吕得克里昂（Vomicléon）看到父亲仍然沉浸在克里昂（Cléon）人民专制暴政（tyrannie populaire）的美好幻想之中，不得不阻止父亲实践他疯狂的司法裁判权。于是，儿子将父亲“监禁”起来，但是后者并不放弃：他想要进行审判和裁决。于是人们组织了一桩诉讼案件以便平息他心头的顽念，但是由于缺少“罪犯”，人们便找了两只狗，其中一只“偷了”另一只的口粮。菲洛克里昂十分欣喜，他终于又可以进行审判和裁决了；而且，他还装作没有发现狗只是狗，而是把它们当作和其他人一样的公民对待。恰恰是这一点使他人清楚地认识到在喜剧中存在某种无法根除的字面忠实性，因为菲洛克里昂坚持认为这是一起普通的诉讼案件，而对诉讼对象是动物这一事实毫不在意。这一点使除了菲洛克里昂之外的所有人感到好笑，但菲洛克里昂却对重操从前的诉讼程序感到高兴。然而菲洛克里昂并没有通过击打在他身上的滑稽性意识到雅典的事物已经发生了改变（或者它们本应该发生改变，阿里斯托芬戏剧的讽刺性由此产生）。大写历史在旧的忠实性之中加深差异，使其因此变得具有问题性；通过使这种过度的忠实性与大写历史的差异相对峙，阿里斯托芬想强调的是我们前面提到的问题学无差异化所产生的事与愿违的结果。他所强调的并不是这种结果的本来面目，因为其目的并不在此；他想做的是通过某种有害的实践，即动不动就对所有人提起诉讼的怪癖来做到这一点。无视时间的改变以及变得不再有效的旧的回答的行为如果仅从隐喻的角度来看的话会引人发笑，因为很幸运，城邦已经变得聪明（某种虔诚的愿望？）并且和平能够在国家内部重新占据统治地位。很显然，在这里存在某种字面性与隐喻性的对立，这种对立所展现的是问题性与非问题性的对立。在这种情况下，造成问题的是字面性。它不再是回答。但是人们仍然可以在这一点上犯错，就像菲洛克里昂一样。为了很好地彰显需要遵守的问题学差异的内容，喜剧将这些内容呈现出来并在某种对峙中使它们对立。这种对立在悲剧中以另一种方式出现。悲剧从隐喻性出发，而喜剧则植根于过度的字面忠实义。但是这两种情况中的思想是一样的，在于在一个问题性与非问题无差异化仍然可能的世界中释放二者之间的差异。必须将各种隐喻看作它们自身，字面上的回答也是一样。如果人们能够将它们区分的话，就能够避免任何隐喻性的悲剧；这种隐喻性鼓励人们把任何事物都向有利于他们的方向进行“过度阐释”，并参与到不具名的犯罪或疯狂之中。同样，人们也将摆脱任何字面忠实性的喜剧性，这种忠实性对各种精妙以及源自行进中的大写历史的双重意义都视而不见。以上这些都与那些仅仅依靠在旧的回答身边的人擦身而过，这就使各种旧的回答在人们试图去蒙蔽的那些人眼皮底下耍花招。

因此喜剧和悲剧就是对前进中的大写历史的回答，对它所加深的各种差异的回答。这些差异表达了问题学的差异，后者会在某些人脑海中被遗忘，由此产生悲剧和喜剧；悲剧和喜剧彰显了这种遗忘，同时将需要遵守的差异的内容呈现（或再现）为差异即将引起混淆的种种时刻。将问题和解决问题的方案混淆，就是对现在所提出的真正的问题（菲洛克里昂）产生错觉；同样也是看不见发挥回答作用的事物的真相（麦克白或李尔王）。因此就需要在大写历史的某些关键时刻进行例证化，它产生于在问题学无差异情况下的这些混淆。在这么做的同时，需要在种种具体情况下、在问题学差异不再有十分清晰的轮廓的时候，呈现出事实上所发生的事。在这之后，将会迎来某种新的将问题排斥出回答的方法；它将作用于各种回答本身。这将是科学：它抛弃一切书写为弱势存在的事物，而不寻求在已经变得问题性的旧的回答与新的回答之间做出分拣。为了避免混淆的危险，科学只接受人们希望加强的某些存在，作为对削弱中的所是的回答。由此产生了科学对数学类型的各种同一性的偏爱。但是一切并不一定归结为某种语言，因此需要冒着看到问题与回答相互混淆的风险来做。当人们将隐喻性字面忠实化的时候，技巧在于展现问题学差异，即便存在正不断削弱且用问题性来击打过去的回答并将它们变得具有隐喻性，以便向公众展示某种被感知为弱势存在、弱势同一性的领域并非巫术，而是现实的结构本身；人们通过这种结构发现隐含的各种关系。

结语

我们在研究喜剧和悲剧的角度中可以找到一些亚里士多德的观点。尽管戏剧不断地演进，这些观点直至今天仍然有效。悲剧与英雄们有关，他们拥有比我们更高的价值。他们通过某种失度的行为记入大写历史之中。这种失度也导致了他们的陷落。他们引起恐惧和怜悯，而喜剧人物则被表现得比我们更低级。人们嘲笑他们的不幸。两种类型之间的联系需要被建立起来：差异的概念是这种联系的关键，这种差异与大写历史有关，并将大写历史在其他层面做出解读。群体的同一性与那些体现这种差异的人刚好相反，由此产生悲剧性的抵偿。但是为了能够与众不同，就必须至少具备国王的身份。后者因为他的不纯洁性而变得神圣，这种不纯洁性是其差异性的表达；国王因为手中的权力，既令人畏惧也受人崇敬。这就解释了悲剧英雄引起恐惧和怜悯的原因，正如亚里士多德所说的那样。悲剧英雄的命运引起这些感觉，因为差异既是拒而远之的同义词，又是想要消除它的意愿的同义词；而消除它只有在悲剧英雄从神坛上重新走到其他人群之中的情况下才能成为可能。喜剧反馈到某种已经被历史性地同化了的差异，这就使大写历史不再发挥作用。被忽略的差异引起了与某个与众不同的个体之间的距离，后者因此被抛弃；但这并不具备重大的群体性影响，除了对那个被人们所嘲笑的人。在一个还没有十分倾向于过分追求物质价值的世界里，群体并不会感到吝啬鬼和有产者的威胁。他们也没有被一个如菲洛克里昂般痴迷于法庭的人质疑，因为他们所处的那个社会开始消极地评判这一行为。同样，在中世纪所谓的骑士社会中，女人身上曾经拥有着一层神秘的光晕；但在一个女性已经失去了这种神秘光晕的世界里，群体也不觉得配偶有外遇的戏码会将自己置于危险的境地。

第二章　笑之谜

尽管亚里士多德是西方第一位文学理论家，但他却很少围绕笑和喜剧发表自己的意见。然而，戏剧对亚里士多德来说是最典型的文学形式。那个时候小说还不存在，亚里士多德将他分析的主要内容集中在悲剧身上。至于喜剧，它似乎被缩减为某种次要的艺术形式。这是因为它的主人公配不上英雄的称号吗？无论如何，喜剧提出问题；而在喜剧范围之外，需要引起人们重视的是与喜剧密切相关的笑（le rire）和普遍意义上的喜剧性。人们在喜剧表演中感受到某种真正的享受，而他们并不一定因为同样的原因在观看悲剧表演时谈论悲伤与忧愁。审美快感确确实实地存在于这两种戏剧体裁之中。怎样将笑与审美享受相耦合？这个问题也许并没有像悲剧那样被亚里士多德充分地论述；但从波德莱尔（Baudelaire）到柏格森（Bergson），该问题一直不停地激起诗人与思想家的好奇心。激情，即对作品的接受是造成问题的原因。如果我们想要将戏剧纳入美学的整体框架中的话，这便是一个根本性的问题。

笑与喜剧性

人们说，笑是人的固有属性，没有什么比笑更为稀松平常的事了。然而时至今日，尽管先前有柏格森和弗洛伊德（Freud）的努力，笑在诸多方面对我们而言仍是一个谜。有必要把笑容和泪水置于同一层面吗？我们也许可以这么想。眼泪和笑是一枚硬币的正反两面，就好像它们背后都潜藏着同一种事实。对于眼泪来说，该事实带着一个负号（-）；而对笑容而言，该事实带着一个正号（+）。但这么讲并不一定是对的。新生儿一出生就开始哭，学会笑则晚得多。通过笑的方式，他不是在满足某种需求（répondre à），而是就某种需求做出回应（répondre sur），并向负责照顾他的那个人明确地表达他的满足。而泪水则以即时和直接的方式表达沮丧和不高兴。正是因为这个原因，使得人们在将笑与哭并置时，或把笑与哭视为喜剧性与悲剧性，乃至喜剧和悲剧的心理学根源时需要格外谨慎。尽管所有这些概念之间肯定都有关联，但它们离披上一对互斥的情侣的外衣，使喜剧成为笑的、悲剧成为忧伤的文学表达还差得很远。

让我们回到笑的身上。与哭相反，它貌似能够界定某种专属于人类的态度。另外，“专属于人类”又能让人联想到什么呢？总的来说就是所有能将人区别于动物性和生物性的东西。人不喜欢被局限于生物性之中，就是说，局限于他的身体性决定论之中。他试图主宰并超越这种决定论。大多数的辱骂都从动物性或生物性的语域中汲取灵感：从驴子到粪便再到猪，贬低他者的语言从这些借用语中汲取力量。诚然，身体与它的天然冲动是无法回避的，但现在可以说它们已经被社会化、人性化、精细化了，正如烹饪之于进食的需要或时尚之于穿衣的需要那样。死亡同样是不可避免的，这是自然性不可抗拒的回归。由此产生了丧葬的宗教仪式（这种仪式靠人来埋葬死者，因此具有人性），其目的在于将这种生与死的差异神圣化，并将死亡融入生命的人性化当中。

因此，表达哭泣的尖叫声属于动物性的范畴。例如，当雌鹿最终被猎人逼到走投无路、陷入绝境时，人们会在它那里听到这种叫声。相反，笑则是人类的专属能力。这是一种智识行为而不仅仅是一种表达行为。怎样不从进化而从精神行为的角度来解释这一点呢？正如我们一开始提到的那样，并不缺少对此的解释，其中最出名的非柏格森和弗洛伊德莫属。但是波德莱尔已经开始对笑进行思考，在此我只引他为例。波德莱尔将笑视为魔鬼的烙印。魔鬼一直都在揭露并破除断言知识的那个人身上的神秘性。魔鬼就是知识，即信仰的敌人。这不刚好和疯子与小丑类似吗？对波德莱尔而言，痉挛性的笑、将成为这种笑的牺牲品的人拒而远之会让人想起某些与撒旦有关的事。这是傲慢的信号，它可以上溯至人类被逐出伊甸园。“笑是邪恶的，因而是深具人性的。对人而言，笑是意识到自己优越性的产物。”[①]波德莱尔补充道。正因如此才必须区分儿童的笑与成年人的笑，就像人们把欢喜和与众不同的傲慢对立起来那样。“用儿童的笑来反驳我是徒劳的，儿童的笑，即使作为身体的表现、作为形式，也和观看一出喜剧或一幅漫画的成人的笑截然不同……儿童的笑仿佛鲜花的开放，那是获得的快乐、呼吸的快乐、绽放的快乐以及凝视的、生活的和成长的快乐。这是一种植物性的快乐。”[②]尽管如此，笑的孩子在回答某个问题的同时还就某个问题做出回应，而植物却不会笑。波德莱尔在这里混淆了笑与喜剧性。但是孩子们的天真率直并不与喜剧体裁有更多的关联；笑既不对喜剧体裁下定义，也不深入细致地研究它。将喜剧性缩减为笑的意愿会导致二者同时失去特殊性。使波德莱尔明显感到有某种基本事实存在的是差异在对喜剧性的感知中所扮演的角色。这种笑是傲慢的结果吗？这是一种魔鬼的行为吗？这并不重要：即便并不是任何差异都以某种优越性的名义才可笑，我们也只需要记住差异的重要性。这种优越性通常产生的并不是喜剧性，而是某种植根于社会地位的蔑视感。就好比喜剧人物想模仿那些比他们地位高的人，但是他的地位其实并没有那么高，这就是引人发笑的原因。康德认为，崇高之所以超越一般的美在于它的庄重，例如自然所馈赠的那些奢华美景给人的庄重感。和崇高一样，怪诞

---

① Baudelaire, *De l' essence du rire* in *Oeuvres complètes*, Paris : Gallimard, « La Pléiade », 1961, p. 982.

② *Op. cit.*, p. 984.

(le grotesque) 在强度上比滑稽感更为激烈。[①] 但是与崇高相反，怪诞是某种人为创造的结果，比如可以想象一下拉伯雷的作品。

然而，所有这些不同都有些随意。它们的作用在于在笑中建立喜剧性，即便它们的不同是因为某种在喜剧之外发挥作用的笑。而且并不是任何喜剧都一定是哄笑的源头。波德莱尔将“绝对滑稽”(comique absolu)，即怪诞与“有含义的滑稽”(comique significatif) 区分开来，“有含义的滑稽更为清晰，易于被普通人理解……但是，绝对滑稽却更接近自然，表现出一种单一性。怪诞只有一种验证方式，那就是笑，并且是突然地笑；对于有含义的滑稽，事后才发笑并不是不可以”。[②] 简而言之，喜剧性可以与笑相分离，正如笑也并不一定与喜剧性有关。一旦像本应的那样分裂开来，笑与喜剧性就和泪水与悲剧性一样看起来并不是那么难以被解释清楚。更不必说喜剧和悲剧——它们是具有喜剧性或悲剧性的文学体裁，而不是靠接受或体验某种不一定具有文学性的境遇所产生的反应。透过柏格森和他 1900 年的卓越论著《笑——论喜剧性的意义》(*Essai sur la signification du comique*)，我们能够对这一问题有更加透彻的理解吗？无论如何，柏格森的功绩在于试图统一我们刚刚看到的那些以不协调一致的方式所呈现出的东西。即便他将情景喜剧性与文字和性格喜剧性对立起来，他也在试图寻找一种属于笑的起源的普遍意义。笑建立在夸张和畸形之上，建立在一种与生活机械和人为的相似上，这就使与生活的差距成为某种可笑的东西。这是被推向极限的生活，在那里生活不再是生活，是某种对其机制的放大，而这些机制只是徒有其表。笑这种机制性风貌可以在哑剧、小丑和因为漫不经心而撞上玻璃门跌倒的人那里找到，还能够在结结巴巴的口吃者或不明真相被欺骗的人那里找到。这

① Baudelaire, De l ' essence du rire in Oeuvres complètes, Paris : Gallimard, « La Pléiade », 1961,p.985.p. 985.

② *Op. cit.*, p. 985.

使他心不由衷地沦为周围人的笑柄。正因如此，柏格森说道："人体的体态、姿势和动作的可笑程度和这个身体使我们联想起一个简单机械装置的程度恰恰相当。"[①] 当身体被精神态度所排斥的时候，动作就变得生硬，身体就突然被重新凸显出来。简而言之，"凡是一个人给我们以他是一个物的印象时，我们就会发笑"。[②] 这种事物可以是一个木头人或一种直接作用于他的决定论，就像一个人不由自主地跌倒那样。生命活力被缩减为某种非自然的人为性，就像在喜剧性的重复中，同样的台词或动作像无意识动作一般重新浮出水面。"凡是将行动和事件安排得使我们产生一个幻象，认为那是生活，同时又使我们分明感觉到那是一个机械结构时，这样的安排便是滑稽的。"[③] 这是第二个人对第一个人的言行进行的模仿，是像咬人的蛇一般从匣子中蹦出来的弹簧恶魔（le diable à ressort），是带着厨具闲逛并相信它们是真正骑士象征的堂吉诃德，等等。

笑不仅建立在生命活力与机械性的对立之上，还建立在同一性和差异之上。其目的并不限于描写滑稽的现象，还需要能够解释它，随后将它与悲剧性和与之相符的属于戏剧的文学体裁建立起联系。使人发笑的东西首先是某种作为差异被遗忘的同一性：新生儿在他的母亲对他微笑的时候绽放笑容，因为在这种情况下具有象征性的某种同一性似乎重新成为可能，他们之间的距离被缩小；人们嘲笑堂吉诃德是因为他自认为是一个真正的骑士，他那可笑的奇装异服仅仅是一种苍白的模仿；人们同样嘲笑跌倒或撞到玻璃门窗的人，因为人们或许有一天会像他那样，但当下却并没有跟他犯同样的错，更重要的是跌倒的人曾认为自己不会那样。人们通过一种令人安心的笑将某种我们希望与之无关的境遇拒而远之，而这种境遇之所以可笑是因为

① [法] 柏格森:《笑》，徐继曾译，北京：北京十月文艺出版社，2004年，第20页。
② 同上，第39页。
③ 同上，第46页。

缺乏某种控制力。所幸的是，我们具备这种控制力。人们取笑小丑，他与我们十分不同，因为他对那些虚假的欺骗手段信以为真，而这些手段并非真实的，例如假枪、假的棍棒击打、假摔。我们跟去看马戏的孩子一样，明白小丑们是一些虚构的人物（当事实并非如此的时候，孩子就会感到害怕）。虚构人物的差异通过服装和姿态表达。笑源自这样一种事实，即小丑似乎无视这些差异并且他们的动作显得击打和跌倒似乎马上要成为现实。有趣的是这种无视使令人发笑的人上当，使其陷入观众已经从中抽离的字面忠实性之中。这加深了二者之间的差异，但是却似乎忽略了——或假装忽略了——那个被欺骗并由此变得可笑的那个人。滑稽性存在于这种差异之中；滑稽的人物忽略这种差异，而笑建立、接受并验证这种差异。在笑声中，讽刺与幽默汇集在一起。例如犹太式幽默[①]（l'humour juif），它取他者的视角来嘲笑自身，而这个他者如果沉湎于此种幽默的话，可能会立即因反犹主义而受到指责。

到了这个阶段，人们会和波德莱尔一道发出疑问，目的是了解是否需要将新生儿喜悦的笑和撒旦魔鬼般的笑对立起来。后者旨在将笑的对象拒而远之甚至排除在外。当同一性被视为威胁的时候，就会产生一种混杂着焦虑和恐惧的笑。然后，还有一种滑稽的笑，它建立在某种虚构的同一性上。笑的人已经感知到其虚构的特点，笑便应运而生。在所有这些笑的形式中，人们观察到某种与同一性的关系：人们对这种同一性感到喜悦，即便知道它是暂时的和纯粹象征意义的（新生儿）；或者人们回避这种同一性，因为它是不恰当的。通过笑，人们在乎的是缓和这种不恰当的同一性所导致的结果或消解建立这种同一性的虚幻根基。但是相似性到此为止，我们在这儿所强调的

① 犹太式幽默指的是犹太人对世界和对自身的调侃。它可以追溯至《摩西五经》《塔木德》和《米德拉什》。这种基于自我贬低的幽默充满了犹太人对自己或外界对犹太人的刻板印象（stéréotype）。——译者

滑稽的笑源自某种本不该从字面忠实义去理解的同一性：笑的人发现了这一点，他的笑便应运而生；差异重新找回它的权利，哪怕只是在带头发笑的人那里。让我们举几个例子。喜剧中被戴绿帽子的丈夫看不到藏在衣柜里的情人，而观众却知道他藏在那里。丈夫的无知使人发笑，因为他将妻子令人尴尬的言语当作真金白银信以为真，因为他没有将这些言语去忠实化，以抓住掩藏其间的双重含义；而观众却马上破解了这种双重含义。丈夫没有发现有一种差异需要被建立起来。他被他以第一层含义，即忠实于字面含义去理解的各种同一性以及以同样方式解读的各种境遇所欺骗。但是喜剧将解决自身所遇到的问题和困境，一切将回归秩序，这就是人们所谓的“皆大欢喜的结局”（happy end）。喜剧的结局意识到了这种差异，它实现了观众与喜剧人物之间的同一性，后者重新成为其他所有个体中的一员；并且在这种调整之中，群体的秩序和同一性被重新建立起来。滑稽的笑的唯一目的，在于向那些在身边人的一言一行中只看到某些同一性和字面忠实性的人凸显对差异的排斥和见证。笑将喜剧人物拒而远之。喜剧是这种滑稽情形的解决方式，而差异也因此消失。那么现在就只剩下致力于营造某种虚构情境的戏剧性（théâtralité）。在现实中，当这种情境发生在我们身上的时候，因为它会提出各种问题，所以这种情境更确切地说应该是悲剧性的。剧场能够确保某种距离，并感知那些在我们无法保持这种距离时可能将我们吞没并使我们失去判断的东西。但是当这些事情发生在他者身上时，人们就能够更好地不带激情地进行判断……因此，滑稽的笑旨在表达某种拒而远之，揭露某种虚假的、事实上在其中包含着差异的同一性。例如，这种机制在动画片中被付诸实践：一只兔子袭击了一驾马车，或者在要杀死它的猎人的枪管里塞上一根胡萝卜使猎枪爆炸；这代表了种种字面上来讲不可能的情况。在这之中存在一种不恰当，它使人发笑。因为这种不恰当把动物和人置于同一个层面，甚至让它们完成在真实生活中无法完成的事。笑由这种字面意义上的同一性、这种难以置信的写实主义所引起。人们通过这种消除差异的字面忠实性得到消遣。我们所感受到的差异和孩子在电视里看到这些故事时所感知的差异相同。如果我们将喜剧性的同一性所承载的问题性信以为真的话，笑就将这种问题性取消、拆解并拒而远之。事实上，人们还是明白差异的存在，即便是滑稽主体，也就是那个被人们嘲笑的人无视这一点或者因为被搬上舞台从而使得这并非他的问题（动画片人物就是该种情况）。笑并不重新建立起差异：它的目的旨在呈现某种作为其自身隐喻的字面忠实性。实现这一点的是作为文学体裁的喜剧：一切都在幸福的结局中得到解决。喜剧是其激发的笑所产生的剩余价值。在上面举的例子中，人们会说“总之这只是一只兔子”，这样人们就不会再笑了。但是他们曾经笑过，因为他们清楚地知道兔子并不是人，它不能像强盗那样扣留一驾马车，也不能将胡萝卜塞进要杀死它的猎枪里，以便使子弹转向朝它开枪的猎人。笑制造假象（fait comme si），就好像孩子自从知道他和母亲间紧密的关系已经变得不可能之时，假装这种联系并不只是幻觉。笑致力于建立差异并暴露它，因此，我们自然能够想象到笑的作用在于“邪恶地”保持这种差异，正如波德莱尔所说的那样，并忘掉那仅仅被感知为某种威胁的同一性。戏剧和笑的戏剧性，也就是喜剧确保了这种间离效果。这种间离效果恰恰能够解决某种具有问题性的同一性。这种同一性对观众而言并没有什么害处。因为缺少由文学虚构带来的解决的可能性，真实生活中的笑仍然具有讽刺和轻蔑的特征，它将笑的对象排除在外。而文学虚构可以将被感知到的问题性转移到另一个层面，具体而言转移到了虚构的层面。

如果笑导致字面忠实性不可能单单具有字面意义，还赋予其某种妨碍它被忠实地理解的不恰当性的话，喜剧是唯一能够解决这种不可能性并同时为其带来某种幸福结局的办法。喜剧使人接触到某种新的、令人可以接受的字面忠实性，它可以调节喜剧人物和观众之间的关系。有时喜剧重新质疑某种既有的秩序，并使它显得滑稽可笑：喜剧一边履行一边拒斥这种秩序的字面忠实性，正如当某些“英雄”或“大人物”强调某种已经不再被一五一十按照字面意义理解的伟大时，人们所觉察到的那样。某种差异悄悄地渗入其中，用于破除这些显要人物做出的回答的神秘性。

笑面对的是某种事实上已经成为差异的同一性。喜剧则是这种差异通过一个或多个被某些情境所局限的喜剧人物一直延伸到最终解决（即皆大欢喜的结局）的产物。在这些情境中，喜剧人物自身被过度的字面忠实义所蒙蔽。喜剧一方面通过演出承担笑所追求创造的某种拒而远之，另一方面又因此消除了这种拒绝远之所带来的破坏性效果。因此，喜剧是安抚和调解性的。它超越了笑，一切最终都被顺利地解决。因为喜剧性的笑将不恰当的字面忠实性拒而远之：像人一样劫持马车的兔子、把别人的话都信以为真而没有感知到双重含义的被戴绿帽子的丈夫，人们一看到他们就想发笑，因为我们知道从字面忠实义上来讲，这站不住脚。笑拒斥它所面对的字面忠实性，而最终通过那些眼中只看到字面忠实性的喜剧人物，人们取笑的正是这种忠实性。

总而言之，喜剧将某种人们拒斥的同一性搬上舞台。而悲剧为我们呈现的是某种人们不愿接受的差异。悲剧的起点是差异和体现差异的人，即那些远方的英雄、贵族和强者；悲剧将令人畏惧的失度搬上舞台。而喜剧的起点则是同一性（因为不存在滑稽的英雄），并致力于建立起差异。最终，二者都找到了解决的办法：悲剧英雄因他的失度而死，差异也随之消失；而喜剧人物最终重新找到了既属于他也属于我们的同一性，问题被解决，因为他意识到了在一开始自己行为的与众不同。

如何产生喜剧性？

在这一点上，柏格森的观点依然可贵。在他看来，喜剧性通过三种手段产生：我们已经提到过的重复、倒置和相互干涉。[①]如果我在同一天遇到一个人好几次的话，这种重复的效果将产生喜剧性。如果仆人取代主人的位置或者放高利贷者被他的顾客欺骗的话，境遇就被反转，这同样变得具有喜剧性。最后，第三种情况是将两类至少按理说毫不相干的事件混淆在一起，就像是张冠李戴；或像是在下述背景中，即：人们死抠那些具有多重和引申义的文字游戏的字面含义。荒谬同样也由这种混淆所导致，它有时候会导致最不恰当的结果。有时候，机械性仅仅由生命性生成，就像我们在小丑或哑剧演员那里看到的那样。言语的滑稽感[②]通过夸张和放大某种语气、某种思想起作用，它使人发笑的原因在于在将一切都以字面含义理解的过程中，人们忽视了各种悄悄渗入言语之间的差异；尽管这些言语表面上看起来一致，却表达着这一现实及其内部的各种差异化。在文字游戏和双关语（calembourds）的背后，人们总是能够找到字面忠实性和形象性的对立：字面忠实性制造问题。让我们回忆一下西格蒙德·弗洛伊德给出的著名例子[③]吧。一个犹太人遇见另一个犹太人，并问他："你泡澡了吗？"另一个犹太人回答他道："为什么，少了个澡盆吗？"这类幽默不仅延伸到荒诞派戏剧中的字面忠实义之上，还延伸到将本身荒诞的真实搬上舞台的表演之中。有人告诉我，一天他因一项慈善事业和其他人一起被邀请到一位年长的女士家做客。这位女士富有但有些古怪。他迟到了，所有人都已经在餐桌前入席。令他十分惊讶的是在宴请的宾客之中坐着一头粉红色的小猪，脖子上还围着餐

---

① [法] 柏格森:《笑》，徐继曾译，北京：北京十月文艺出版社，2004 年，第 68 页。
② 同上，第 94 页。
③ S. Freud, *Le mot d' esprit et sa relation à l' inconscient*, Paris : Gallimard, « Folio », 1988, p. 110.

巾。如果这种情况使人发笑的话，那是因为从字面忠实义的角度而言，看到一头猪像人一样被邀请参加晚宴这件事并不寻常。柏格森在这里可能会讲到类别的混淆或相互干涉，因为被抹除的差异造成了问题；而且当这些差异被这样否认时，就一定会产生滑稽的效果。身处可替代性和一致性之中，人们从字面忠实义的角度对待猪，好像它等同于人类，无视二者之间的差异。而在这种场合，恰恰是人与猪之间的差异肯定了餐桌礼仪所具有的文明开化的属性。餐桌礼仪将人与自身的动物性以及生物性影响分离开来，而食物则是这种生物性影响的范式之一。正如巴赫金所举的例子[①]那样，在怪诞性之中，人们重新找回了道德性和肉体性的倒置以及二者的可替代性；这种可替代性使肢体语言成为性格特征的语言。从社会角度被建立起来的自我与肉体之间的差异在被否认的同时，想要间接地攻击现行的种种标准，但它却被拉伯雷式的怪诞扫除。然而总的来说，将那些奠定社会秩序的差异全部打乱会导致笑的产生，例如在狂欢节的时候，神父们穿上可笑的服装扮成大主教。因为神父们装扮出的同一性是虚构的，并且大家都知道这其实是一种被人们所嘲笑的差异。再比如希腊人所喜爱的伊隆（eiron，是法语单词 ironie 的来源）和阿拉宗（alazon）之间的对立。扮演滑稽丑角的是伊隆，扮演骗子的是阿拉宗。这种对立唯一的意义在于它面对面地将炫耀某种并不具备单一性的字面忠实义的人（如骗子、伪君子），与揭露这种字面忠实义的人放在一起。这使人发笑，并且最终一切都回归秩序。骗子扮演将军、法官和德高望重的人并披上这些社会人物所享有的名流外衣——如同在热奈的《阳台》（*Le Balcon*）中那样，但这些表象其实仅是些单纯的形式，甚至是纯粹的形式。而且在这些形式背后，并没有任何能够论证如将军、法官等职责合法性的真实能力。从另一个角度来看，苏格拉底在破除城邦上流人物的神秘性时表现出的

---

① M. Bakhtine, *L′ œuvre de François Rabelais et la culture populaire au Moyen Âge et sous la Renaissance*, Paris : Gallimard, 1970.

嘲讽，著名的苏格拉底式嘲讽，只能引起强势人物的怒斥与严惩，他为此付出了生命的代价。需要清楚的一点是，自命不凡的城邦贵族们失去了任何理性判断的能力并认为自己与所担任的职责在字面忠实性上完全一致：他们就等于他们的职责。在对这种对等的轻蔑质疑中，滑稽丑角使这种字面忠实义像一个骗局一样分崩离析。所有这一切都使人想起莫里哀戏剧中塔尔丢夫（Tartuffe）的那些假道学。正如人们从来都无法被完全等同于他所担当的职责那样，某个完全进入他所扮演的角色、意欲化身其中并因此与他所拥有的权力相提并论的人终究都会显得滑稽可笑。因其所扮演的社会角色而显得强势的人炫耀这种绝对的字面忠实性。也就是说，炫耀自身完美且如实地（即合情合理地）与他所宣称的身份相吻合，并且其他人应当一字不差地承认这一点，而嘲讽则在这种绝对的字面忠实性中引入了某种缺陷。这种嘲讽揭示了人们与他所扮演的角色之间一直存在的错觉、缺陷、距离和差距。那些忘记要与他希望成为的样子保持距离的个体通常显得怪诞，并且从苏格拉底到中世纪的故事诗（*les fabliaux*）和莫里哀的喜剧再到今天，来自民众的笑声从来没有忘记过强调这种怪诞性。

如果我们仔细来看，柏格森的三种产生喜剧性的手段是种种同一性和可替代性的形式。重复，是同一事物进行自我复制；倒置，不管是主仆之间或父子之间，均是一种在“本应”具有某种差异的地方所进行的无差异化。至于普遍同一性的限制，基于既不可维持又具有问题性的特性，它引起了作为对某种问题回答的笑，并由此对该问题进行确认、解决乃至否定。一字不差地接受无法以该身份存在的事物是喜剧性的同义词。被戴绿帽子的丈夫并不知道自身的处境并将众所周知的那些假的抵赖当作真金白银信以为真，这使人发笑。总的来说，站在从别处获得知识的角度来看，富有喜剧色彩的字面忠实性本身会给人一种不恰当的感觉。将需要被理解为形象性的东西局限在字面忠实性之上的行为，为喜剧的笑提供不断的源泉。荒诞派戏剧恰恰彰显了行动向本身已经具有问题性的语言的缩减，这种缩减通过字面忠实义裂变为某种多元意义的完成。所谓的无参照世界（un monde sans repère），就是某种失去其自身属性的语言，其中字面忠实义成为某种强迫观念的隐喻。该强迫观念将隐喻性斥为一种偏离。让我们回顾一下尤奈斯库（Ionesco）的《秃头歌女》（*La cancatrice chauve*）的结尾吧。史密斯夫人和马丁夫人交谈时那几句断断续续且荒诞的零星对话，凸显了言语纯粹的任意性：

> 我宁爱田里的一只鸟，也不爱手推车里的袜子。
>
> 吃皇宫里的牛奶不如吃自家的里脊。
>
> 英国人把他们的窝还真当成皇宫。
>
> 我的西班牙语不灵，讲不清。①

这后面的更加精彩：

> 小老鼠有眉毛，眉毛里没有小老鼠。
>
> 我的皮拖鞋你别碰！
>
> 我的皮拖鞋你别动！
>
> 碰苍蝇别叫苍蝇碰。
>
> 苍蝇不碰也会动。
>
> 还是擤擤你的嘴巴子！②

在这段中，可替代性在声音、文字和“能指”相似性的基础上发挥

① Ionesco, *La cantatrice chauve*, scène Ⅺ, in *Théâtre complet*, Paris：Gallimard, « La Pléiade », 1991, p. 40.

② *Ibid.*, p. 41.

作用。

在这种可替代性的逻辑下，存在一种明显的特征，它从语音和智识的角度构成某种共同要素，为不同载体之间的认同奠定了基础。因此，字面忠实性才变得不合时宜，就像在“荒诞派戏剧”中玩文字游戏似乎就是它自身的目的，像是表明在某种不再能够立足于任何实在事物的字面忠实义中，任何事物都能够被其他事物所取代，因为断裂和变化无处不在。但是在莫里哀那里，例如在《愤世嫉俗者》（le *Misanthrope*）中，人们已经目睹了一种与字面忠实义有关的滑稽效果。阿尔塞斯特（Alceste）谴责其周围的人缺乏真诚，他们歪曲言辞，目的是互相吹捧。他们打趣卖俏、花言巧语，并且根本不在乎遵循严肃的事实真相。但是从社会的角度来看，像阿尔塞斯特这么做可能吗？我们对此表示怀疑。如果所有人都把自己的想法公之于众的话，则可以想象在一种完全的透明之中，社会将立即变得无法再运行下去，甚至变得残酷无情。一个很好的例子是，当阿尔塞斯特被邀请对奥隆特（Oronte）所写的诗句发表意见时，他情不自禁地认为这些诗句平淡乏味。奥隆特期待的是一片赞许，而他只带来了批评的声音。事实上，阿尔塞斯特对奥隆特的责备对于理解喜剧性和喜剧的机制极具启发性。因为阿尔塞斯特批评的不是别的，恰恰就是象征性的体裁，即任何诗歌都必然使用的体裁。“这种大家所吹嘘的象征性体裁，既缺乏特色，又不真实。”①真实不容歪曲篡改，并且对于阿尔塞斯特而言，人们只能拒绝那些不具备字面忠实性的言语。如果阿尔塞斯特可笑，那是因为他不接受喜剧。他与其他人保持一定的距离，而这种距离使他显得如此可笑，或者更确切地说显得滑稽。在现实社会中，没有社交不以最低限度的表演为前提。感受与意图的完全透明是一种危险的纯粹性。在字面忠实义并未呈现出自身而是被其他事物所装扮的情况下，阿尔塞

① [法]莫里哀:《愤世嫉俗者》，选自《莫里哀戏剧全集》(第2卷)，肖熹光译，北京：文化艺术出版社，1999年，第387页。

斯特并没有理解所有人都了解和看见的东西；他也没有明白，为了避免激起反感、取悦他人甚至仅是为了避免无尽的冲突以便一起生活下去，关键是不要按人们叙述的字面意义进行思考，而要借助能够弱化、曲解和掩盖真实意图的形象性言语。阿尔塞斯特所希望的、作为最真诚情感体现的爱情，也完全服从这种粉饰并改造情感的修辞。因此，埃利昂特（Éliante）提醒阿尔塞斯特说："骄傲的，说成是有一颗佩戴王冠的心；奸诈的，说成是机智聪明；愚蠢的，说成是善良端正；太爱说话的，说成是性情随和；沉默不语的，说成是娴雅贞静。一个热情到了极点的求爱者，就这样爱他所爱的人的各种缺点。"[①] 绝对的字面忠实义在这里或许显得可笑，因为它可能会证明钟情于它的个体也丝毫没有领会其深意，并且显得这个人天真幼稚或者头脑简单，然而他所处的世界却并非如此。阿尔塞斯特在拒斥这种滑稽效果的同时，陷入了被他拒绝的东西所设下的圈套。从这种意义上来讲，他无意之中陷入一种对字面忠实性的超越，而他却以为已经从中解脱。他隐喻着那些不相信隐喻性的人，证明了喜剧性总是与某种双重含义相关联。然而这种双重含义并没有被身陷其中的那个人所察觉。

喜剧性隐藏在这些混淆和替代之中；但是在各种语词之外，人们还能够在事物的构成中找到它。例如在小猪在餐桌前和宾客一起进食的例子中，小猪是货真价实的一头猪。用同一种方式将所有就餐者一视同仁并将小猪和其中任何一位就餐者平等对待的这件事显然是笑的源头。它起到的反作用是所有的就餐者都被视为猪。正如《秃头歌女》中的一连串话语，在这个例子里人们看到某种所谓的"荒诞的字面忠实化"。因为这种忠实化不再与固定在外或植根于社会内部的参照性相吻合。相反，字面忠实性只受到形式上的同一性的支撑。而至少在尤奈斯库那里，这些同一性只由在关联中的这种形式

① ［法］莫里哀：《愤世嫉俗者》，选自《莫里哀戏剧全集》（第2卷），肖熹光译，北京：文化艺术出版社，1999年，第400页。

主义所推动。

从普遍意义上来讲，笑与这种类型的替代有关。这些替代所运行的基础是两种事物、两个人，甚至是两个被从字面含义理解的句子或语词之间共有的某种特征和属性。笑源自这种一视同仁，也就是这种共同属性身上所具备的微妙甚至荒诞、不合时宜或不准确的特点。为了产生笑，就必须强调、扩充，甚至在某些情形下夸大这种属性（例如小丑）。这便是夸张存在的理由。由于在文字游戏中，共同特征是微妙、不准确和纯言语性的，因而更好地将其辨认出来就显得十分重要。这正是在开各种“玩笑”时发生的事情。

简而言之，笑建立在各种可替代性的基础之上。语言用种种弱势的字面忠实化表达这些可替代性。这些字面忠实化之所以弱势，原因在于同一性的实现基于种种已有的甚至是不准确的因素，它们是确保认同发生的桥梁。此外，这一点也使弗洛伊德认为其中存在某种捷径，使人联想到无意识的功劳。

作为审美愉悦感之表达的笑

笑是一种防卫机制，原因是它将那些无法承受的同一性拒而远之。这些同一性存在的原因各不相同，并不仅仅是因为它们都符合同一种可替代性的逻辑。笑还将种种有时隐藏于我们内心深处的“真实性”拒而远之，这些“真实性”也由此被客观化。这就会使人们因为这些“真实性”所叙述的内容而无法辨认出它们。笑在去字面意义的同时，使精神对某种被从字面意义角度理解的话语所表达的同一性免疫。笑所提供的保护无论是在对他人的排斥和蔑视之中，还是在幽默带来的适度间离之中都同样有效。在这种借助混淆运转的“笑的逻辑”中，各种对立像弗洛伊德所说的那样为了省事而同时存在。但最重要的似乎是这种“笑的逻辑”事实上是一种问题的逻辑，它见证了这些对立为表达某种基本的问题性而进行的相互替代。而那些被替代的表达同样也是针对这种问题性做出的回答。这种对立的二元性使得我们能够在这里说它们是针对那些具有问题学性质的同一性的回答。这些同一性表达的是有问题的东西，却并未明确地说“这有问题”或“这就是问题的所在”。事情依旧处于不言自明的状态，问题似乎消失在一系列接续不断的回答之中。后者将问题掩埋其中，就像人们从抹杀问题的事物中已经得到了部分解决方案。但其实该事物仍然表达着该问题，只不过将后者转移到了其他地方。通过似乎能使问题消失的途径来处理问题是审美愉悦感的来源，因此便存在某些以假乱真的回答。问题与回答之间的差异消失在愉悦感的同一性之中，这种对差异的拒斥充当着回答的角色。严格意义上的审美愉悦感涉及那些能够被人们视为已经解决了的问题。通过对问题的排斥，问题制造者和其解决方案之间的差异被消除，问题也随之被解决。这是一种形式上的，即虚假的（fictif），但或许更应该说是虚构的（fictionnel）排斥行为。人们假装问题不再提出。审美愉悦感因此提醒人们除了各种问题（questions）之外还存在种种由它们所表达的实际问题（problèmes），而且愉悦感通常和不经历痛苦画等号。痛苦、不快的感觉存在于这种人们无法排遣和解决的问题性之中。这种问题性由于扎根于现实，因此并不能通过些许简单的、形式上的问题而轻易地得到解决，并使这种问题学性质的差异消失在用隐喻手段缩减它的同一性之中。隐喻，例如“战斗中的里夏尔是一头雄狮”，是一种假的同一性，因为人并不是动物。某种差异在其中被抹去和排斥；隐喻节省了应该出现在那的东西（“里夏尔如狮子一般勇敢”），并把“里夏尔既是人又是动物，即非人”，也就是 x 和非 x 这种在字面忠实义上不可能的二选一难题留给了读者自己解决。它不是回答的原因在于它的自相矛盾，隐喻是作为抉择的问题。隐喻强调二者，但是由于它是隐喻，因此人们明白不能将它按照字面忠实义去理解，知道隐喻表述的是它未言明的其他事物（这也是一种隐喻性的言辞），也知道该断言更多的是一种被读者暗自解决的问题（y 代表勇气，即狮子和里夏尔、x 和非 x 的共有属性）。隐喻在 x 和非 x 之间建立起某种弱势的同一性，其基础是二者共同拥有的 y 属性。它们的同一性到此为止，但隐喻还是将其提出，并至少从形式上消除了二者之间的差异。与此同时，隐喻还唤醒了因问题解决而带来的审美愉悦感。这种愉悦感对真正解决问题的东西避而不谈，而将显现在表面的东西当作问题的解决方法：战斗中的里夏尔就是一头雄狮。在这个例子中，人们找不到丝毫可笑的感觉，而仅仅感受到审美的愉悦感。从愉悦感的角度而言，问题性被隐藏起来，就像它已经被解决了一样。

形式上的快感存在于这种或多或少都具有些神秘性的替代链条的显化或创造之中，正如弗洛伊德所说：冲突性情境所引起的不快感可以通过梦境呈现而被消除。然而，比较恰当的做法是将幽默感和梦境对立起来，尽管二者都会自发性地甚至不受控制地迸发而出。梦境对我们来说似乎永远都是被加了密的，同时还伴随着各种从先验的角度来看无法解决的隐喻。各种替换运转的基础是如此薄弱，以至于这种替代性的根基甚至在做梦的人眼中通常也都极具问题性。除那些成为其“牺牲品”或嘲笑对象的人之外，一般意义上具有某种滑稽效果的俏皮话（mot d'esprit）远不能表达梦境所具有的这种不透明性。相反，笑只有在意识到某种不拘泥于字面含义的距离并因此创造出意外感和替代感时才会出现，比如镇定自若行走的人突然绊了个踉跄的举动使人发笑。但这并不幽默。我们可以说他只是掉进了其自身相异性的圈套：他突然之间与先前的状态发生了某种断裂。某种接受了错误同一性的字面忠实义产生意外感，后者也因为同样的原因使人发笑。让人感到可笑的不仅是被抹除的差异，还有那些在字面忠实性的连续性发生断裂时被凸显的差异。这是一种出现在字面忠实义自身内部的差异，它会导致如下后果，例如突然跌倒的人不再完全是他本人，即他以为是的那个人。不管怎么说，这里的笑都有益于身心，甚至几乎具有治疗性。因为它促使人们避免认为自己这种双足动物比其他的动物更加高级，可以凌驾于其他物种之上。当这种信念被事实本身抓住把柄时，笑就应该提醒人们记住所有那些需要与想象中的自身保持的距离，尽管笑同时也是一种对“跌倒的那个人”的拒而远之，因为人们不愿成为那样的人。即便他们也可能跌倒，但这一点却在笑声中被遗忘。

笑即喜剧性通过隐喻化差异的方式释放了这些或多或少令人感到压抑的差异，并使它们显得怪诞。在狂欢节期间，神父通过装扮成大主教的模样抹除某种差异。他使大主教们各种言辞和态度的字面忠实义显得绝对怪诞并在字面意义上站不住脚。神父冒名顶替的行为也正因如此而被揭穿。大主教的教友（即神父）所玩弄的距离被笑拒而远之。透过神父这种无理的举动，信众们在自身的同一性之中感受到了集体的群体性被重新肯定。然而，一方面笑将差异隐喻化，另一方面后者却仍然真实存在。因此笑既具有审美性又具有形式性，因为神父并不是大主教；一旦明天狂欢节结束，权力就会重申自己的权威。笑假设某种差异被语言或动作、服装或态度抹除，但是这种抹除却是象征性的。也正因如此，笑一直以来都有点像是一种与绝望抗争、将那些迫切甚至有些沉重的东西拒而远之的武器。笑假设人们并没有上当，而那个为给大家创造最大快乐而打破各种差异的人则在表演时、在滑稽剧里或节日期间戴上面具扮演一个角色，承担起虚构的任务。笑并不把审查和权势放在眼里：况且从教会到绝对王权直至现代的专制，笑一直都受到强权的压制。

有一个问题一直存在：为什么被某种强制性的字面忠实义所隐匿的差异会使那些揭穿它的人们发笑，并带给他们某种确实的审美愉悦感呢？为了回答这一问题，显然就必须更加关注人们所理解的审美愉悦感并突破精神分析法所规定的范畴。各种无意识的产物会侵占我们的大脑，而笑并不仅仅是一种将这些无意识产物拒而远之的手段。我们并不需要像切断它们与自我间的一切关联那样用笑来提防它们。无论这种愉悦感的本质是什么，其中都有某种与肉体的关联。无意识不就是身体的语言吗？身体就是存在于我们身上的动物性（animalité），是人们一直想要拉开距离的动物性。也许正因如此，各种肉体的快感才显得臭名昭著。[①] 因为它们唤醒的是我们身上的动物性而非人性（humanité）。于是，人们把这些肉体的快感用衣服和妆容遮蔽起来，抑或在暗地里体验这些快感或对它们进行过分的提炼。列维 - 斯特劳斯[②] 在这一过程中发现了食物的生与熟之间，即自然和文化之间对立的源头。人确实是唯一将食物煮熟食用的生物，此外在穿着和时尚方面也与烹饪一样。同样的论证也适用于其他的自然性本能，对人类而言，它们统统都是源自生物性的种种束缚。人们教化这些自然性本能并使它们人性化。比如人会埋葬死者，这样做的目的同样是对那些属于我们天性中最无法回避的命运实行某种完全相对的控制。吃、喝、睡、繁衍、拔毒，一切都被人社会化和文明化了。相反，独裁者们所钟爱的活动是把人贬低为动物——这些被动物性控制的人会毫不犹豫地吃污秽的食物、在公共场合排便并暴露身体自然和裸露的一面。行使这些功能或对它们进行相对的、带有文明印记的驯服都不能给人带来愉悦感。也许正是因为如此，许多辱骂的话语都取材于动物界，其目的在于对对话者进行贬低。爱与情欲、美酒佳肴、时髦高雅和各种妆容以及各类体操锻炼都是对肉体，即动物性差异进行排斥的种种手段。显然不能把排斥理解为潜意识的压抑作用而要把它理解为对某种问题的拒而远之，这既包括隐瞒，又包括在走投无路的情况下如实地承认它。事实上，这是一种差异化的过程。因此，弗洛伊德式的潜意识压抑只是众多拒而远之中的一

① 原文为“une odeur de soufre”，意为一股硫黄味（即臭鸡蛋味）。——译者

② 列维 - 斯特劳斯（Claude Levi-Strauss，1908—2009），法国作家、哲学家、人类学家，结构主义人类学创始人和法兰西科学院院士，代表作有《种族与历史》《忧郁的热带》《神话学》《面具之道》《遥远的目光》。——译者

种风貌和形式。从躯体到菜肴，无论对身体的褒扬和对肉体快感的寻找的形式如何，它们都是对身体做出的回应。这些回答和其他任何回答一样，都旨在通过掌握和嘲弄各种动物性的束缚而将它们拒而远之；愉悦感则是从这种束缚到解脱的翻转。这依然是某种从身体的动物性中自我解脱，使其成为某种人性的和开化的东西，即某种虚假的、形而上的同一性；总而言之是一种同一性。在经历了对作为动物性和生物性束缚的肉体的排斥之后，身体的愉悦感便解决了如下的二律背反，即：人们必须是（être）那个他们并不是（n'est pas）的身体。通过愉悦感，我与我的身体合二为一，差异因此得到解决。作为对身体的排斥，愉悦感是解决方案：它驯化了人身上生物性的束缚；此外，愉悦感还标定了人们试图去超越的动物性差异的方位。排斥因此能够生成某种无尽的、被激情所驱动的探索，它希望通过身体的愉悦感来寻找对自我的肯定。通过这种寻找，人每次都力求确保对自己身体的控制并肯定该身体的确是顺从意志的仆人。人们也许会反驳说排斥的概念并不是用来表达这种对自我肯定的最恰当形式，尤其是当抛开弗洛伊德那将排斥缩减为某种障碍及潜意识压抑作用的等式时。事实上，如果能够回想起与排斥概念相关的隐含意义的话，运用“排斥”这个术语来进行表达是完全恰当的。从比弗洛伊德所阐明的排斥概念具有更高概括性的层面上来说，排斥是某种差异化、某种拒而远之，它带来了控制并由此引发人的快感。人因此从如影随形的束缚之中解放出来。使人意识不到某些无法摆脱的东西或者维持这种无意识的状态是一种处理方式，不把身体放在眼里并将其据为己有是另一种处理方式。排斥承认问题的真实存在，这恰恰是直面问题时所需要迈出的第一步。身体的愉悦感蔑视某种差异，并由此解决这种差异。人与动物的差异在身体本能和一般性身体诉求的社会化中变得越来越模糊不清。人们在这种社会化的过程中排斥自身的动物性。人们从生物性的肉体过渡到了人性化的肉体，同时束缚也翻转为自由。

同样，审美愉悦感将差异重新变为某种隐喻性的同一性，即某种虚构；但是这么做就将被观察到的差异身上的问题属性抹除。感性在虚构中找到某种向精神的延伸，或者更确切地说是精神被用来服务于某种感性。否则，这种感性有可能会使我们在恐惧中倒退。例如在拉伯雷的作品中，人们使用那些取材于身体及其最低级功能的表达来嘲笑粗鲁和怪诞的人，并通过对差异和身体外在性进行字面意义上的明晰打破这种外在性，把笑的机会据为己有。高级的精神搁浅在了低级的身体性功能之中，但这恰恰是通过虚构创作出来的一种同一性。人们嘲笑那个被缩减为矮人的强者，这同样也是贬低那个体现这种与众不同的人，将差异变为同一性的一种手段。人们嘲笑没有看到障碍而跌倒的人，嘲笑没有注意而撞上玻璃窗的人，嘲笑被吉尼奥尔（Guignol）用棍棒殴打的宪兵。[①] 人们乐于见到将我们问题化的差异在虚构之中、在狂欢节期间或在强者被贬低的时候被恢复为同一性。简而言之，笑记录下了那个在某种字面忠实义中被后者排斥而破碎掉的差异。当这种字面忠实义本身并不让人感觉可笑时，笑使人意识到了这种被众人取笑的对象所忽略的差异。

笑同时也是一种审美的愉悦感。重要的是准确地把握这种愉悦感的特征，尤其是正确地感知到这种愉悦感与被人们称为肉体的、感性的愉悦感之间的区别。一般而言，人们总会在愉悦感之中发现被呈现为同一性某种对差异的排斥：于是，人就在从身体中获得的所有形式的快感之中与他的身体合二为一，即便他是通过将那种最初纯粹生物性的身体性人性化和精神化的方式做到这一点的。愉悦感既是对身体排斥的一部分，同时又是这种排斥产生

① 吉尼奥尔（Guignol）和宪兵（Gendarme）是法国木偶剧（théâtre de marionnettes）中的两位主要角色。它由洛朗·穆尔盖（Laurent Mourguet）于1808年创作。吉尼奥尔通常扮演的是一些身上兼具优缺点的小人物，他时而慷慨、善良、有爱、忠诚或富有正义感，时而又显得狡猾、懒惰或不真诚。这些缺点使他更富人情味并博得了观众的好感。宪兵弗拉若莱（Flageolet）则是木偶剧中的次要角色，他性格天真、幼稚，对饰演市长或法官、作为“秩序”化身的巴依（Bailli）先生言听计从，不折不扣地执行后者的命令。——译者

的结果。在肉体的愉悦感之中，它与物之间的差异变得模糊，以至于有时愉悦感产生的原因就是被消费的物本身，正如在品尝美酒佳肴时那样。但是真正的同一性是自我和身体的同一性：在这种形式的肉体愉悦感中二者合二为一。疼痛同样会带来这种融合的感觉，但是因为肉体上的痛苦会使人退回到纯粹动物性身体性的阶段，因此可以说这种苦难与无身体排斥的愉悦感相一致。所谓的审美的愉悦感又是如何呢？它跟上面提到的完全不同。即便我们的感官被视觉和听觉所刺激，也不能说这种愉悦感是肉体上的。事实上，被隐喻成为同一性的差异是外在的；问题不再是身体，而是通过无法缩减的差异物呈现的差异本身。因此，人们假装现在的不同是曾经的相同，例如假装认为画作曾经所描绘的真实就是后者的本来面目，并使自己忘记它是一幅画。在剧场里，人们假装剧中发生的事是完全真实的——这种情况对小说来说也同样有效，但他们清楚地知道这仅仅是戏剧或是文学。审美愉悦感建立在这种同一性，也就是等同的感觉之上；同时，人们也将其加入他们所看见或听到的东西之中。甚至不再现任何东西的音乐也超越各种变奏，通过节奏和曲调确保给人某种同一性与规律性的感觉。它可能由不断重复的叠句（refrain）或任何其他节奏性的重复形式产生，即便针对今天那些最缺乏连续性和调性的音乐也是如此。人们总是在艺术表现之中寻找那些可以被确切认定的东西。它指的不再是肉体愉悦感中的身体，而是能够使之成为艺术品的东西。一旦人们能够像缩减身体那样缩减这种对象上的差异，那么这种差异以及其相对于我们而言的外在性便成为愉悦感的来源。并且这种感性上的共鸣必然会唤起肉体的愉悦感。正因如此，人们才可以像讨论感性愉悦感那样讨论审美愉悦感，即便需要排斥的差异是外在的而不再是内在的。审美愉悦感将差异转化为同一性，但这是一种虚构。因此，建立在某种类似的字面忠实化基础之上的喜剧性是一种真正意义上的审美愉悦感。

唯一有待解决的就是当笑大大地超越了喜剧范畴的情况，因为人们可以因为其他许多事而发笑。相反，不是所有喜剧都是笑的源头。一些喜剧并不具备任何人们通常理解的喜剧性，例如莎士比亚的《一报还一报》。为了在其领地之内重塑道德品行，公爵决定让某个比他更为坚决的人，即安哲鲁来做法律的执行者。为此，他出家为僧并暂时隐居在修道院里。但是安哲鲁很快就变得既残忍又冷酷无情。克劳迪奥（Claudio）因为使他的未婚妻未婚先孕而被安哲鲁判了死刑。于是，克劳迪奥的妹妹伊莎贝拉（Isabellea）便竭尽全力去拯救她的哥哥。但是安哲鲁同意赦免克劳迪奥的唯一条件是伊莎贝拉献出她的贞洁。安哲鲁的要求也因此违背了他理应执行的法律。公爵这时现身并通过各种计策重新树立公正，尤其是将曾经因为破产而被安哲鲁抛弃的未婚妻送到安哲鲁的床前，并借助黑暗使后者把前者当作他觊觎已久的克劳迪奥的妹妹。最终，一切都被顺利解决：公爵重掌大权，两对未婚夫妇也终归步入了婚姻的殿堂。喜剧按照人们先前期望的那样迎来结局。尽管如此，读者或观众却一点也都笑不出来。大家都知道公爵躲在暗处，随时准备介入。人们不该把安哲鲁当作他所宣称的那种人，即公爵领地里的新权威。从字面忠实义的角度来看，他并非他所笃定成为的那个人，即一个道德高尚者。然而他却把自己当成了公爵。这种情况没有丝毫喜剧性可言，但这确实是一部喜剧。此外，我们还可以在洛佩·德·维加（Lope de Vega）或卡尔德隆的西班牙戏剧中找到相似的情形。其中滥用权力会受到法律的严惩，后者虽能重建正义的秩序，但并不排除事先存在的暴力。这些都是强势的喜剧，但是它们却不会使人发笑。这些喜剧也不同于纯粹和单一的悲剧，在后者之中英雄人物死于他们有罪的失度（excès），并为一种对群体和其同一性来说都不可容忍的差异付出代价。这些喜剧同样也与真正的喜剧保持距离，在真正的喜剧里人们嘲笑那些被以不恰当的方式抹去的差异。自18世纪起便主宰戏剧舞台并界定浪漫主义时期戏剧特点的正剧，其独特性在于被戏剧人物的替代行为所碾碎的差异产生了另一种差异；在这种情况下，新产生的差异损害着那些最弱势之人的利益。他们承受着这种替代行为所引起的后果，这一点也不好笑。为了制造某种滑稽效果，即笑料，就需要某人成为被抹除的差异所贬低的对象，或者是他没有意识到变化的发生，这就有可能使他变得可笑。然而，戏剧主角取代强者的目的是走得比他更远。替代发生时也就出现了某种不恰当的差异；而之所以有正剧，恰恰是因为这种差异的不恰当性。悲喜剧将这种替代行为“拆解”（détricote），如果我们可以这么说的话，以便重新建立起正确的差异，即合法权利的差异。尽管在仔细检查各种角色间的临时替换所造成的暂时性的损失之后，这种差异的缺陷只会变得更为明显。

所有这一切都促使我们要更深入地探查作为硬币正反两面的悲剧和喜剧之间的历史性关系。

第二部分

结构与断裂：戏剧史上的重要阶段

第三章　古希腊戏剧：神的报复，人的疯狂

奠基性神话

什么是奠基性神话呢？任何一个人类社会都无法对这些神话视而不见，因为其同一性恰恰建立在这些奠基性神话之上。这种同一性需要与那些不同于它的同一性划清界限，以便强调其社会成员的身份。差异使人感到害怕，因此应该被掌控，哪怕是象征性地掌控。献祭仪式的目的在于破除这种差异，即便这种献祭的对象是神圣的，因为该对象体现了这种差异或恰恰是这种差异本身。在群体眼中，献祭的对象是不纯洁的，因为它作为差异违背了群体的法律，即同一性。但它同样也是群体中不可缺少的一分子，因为从某种意义上来讲，它象征并具化为群体。少了它，群体便无法被承认为群体。但是献祭的对象并不总是国王或首领：最基本的差异是人与动物的差异。但通常二者之间的混淆已经发生。过去，人曾具有公牛、猎隼的美德或蛇的阴险恶毒。古埃及曾经被这种象征性所统治。直到古希腊时期，人与动物的分界线才逐渐加深，动物性和人性才忠实于其字面的含义，而它们之间的差异也无法成为一道禁止逾越的屏障。一方面存在于人类的世界，另一方面则存在于2动物的世界。从字面意义上来讲它们完全不同，并且这种新的字面忠实义标志着人类的同一性——在这里是希腊人的同一性的胜利。

于是，世界的去神秘化活动使各种神话分崩离析，令它们显示出真实面目，即各种传说和寓言（fables）。这就需要提供其他类型的解释，于是导

致了所谓的“希腊奇迹”（le miracle grec）的产生。但是这个历史过程并不是一天完成的，而是肇始于神话本身。在分道扬镳之前，人与神相互冲突。这种斗争恰恰是古希腊悲剧所关注的。人类同一性的觉醒、人的自由，流浪在埃斯库罗斯、索福克勒斯和欧里庇得斯的悲剧中成为不朽。

在这一点上，最重要的奠基性神话是普罗米修斯的神话。他为了人类盗取火种而受到宙斯的惩罚。但是这也许并不是最重要的一点，比较合理的是首先叩问宙斯将火焰据为已有的原因。事实上，在献祭一头公牛的时候，普罗米修斯设法隐藏了牛身上最好的那一部分不让宙斯看到而将它分给人类。为了进行报复，宙斯将用于烹熟肉类的火焰从人类那里没收。怎样解释这一神话呢？公牛在古代人的眼中是极具象征性的一种动物，因为它兼具力量和男子气概。以烹饪为目的将这种动物牺牲看起来是对神的亵渎，因此宙斯无法接受。总之，人类这种据为已有的行为敲响了各种混淆和肉所隐喻的神圣性的丧钟。肉就是它的所是，即食物。与此同时，它失去了所有象征性的内涵。对于人来说，与动物的差异和生命有关，这种差异直接确保人能生存下来。普罗米修斯重新建立起宙斯与人之间的平衡。人不如宙斯幸运，普罗米修斯给人类带来了食物和用来烹饪它们的火焰。这样一种将人类与各位神祇包括宙斯等同起来的平等，只能触怒宙斯和所有服侍他的神祇。所有这一切的目的都表明人与神之间的差异变得模糊起来。人与神在诉求和行为上变得相似，除了人类不具备某种能力；尽管如此，人类还是可以通过使神祇之间竞争的方式挫败这种能力，正如奥德修斯所做的那样。此外，希腊的神像被呈现为任何一个男人或女人的模样，只有比例之美和形式之完善能将他们的样貌与凡人区分开来。宗教仪式将神引入人的世界，就此打破他们之间的差异，至少是外表上的差异。悲剧就是这种无差别化的产物。如果没有那些像神一样行动，并嘲弄只有神才有权忽视的世间的差异的人，会有悲剧吗？神祇们能够为所欲为：做出乱伦、强暴、阉割和其他惩罚行为。因为他们与凡人不同，不需要遵循那些建立起社会和人类秩序的差异。那些经常被神祇们忽视的生与死、父母与孩子之间的差异，在人类世界中呈现为种种对秩序的呼唤。如果人类无法适应这种规则的要求，他们就无法共同生活在一起。神与人之间的差异在于对一些基本差异的遵循上。这些基本的差异被神祇们蔑视和践踏，因为他们是神而不是凡人。然而人与神的外形和激情是如此相似，以至于一些人不再能够区分他们和神之间的差别。这些人注定会遭受和那些破坏差异的人相同的悲剧性命运，例如弑父娶母的俄狄浦斯。在弥诺陶洛斯（Minotaur）的神话里，国王米诺斯（Minos）的妻子与一头本该被献祭给海神波塞冬（Poseidon）的公牛结合。但是米诺斯选择原谅它，也因此触怒了神明。为了报复，波塞冬在费德拉（Phaedra）的母亲帕西法厄（Pasiphae）王后心中注入了反常的激情。这个故事实际上表现的是什么呢？是人与动物之间的差异被二者的结合所违背：作为这种结合的产物的弥诺陶洛斯拥有人的身体和公牛的头部（有点像狮身人面的斯芬克斯）。他是一个怪物，在米诺斯禁闭他的迷宫之中吞噬作为牺牲品的人。忒修斯最后在迷宫中杀死了弥诺陶洛斯。尽管如此，倘若米诺斯没有保留公牛的性命而是遵守诺言将它献祭给波塞冬的话，所有这一切都不会发生。忽视神祇和人之间的差异将会付出高昂的代价：各种差异变得模糊，那些将人和动物区分开来的差异也因此变得含混不清。建立在排斥每个人自身动物性之上的文明因此就不被允许看到这种动物性重新出现在它的运转之中。很显然，神祇们将越来越多地作为对某种历史性的隐喻出现；在这种隐喻之中，做出区分的是人，而由神祇们所代表的差异则被忽视。这些被嘲弄的差异最终导致悲剧性的诞生。古希腊悲剧所表现的就是神祇们报复那些像神一样行事的人。

城邦的奠基性神话旨在将神可以无视的种种差异神圣化，原因是神的身份与人不同，因此后者必须无条件地遵守这些差异。在逐渐民主化的雅典社会，人们失去了对热衷于战争的那些神祇们的信仰，神与人之间的差异变得日益脆弱，危险也随之出现：人们将他们应当遵守的、构成一切社会生活基础的差异踏在脚下，例如不可杀人、不可乱伦、不可偷窃等等。神祇们是这类差异的代表，并允许自己玩弄它们。但是神祇们是不同于人类的，他们便成为人类不能做的事的例证。当人们不再向神祇们奉献可以永久延续他们能力的祭品和牺牲并取消人与神之间的差异时，无差异化便会出现。它是一切苦难的根源，就像人们在恐吓民众的斯芬克斯和弥诺陶洛斯身上看到的那样。当古希腊人用神话中的神祇们讲述故事的时候，文学就成为可能。神祇们变成了故事、记述、传说和戏剧情节描绘的对象。按照沃尔特·内斯特尔（Walter Nestle）令人印象深刻的说法，“当人们开始用公民的眼光审视神话的时候，悲剧就诞生了”。[①] 这些传说成为人们讲述的故事，而文学也因此从神明的去字面忠实化之中诞生。

现在，让我们通过埃斯库罗斯、索福克勒斯和欧里庇得斯的几部关键性剧目，来关注一下古希腊悲剧的演进。

从普罗米修斯到美狄亚

《被缚的普罗米修斯》（*Prométhée enchaîné*）是一部在众神之间上演的戏剧，人在其中仅仅作为某种差异隐形的受益者出现。而这种差异似乎在朝着对人类有利的方向翻转。但是最后的决定权还是掌握在宙斯的手里，即便他表现出多疑、唯恐失去特权的神明形象。众神一反常态，暴露出了本来的面目，显得不那么像神。因此，大写历史就将神性深入到各种激情之中。在那里，以某种被破除神秘性甚至在道德层面都失去合法性的权力为目的的斗争

① J.-P. Vernant et P. Vidal-Naquet, *Oedipe et ses mythes*, Bruxelles, Complexe, 1988, p. 90.

越来越成为一种事实。但是普罗米修斯却承认“技艺总是逃不过定数”，[①] 因为宙斯的力量没有被限制和约束。命运有它的面貌，并且“宙斯的安排凡人是无法突破的”。[②] 那么，为什么普罗米修斯会慷慨地帮助这些凡人呢？正义难道不是更好的选择吗？众神难道真的无懈可击吗？普罗米修斯知道根本不是这样，宙斯在攫取权力之后也必将失去它。伊娥[③] 问他：“谁来夺取他的权杖呢？”普罗米修斯回答道：“他自己和他愚蠢的企图。”[④] 这部戏剧的奥秘就此明朗：诚然，神祇们对于凡人来说仍然是全能的，正如普罗米修斯通过自己的牺牲所证实的那样；但是人与神之间的差异却变得越来越具有问题性。宙斯想要通过献祭公牛而彰显的差异被证明是不合法的，因为它对人类来说不公平。宙斯想用这种手段垄断一切，通过夺走作为果腹工具的火焰来惩罚人类，使他们日渐消亡。差异暴露出它的真实面目，即某种问题性回答的新的隐喻。此外，这也将成为索福克勒斯笔下人与神之间的关系。普罗米修斯有关宙斯的话说得很清楚，“没有什么能够阻止他避免那可耻的无法忍受的落败”；[⑤] 并总结说：“坦率地讲，我憎恨一切错误地对我恩将仇报的神明。”[⑥] 在这里，失度的是众神的所作所为，而不是那些使我们免遭这些行为伤害的人。这件事的结果是人与神之间的差异越来越具有隐喻性。这里真正的悲剧英雄是普罗米修斯，他之所以有罪，一方面是没有正确地察觉到宙斯身上仍然体现着的差异，另一方面则是没有正确看待这种差异而将它变为某

① ［古希腊］埃斯库罗斯：《普罗米修斯》，选自《罗念生全集 第二卷》，罗念生译，上海：世纪出版集团、上海人民出版社，2007 年，第 110 页。

② 同上，第 111 页

③ 伊娥（Iô）：希腊神话人物，珀拉斯戈斯（Pelasgus）国王伊那科斯（Inachus）的女儿。宙斯贪恋伊娥的美貌，又怕自己的不忠行为引起妻子天后赫拉的嫉妒，于是便将伊娥变为一头白色母牛。——译者

④ ［古希腊］埃斯库罗斯：《普罗米修斯》，选自《罗念生全集 第二卷》，罗念生译，上海：世纪出版集团、上海人民出版社，2007 年，第 116 页。

⑤ 同上，第 121 页。

⑥ 同上，第 122 页。

种隐喻。事物的秩序最终被肯定，神祇们在这种秩序中占据着优先地位，从而使宙斯重新（暂时地）占据上风。

索福克勒斯笔下又是怎样一番情形呢？让我们以古希腊悲剧最杰出的典范《俄狄浦斯王》（*Œdipe-Roi*）为例。故事大家都很熟悉：一个不幸的预言迫使国王遗弃他刚出生的儿子。国王希望自己的儿子死掉，因为他害怕后者使预言成为现实。弃子被一个家庭收养，后来有一天，长大成人的他在路上把自己的生父视为一伙强盗中的一员并将其杀死。在解开斯芬克斯的谜语之后，他加冕为底比斯的国王，并在不知情的情况下娶了被他在半路杀死的国王的遗孀为妻。这位寡妇不是别人，正是他的亲生母亲。弑父娶母的双重罪恶招来了神祇们对底比斯的惩罚。在试图找出惩罚原因的过程中，俄狄浦斯发现了自己的真实身份，同时也意识到了无意之间犯下的罪行。为了惩罚自己，他在离开底比斯之前自戳双目，底比斯也因此重回先前的宁静。

在这部戏剧之中，尽管神祇们无处不在，但是他们显得比在埃斯库罗斯的戏剧中更加不在场。他们似乎已经退出了这个世界，总之变得更加高深莫测，成了种种被隐喻所表达的谜团。但是俄狄浦斯在解决这些谜团的过程中，表现出自己是字面忠实性的英雄。各种模棱两可的存在——如斯芬克斯——被战胜了。各种差异被依照组成它们的各种词语分解；人和动物被明显地区分开来，这种模糊性曾经被各种混杂所利用，作为隐喻来遮蔽那些应当被文明社会清楚地排除在外的东西。人们所处的不再是将半人半动物的生命奉若神明的古埃及世界。大写历史加深了差异。俄狄浦斯就是这种差异的象征，并彰显了粉碎这些最为神圣的差异的危险所在。通过这种方式，他把这些差异碾压成各种只有神祇们才有权为所欲为的同一性。由于缺乏对神与人之间差异的尊重，俄狄浦斯也就忽视了其自身的差异。当他发现自己由于已经违背了任何社会都无法回避的差异而变得与众不同时，他就成了自己所声讨的对象。如果俄狄浦斯确实有某种“情结”的话，那么这种情结就在于当面寻找所有同一性而无视各种差异。弑父娶母是对文明最极端的侵害，它属于那些自认为像神一样拥有不死之身的人之外任何一个凡人都不得违反的绝对差异。因此，忒瑞西阿斯提醒俄狄浦斯，作为“他同住儿女的父兄，他生母的儿子和丈夫”，[①] 俄狄浦斯将是众多不幸的根源。此外，他还是杀死自己父亲的凶手。所有这些神圣的、只有神祇们可以嘲弄的差异使俄狄浦斯成为一个牺牲品，即为了取消差异而被作为祭品宰杀的典型的国王形象。在这部剧中，牺牲俄狄浦斯的原因是他在不知情的情况下竟敢将这些差异践踏在脚下。金口狄翁[②]因此提醒人们注意：“俄狄浦斯悲叹自己既是儿女的父亲又是他们的兄弟，既是妻子的丈夫又是她的儿子，但无论是公鸡、狗还是任何鸟类都不会对此感到愤怒。”[③] 可对人来说却不同。俄狄浦斯与众不同的原因在于他排除了那些建立一切人性基础的差异。俄狄浦斯自身并不应该消亡，尤其是他使得由斯芬克斯带来的不幸远离城邦；但是他却因为自己的行为引起了其他不幸。人们可以叩问作为牺牲品的俄狄浦斯所做的选择，因为他在刚出生的时候就被诅咒。谜团的关键恰恰就是斯芬克斯之谜：俄狄浦斯是字面忠实性的捍卫者，他可以解开各种谜团，解决问题的能力无出其右；但他也摒弃任何差异。因此，他自身的差异和其他差异一样都是犯罪的同义词。父母与孩子的差异、生相对于死的优先地位（例如对凶手的惩罚）都是俄狄浦斯在无意之中破坏的绝对差异。他必须为这种差异和特殊的境遇付出代价，后者使他独立于群体之外。除了他，没有任何人犯过他所犯的错误。归根结底，众神虽然缺席，但依然进行了报复：他们将俄狄浦斯自认为已经逃脱的诅咒变成现实。在竭尽全力想要避免命运成真的过程中，俄

---

① [古希腊] 索福克勒斯：《俄狄浦斯王》，选自《罗念生全集 第二卷》，罗念生译，上海：世纪出版集团、上海人民出版社，2007 年，第 358 页。

② 金口狄翁（Dion Chrysostome，约 40—约 120），古希腊哲学家、作家、历史学家和雄辩家。——译者

③ J.P. Vernant et P. Vidal-Naquet, *op. cit.*, p. 51.

狄浦斯完成了他的命运。最后，他成为支配者，但仅仅是一个问题，即其自身问题的支配者。他得到了这个问题的回答，却付出了过高的代价。他以自戳双目作为对自己无意中犯下的错误的惩罚。拥有自由意志的人应当接受（从隐喻角度）成为瞎子的事实，因为在一个没有神明的世界中，作为向导的各种参照系是缺位的。总之，他忽略了那些神祇们使他犯下的罪孽。他曾经拥有视力，可是他因此更有自知之明了吗？他用来看的眼睛并没有引导他。他从自己的幻象中解脱出来并被激发出审慎的智慧，这是希腊人最钟爱的东西。

俄狄浦斯是杰出的叩问者，他发现人的命运就是成为问题，一个与自我有关的问题，而这个自我本身就制造问题。这种境遇并不一定让人感到满意，尤其是在通常情况下被提出的问题是某种不幸，迫使人们针对其曾经的行为、他们的所是扪心自问，这就更令人感到不适。俄狄浦斯的悲剧在于他以掌握答案甚至自己就是答案而自命不凡，就像解开斯芬克斯之谜这件事向他证实了这一点似的。什么东西早上四只脚，中午两只脚，晚上三只脚？答案是孩子、长大后站起来走路的成年人和最终需要拐杖的老年人。于是人被特殊化了；斯芬克斯所体现的人与动物的杂合变得逐渐模糊，一切都变得清晰且具有唯一的意义。但是这种回答和回答行为的字面忠实义使人们忘记了问题性。俄狄浦斯这个名字从字源上来讲暗指他是个跛子，那么他本身也是一个混合体：既是王室血脉，又身有缺陷；身份地位高于其他人，但又由于自身先天的不足而低人一等。这种不足提醒人们不要忘记自己的本质，即自身的自然性。[①] 主宰俄狄浦斯命运的神谕应验了，并由此验证了已经属于他个人的大写历史所承载的一切隐喻性。人们不能在解决隐喻性的同时消灭它，更不能通过将它拒而远之消灭它，因为我们无法同时既经历大写历史又破坏它。在俄狄浦斯与忒瑞西阿斯的神谕对质中，后者谴责他污染了城邦，

① J.P. Vernant et P. Vidal-Naquet, *op. cit.*, p. 35.

导致城邦遭到神祇们的惩罚。俄狄浦斯不理解忒瑞西阿斯对他说的话，他将这些视为一种侮辱和冒犯。相比于解开斯芬克斯之谜的俄狄浦斯，双目失明的忒瑞西阿斯怎么有本事能够看清真相？“俄狄浦斯：你老是说些谜语，意思含含糊糊。——忒瑞西阿斯：你不是最善于解谜吗？”[①] 如大家所见，俄狄浦斯并没有抓住自现在起应该被确立为隐喻的东西。也就是说，他的诞生之日将会是他的灭亡之时，即（因为娶了自己的母亲）他与自己的孩子和自己的父亲拥有相同的身份。简单地说，他没有意识到这一切的隐喻性；况且从字面忠实义的角度来看，这句话除了亵渎和冒犯他的国王身份之外没有任何意义。由于深陷于回答之中，俄狄浦斯忽视了问题。索福克勒斯提醒我们注意，有些东西在离开另一些东西时是无法想象的。俄狄浦斯将逐渐发现这些隐喻中隐藏的某种意义对他提出的质疑。对他而言，悲剧就处于这一发现之中。不愿再言说任何东西的隐喻性将会把掌握或以为自己掌握一切回答而无视一切的俄狄浦斯牵连进去。结果隐喻性再一次在悲剧英雄的面前分崩离析。俄狄浦斯沉浸其中而毫不自知的双重含义导致了冲突。当他发现人们曾经想要告诉他的东西是建立在某种更加丰富，并且质疑他的含义之上时，悲剧英雄就迷失了方向。他意识到一种以真实风貌呈现的隐喻性，即某种差异，各种冲突性的字眼被聚集在差异之中，然后被释放到那些与该隐喻有关的人的头脑里。这个人首先拒绝看到这种隐喻，也就是所谓的盲目（aveuglement）；然后会出现某种意象、发现、对各种被隐藏真相的拼接和诞生于这些真相字面忠实性表现中的冲突。境况发生了翻转，产生了亚里士多德所谓的“发现”（reconnaissance）；悲剧的机制将英雄吞没在这种发现之中。归根结底，包裹着俄狄浦斯的最大隐喻是他的亲缘关系。这种关系只是一个隐喻：他以为自己是波吕玻斯（Polybus）和墨洛珀（Merope）的儿子，但他

① ［古希腊］索福克勒斯：《俄狄浦斯王》，选自《罗念生全集 第二卷》，罗念生译，上海：世纪出版集团、上海人民出版社，2007年，第357页。

事实上是拉伊俄斯（Laius）和伊俄卡斯忒（Jocasta）的儿子；他的名字本身也是一种隐喻，因为拉伊俄斯将俄狄浦斯的脚钉了起来，为的是杀死还是婴儿的他来避免预言变成现实。俄狄浦斯后来还是实现了预言，因为他在两条路相交的地方杀了自己真正的父亲，但他并不知道真相，因为他以为自己的父亲是波吕玻斯而不是拉伊俄斯。俄狄浦斯一块接一块地完成了拼图。差异暴露出来后，真正的身份逐渐向他显现。曾经仅仅是隐喻性的东西被作为隐喻确立起来，并呼唤另一种字面忠实义。在这种字面忠实义中，同一性对他来说意味着先前信仰的终结。他不再能够天真地沉湎于这类信仰之中，因为他已经意识到这些信仰仅由隐喻性所掩盖，因此需要重新诠释。这就是被索福克勒斯所肯定的"发现"。因此，俄狄浦斯将知道他的妻子并不是真正的妻子，他并不是真正的儿子，也不是真正的父亲，这一切都仅仅是一种罪恶的隐喻；一如成为他兄弟的父亲或拥有与自己父亲相同的身份，也仅仅是对这同一种罪恶的隐喻。当安提戈涅和克瑞翁一样依仗法律，一个为了埋葬前者那反叛的哥哥波吕尼刻斯，一个为了禁止她这么做的时候，我们不是一样发现了这种针对法律的隐喻性吗？

简而言之，各种贯穿于悲剧性境遇中的隐喻使得人们因为其多义性，而忽略那些悲剧英雄不希望看到却被他人呈现在眼前的东西。在欧里庇得斯笔下，各种阐释之间的冲突，尤其是它们身上的不可缩减性使得悲剧得以继续向前推进。

众所周知，尼采曾批评欧里庇得斯在演出中加入了被哲学家（如当时的苏格拉底）所钟爱的无休止的议论。尼采还说欧里庇得斯为了取悦全体观众，在戏剧中同样将观众搬上舞台。这样做的结果便是不再有崇高，不再有差异：观众和演出处于同一水平。在欧里庇得斯看来，神话和戏剧的魅力均已经消亡。通过欧里庇得斯，人们到达了某种神与人之间无差异化的阶段。在这一阶段，神与人互相以对方的言行举止行事。《希波吕托斯》(*Hippolyte*) 中仆人的态度便来源于此：忒修斯的儿子拒绝敬重阿芙洛狄特，他更偏向于阿尔忒弥斯；阿芙洛狄特对此抱有强烈的怨恨和不满。仆人清楚地意识到危险所在："不要心存任何不满啊"，他向阿芙洛狄特乞求道，"如果有人因为年轻气盛而无理冒犯了你。这都是些气话。请你假装什么都没有听到吧！因为神祇们总是比凡人更聪明。"[①] 在欧里庇得斯那里最打动人的是这种神与人的混淆，它不再能够使人清楚地分辨二者之间的差异。因此，欧里庇得斯戏剧的典型特征就是"一切都是等价的"，这就让人无法区分善与恶，总之没办法认清事物、做出区分。俄狄浦斯是有罪的，尽管是在无意之间造成的，但确实有罪。与克瑞翁相比，安提戈涅确信自己站在真实和正义这一边；而克瑞翁的固执则把他所有的家人都引向死亡。就像索福克勒斯在《厄克勒特拉》（*Électre*）中提醒的那样："没有必要去争辩什么是对的，应该赶快去做。"[②] 相反，在欧里庇得斯的戏剧中，一切都需要争论，尤其是变得具有问题性的公道。因此，为了报复丈夫伊阿宋的不忠，美狄亚把杀死他们孩子的罪行甩到伊阿宋身上。伊阿宋同样这么做了。那么该如何确定真正的罪犯呢？

伊阿宋：啊，孩子们，你们的母亲是多么的罪恶啊！

美狄亚：啊，孩子们，这都是你们父亲的错误害了你们！

伊阿宋：亲手杀死他们的可不是我！

美狄亚：不，是你败坏的行为和新的婚姻害死了他们。

伊阿宋：你竟然以为一张被忽略的空床就可以杀死他们吗？

美狄亚：你认为这种事对一个女人来说就是无足轻重的吗？

伊阿宋：如果她是守节的，是的！可你，你却在这之中看到了世

---

① *Hippolyte* in *Les tragiques grecs*, t. Ⅱ p. 215, v. 120 (tr. Fr. Marie Delcourt), Gallimard, « La Pléiade », 1966.

② Sophocle, *Électre*, t. I, p. 741, v. 470.

界上最坏的事。

美狄亚：他们已经不在人世了。这将是对你的折磨。

伊阿宋：他们还活着，成为萦绕在你头上残忍的复仇者。

美狄亚：神明们很清楚是谁引起的灾祸。

伊阿宋：他们也知道你那可恨的心。

美狄亚：憎恨我吧，但别说出声。你的话让我感到厌恶。

伊阿宋：你的话对我来说也一样。那么让我们都互相解脱吧。①

神祇参与到一切原因和事件之中，他们像人类那样相互对立，悲剧就存在于这种无差异化之中。雅克琳·德·罗米伊②在分析中确认了这一点，她认为："在戏剧中，神祇们的名字被提及；但是显然他们只是将名字借给了那些不再拥有意义的命运的起伏……神首先轻易地欺骗他的世界。而那些欧里庇得斯戏剧中的人物经常在各种幻象中挣扎，在这里很明显与某个因为没有被认出而发脾气的神明有关。这位神明在开启一部戏剧的同时将自身隐藏于某种虚假的同一性之中，并将这种同一性一直保持到最后。"③事实上，各种借由众神生效差异建立在它们固有的差异之上。这种固有的差异由各种特权构成。在后者逐渐变得模糊的同时，那些根本性差异就不是别的，而仅仅作为各种隐喻。这些隐喻暴露在种种无法解决的替代方案之中。在这种情况下，重点并不是知道谁有罪谁无罪，因为无论如何人们都无法再做出决断。在《希波吕托斯》中，人们无法断定费德拉是否对她丈夫忒修斯的儿子产生了不伦之恋，因为她并没有以接近后者为目的采取任何行动。这一切

① *Médée*, t. Ⅱ, p. 195-196, v. 1363-1378.

② 雅克琳·德·罗米伊（Jacqueline de Romilly, 1913—2010），法国古典学家、文献学家，凭借对古希腊文明与语言特别是对修昔底德和古希腊悲剧的研究而蜚声国际。她是第一位法兰西公学院女教授；1988 年成为继玛格丽特·尤瑟纳尔之后的第二位法兰西学院女院士。——译者

③ J. de Romilly, *La tragédie grecque*, p. 145-149, PUF, « Quadrige », 1997.

都是一位神明在向希波吕托斯（Hippolytus）进行报复，就像我们在上面看到的那样。乱伦和谋杀都是最典型的、应该受到谴责的无差异化行为。但是欧里庇得斯的悲剧并没有那么固守于乱伦这种被诅咒的偏好，甚至没有拘泥于自负的和不公正的神明所做出的复仇行为。问题的核心在于一旦费德拉出于自己的意愿而自杀，忒修斯父子就要正面对抗，于是弄清楚究竟谁对谁错的问题便再度出现。一切都被隐喻化了。“名誉有两个面孔，一个是值得表扬的，另一个则是家庭的祸害。如果两者的界限是清楚的，那么它们就不会拥有同样的名字。”① 这就是忒修斯认为他的儿子在费德拉的死上负有罪责的原因。“在我们的友谊中难道没有一种确实的方法，能够正确无误地辨别出真诚的朋友和撒谎的骗子吗？所有人都应该具备两种声音：一种是真诚的，另一种是什么并没有关系。因此骗人的声音将会被说真话的声音所驳斥。”② 在一个由隐喻性主宰的世界中，差异被各种虚假的同一性所吞没，人们不可避免地落入混乱之中。自那时起，如果一切都仅仅是隐喻的话，则美德也成了隐喻，而希波吕托斯就只是一个假聪明人（他自称是无罪和纯洁的）。希波吕托斯为自己的无辜做出申辩是白费力气，忒修斯并不相信他。“你们看，这不是一个变戏法的骗子吗？他想用他镇定的语气来战胜我。”③ 争论还在继续。由于无法说服父亲，希波吕托斯宁愿去死。事实上，策划这场阴谋的是一众神明。总之，一个没有神的世界可能不会这么糟糕。因为在有神明存在的世界中，善与恶的轮廓会消失在相似性的表象之中。

在欧里庇得斯的戏剧中，最令人印象深刻的是女性角色的重要性：厄勒克特拉、安德洛玛刻、伊菲革涅亚、克吕泰涅斯特拉、美狄亚、费德拉。这么多或为牺牲品或为罪人的女性主人公贯穿其中并占据舞台中央。女人是差

① *Hippolyte*, t. I Ⅱ , p. 228, v. 390.

② *Ibid.*, p. 251, v. 925.

③ *Ibid.*, p. 254, v. 1038.

异的典范，并且因为分娩行为成为自然的象征。通过一系列行为，如杀死她的孩子或丈夫，或是像伊菲革涅亚一样以我们今天所谓的国家利益为借口被牺牲，女性成为某种悲剧性差异的例证。这种差异需要补赎和抵偿，目的是让同一性在城邦中重新确立起来。对于古希腊人来说，悲剧性并不源于女性特征本身，而是由于她们所代表的差异不仅可以和破坏各种差异的罪行相关联（例如杀死丈夫并和同谋结婚的克吕泰涅斯特拉），也可以和重新建立起差异的正义相关联（例如厄勒克特拉或安提戈涅）。这就使女性因为她们的双重性成为差异制造问题的场域。但有一件事是确定的，即差异被讥讽这一最简单的事实足以对女性所扮演的差异维护者的角色提出质疑。乱伦、弑父、拒绝埋葬死者是对女性社会角色的破坏，与之相对应的是城邦对她们排挤，因为这些行为都意味着未开化状态的回归。差异的悲剧性在于对差异的破坏将意味着任何一种差异的终结，因此人们不再能够区分善恶或真假。归根结底，这就是悲剧性的所在："我曾见过从坏人那里生出的好子女，见过富人头脑里那贫瘠的思想，见过穷困的身体里那高尚的灵魂。"[①] 欧里庇得斯如是说的目的是提醒人们一切都是不确定的，大写历史能将那些看起来最毋庸置疑的回答变成隐喻。这些回答便因此变得富有问题性。母亲、妻子、儿子、父亲等字眼都仅仅是具有隐喻性和双重性的事实，并且这些字眼都植根于某种似乎被隐喻用幻象或欺骗、操纵和不真实的责任所约束的差异之中。在这样一个世界里，人们还能继续信赖母亲、妻子、儿子和父亲吗？

有意思的是，可以将欧里庇得斯的这种女性视角，和被誉为"罗马悲剧的索福克勒斯"的塞涅卡（Sénèque）所凸显的、不再具有任何双重性的女性视角放在一起做对比。在《费德拉》（*Phèdre*）中，塞涅卡借用了欧里庇得斯戏剧的主题，但是当希波吕托斯和忒修斯就费德拉的死争辩的时候，问题并不是去弄清楚谁对谁错，是父亲还是儿子。问题的核心是非正义的，即非理

① Euripide, *Électre*, t. II, p. 875, v. 380.

性的恶。

> 地上血流成河，海水被染成红色，凶杀正在逐渐迫近，它越过所有的界限，进入到家庭的内部。弑父的清单马上就被用光了。一个兄弟杀死另一个兄弟，一个儿子杀死他的父亲，另一个儿子杀死他的母亲，一个妻子杀死她的丈夫，一个母亲杀死她的孩子们。我略过那些后母，她们在这人性丛林中拥有野兽的凶残。女人就是一切的主宰。既虚伪又罪恶的她们懂得各种装腔作势和蛊惑人心的手段，更不必说那些放荡、乱伦和通奸的女人了：几百个这样的女人会使城邦解体，几千个这样的女人会使王国毁灭，她们使男人陷入战争，使人们卖身为奴。[①]

在这种专制的帝国世界里，失去两面性的不仅仅是以这种风貌呈现的女性本身，而是所有的悲剧人物；再没有什么东西能够阻止罗马帝国的日渐削弱，不论是正义感还是亲缘和政治关系。所有这一切都十分具有当代的色彩。总而言之，差异无处不在又显而易见，它既是权力、压迫又是诉求，这就使塞涅卡成为莎士比亚戏剧最重要的启发者之一。在塞涅卡那里，神祇们就已经缺席了。各种差异被碾碎以便确认女性差异，这正是悲剧冲突的新的根源。欧里庇得斯通过“我的差异就等于你的差异——不，根本不！”宣布了新戏剧形式的诞生。这种形式并非阿里斯托芬或后来的尼采所说，是戏剧的终结。这仅仅是某种戏剧形式，即古希腊悲剧的终结。后者让人与神在某种神人同形论之中进行争斗，而这种同形论越来越难使人们将人和神区分开来，并建立起只有神才能讥讽而人必须服从的那些差异。一旦人们因此失去了他们传统的参照系，一切都可以争辩（就像在欧里庇得斯的戏剧里），没有

---

① Sénèque, *Phèdre*, *Théâtre complet*, vol. 1, p. 52 (tr. fr. Florence Dupont), Imprimerie nationale, 1995.

什么东西是自然而然的了；尤其是凡人失去保护，沉湎于自己的疯狂之中；而城邦在沉没之前，只能凭感觉航行。这就是阿里斯托芬试图告诉他的同胞的事。为了这么做，他发明了一种在我们眼中永垂不朽的新体裁，即喜剧。

阿里斯托芬和喜剧的诞生

除了这种将社会关系在神的或具有神明印记的空间中进行隐喻化，人们还发现了某种对这些社会关系过度地和近乎怪诞地字面忠实化。这种字面忠实化的目的是描绘信任的丧失和被操纵的盲从的特征。自那时起，二者就已经渗透进社会之中。阿里斯托芬彰显的正是希腊历史上的这个重要时刻。在这段时期，他创建了喜剧，正如柏拉图创建了哲学。

在许多方面，欧里庇得斯的戏剧都预示着阿里斯托芬戏剧的到来。这听起来可能比较奇怪，但是道理却一点也不荒谬：当人们知道阿里斯托芬在不停地嘲笑和批评欧里庇得斯的时候，马上就能想到这一点。种种否认暴露出的正是最极端的相似性。事实表明，人们可以观察到欧里庇得斯戏剧中的一些主题被阿里斯托芬拿来重新进行探讨。让我们以《阿尔刻提斯》(*Alceste*)为例，这部戏剧让人们同时想起俄耳甫斯（Orphée）和浮士德（Faust）。在剧中，一位死期将近的丈夫只有在找到一个人替他去死的情况下才能保存性命。他的妻子阿尔刻提斯是唯一答应做这件事的人。赫拉克利斯最终前往地狱去寻找阿尔刻提斯。这一主题同样令人想到阿伽门农，他为了赢得特洛伊战争宁愿牺牲自己的女儿伊菲革涅亚。这些可悲的老爷们没有一点悲剧体裁所强调的荣光和威严。他们也不属于喜剧人物，却表现得懦弱和可鄙。这离社会讽刺诗（satire sociale）和尼采对欧里庇得斯的批评并不遥远，即贬低大人物以取悦小人物。这或许是对的，但是阿里斯托芬在嘲笑强者的时候也采取了相同的方式。[①] 然而，他通过笑料来使自己的批评显得极端，并借助怪诞性在这些批评身上打下自己的烙印。这里有必要明晰某些界定喜剧体裁特征的根本性差异。那么，让我们对滑稽剧、严格意义上的喜剧和包含18世纪正剧的悲喜剧做出区分。为了正确地领会这些差异之中发挥作用的东西，就必须回到亚里士多德做出的伊隆和阿拉宗的区分上来。喜剧建立在两个角色的基础之上：一个妄自菲薄并进行自我贬低；另一个则相反，自不量力并由此引起滑稽。可以在阿拉宗和伊隆这种双重角色之中看到招摇撞骗者和破除神秘者的耦合。这是一场游戏，其中一个人代表某种差异并将其转化为同一性，他就是阿拉宗；而另一个人则打破这种差异以便揭露出其中潜在的，即他自身或另一人的同一性。鉴于这种差别，喜剧体裁那些重要的耦合就变得一清二楚。如果伊隆和阿拉宗合二为一，那么人们得到的就是怪诞剧、诙谐剧和滑稽剧，比如神父乔装成大主教（阿拉宗）以便嘲笑教会（伊隆，由此产生单词 ironie）。但是下面的事实也许会导致另一种可能性，即招摇撞骗者阿拉宗与揭发者伊隆并不是一个人。同时，欺骗可能是“悲剧性的”，因为它会产生受害者。因此，人们便得到正剧和悲喜剧。代表性人物有塔尔丢夫和《一报还一报》中必须受到反对的安哲鲁，目的是避免他造成致命的损害。在这种情况下，以道德的名义使喜剧人物自吹自擂的差异，事实上是一种纯粹虚幻的同一性、一种他们所扮演的角色；伊隆必须揭露这种虚假的同一性以便消除其不良影响。这里不存在任何滑稽或可笑的效果，只有单纯的正义和道德。悲喜剧建立在被阻挠的爱情、家庭或社会的阻碍和最终被揭穿的偷梁换柱之上。这一事实证明，这类正剧的基础存在于人们所体验到的不可逾越的差异之上。这些差异随着剧情的发展和变化将最终消失，被它们所隐匿的同一性将暴露在光天化日之下：人们将嘲笑这种同一性，或至少意识到欺骗；阻碍将消失得无影无踪，一切变得皆有可能，受害

① J. de Romilly, *op. cit.*, p. 124-135.

者将被解救，一切回归正常的秩序。相反，如果阿拉宗陷入某种事实上是差异的同一性之中的话，例如被戴绿帽却不明真相的丈夫，那么人们便得到所谓的喜剧，甚至是林荫道喜剧。从滑稽剧到萨卡·圭特瑞[①]的戏剧，林荫道喜剧给法国的喜剧体裁造成了深远的影响，并掀起阵阵笑声。伊隆与阿拉宗的分离使得没有意识到某种差异的受害者招致人们对他的嘲笑，甚至是滑稽感。观众的笑重新建立起差异，即最终需要被解读为真相和事实的东西。在正剧里，人们并不笑，即使是中心人物也不笑，似乎作用在众人身上的差异因为某种固有的逻辑，理应在这种由身份僭越所创造的剧情被解开的过程中消失并得到清偿。而区分正剧与悲喜剧的地方恰恰存在于最终的解决之中：消失的差异会导致某个受害者的死亡，目的是更好地强调这种差异的不公。但是消失的也有可能是有罪之人而不是弱者，这就是《爱米丽雅·伽洛蒂》（*Emilia Galotti*）中的亲王与《塞维利亚的骗子》中的唐璜的不同。在《爱米丽雅·伽洛蒂》中，亲王觊觎的女孩在她自己的要求之下死在父亲的手中；而唐璜死于石像人的邀请。《塞维利亚的骗子》不啻为一出悲喜剧，因为恶所犯下的错误受到了惩罚；而在《爱米丽雅·伽洛蒂》中，死去的是被亲王觊觎的牺牲品。正剧的结构扎根于悲喜剧之中。某种差异被从字面含义上肯定，并且由一个人承受着。这种差异的压迫性将被暴露，并成为阴谋的同义词，在正剧和悲喜剧中显露出它的真实面目。二者唯有结局是不同的。

现在，让我们回到阿里斯托芬。阿里斯托芬一上来就推翻了成就悲剧辉煌的隐喻性场域。这种颠覆应该被理解为更加突出字面忠实义，因为它更加通俗易懂。在《骑士》（*Les Cavaliers*）中，阿里斯托芬将统治城邦比喻为腊肠贩的工作，而且他并非从隐喻性的角度来理解此事：“用些花言巧语

① 萨卡·圭特瑞（Sacha Guitry，1885—1957），俄罗斯导演、编剧、演员和制片人，在20世纪30年代的法国电影界名噪一时，代表作有《骗子的故事》《凶手和小偷》等。——译者

烹饪些可口的小吃——总而言之，就像个大厨一样！凡是一个引导人民的领袖所需要的条件你都具备：粗鲁的声音、下贱的出身，而且你经常在大街上闲逛，你便具备一切政治家需要的条件。”[①] 使人发笑的正是这种字面忠实性：腊肠贩着实幼稚，但若将一切都信以为真的话，那么那些最可笑的、不恰当的言行最终也成为可靠的了。谁能忘记在《云》(*Les Nuées*）或《马蜂》里，苏格拉底带领的那群滑稽可笑的人物呢？在《马蜂》里，父亲和儿子的角色发生了颠倒，这是喜剧的典型桥段。自那时起，面对自己的父亲，儿子需要承担起父亲的职责。因为他的父亲似乎失去了理智，幻想着起诉所有人。他的儿子布吕得克里昂打算组织一场虚构的审判，其中的原告和被告都是一只狗。重要的是审判，是像马蜂那样将审判者的螯针“扎进”犯人的心脏里。在这里，父亲与儿子角色的颠倒所体现的是差异的缺失。各种同一性都被泛化；同时，作为构成任何差异之差异的理性变得逐渐模糊。老菲洛克里昂对一切都信以为真，现实已经在大写历史的作用下发生了演进，但在他看来似乎什么都没有发生变化，于是他失去了参照物：现实不再与他对话，他就像个疯子或者老糊涂，随大家怎么选。城邦中的人不更像是一群马蜂，为了一点小小的利益而互相激怒吗？在《云》里，人们看到一位晦涩难懂的苏格拉底。为了蒙骗想要知道该向法官说些什么而前来咨询他的斯特瑞普西阿斯（Strepsiades），苏格拉底向他高声宣讲着那些披着深奥外衣的粗俗言论。苏格拉底对斯特瑞普西阿斯而言是诡辩家中的一员，也许是最好的那位。因为苏格拉底得用语言诱骗他的听众。诚然，这种语言没有任何价值，但恰恰是这个原因才使人印象深刻。斯特瑞普西阿斯的儿子欠了债，对父子二人而言，诉讼进行得并不顺利：债主就在他们的门前。唯一摆脱困境的方法就是，用“歪曲”的说理把不公平的事变公平，从

---

① Aristophane, *Les Cavaliers*, t. 1, p. 135, v. 215 (tr. Fr. V. H. Debidour), Gallimard, « Folio », 1965.

而使人们信服。于是斯特瑞普西阿斯告诉他的儿子:“如果你让他教会你这种歪曲的说理,那么,因你而欠下的所有债务,我就不用还给任何一个人了!”[①]从字面忠实义角度被视为公正的不公建立在如下事实之上,即一切都在某种被泛化的可替代性(substituabilité)之中被颠覆。因此,各种差异和形象化的解读被缩减为狭义的字面意义。影响所有人的各种欺骗和操纵表达的是一个似乎一切皆有可能的社会,其发端在于把最为个人的利益藏匿于某种将其颠覆的字面忠实义之中,从而改变这些利益的本来面貌。斯特瑞普西阿斯很幼稚:苏格拉底以一种嘲讽的姿态接待他;苏格拉底高高在上,坐在一只吊篮里,像是想更加强调其崇高的“智慧”。甚至苏格拉底也从字面忠实义的角度来看待这一情形:“如果我站在地上来探索天上的奥秘,我便什么也找不到……因为大地会不可抑制地吸取我冥想的元气。”[②]人们不再严肃地看待任何事物。而阿里斯托芬对悲剧的批评,恰恰是它在城邦中、在灵魂的高贵和动机的低贱之间制造出的距离。事实比这更加玩世不恭,因为它被淹没在其他更为世俗的顾虑之中。被讥笑的不只是哲学家苏格拉底,还有悲剧家欧里庇得斯。比起进行哲学思考或将灵魂深入到人与神之间的对抗之中,农民斯特瑞普西阿斯还有其他的烦恼。他所体验的争斗发生在与法官们、债主们以及最终把他给狠揍了一顿的儿子之间。儿子把打老子的行为辩解为一种“歪曲的”论证:修辞的灵活性使得无论什么论题都能够加以利用,既然一切都可以进行辩解,那么人们也可以殴打自己的父亲。

---

① Aristophane, *Les Nuées*, t. 1, p. 225, Gallimard, « Folio », 1965.

② *Ibid.*, p. 232, v. 230.

塞涅卡：从剧院到圆形竞技场

拉丁戏剧一边重复着古希腊戏剧的主题，一边在其中注入了不时剧烈加速运行的大写历史。弗洛伦斯·都彭[①]在她有关塞涅卡的权威著作中论及，人因其失度和残暴而变得如同怪物一般。在《费德拉》中，塞涅卡不惜笔墨来描绘希波吕托斯的死。在他父亲忒修斯的眼中，希波吕托斯的罪行在于觊觎自己的妻子，也就是希波吕托斯的继母费德拉。“田野上留下一道道鲜血的痕迹。他的头颅跳起来在石头上摔了个粉碎，荆棘上还散落着他的头发。他的脸庞因为撞击而变得血肉模糊。他的美貌消失了，被千百道伤痕切碎；战车还拖着那垂死之人身体的碎片一路不停地向前飞奔，直到一截烧焦了的树桩直插进他的大腿根，他的尸首才停了下来。车子被它那刺透了的主人扯住而一动不动。可是那两匹马却朝着各自的方向拉扯着，把希波吕托斯给撕成了两半。”[②]这一血淋淋的情节很好地呈现出剧场与作为角斗士生命终点的圆形竞技场（amphithéâtre）之间的微妙差异。在罗马社会，激情对于真正的戏剧而言，难道不是无益的吗？

对古罗马人来说，古希腊神话尤其被视为一个人们在一切宗教礼仪之外讲述的故事集合。罗马宗教几乎分毫不差地将神圣性引入世俗当中，希腊诸神因此无论是从历史角度还是从地理角度来看都遥不可及，尽管他们的名字都已经被拉丁化了。弗洛伦斯·都彭明确指出，这正是古罗马人更适合赞同某种形式美的原因。“我们因此可以说古罗马人并不‘相信’古希腊神话，也不相信他们的神明。没有任何人被这些离奇荒诞的故事所鼓动。”[③]这是罗

---

① 弗洛伦斯·都彭（Florence Dupont，1943—），法国古希腊学者、拉丁语学者，巴黎第七大荣誉教授，主要研究方向为古希腊罗马文学和戏剧。——译者

② Sénèque, *Phèdre*, v. 991-1120, *Théâtre complet*, vol. 1, p. 89 (tr. Fr. Florence Dupont), Paris, Imprimerie nationale, 1995.

③ F. Dupont, *Les monstres de Sénèque*, p. 48, Belin, 1995.

马写实主义所要求的。拉丁戏剧因此把重心放在了叙述而不是再现、朗诵和雄辩上；把消灭那些不同的存在，例如奴隶或战俘的任务托付给了竞技场上的游戏（jeux du cirque），使罗马的同一性由此来进行自我检验和自我肯定。此外，竞技场还被建成圆形。从观众的角度来看，他们是平等的，好像群体的同一性超越了罗马社会土地财产的分配不公。至于都彭提到的“从（古希腊）严肃的政治戏剧向无意义的娱乐戏剧过渡，从作为评判者的观众向意见一致、不做区分的民众之间的过渡”，[①] 其原因是旧回答被削弱，使得人们不能再认真地看待这些回答；由于距离被拉大，就需要随之赋予这些回答可靠性。正是因为如此，像索福克勒斯的《俄狄浦斯王》这样的戏剧不再被人们视为对一个掌握着群体同一性却破坏其活力的人的惩罚；在塞涅卡笔下，这类戏剧则被视为暴力与人—怪的历险记。[②] 在戏剧的历史中，古罗马戏剧同样代表着一段即便称不上令人不适，但至少是矛盾的时期。塞涅卡戏剧里耸人听闻的暴力场面在竞技场的格斗游戏中找到了完全视觉化的解读，而其作品修辞性的风貌则唤起了人们对抒情诗的记忆。从那时起，悲剧在古罗马似乎并非不可能存在，而是被塞涅卡变得多余和无用。在这一点上，古罗马的处境预示着即将成为中世纪规则的东西，即为了追求叙述而破坏作为表演的戏剧。这种现象一直持续到很久之后的文艺复兴初期，直至一种不被朗诵而重新被表演的戏剧诞生。

回到塞涅卡，他是我们现在能够读到的唯一一位拉丁悲剧作家。他以一种相反的方式，通过自己的戏剧对斯多葛哲学辩护：人为的暴力不再和众神有任何关系；面对这种暴力，人们唯一的反抗方式是从这个世界中抽离并在自身欲望的面前明智地保持审慎克制。“混乱和偶然支配着人间的事物。恶人

---

① Ionesco, La cantatrice chauve, scène XI , in Théâtre complet, Paris : Gallimard, « La Pléiade », 1991,p. 36.

② *Ibid.*, p.41.

受到命运的垂青。正义支撑不住，成了野心的牺牲品。骗子和伪君子统治着帝国的朝野。在共和国里，人们以选举叫花子为消遣。品行高尚的人被迫害。正义的行为在悲惨之中腐朽。酒色之徒在走向帝位的道路上畅行无阻。罪恶带来权力。要道德又有什么用呢？”[①] 费德拉使人相信希波吕托斯想要引诱她，而希波吕托斯只是态度傲慢而已。这里所看到的不再是欧里庇得斯的《费德拉》，其中的众神介入凡间，为的是报复那些不再像他们所希望的那样敬重神明的人。费德拉爱希波吕托斯，即便这种爱有罪，但她还是为自己做出辩护。塞涅卡依然使用十分诗性的语言来表达某种毫无诗性的现实。大写历史被这种加深各种差异并将其隐喻化的形象性（figurativité）所表达，这些差异将问题变成破坏差异的回答。现实存在于这种对各种差异的碾压之中：妻子和儿子之间、父亲和儿子之间。所有这一切的关系不是别的，而仅仅是各种不应该再从字面忠实义的角度去理解的隐喻。字面忠实性存在于对隐喻的破坏之中。人们杀戮、掠夺、强暴，这在当时是司空见惯的举动。人性因此成为一种对其自身的隐喻。但是通过塞涅卡的戏剧，人们意识到大写历史确实使众多美好的感觉披上了隐喻的色彩，而戏剧的功效则是将这些感觉的本质暴露出来。大写历史因此成为罪行的隐喻。与古希腊戏剧相反，塞涅卡戏剧中作为每个人行为驱动力的暴力的根据不再是随便哪个神祇的介入，而是人们想要将其计划执行到底的意志。从那时起，暴力的展现不再需要哪个神话的遮遮掩掩来为它进行辩护，它一丝不挂地展现在众人的面前。既然旧的回答只是各种隐喻，那么众神的角色也仅仅是修辞性的。与此同时，塞涅卡的戏剧由于夸张的长度，更像是为阅读而不是为表演所准备的。我们在《美狄亚》（*Médée*）中可以清楚地看到这种未经雕琢的暴力。美狄亚能对伊阿宋抱有什么期望呢？

---

① Sénèque, *Phèdre*, *op. cit.*, p. 84.

或能对逼迫伊阿宋放弃美狄亚而和自己女儿结婚的克瑞翁[①]抱有什么期望呢?必须说明的是，克瑞翁保护伊阿宋的目的是不让他受到被美狄亚烫死在一锅沸水中的国王珀利阿斯（Pelias）的儿子阿卡斯忒（Acaste）的威胁。伊阿宋希望借此机会重新夺回珀利阿斯趁其不在时夺取的王位。克瑞翁显然想要打发走美狄亚，以便促成他女儿和伊阿宋之间新的联姻。克瑞翁是怎么说的?“我可不是那些傲慢地践踏穷苦人的暴君中的一员，我已经证明了这一点。我因选择了一位流亡者（伊阿宋）为婿而美名远扬。这是一位生活在不幸之中的人，他受到阿卡斯忒——色萨利国王的威吓和追捕。阿卡斯忒想要杀死他为自己的父亲的谋杀复仇。那个毫无防备、颤颤巍巍、被年龄折磨得筋疲力尽的老人被剁成了碎片。”[②]在这里，美狄亚代表绝对的恶。人们在伊阿宋和美狄亚的地位之间再也找不到在欧里庇得斯戏剧中所看到的平衡，即便在争论（agon）之中也没有。暴行和力量的对比关系只能产生作恶的意愿。各种被如实表达的论据只不过是为这种暴力披上外衣罢了。

尽管其文学修辞具有诗的形式，然而塞涅卡还是通过直截了当地渲染恐惧和暴力，并切断了它们和宗教的一切关联的方式，从各个方面宣告了一种字面忠实义的到来。后者将被喜剧更好地加以利用。诚然，喜剧中没有犯罪，虚伪的诡计也比悲剧中出现得更多。但是人们会觉得塞涅卡的批评必然不如喜剧的字面忠实义有影响，因为前者过于夸张，而后者更为现实。也许正是因为这个原因，喜剧一直到中世纪末期仍是激情场域的主宰。导致悲剧衰落的另一个原因是大写历史因基督教而停滞不前，然后又被罗马帝国据为己有。但滋养悲剧性意义的恰恰就是大写历史。尽管如此，竞技场中的观众由于恐怖与人之间的距离被拉开，也就变得没有在战场上那么可怕。总而言

① 此克瑞翁并非俄狄浦斯神话中底比斯（Thèbes）的国王，而是科任托斯（Corinthe）的国王。——译者

② Ionesco, La cantatrice chauve, scène XI , in Théâtre complet, Paris : Gallimard, « La Pléiade », 1991, p. 33.

之，通过这样的方式，人们赦免了那些有权有势的人，而这些人一点都不喜欢人们强调他们放纵的行为。

> 到处都是疯癫的暴君、被俘虏或被流放的国王和王后，到处都是叫喊着复仇的苍白的鬼魂，到处都是巫师和占卜者，到处都是无辜的牺牲品和藐视死亡的死刑犯，到处都是自大的罪犯和反目成仇的兄弟。这是恐怖兴高采烈的狂欢，它还没有对那些重大的问题发出质疑，还没有开始折磨精神。暴怒和罪行是如此之多；在离地面区区几尺的地方所发生的是各种纵情的举动，而不是对有关生命意义、世界真实性或善与恶的概念这些令人苦恼的问题的回答。[①]

尽管塞涅卡的作品处于抒情诗和残酷现实、修辞性和演出性之间的尴尬定位，但是他依然能够引起我们的兴趣，原因是其彰显了一种专属于大写历史进程的现实。这种现实借助某种新的字面忠实义推翻各种隐喻，即便是通过某种特殊的抒情诗体修辞来完成的。随着各种已经存在的回答内部联系的不断削弱，随着各种回答之间联系的根基变得越来越微弱，曾经肯定这些回答的同一性也随之减弱，仅仅成为虚构。只剩下身处其粗糙甚至残忍现实之中的各种存在。事物呈现出它的本来面目，覆盖在区分各种存在之间差异的暴力上的伪装消失了。事实便赤裸裸地暴露在那里；人们不再拿众神来解释恶与暴力，他们从此以历史的方式进行自我维系。“无辜者无缘无故地蒙难，神祇们自己被命运所捆绑，人性正在无可救药地堕落沉沦；黄金时代已经消失许久。相反，世界的末日威胁着已经堕落的人性，这是作为哲学家的塞涅卡和作为悲剧作家的塞涅卡的共同忧虑。”[②] 孕育惨剧的将不再是大写的

---

① H. Fluchère, *Shakespeare*, p. 84, Gallimard, 1966.

② H. Fluchère, *op. cit.* p. 85.

历史，大写的历史本身即将是惨剧发生的场所。历史将重新追赶上人们并使他们最珍爱的回答进一步问题化。要等莎士比亚来重新复活塞涅卡。在这期间，人们在竞技场里参与到表演当中。

第四章　作为从古代末期到中世纪时期戏剧特点的喜剧性与怪诞性

尽管许多悲剧作家都在古罗马时期创作出了自己的作品，例如帕库维乌斯（Pacuvius）、恩尼乌斯（Ennius）或阿祁乌斯（Accius），但唯有与疯狂的尼禄同时代的塞涅卡的著作留存至今。总的来说，帝国时期的罗马和在一个强大教会体制统摄下处于基督教创立初期的罗马一样，都没有迎来悲剧发展的良机。可能的原因是将暴君和王子们的失度行为搬上舞台并进行赎罪式的惩罚一点也不能讨他们的欢心。但是讽刺诗（le satire）或者喜剧就更讨他们的欢心吗？也许这已经不再是问题的所在了。阿里斯托芬早已离开人世，新的喜剧形式将奴隶、用人、妓女和好色的父亲推向前台，后者通常作为他们儿子的对手或者他们女儿的暴君出现。也许从更为根本的角度来看，喜剧这种几乎独霸的支配权所体现的是一种对大写历史的拒而远之。尽管几经反复，罗马帝国和基督教世界似乎最终都分别以某种可持续的方式建立了起来。作为一个生活在公元 1 到 2 世纪的拉丁人，他见识到的就是自打出生以来所认识的世界；并且所有的一切都使他确信，这也将是他的后代所经历的世界。对于后来绵延了几个世纪之久的基督教来说同样如此。直到 12 世纪的城市化革命兴起，戏剧才重新成为某种高雅的文学性表达，即便比起当时流行的寓言和故事（les récits）来，它还不够有独创性。似乎重新开始加速前行的大写历史增加了语言的形象性和隐喻性，抒情诗从中汲取了营养。这或许推动文学走向更加真实的再现（représentation），因为它变得可以看见；而在这之前，人们把各种历史当作滑稽讽刺叙事诗或短篇故事（contes）来讲述。

绘画后来成为这一趋势的接班人，尤其是在意大利；而戏剧则失去了大众的宠爱。

那么，就让我们来关心一下喜剧演变中所经历的几个关键时刻吧。

从古希腊喜剧到拉丁喜剧：米南德、普劳图斯和泰伦提乌斯

在1个世纪之后，大约耶稣诞生前320年的时候，那个幼稚可笑、前去咨询苏格拉底以便欺骗众人的农夫斯特瑞普西阿斯变成了何等模样呢？答案是变成了一个隐退消失、避而不见的厌世者。随着人类社会逐渐走进罗马世界，喜剧的写实主义与越来越滑稽可笑的境遇紧密相连。喜剧中的人物变得越来越粗暴，而喜剧里滑稽可笑的事物则让位于卑鄙可耻的言行：那些不择手段、可以出卖一切、不停劳动且不求任何回报的奴隶们和妓女们，为自身的处境向他们的主人进行报复。喜剧开始从滑稽向讽刺过渡，其中各个个体的经历一点也不好笑。每个人都在搞恶作剧，最狡诈的那个人成为最后的胜利者，即便是善在人的干预下成为辩论最终的获胜者。阴谋诡计成为流行，就好像为达到目的而不择手段是理所应当的。米南德（Menadre）开创了所谓的“新喜剧”（la Comédie Nouvelle），但是正如埃里奇·西格尔[①]所说：“米南德的问题首先在于他的剧本已经散佚，接下来的问题是它们又被找了回来。”[②]这些感情迸发的剧本残片，遮蔽了通常不太吸引人的情节。尽管如此，在那个时代大受欢迎的米南德仍然是喜剧史上的决定性人物，他和泰伦提乌斯（Terence）一道引领着喜剧朝着境遇的滑稽性发展，而这一点正是拉丁戏剧的根基。尽管在这类戏剧中，家庭矛盾、被阻挠的爱情和奴隶的最终

① 埃里奇·西格尔（Erich Segal，1937—2010），美国作家、编剧和教育家，毕业于哈佛大学，后在耶鲁大学教授古典文学和比较文学，代表作有《爱情故事》《奥利弗的故事》等。——译者

② E. Segal, *The Death of Comedy*, p. 153, Havard University Press, 2001.

身份为奴隶主的亲生孩子等种种情节轮番上演，但是它们对观众而言毫无意义。在戏剧复杂的情节中充斥着难以置信的事件，人们常常迷失其中。但是，即便这些戏剧所讲述的故事看起来十分复杂，人们却很少上它们的当。米南德所做的是改变戏剧的结构，他不再像从前那样纠缠于修辞的部分。在修辞学上，有四个我们既能在悲剧中也能在喜剧中找到的关键时刻：首先是提出辩论或戏剧主题的构思（invention）环节，它在悲剧中由歌队（chœur）或某个神明完成。其次是布局（disposition），它旨在安排悲剧或喜剧情境的各个要素；这一环节也用来烘托叙述。然后是将论据定型的措辞（élocution）环节。动作（action）是第四个环节，通常被认为不太重要——它既代表戏剧行动的再现，也代表讲话的方式，如果我们的讨论仅限于人们在想要说服他人时高声讲出的话语本身。人们通过序幕（le prologue）了解悲剧背后隐藏的问题。然后歌队进场［我们称为“登场歌”（parodos）］表达城邦的声音，尤其指明戏剧的各个要素，就像在修辞的布局环节所做的那样。一个人物就问题做出回答，然后歌队通过它的首领，即歌队长（coryphée）的声音做出回应，整个戏剧被歌曲和舞蹈所切分。随后，歌曲和舞蹈连同歌队一道逐渐消失；舞台上的人物从一个变成两个，后来又增加到三个。歌曲和舞蹈逐渐成为戏剧各幕间的插曲（intermèdes）。[1] 于是，我们可以观察到戏剧逐渐与修辞学的框架渐行渐远，只保留下了争辩性的结构。在这种结构中，人们相互对抗、争辩，目的是战胜对方或者把某种别人认为没有道理或错误的意志强加于人。在 18 世纪末出现的正剧中，这种对立发生了转移。如果我们遵循布兰德利有关黑格尔的论述的话，那就可以表述为：在悲剧中，正义与正义相互碰撞；而在正剧中，正义与非正义相互对立。但是人们清楚地感觉到，随着修辞性的结构被弱化，米南德的新喜剧把焦点集中在一些相互之间不太相关的活动上，各场次之间的联系也更加具有偶然性和不确定性，次要情节

① P. Grimal, *Le théâtre antique*, p. 46, PUF, « Que sais-je ? », 1978.

大大增多并使主要情节变得更加复杂。因此后者也变得更加索然无味，与当初所要寻求的效果背道而驰。能使人发笑的是各种离奇和越来越不切实际的境遇而非言辞：上了年纪的爱慕者使人发笑，因为他对自己的怪诞行为一无所知，一举一动都去模仿年轻人；年迈的老鸨也使人发笑，因为她显示出一副自己凭道德和忠诚用事的样子。简而言之，这个美好世界的一切都扎根于某个社会的边缘地带，在那里差异可以被一些人或另一些人所利用，而喜剧的目的是最终使所有这一切都奇迹般地恢复平衡。这里我们所谈论的各色人等事实上都被排除在社会之外，但是他们其实是这个社会的一员：想要补偿这些使他们成为牺牲品的差异的正是这群人，但是补偿必然通过运用计谋来实现。喜剧将这些狡猾的手段和故弄玄虚表达出来，最后为了道德和善良的利益而把它们终结，由此证实了这些被当作下等人的人们的社会功用。农夫、士兵、吝啬鬼、妓女被确立为完整的社会典型，这种特质后来深刻地影响了喜剧自身，尤其是莫里哀的喜剧。米南德的《恨世者》(*Le Bourru*) 导致莫里哀《愤世嫉俗者》的产生，但这只是相对而言；因为二者之间唯一的相同点是都有一个与人类拉开距离的人物，在米南德那里是从身体的角度拉开距离，而在莫里哀那里是从象征的角度拉开距离。

米南德之后留下传世名篇的喜剧作家当然是普劳图斯 (Plautus，公元前260年—公元前184年)。例如，莫里哀的《悭吝人》从他的喜剧《一坛黄金》(*La Marmite*) 那里汲取灵感，即便这种传承关系把莫里哀在戏剧创作中对剧情和形式的丰富与充实掩盖了起来。的确，普劳图斯的作品缺少结尾，但是有一个贯穿整个西方戏剧史直到季洛杜 (Giraudoux) 的戏剧主题，那就是安菲特律翁 (Amphitryon)：普劳图斯、莫里哀、克莱斯特 (Kleist) 分别为我们带来了不同版本的安菲特律翁，它们既相似，又带有各自时代的印记。从精神面貌的演进来看，各版本之间的差异十分明显。让我们简短地回顾一下这部戏剧所讲述的故事：安菲特律翁是一位外出作战的将军，他的仆人索西

（Sosie）前来向他的妻子阿尔克墨涅（Alcmène）报告其丈夫获胜的消息。但是朱庇特（Jupiter）化身为安菲特律翁迷惑了阿尔克墨涅并使其怀孕。后者以为和自己共度良宵的是自己的丈夫。墨丘利（Mercure）则化身为索西的样貌。于是，索西的名字就成了法语中的一个普通名词 *sosie*，用来指一个人的相貌酷似他人。

人们也许会问为什么安菲特律翁的神话传说会反复出现，这种现象一直延续到20世纪。对此人们谈论得并不多，因为大家通常会把注意力集中在其他一些传说中的人物身上，例如：代表着过分无节制的知识的浮士德；或者俄耳甫斯，他象征着某种能够战胜死亡的绝对忠诚；或者唐璜，他使人想起桀骜不驯的反抗者身上与人决裂的性格。但是，人们却很少讨论安菲特律翁。这其实不对。因为通过这个传说，我们可以触及与同一性有关的基本问题。然而，同一性却反馈到了总是作为其断裂的大写历史身上。不同版本的《安菲特律翁》的主题恰恰是同一性的断裂。这是一个喜剧性的主题，因为观众们知道钻进阿尔克墨涅被窝的并不是她的丈夫而是化身为安菲特律翁的朱庇特。在普劳图斯那里，欺骗人的是神；因此，无论是对敬重神明的社会还是对被敬重的神明来说，这都是一个傲慢无礼的视角。神明和人的角色似乎可以相互转换。人们处于一种我曾经说过的“强问题学排斥”[①]的状态之中。各种同一性被从字面意义上理解，因为与后来将要发生的事相比，大写历史所经历的演进仍然相对较为缓慢或仍在控制之中。总而言之，稳定性统治的范围超过各种事物不断运动的表象。由此产生自柏拉图以来的经典对立，即表象上不断变化的感官世界和支撑着它的、一切都持久永恒的心智世界之间的对立。即便事物的表象遭受了运动的冲击，无论这种冲击是否具有历史性，其本质仍然是完全稳定的，并且恰恰是这种本质成就了事物的本是。这就使得各种事物和存在真正的同一性，或者更确切地说是各种事物之

① Dans *Questionnement et historicité,* PUF, 2000.

存在真正的同一性因此与大写历史擦肩而过。这种情况显然只有在大写历史并未严重挤压现实的稳定性时才可能发生，并且大写历史也没有根本性地改变这些事物。这就使得人们能够在种种所谓的表象变化之后重新找回各种事物的同一性。在这种思想世界中，针对被提出的问题的回答仍然是清晰和确切的，因为被认为是“真”的回答仍然被书写为强势的存在，而各种差异则可能被忽略或淹没在这些同一性之中，后者超越了各种被观察到的变化，就好像这些变化只是一种幻觉。位于问题性内部、被希腊人视为感性和感觉的各种关系被编织成为弱势的存在：各种印象在弱势同一性的基础上相互混淆、相互替代；这些同一性一旦被揭露，就与种种最常用的类比和相像发生关联；而在人们还没有将这些类比和相像去神秘化的时候，它们就被当作真金白银，即各种答案。而它们从本质上来说并非如此。柏拉图的批评也由此产生。为了不因小失大，不被虚假的回答所愚弄，就必须一如既往地遵循问题与回答之间、疑问与解决之间的问题学差异。当问题学排斥强势、演进相对较慢的大写历史将各种同一性维持在先前的回答之中而不一定会使其失效的时候，人们就可以说各种回答身上强势的同一性消除了它们之间的类比特征，并能够不与各种问题身上的弱势同一性相混淆。例如，人们将感官世界和心智世界相对立，以便用另一种方式标记出问题学差异。这种差异区分出问题和回答，目的是使人们将这种差异保存在头脑之中。不管怎么说，这都是当时的人们所使用的众多方式中的一种，此外我们还能够在许多文明中找到类似的方式：感官世界具有欺骗性，虚无缥缈，必须与其保持距离并朝着根本性思维的方向前进（这一点恰恰是佛陀和普遍的印度教思想所唯一强调的内容）。简而言之，同一性在初始阶段十分强势，目的是界定产生回答的判断网络的特征。随着大写历史的加速运行，差异逐渐渗透进该网络的缝隙之中，并将现有的回答问题化。存在被不断地削弱，问题性在不断加强的过程中似乎具备了与各种回答相混淆的能力，这就在回答与那些被视为能够由它们解决的问题之间产生了某种混淆的风险。这正是普劳图斯的《安菲特律翁》所提出的问题：普遍的同一性会使人们认为“朱庇特＝安菲特律翁”，由此产生的问题便是如何依靠自身能力辨认出朱庇特。在一开始，当神明化身为人类时，这不是别的而仅仅是一种隐喻。从字面忠实义的角度来，是如下的情况：问题学排斥依然强势，各种同一性也是如此，因此必须将戏剧中的各个人物和现实等同起来，就像在一些更加反历史性的社会中那样。但这仍然是一个故事、一件虚构的事、一个“法布拉”（fabula），因此，问题学排斥理应被削弱，而神与人角色的调换则无论如何都应该被认为是“不现实的”。事实上，喜剧致力于表现这种非现实主义，即便它将朱庇特和安菲特律翁的角色调换表现得好像真正可能一般。但是能够打破二者同一性的隐喻性没有一丝渗透到他们之间。这种同一性是由从各个角度确切鉴定他们身份的阿尔克墨涅所赋予的。甚至她与朱庇特和安菲特律翁结合所生下的双胞胎也是为了遮蔽被大写历史所打破的，仅依靠传说来维持的某种同一性。这部戏剧的结在于真正的安菲特律翁和妻子之间的对峙。安菲特律翁发现有人化身为他并悄悄溜到他的床榻之上，而他的妻子真心诚意地申明她的忠实。因为朱庇特乔装成安菲特律翁的样子蒙骗阿尔克墨涅，使她把他当作自己的丈夫。差异在安菲特律翁那里被暴露，但只针对他一个人。因为阿尔克墨涅只看到了安菲特律翁因为某个并未发生、毫无根据的不忠而对她进行指责。正是在这个片段中，我们观察到同一性不仅暴露出来并且拥有它一切历史性的意义。人与神的混淆曾经在欧里庇得斯的戏剧中具有悲剧性，但在普劳图斯那里却成了喜剧的事，因为这种同一性被认为是不可能的。因此，这种被隐藏的差异只能通过戏剧的发展来确立，而观众们却在一开始便知晓。在这一点上，那种陈旧的、使神祇们乔装成任何凡间样貌参与到世俗世界的构思，在普劳图斯笔下变得微不足道。人们清楚地看到大写历史削弱了这类同一性，以至于当安菲特律翁面对阿尔克墨涅并试图揭穿她时，毫不犹豫地谈起发狂和巫术(第二幕第二场)。曾经强势的同一性仅仅是传说，但是，为什么不呢？尽管如此，阿尔克墨涅还是从字面忠实义的角度来理解朱庇特和安菲特律翁的身份；并且朱庇特直到最后才独自向安菲特律翁一人现身，“我将告诉你接下来要发生的和已经发生过的事。首先，我利用了阿尔克墨涅的爱，她因与我结合而生下了一个儿子；你呢，当你出征的时候，也让她有了个儿子。她一次性地生下了两个孩子。其中一个是我的后代，他将通过各种功绩给你赢得不朽的荣光(海格力斯)。而你则将和阿尔克墨涅一起找回你们旧时的爱情。她并不该受到你对她的责备；强暴她的是我”。[①] 这是朱庇特最后一次化身为阿尔克墨涅丈夫的形象回到她身边请求她的原谅。

当然，这一切只是传说，证明了同一性因大写历史的流逝而成为虚幻。由此产生了普劳图斯所寻求的喜剧效果。强势的同一性只是一种幻象，相信它会成就某种欺骗所想达到的结果，因此千万不要相信它！可是一旦问题学排斥开始减弱，属于回答范畴的东西和不属于该范畴的东西就有发生混淆的可能。这就是安菲特律翁想要彰显的内容。

在莫里哀那里，《安菲特律翁》的含义发生了改变。在普劳图斯笔下，同一性依然强势，或许会使人相信朱庇特是安菲特律翁；但是由于这类同一性有从回答场域消失的趋势，于是它们提出问题，而这恰恰是普劳图斯的戏剧想要表现的内容。将幻象信以为真成了笑料，即喜剧事件。在莫里哀的戏剧中，朱庇特并不是安菲特律翁，而只是让人认为是他。他们在开始的时候仍然保持着各自的本性，是阿尔克墨涅的混淆促使安菲特律翁寻找揭露伪装者的方法。在莫里哀的戏剧中，问题的关键是划清同一性和差异的轮廓，即各种回答及其对象的身份。这就反过来要求人们辨认出作为其对象的各种存在的差异。由于缺少精确衡量同一性以及差异的严密标准，古典时代便将某

---

① Plaute, *Amphitryon*, acte V, scène Ⅱ, p.56-57, Gallimard, « La Pléiade » (tr. fr. M.-A. Einout), 1971.

种被削弱的存在与某种真实的构造装在了一个口袋；前者建立在相似和类比的基础之上，而后者则被大写历史所击打，只熟悉各种任人摆布的同一性。以这种风貌定义相似性使得人们看到问题的所在，并触及被认为是唯一可能的那些回答而不是回答的“另一种形式”。

大写历史运行的速度又加快了一步，我们来到了1668年。这时的问题学排斥已经被削弱，以至于在问题与回答之间做出决断的唯一方式被建立在某种单纯的遗弃之上。遗弃的对象是被书写为弱势存在的一切事物，不管它们是否被认为具备这种风貌。补偿性排斥旨在重新建立起强势的同一性，对这种诉求做出回应的是对现实和自然进行几何化、数学化的笛卡尔主义理想。但是在艺术上，问题却有所不同。为了不再将隐喻当作同一性，需要做的仅仅是识别出隐喻的本来面目。各种譬喻（allégorie）不再像意大利文艺复兴时期那样，向某个纯粹暗示性的、超验的神祇敞开大门。并且由于艺术的目标在于不要走向异端邪说，那么最好的办法就是从那时起将占统治地位的寓意化当作它的本来面目，即视其为某种具有神话性的关系。这种关系呈现出各种虚构的存在，就像在田园牧歌故事（récits de pastorale）中那样，一切都发生在各种想象中的人物或者遥远的异教人物之间。此外，我们还能够在普桑（Nicola Poussin）和洛兰（Claude Lorrain）的画作之中观察到田园牧歌般的场景和神话中的人物。莫里哀的《安菲特律翁》对这种同样反馈到神话上的寓意化过程做出了回答。朱庇特和安菲特律翁的同一性是某种意象、某种表象化甚至是某种伪装，在它背后，人们能够毫不费力地辨认出皇家的形象。但是莫里哀所表达的很有可能是另一种性质的问题。在那个时代，问题学排斥对各种形式的同一性都放任自流。问题的实质在于弄清楚什么能够确保真实的同一性以及各事物之间的有效差异。人们能够清楚地认识到各种相似性的本来面目，但是在各种如数学般精确的同一性之外，人们很有可能将回答当作问题，反之亦然。怎样进行区分呢？这里争论的目的并不在于弄清楚朱庇特是怎样成为安菲特律翁的——正如莫里哀所说：无论如何，朱庇特都不是安菲特律翁，他只是拥有安菲特律翁的外貌。但是怎样区分二者并认定谁是谁呢？争论只能发生在阿尔克墨涅这一边：在安菲特律翁指责阿尔克墨涅不忠之后，朱庇特化身为前者来和后者达成和解。需要注意的一点是，这场关于安菲特律翁真实身份的论辩只发生在莫里哀的戏剧中。即便是被安菲特律翁叫来帮忙的将军们 [阿尔加狄丰达斯（Argatiphondas）和诺克拉特斯（Naucratès）] 也无法将他分辨出来。当被缩减的问题性排斥依然能够导致问题性与非问题性在被否认的各种同一性之中相混淆的时候，怎样能做出正确的回答？问题依旧并重新焕发出生机。朱庇特并不是安菲特律翁，后者考虑的恰恰在于给出超越各种表象之外的证据，证明朱庇特的真实面貌。朱庇特自己同样需要避免和那些想要抨击骗子的人类发生混淆，因为这些人以为朱庇特和他们一样。朱庇特追求的并不是成为安菲特律翁，而只是在和阿尔克墨涅一起的那个晚上让她把自己当作安菲特律翁；之后，朱庇特又回到阿尔克墨涅的身边，撤销了归来的安菲特律翁对她的批评和指责。这种见证一切混淆发生的同一性与差异间的游戏在莫里哀的戏剧中给人的印象尤其深刻，它使原来古典时代人物关系的典型图样，即“a 属于 b，正如 c 属于 d”具备了两重性。朱庇特的儿子墨丘利必须阻止被安菲特律翁派来传递捷报的索西接近阿尔克墨涅。相反，墨丘利化身为索西向阿尔克墨涅报告假扮安菲特律翁的朱庇特的归来，而那时后者还在战场之上。但是在莫里哀的戏剧中，索西有了一个叫作克莱安蒂斯（Cléantis）的妻子。她对丈夫的归来感到十分欣喜，但由于事实上索西是由墨丘利装扮的，因此他拒绝了克莱安蒂斯。这与朱庇特和阿尔克墨涅之间的联系正好相反。朱庇特和墨丘利一样具有人的外形，并且和人类一样也有一个妻子。但是二者其中的一个走向他的妻子而另一个则与他的妻子保持距离。在这种被相似性所担保的同一性之后，存在某种朱庇特和墨丘利之间，即父亲与儿子之间的差异，也就是“a/b 并不是 c/d”。这仅仅是一种类比，因此尽管在面对人类时所采取的姿态中存在某种同一性，他们之间仍然存在差异。

这个时期所关注的焦点就是建立起差异，以便使那些问题与回答之间的差异仍然占据上风，并使人们能够鉴别问题的内容和对其的回答。在戏剧的开始，墨丘利遇到了神话人物夜神（la Nuit）。这个被人格化了的抽象概念遮蔽了各种差异，即每个人的身份。夜神如是说：“朱庇特使我惊讶，我搞不明白他脑子里想的是什么，竟然做出这种装扮。”[①] 这就是朱庇特保持自身原貌而只是进行了乔装打扮的证据，即便这种伪装完美无缺。当墨丘利在索西身上做出同样的事的时候，一切仍然处于相似性和弱势存在、问题和回答同时存在的境遇之中，这使得各种混淆一直都有产生的可能。索西说：“事实上，现在我仔细打量他：身材、神情、动作，他真的跟我一点不差。让我们问他几个问题好揭开这个秘密。”[②] 一些共同的属性足以让人觉得某种同一性的存在，但是问题却不足以驱散谜团，因为这些问题与回答被书写在同样的脉络之中。简而言之，索西向取代他位置的墨丘利说：“如果你是我的话，那我又是谁？因为我总得是个什么吧。”[③] 但这并不重要。整个戏剧的重心就在于各种回答所具备的保持原本风貌、不与各种问题和问题性相混淆的能力。阿尔克墨涅是这种混淆的牺牲品：她将自己献身于一个被她认为是自己丈夫的人；而她真正的丈夫回来并发现她的“不忠”时，便将她抛弃。阿尔克墨涅并不理解丈夫态度的突然转变：昨日的激情怎么就变成了今天的指责呢？此外，她还跟丈夫说道：“啊！这一切的花言巧语都只是无聊的诡辩。我根本无法分辨出是谁伤害了我。一切都成了我愤怒的对象，丈夫和情人都被一视同仁。”[④] 阿尔克墨涅并没有从造成问题的同一性之中走出来，后者在表面上并

① Molière, *Amphitryon*, Prologue.
② Acte I, scène Ⅱ.
③ *Ibid.*
④ Acte II, scène Ⅵ.

没有和那些制造回答的同一性有什么区别；在这种或那种同一性的意义之中，一切都畅行无阻。了解这种差异的人不能或者不愿意推翻这种同一性。

就像安菲特律翁所说的那样："大自然有时会造出完全相同的人，这就会给那些冒名顶替者滥用的权力；但是在这些表象之下，一个男人不可能被误认为是别人的丈夫；在这些关系之中，有千百种差异是可以被一个妻子轻易地察觉到的。"[①] 相似性并不是同一性，强势的存在也并不是弱势的存在。当各种特征和它们的载体之间的联系被削弱并在某种更为松散的同一性内部建构起来的时候，问题性就已经以可能性的名义渗透进了回答行为之中。莫里哀所处的时代所需要的是视觉和感觉之外的其他准则，因为朱庇特说："眼睛无法发现我们之间的不同，我发现人们很容易被它所欺骗。"[②] 这清楚地表现出差异事关理性，而弱势的存在既可以产生回答也可以产生问题。那么就把这种弱势存在局限于感性认识之上吧，在那里激情能够使人们将一种事物当作另一种来看待。朱庇特和安菲特律翁是不一样的，只是乔装改扮和相似性使人们产生了相反的认识。此外，在这方面，被笛卡尔视为一切可能回答的奠基之神的朱庇特还安慰作为人类的安菲特律翁："你应当欣喜地看到，为了取悦她（阿尔克墨涅），唯有装扮成她的丈夫这一种办法。"[③] 识别出各种相似性和隐喻的真实面目，是人们认识到各种回答问题性一面的第一步。阿尔克墨涅没能做到这一点，这也是安菲特律翁竭尽全力想让前来帮助他揭露冒名顶替者的将军们明白的一点。各种差异就在那里，并被辨识出真正的风貌；它们不会再提出问题，即便它们先前曾经提出过。

我们已经指出，进行这种区分既不是普劳图斯所关心的问题，也不是克莱斯特所关心的问题。对于普劳图斯来说，即便作为文学对象，人与神的

① Acte Ⅲ, scène Ⅰ.
② Acte Ⅲ, scène Ⅴ.
③ Acte Ⅲ, scène Ⅹ.

同一性也并不构成问题，原因是某种问题学排斥依然强势。在莫里哀的戏剧里，除了阿尔克墨涅之外，没有人再认为朱庇特是安菲特律翁、墨丘利是索西。两个神明具有人类的相貌和伪装，这给人同一性的感觉，但仅此而已。对普劳图斯来说，神祇们想消遣一下，因此人们也必须跟着发笑。这就是失真，也就是喜剧性。在普劳图斯的戏剧中，朱庇特完全化身为安菲特律翁；而在莫里哀的戏剧中，他仅仅具有安菲特律翁的外表。在前一部中，必须将其揭发；而在后一部中，除了接受没有别的办法。而在克莱斯特那里，对安菲特律翁的解读又发生了变化。时间来到了浪漫主义时期。在大写历史的猛烈冲击下，存在被进一步削弱。一切都变得更加跌宕起伏，即便是17世纪所钟爱的自我同一性也被削弱，变得更加具有问题性。被哲学逐渐肯定的东西已经被文学高声地宣扬。克莱斯特的戏剧着眼于同一性的各种不确定性，它迅速地从回答转变为问题。阿尔克墨涅对到底是谁悄悄地溜进她的床榻感到困惑；安菲特律翁也难以建立起他的同一性，最终开始怀疑自己。弱势的存在可以含混地包括各种问题与回答，因此成为某种泛化的问题性场域。鉴于各种回答之间的关联似乎不会遵循任何逻辑，除他们或多或少有些任性的欲望与激情，因此在浪漫主义时期，存在被如此削弱，以至于个体们在其中只看到对自我和想象的表达。但是这些回答同样也是各种问题，因为除了属于作品的主体性之外，没有任何东西是确定的。那么这一切的真实性在哪里？克莱斯特希望我们进行反思的，恰恰是浪漫主义视角下的同一性，它比任何时候都更不确定，又有意识地比从前更具隐喻性。如果不再有任何字面忠实性，一切都成为形象性的话，除了不能成为问题的回答之外，还有什么是值得信任的呢？剩下的只有感觉，但是为了汲取养分，让自己变强或变弱，即便是感觉也依赖于它的对象。在克莱斯特的笔下，阿尔克墨涅发现有两个安菲特律翁。朱庇特打消了她的疑虑，反倒是安菲特律翁被当成冒充者，因为他批评阿尔克墨涅的不忠，而后者却坚信自己并没有那么做。当朱庇特决定消失不见的时候，必然只剩下“真正的”安菲特律翁。但是阿尔克墨涅却不再知道该相信什么了。

到了20世纪，人们必然会得到一个犬儒主义的安菲特律翁，即季洛杜的安菲特律翁。季洛杜坚信这是第38个版本的安菲特律翁，因此这部剧就有了《安菲特律翁38》(*Amphitryon 38*）的名字。剧中人物从浪漫主义的愤怒过渡为毫无顾忌的个体，并且他还决定通过游戏腐化一位忠贞的妻子。朱庇特喜欢那些已婚并忠实于丈夫的妻子：这更刺激。在季洛杜的戏剧中，朱庇特的一位旧情人前来告知阿尔克墨涅他的诡计。她们互换了角色，等待乔装为安菲特律翁的朱庇特归来。问题是这次回来的是真正的安菲特律翁，而阿尔克墨涅则将他当成了朱庇特，把他送去与旧情人蕾达（Leda）会合。但是朱庇特却提了个要求：让阿尔克墨涅生一个儿子，否则底比斯将会灭亡。季洛杜版本的特点是在人与人的关系之中，一切都是字面忠实性的，没有任何譬喻在其中发挥作用，每个人物都清楚地知道该怎样对付其他人。阿尔克墨涅知道朱庇特想要的东西，她不再将他与安菲特律翁相混淆。这就说明每个人都处于一种与他人的较量之中，以便从中得到自己想要的东西。

> 听着，安菲特律翁，这是我们男人之间的事。你知道我的力量。你不得不承认我能够于无形中亲近你的床笫，即便在你的眼皮底下。不用别的，就用这院子里的草，我就能做出催情的药，让你的妻子爱上我，甚至让你产生把我当作幸福的情敌的欲望。因此，这场对抗并不是一场基于本质的对抗，而是一场形式的对抗，就像所有那些引起分歧或者产生新的宗教信仰争斗的对抗一样。问题并不在于我是否将得到阿尔克墨涅，而是怎么得到她！为了这短短的一夜，这种形式上的行为，你要跟神祇们起冲突吗？①

① J. Giraudoux, *Amphitryon 38*, acte Ⅲ, scène Ⅳ.

如果朱庇特变成阿尔克墨涅的情人的话，她就要以死相逼。因为她并不知道他已经和她共度良宵。这就迫使朱庇特一旦现出原形，就必须答应不再和她见面。因为如果她死了，就没法怀上他的儿子海格力斯了。

说到底，季洛杜所表达的是一个隐喻性仅剩下空虚的、形式上的形象的时代。从那时起，问题学排斥变得虚弱不堪，以至于叩问性被赤裸裸地暴露在它令人感到不安的事物当中。在《安菲特律翁38》中，阿尔克墨涅的位置比前面所有的版本都更位于戏剧的中心。各种问题被摊开，暴露出它们的真实风貌；而概括所有问题的神明则显现出他的本来面目并被拒而远之。“为什么你不愿拥有不死之身呢？朱庇特问道。——我讨厌冒险。——可这是一场永存不朽的历险啊。阿尔克墨涅，我亲爱的朋友，我想让你加入我们神祇的生活中来，哪怕只有一秒钟。因为你将忘记一切。你难道不想在眨眼之间看透并理解整个世界吗？——不，朱庇特。我并不好奇。”[①] 故事所蕴含的伦理？“既然传说已经合法，符合神祇们的要求，那么让我们用符合人类要求的各种妥协将历史归在传说之下吧！”[②] 简单地说，贯穿安菲特律翁神话的隐喻性在大写历史中被它终结。朱庇特的所作所为不再是别的，而仅仅是传说和神话，即某种被戏剧主角自己所排斥的题外话。一切都是稳定和确定的，任何东西都不能提出真正的问题；各种问题由于被识别为其真实的风貌而被排除在外。

有谁没有发现这些不同的版本之中所蕴含的某种问题性的几个关键阶段呢？这种问题性的标记就是持续不断减弱的问题学排斥。存在由强及弱引发无差异化的产生，人们对于差异的感知越来越困难，却越来越真实。不断增加的形象性最终不再引起混淆，也就不再引起问题。人们明白这种形象性其实是被隐藏的差异，并坚决地将其局限于字面忠实义之上，就像在《安

① *Amphitryon 38*, acte Ⅲ, scène Ⅴ.

② *Amphitryon 38*, acte Ⅲ, scène Ⅵ.

菲特律翁38》中那样，所有人都紧紧地攥住不会超出限度的回答不放手。

安菲特律翁的神话一再上演，原因在于它是俄耳甫斯神话的翻版，就像浮士德的传说和唐璜的传说交相辉映一样。俄耳甫斯是绝对忠诚的象征，但是这种忠诚是男性的，其对象是他深爱着的欧律狄刻斯，这种爱超越了死亡。在《安菲特律翁》中，阿尔克墨涅的境遇和俄耳甫斯相同：她对丈夫的爱超越一切，她的忠诚不可动摇，然而渴望得到她的却是一位神明。如果我们现在细细考虑一下浮士德和唐璜这两个人物的话，就可以观察到相同的对称性。唐璜是一位无礼的反抗者，他不把要遵从的秩序放在眼里；而浮士德则屈服于他想要逃避的那种恶魔般的秩序。不要忘记，《安菲特律翁》最初是一部普劳图斯（公元前260年—公元前184年）的戏剧。可是在论及拉丁喜剧时，一个不能不提的人是泰伦提乌斯（公元前184年—公元前159年）。评论家们一致认为，泰伦提乌斯是比普劳图斯更富有人性的作者，他以一种更加不犬儒的眼光来看待奴隶和交际花们——因为他自己曾经也是奴隶。也许这正是罗马共和时代终结的开端，在它沉沦于罗马帝国尼禄式暴虐无道的疯狂之前。塞涅卡从这种疯狂之中汲取他的灵感。

喜剧的演进过程同样会被差异的游戏烙上印记。例如在阿里斯托芬的《马蜂》中，父亲与儿子的角色明显被互换，父亲的行为像个孩子。在普劳图斯那里，有互不相识的父子，因为他们在出生的时候就交换了角色。在泰伦提乌斯那里，父亲和儿子不可代换，二者之间的差异不会造成任何问题。问题在别的地方。泰伦提乌斯省去了已经代替古代歌队的声音，作为用来预告下一步行动的序幕。同时，他创造了西方戏剧中情节的概念。于是，情节逐渐呈现，读者／观众成为与剧中人物同时代的人。后者被一个需要面对的问题，即戏剧的主题所折磨。尽管如此，除了不同性格之间的某种关系之外，情节还涉及角色扮演的游戏，其中有决定性地位的是各个戏剧主角的境遇。一些人对其他人都明白的事情一无所知，一些人继续占据着其他人的位置，西方喜剧的这种特点一直延续到哥尔多尼进行革命的时候；后者使喜剧的发展更加灵活和富有弹性。但是在泰伦提乌斯的笔下，各种对称性已经显现出来，它们被用来表达属于某种新的字面忠实义的各种启发性类比，可替代性因此也被排除在外。如果我们重新审视一下《自责者》(*Le Bourreau de soi-même*)[1]这部戏剧的话，就会发现剧中有两个老人、两个儿子和两个奴隶，两个儿子中的一个所喜欢的女孩被证实是被第二个老人赶走的孩子。显然，一切最终依照某种几乎完美的平衡被顺利解决。这就意味着相似的情形事实上是各种类比，不同的孩子重新找到各自的位置，并从中得到了标志着联姻的金钱。但是对称性从来都不会被视为同一性。这也使不大可能之事成为历史的各种偶然，因为一切似乎都以完美奇妙的方式结合在一起，但是由于缺少将事物建立起来的各位神祇，整个戏剧看起来像是一种人为的、不大现实的建构。这就是古代戏剧在今天对我们启发不大的原因。

那么在后来的中世纪，又将是怎样一番情形呢？

中世纪戏剧：碎裂为现实主义的寓意或喜剧如何从滑稽剧中诞生

归根结底，问题不是别的，而是在接下来的几个世纪中，在克莱斯特和莫里哀之前，当戏剧还没有成为戏剧而众神已经成为上帝的时候，阿尔克墨涅变成了什么？中世纪就是这个过渡时期：我们在《玛丽安和罗宾的游戏》(*Jeu de Marion et de Robin*)中看到一位骑士企图占有玛丽安，但是忠贞的妻子毫不退让地进行反抗。在这里，朱庇特消失了，这是一神教的规定；只剩下一个人类，即一位试图进行诱拐的骑士。差异的本质发生了变化：它不再涉及某个滥用神权的存在，而是人类群体中的某个存在。归根结底，在这个

① 泰伦提乌斯的喜剧，作于公元前163年。——译者

故事里，尽管有一种被社会的不对称性所象征的差异存在，但是没有任何悲剧性能够得到善终。故事人物的非神话特性增加了各种境遇的写实性。需要明确的一点是，在基督教里，差异已经在基督耶稣的身上找到了其悲剧性的命运。耶稣为了拯救人类而死在十字架上，将命运所有的悲剧都集中体现在自己身上；同时他也为可能被犯下、被承受的恶进行赎罪。最后一切都得以顺利解决，这就使生活之中尽管有部分悲剧性的片段，但总体上更加像是一部喜剧而不是一场真正的悲剧。显然，这就提出了一个问题，即弄清楚悲剧如何在基督教的世界中成为可能。差异可以被表达，而不必为此付出代价：基督的例子提醒人们一点，那便是惩罚与众不同之人的行为本身应当受到谴责。在一个灵魂一直都有可能得到救赎的世界中，任何悲剧性都不可能真正出现。即使一个无视上帝或一个本质上道德败坏并因此在生活中毫不关心上帝的人，也时常在不为他所知的情况下承认某种距离的存在。更确切地说，这种距离是由弱点和犯罪感造成的。正因为他会在某个时刻察觉到这一点，他的经历更偏向喜剧的范畴：因为他对最终所了解到的东西一无所知。这里的言下之意是：生活不值一提，它是一部滑稽剧，一切最终将在每个人身上都具备的某种赎罪性之中得到解决。最坏的情况如但丁在《神曲》(*La Divine Comédie*，完成于1330年）中所说：这是上帝自己曾经的期望；而当人类经历了炼狱、地狱或天堂，就会足够早地发现这一点。基督教所主导的这种“世界是一个戏剧舞台，每个人都来扮演他的角色然后离开”的思想将在巴洛克时代出现在莎士比亚和卡尔德隆的戏剧中，似乎是为了更好地强调一点，即不要把我们的身份与赋予我们的社会功能太当回事，因为所有这一切最终仅仅是一种出借。简单地说，由于悲剧性被紧紧地攥在上帝的手中，真正意义上的悲剧便无丝毫立足之地。与差异，即与神明的关系使得古希腊戏剧与现代戏剧一直保持着距离。在古希腊人那里，宗教仪式的目的在于将神的活动引入世俗世界之中：各种神明渗透进这个世俗世界，因此他们也披上了世俗世界的外衣。因此，古希腊艺术的目的在于通过各种所谓的“完美”比例的雕塑，重新创造出人与神之间被宗教打破的差异。同时也诞生了审美的典范，即与美的关系。但是戏剧却将公元前5世纪“古典时代”的这种典型的无差异化记录下来，并提出了由这种无差异化所引发的问题。如果神圣性与世俗性相混淆，竟致有时被当成后者，那么该如何分辨正面差异和负面差异，即善与恶呢？群体所抛弃的是负面的差异，因此不能将它和神圣的差异，即那些生与死、财产与赃物、父母亲与子女相互尊重之间的差异相混淆。悲剧英雄进入混淆之中，有时是出于好意（例如俄狄浦斯）。而在中世纪，悲剧从戏剧性的现实中消失，那里只剩下滑稽剧和杂技（jonglerie），也就是游戏和傻剧（sotie）——丑角们言辞冷酷，用他们的无知使人发笑，就像“疯子”或孩子一样[①]——或者各种神秘剧和有着宗教意味的教化剧（pièce édifiante）。这个时期的精神世界被仪式所界定，同时人们还可以观察到某种无处不在，后来被基督教新教（protestantisme）所揭露的异教形式，即以众多日常生活需求为目的祈求圣人们的保佑。那种上帝的超验性所应当维持的差异被耶稣、圣母和众多圣人在世间的形象所取消。善与恶提出的问题一样多，二者的对立界限分明，因此也有没有任何产生悲剧的可能。然而，悲剧在1550年左右重获新生，并与莎士比亚和后来的法国古典主义戏剧一道在1600年左右达到了最高点。这不是与基督教的意识形态不符吗？因为根据基督教的意识形态，上帝安排一切；或者更确切地说，根据这种意识形态，人们在一切事物上都与上帝达成妥协。事实上，或许在基督教新教的推动下，基督教转向了某种（被戈德曼称为）“隐秘的”上帝的超验性观点。“隐秘的”上帝缄默不语，对世间的问题无动于衷，因此悲剧性的回归才重新成为可能。掌握自身命运的人们相互对立，最根本的差异变得更加遥远，失去了作用；各种本质性的差异变得更具问题性，成为症结所在。相反，西班牙

① Voir à ce sujet, M. Meyer, *De l'insolence*, Grasset, 1995.

的天主教较少地经历这种上帝与感性认识的疏离，因此悲剧最多只能成为悲喜剧。为了理解从中世纪到今天的戏剧史，就必须再一次参考差异的概念，并看到它是怎样的宗教和政治这两个并驾齐驱的层面活动的。在中世纪，仪式占据着宗教生活的统治地位。激情在于昭明神性，而这一切都自然而然地发生在教堂之中。基督显身、圣人形象无处不在。即便如此，还是存在某种上帝之外的超验性显现在教堂之中。绘画的功能在于衔接这种互补性。至于表演，即便它的主题具有宗教性质，但仍然是专属于宫廷或城市的某种消遣娱乐。然而这并不能阻止宗教改革之后，基督教加快了去仪式化（déritualisation）的步伐。去仪式化始于13世纪，在多明我会（Dominicains）和方济各会（Franciscains）的主导下进行。但是修会仍然将人们敬仰的圣人们置于前台，类似在中世纪时曾经做过的那样。16世纪的特点是爱情不再具有任何殷勤和彬彬有礼的属性。权力和对金钱的喜爱走出罪孽的范畴，进入激情的领域。一切都与争斗和计谋有关，即便是一位贵妇的爱情。上帝远离人世，尽管仪式仍然使祂深入其中。随着上帝的渐行渐远，只留下人和他自身，即其他同类。此外，上帝的这种远离还与君主权力的加强相吻合，后者最终获得神授的绝对王权。曾经占据主导地位的喜剧在那时蜕变为悲喜剧：故事有一个糟糕的开端，却有一个好的结局，上帝注视着整个过程，社会秩序因此得到保护。直到后来，随着仪式感的进一步弱化，天主教借助神秘主义的方式或受到基督教新教的影响重新转向超验的时候，形势才发生突然转变，人必须直面自己的原罪、激情和失度，而善却无法通过仪式的方式重新整合，以便洗净罪恶。宗教性的仪式化曾经存在过。人被托付给自身、托付给错误，而这恰恰是成为正剧的现代戏剧即将具备的意义。而在一开始，人们经历的第一次突变是从悲喜剧向纯粹意义上的悲剧的转变。因为差异已经变得无法回避，就像权力、不对称性无处不在，差异也被宣告为不可超越。大写历史再一次加速运行。最终，在18世纪末，正剧取代了悲剧的位置。当时身处基督教新教世界和日耳曼世界的人在遭遇恶和错误时，既得不到上帝的回应，也没有赎罪的可能。作为一个牺牲品，甚至美德也无法拯救他（莱辛语）。最终，面对命运中的各种打击他的事件，形单影只的人甚至不再对与宿命抗争抱任何希望。在被剥夺了意义、失去热情且具有亲和力的神性之后，人的存在除了荒诞且缺少根基的现实性之外还能成为什么？加缪（Camus）和萨特（Sartre）对这种差异的极端化做出了表达，其中人通过各种他者（即作为"本质"个体性的存在）所承受的归根结底是他自身（即本质）。悲剧性是存在本身，因为没有东西能够超越它；神的距离过于遥远，以至于无法指望他能以某种方式参与其中，即便他理应存在于这个世界。这是一种缺少本质的人类存在，或者说其本质被归结为这种无超验性的存在。它只不过是某种是概念的终极结果。这种概念一方面发现与神的距离被推到边界，另一方面将不可接近之物转化为疑惑、不可能性，甚至干脆将其转化为某种无动于衷。这种无动于衷所针对的是那些对唯一能够感知到的差异，即自我（le moi）不再做任何区分的人。

如果我们关注戏剧内部相继诞生并在一段时间内共存的所有体裁的话，就可以观察到从悲剧向正剧的过渡。在悲剧中，差异通常体现为一种傲慢，在对他人表现出这种态度时，自己往往会跌入傲慢的陷阱。在正剧中，这种差异的牺牲品则占据着故事的核心。其所具备的美德或狡黠是使其能够幸免于难的唯一保证；或者就像今天的英美戏剧那样，没有任何东西能够确保其活下来。例如，在阿瑟·米勒（Arthur Miller）的《推销员之死》（*Mort d' un commis voyageur*）中，一位疲惫的销售代表在工作三十年之后被解雇，原因是他不能再像以前一样在路上奔波并获得利润。

在这里提到的有关西方戏剧发展的一切都肇始于中世纪。从滑稽剧到喜剧的过渡是其中的关键，因为人们从中得到悲喜剧、悲剧和后来更加富有"市民阶级色彩"的正剧。但让人们不再对贵族感兴趣的是当时的时代背景。

滑稽剧和后来由其蜕变而成的喜剧之间有何差异呢？人们从嘲笑强者、模仿并夸大他们人格中的一些特征开始，通常这么做的是神父，他们嘲笑的对象是那些同样属于贵族阶级的大主教。如果想更为确切地表述，我们可以说A取代了B的位置，并通过夸大甚至嘲笑B的特征使B显得荒谬可笑。这正是我们在狂欢节或其他专属于“疯子”和“头脑简单的”人的节日上所观察到的现象。畸形的或被认为头脑简单的人能够毫不顾忌地任意指责那些强者，甚至被允许做出任何放纵不羁的举动。因为人们会认为他们已经通过自己身体上的差异向天性付出了代价。但是正如米歇尔·冉刻[①]在其令人称道的《中世纪法国文学导论》(*Introduction à la littérature française du Moyen Age*)中所说：喜剧的萌芽既不是滑稽剧也不是作为其源头的滑稽讽刺叙事诗。[②]滑稽讽刺叙事诗的主要特征是轮到欺骗者被欺骗，同时平衡被重新建立起来。其结构并不再是“A取代被它歪曲了的B”，而是“A欺骗了本来想要愚弄它的B”。滑稽讽刺叙事诗的基础最初是某种字面忠实性的失度；正因为这是一种失度，因此它并不符合规则并且引起了笑。在让·博德尔[③]的《法尔布斯的农夫》(*Vilain de Farbus*)中，我们可以看到一个诡计多端的人在市场上冒失地挥霍妻子给他的钱。在经过一个铁匠的摊位时，他想要将铁匠零散堆放的铁块据为己有。陪伴他的儿子罗宾(Robin)提醒他在铁上吐口水可以知道铁是否还烫，并因此避免被烫伤。在几乎花掉所有钱之后，他带着一点点吃的回到了家中。他的妻子用这点吃的给他制作了食物。因为吃的东西冒着热气，他也向上面吐了口水。看到什么都没发生之后，他就大口地吞

---

① 米歇尔·冉刻(Michel Zink，1945—)，法国当代著名的中世纪文学研究学者，法国当代多次文学运动的领导者，法兰西学院院士。——译者

② Michel Zink, *Introduction à la littérature française du Moyen Age*, Paris：Livre de poche, 1993, p. 100.

③ 让·博德尔(Jean Bodel，1165—1205)，法国中世纪行吟诗人，生活在法国北部的阿拉斯(Arras)，以创作武功歌(chanson de geste)、滑稽讽刺叙事诗、牧羊女之歌(pastourelles)、戏剧和辞行诗(congé)闻名。——译者

咽起来。因为汤太热，他被烫得大喊大叫。这个粗俗的农夫恰恰是死抠着儿子给他的建议，最后得到应有的下场，因为浪费家庭财产只能落得不光彩的名声。惹人厌的农夫得到了惩罚，这就是自作自受。事实上，这只是他为超过限度所付出的代价，因为这些限制不允许他僭越最严格的字面忠实义。在《给骑士手涂油的老妇人》[①]（*La vieille qui graissa la main du chevalier*）中，我们清楚地看到字面忠实性的陷阱有多么的邪恶。被修道院院长没收充公了牛群的老妇人听说，如果给一个骑士的手涂上油脂的话，她就可以收回她的牛群。她信以为真，攥着一块猪油将其涂满了骑士的双手。后者不得不帮助老妇人重新收回她的财产，因为他害怕别人发现他只在别人真正收买他的时候才会行动。这部滑稽讽刺叙事诗在我们看来并不十分好笑，但是它却很好地彰显了在13世纪占统治性地位的喜剧性的机制。同时，人们很容易想象出谚语“人给上帝什么，上帝就会加倍奉还”（Dieu rend en double ce qu'on lui donne）中可能发生的事情。在让·博德尔的《神父的母牛布鲁南》（*Brunain, la vache du prêtre*）中，一位农夫在训诫之后将自己的母牛给了神父，以期从他那里得到两头母牛。神父答应了，把农夫的母牛和他已经有的另一头母牛拴在一起。农夫的牛在暴怒之下拉着另一头牛回到农夫的牧场。有人再一次被他以为已经得到的东西所欺骗：神父唯一可以否认的一点是借他之手，上帝已经双倍奉还了农夫献上的礼物。在《艾图拉》（*Estula*）中，两个饥肠辘辘的小偷在一个黑乎乎的牲口棚里闲逛，农夫被声音吸引，呼唤他的狗艾图拉。但是，艾图拉的谐音“你在那儿吗？”（*Es-tu là?*）引起了两个可怜的小偷的误会，导致他们抢走了觊觎已久的食物。正义，即这里的施舍通过某种笼统的混淆重新找回自己的权威；在这个过程中，农夫的儿子相信在叫狗的名字的时候，它真的会像人一样做出回应。名为《松鸡》[②]（*Les perdrix*）的滑稽

① 中世纪滑稽讽刺叙事诗，作者未知。——译者
② 13世纪的滑稽讽刺叙事诗，作者未知。——译者

讽刺叙事诗更为可笑。一位妻子要烹饪两只丈夫猎到的松鸡，但她迫不及待地把其中的一只从翅膀到鸡腿吃得干干净净。她该怎么跟丈夫交代？她谎称鸡被猫偷吃了。但是猫不可能只吃一只，它们会把松鸡统统吃掉！说时迟那时快，第二只松鸡也被妻子吃掉了。丈夫勃然大怒。妻子不得不告诉他这只是一场谎言，松鸡事实上正炖在锅里。她甚至建议丈夫好好地磨磨刀，鸡一炖好她就叫他。为了避免承认鸡全部被自己吞掉，妻子能想出什么对策呢？神父应邀前来和他们一起吃饭：妇人警告他说，她的丈夫拿了一把刀出去，说是要害他。神父拒绝相信她：难道他不是应邀前来的吗？妇人反驳他说，事实上从来都没有什么松鸡，全都是她丈夫编造出来的。妇人的话引起了神父的警觉，他准备掉头就跑，尤其是当他瞥见远处的丈夫手中挥舞着刀的时候。妇人跟他说："快跑。"然后她就叫来她的丈夫，告诉他神父趁她不注意把松鸡据为己有并逃跑了。于是丈夫开始追赶神父，却不可能将他抓住。但是，这个故事在丈夫看来却很奇怪。妇人使她的丈夫相信神父曾经向她提起过想看看松鸡的请求，但是当她打开炖锅的时候，神父一把夺过炖锅就跑。在这部剧中，妇人被描绘为一个传统的女性形象——她被难以抗拒的邪恶所引诱。她欺骗所有人的原因是因为弱小所以就变得狡猾。她所表现出的不再是一个被欺骗的骗子，而是一个成功的骗子。如我们所见，事情正逐渐向所谓的喜剧靠近：一种神秘化被制造出来，其秘密则被观众所分享。人们可能会认为，尽管如此，在这种既不给丈夫也不给受邀的神父吃饭的行为背后存在着某种不公正，但是不要忘记，这些滑稽讽刺叙事诗赋予神父的形象一点也不讨人喜欢。他是天生的骗子，利用自己的地位，以慈善的名义骗取好处和金钱。丈夫在某种程度上是神父的同谋，他象征着权力，而妻子仅仅是利用了神职人员的贪婪，指控神父犯了她自己所犯的错。事情的真相是她耽于美食，但是在欺骗丈夫和神父的过程中，她重新建立起了某种平衡。这种平衡对她而言曾经因为丈夫和神父间的神圣同盟被打破过。因此，喜剧性试图对本质做出改变，因为它更多地是建立在某种字面忠实义的基础之上。表达这种忠实义的方式不再是被言说的内容而是被感知的内容：手里拿刀的丈夫能够使人误以为他要和神父打架，后者因此感到惊恐不安。人们可以在《三个罗锅儿》[①]（*Les trois bossus*）中找到同样的结构。一个驼背的大财主娶了一个年轻貌美的姑娘为妻。这位年轻的姑娘太过漂亮，大财主唯恐自己像奥赛罗一样失去她。一天，有三个驼背的吟游诗人经过。年迈的丈夫留宿了他们一晚，但不希望他们再回来。妻子于是策划了一场不讲信义的阴谋：她找来这三个罗锅儿要让他们再演唱一遍，但是在丈夫回来之际，她将这三个罗锅儿关进了一个箱子里。三个罗锅儿被活活闷死了。于是她找来一个路过那儿想出把力挣点钱的搬运工。她对搬运工说家里有个死去的罗锅儿，她想花钱把他清理出去。搬运工就背着罗锅儿把他扔到了河里。当他回去的时候，她质问他为什么没有把工作做好。而事实上，她当着搬运工的面将第二个罗锅儿塞给了他。后者有点吃惊，但还是服从了她的命令，把第二个罗锅儿扔到了运河里。她故技重演，让搬运工处理掉了第三个罗锅儿，并使他相信纠缠他的一直都是同一个罗锅儿。正在这时，丈夫出现了，人们想起他也是个罗锅儿。搬运工不敢相信自己的眼睛。他已经往水里抛尸了三次，怎么可能这个罗锅儿又出现在眼前？来来回回折腾了三次，并以为背的都是同一个罗锅儿的搬运工十分生气，他打碎了丈夫的脑壳并把他的尸体也扔到了河里。妻子完美地欺骗了她身边所有的人，不管是搬运工还是丈夫。同样，滑稽的同一性建立在可见性而不再是在文字之上。一个罗锅儿就是一个罗锅儿，搬运工就在这种最忠实于字面意思的同一性上止步不前。

如果说滑稽剧是在虚假的同一性上做文章的话——例如神父以嘲笑大主教为目的模仿他，那么喜剧则使差异暴露出来：A 不再是它所嘲笑的 B，它嘲笑 B 的原因是与 B 不同。差异被分配到至少两个人物身上；或者 A 被

① 13 世纪的滑稽讽刺叙事诗，作者是杜朗·德·杜埃（Durand de Douai）。——译者

它本想欺骗的B欺骗，就像滑稽讽刺叙事诗中的神父；或者A欺骗B，而B却没有欺骗A，因为这是B应得的，其原因有可能是他的做作或单纯因为他滥用了自己的差异。就像《三个罗锅儿》里的丈夫那样，又丑又蛮横无理，而年轻姑娘虽然漂亮，却没有钱。

在滑稽讽刺叙事诗中不仅有轮到自己被骗的骗子，还有成功从中脱身的骗子。因为公不公平取决于作者的视角。在这一点上，滑稽讽刺叙事诗不仅是喜剧的前兆，也是从意义上来讲最为荒诞可笑的滑稽剧的前兆。在这类滑稽剧中，一个人物扮演另一个人物，目的是嘲笑他。滑稽剧在这里就将那种可以尽情地表达自己感情的社会无礼行为推向了某种极端。在喜剧中，A欺骗B，但这种行为并不一定有罪，因此欺骗的相互性并不是喜剧的对象本身。更确切地说，喜剧的核心人物会成为其他人手中的权力（比如在莎士比亚那里）、金钱或某种社会不平等的牺牲品。这种社会不平等通常是阻止两个相爱的人结婚的障碍。于是，巴赫金告诉我们：喜剧性，即存在于滑稽剧或狂欢节中的怪诞性，将要离开属于节日的通俗性场域以便在戏剧再现中被体系化，同时具备各种标准和规范。这些标准和规范使人们能够更好地强调某种类型的笑。这种笑逐渐失去其通俗性，而越来越具有市民阶级和贵族阶级的性质。也就是说，从逐渐增强的王权角度来看它越来越具有反叛性。对于滑稽讽刺叙事诗来说，它既可能导致短篇和中篇小说的产生，也可能生产出真正意义上的戏剧形式。因此，在意大利占据主要地位的是短篇和中篇小说，主要以薄伽丘（Boccace）的《十日谈》（*Décaméron*）为代表，这是欧洲一切叙事体散文的鼻祖。但是正如我们在薄伽丘那里看到的，滑稽讽刺叙事诗与中篇小说的不同之处在于，对境遇的讽刺通常并不伴随任何邪恶的复苏：神父贪婪好色，而人们能做的一切只是用审慎和讽刺来强调这一点。如果说当时的文学体裁与薄伽丘一道正缓慢地向小说形式（forme romanesque）进行过渡的话，其原因可能是导致图示“A欺骗B并被B欺骗”向图示“B

遭遇各种不幸”转变的各种改变；B 或多或少都能够勉强脱离险境，但故事总体上朝着一种道德上向善和有教化作用的方向发展。说到底，滑稽讽刺叙事诗过于玩弄言语的字面忠实义，即愚蠢无知，并将它推向荒诞。对于那些骗子和不完全是骗子的人来说，滑稽讽刺叙事诗所玩弄的是由被字面意义上所理解的言语以及轻信盲从一起提供的各种微妙的根基，愚昧的农夫、傻呵呵的盲人或有点蠢的丈夫是这种轻信盲从的象征。一旦散文字面忠实义的性质发生改变，作为某种境遇牺牲者的这件事就无法继续建立在单纯的语言基础之上。然而，随着大写历史的加速运行，差异只能够不断加深，字面忠实义也迫于某种不断增强的隐喻化的压力做出让步。喜剧性因此不再能够被归结为语言的各种效果，语言在其中将和被缩减为同义词的同一性一起，以最为严格的方式被理解为字面上的意义。语言或者在与隐喻化的对峙中发生演进，人们通过戏剧的方式将这种隐喻化搬上舞台并将这种对峙呈现在滑稽剧和后来的喜剧中；或者向其他字面忠实义的方向演进，成为短篇或中篇小说。就像古斯塔夫·朗松[①]所明确指出的那样，“滑稽讽刺叙事诗这个体裁，在经过 13 世纪和 14 世纪初的流行和蓬勃发展阶段之后就消失了”，[②]这一席话在今天从各个角度来看仍然具有不可或缺的重要性。如果说比起戏剧，意大利在过去更青睐短篇小说的话，那么不妨这样去想：分布在喜剧中并从中得到补偿的差异在某个地区得到的回应比较少，在那里对宗教情感甚至是神秘主义思想的革新已经通过某种更能够抓住并保持绝对差异的绘画所表达。在法国这样一个王权得到不断巩固的地方，差异变得更加明显，它建立在践行某种权力的基础之上，并且这种权力理应具有正义性和合法性。这就使一切不平衡都能够接受某种回归秩序的审判，而这种回归首先体现在现实之

① 古斯塔夫·朗松（Gustave Lanson，1857—1934），法国文学史家、文学批评家，代表作有《博须埃》《布瓦洛》《高乃依》《伏尔泰》《法国文学史》等。——译者

② G. Lanson, *Histoire de la littérature francaise*, p. 109, Hachette, 1re éd. 1894; éd. utilisée, 1951.

中。因此，在上面提到过的、实际上是13世纪唯一一部戏剧的《玛丽安和罗宾的游戏》中，亚当·德拉阿尔（Adam de la Halle）呈现在舞台上的是一位想要掳走牧羊女的骑士。但是最后骑士放弃了他的念头，并不是因为前来解救女孩的牧羊人让他感到害怕，而是因为牧羊女有勇气进行反抗并让他懂得她无论如何也不会屈从于他。然而除了这部戏剧之外，可以说中世纪戏剧的真正开端是15世纪，其标志是《帕特兰律师的滑稽剧》[①]（*Farce de Maître Pathelin*）。滑稽剧经常通过选择被欺骗的丈夫、狡诈的妻子、愚蠢的仆人为主题将滑稽讽刺叙事诗戏剧化。[②] 对于城里人来说，以乡村视角叙述故事的目的在于强调某些人物头脑简单以及不开化的特点，因为农民被认为粗陋可鄙、没有被文明教化，甚至不懂礼节（尤其是对女性的殷勤，这就使他们觉得与其勾引她们还不如把她们抢走）。而文明教化都是典型的城市性特征。同时，滑稽剧往往也是一种对教会人士或者假学究的讽刺，医生也被同样看待；其讽刺的手法与狂欢节时所采用的方法不无关系，其中一个人物模仿他所嘲笑的人，就像一个演员在扮演一个角色那样。但是在戏剧中，模仿对象从动作转到了话语和叙述。神秘性和道德观念与滑稽剧并驾齐驱，目的是彰显某种悲剧性的激情。这种悲剧性的激情自15世纪起完全由基督教提供，后者越来越被某种寓意性和象征性的关系所驱动，其目的是捕获上帝的超验性。

第五章　文艺复兴时期的戏剧革命

---

① 上演于1461年，作者不详。该剧讲述的是一名老奸巨猾的律师欺骗一名信誉不怎么好的商人，而律师本人又被一名不起眼的牧羊人所愚弄的故事。——译者

② Charles Mazouer, *Le théâtre français du Moyen Age*, p. 292, SEDES, 1998.

1400年到1500年间的戏剧

越接近中世纪的末期，即大约1450年，社会阶层的分化就越严重（马克·布洛赫[①]语）。在教会范畴之外，疯人节（les fêtes des fous）遭到越来越严格的禁止，其表演从狂欢节的滑稽剧转到了城市中的露天流动剧院（les tréteaux）之中。滑稽剧纯粹是15世纪的产物。在大约1550年的意大利，从滑稽剧中产生了意大利即兴喜剧[②](Commedia dell' Arte)；而在王权压力之下的法国，某个叫若戴尔（1531—1573）[③]的人重新恢复了喜剧。如果我们更加仔细地审视1350年到1550年间法国与意大利文学演进的所有差别的话，会被某种背道而驰的运动趋势所震惊。在意大利，大写历史加速运行，因此差异引起重视；字面忠实义从那时起开始与象征性有关。短篇小说的目的恰恰在于强调各种阴谋诡计的去神秘化。而且薄伽丘同样用不止一部中篇小说在推动这种意识，其结果是使表面上意味着其他事物而不是貌似应该被表示的东西忠实于字面意义。在短篇或中篇小说中，各种事物通常都保持原状。被大写历史加深的差异继续存在。短篇小说的目的在于暴露其字面上的忠实义。相反，戏剧所关注的是某种逐渐显露出来的平衡以及秩序的回归。简而言之，滑稽剧在1350年的法国占统治地位，因为大写历史在某种权力的支持下发挥作用，而这种权力把被中断了的平衡重新建立起来。[④]后来，由于

① 马克·布洛赫（Marc Bloch, 1886—1944），法国历史学家，“年鉴学派”创始人之一。——译者

② 意大利即兴喜剧是16世纪在意大利出现的一种以喜剧小品为基础的即兴戏剧，其特点一是角色戴着面具，二是角色经常会插科打诨，三是滑稽演员的表演会以哑剧的方式呈现。意大利即兴喜剧中有许多的定型角色，例如愚笨的老人、狡猾的仆人、看似充满勇气的军官等。主要角色有仆人、老人、爱人及船长等。——译者

③ 艾田·若戴尔（Étienne Jodelle, 1532—1573），法国诗人和剧作家，七星诗社成员之一，致力于践行戏剧艺术的准则。他是第一位在悲剧中运用亚历山大体十二音节诗的人。——译者

④ 1350年，法国瓦卢瓦王朝的第一位国王腓力六世（Philippe Ⅵ）去世。——译者

宗教战争的缘故，一切都被翻转，王权被推翻，短篇小说在大约1520年占据优势地位，笑最终落脚于拉伯雷式的叙述而非戏剧上。相反，戏剧在意大利于1520年重获新生，即兴喜剧使戏剧实践在城市中遍地开花，即便其中的角色大多是定型的，并且戏剧人物的面具更关注的是挂头牌的演员而不是文本。奇怪的是，意大利即兴喜剧从那时起一直都充当着意大利戏剧创作掘墓人的角色，这种现象一直持续到哥尔多尼的时代。而在法国，戏剧重新出现于1550年，并在一个世纪后的古典主义时期达到最高峰，即便从1560年到1630年之间，戏剧复兴的脚步十分缓慢而艰辛，没有任何划时代的喜剧和悲剧出现，有的只是各种滑稽剧和神秘剧。在意大利，戏剧的幕次被音乐所分割，后者逐渐统治了激情的场域，并最终导致文本依附于音乐的意大利歌剧产生。而17世纪的法国歌剧由于宣叙调过多的原因，无法以真正独创性的方式与意大利歌剧区分开来。相反，在古典主义时期，音乐性变得越来越精炼的法国戏剧在形式主义方面充满了抒情性的特点；莫里哀的戏剧里尚且存在的芭蕾舞音乐［例如《普茜谢》(*Psyché*)］即将消失，戏剧仅立足于文本。在意大利，十分富有戏剧性的绘画(潘诺夫斯基[①]语)掌握着激情的悲剧性风貌。这种风貌由歌剧表达，一如歌剧的主题所呼唤的那样。而即兴喜剧则将独自占据喜剧性的场域，却并不做出任何创新。相反，如果我们只关注再现的现实主义侧面的话，就必须把戏剧和歌剧放在同一个层面来考察。这样做的目的是呈现出各种被变得越来越矫揉造作的绘画所包裹得严严实实的场景。这些场景通常被绘画掩盖在某种巴洛克式的玄奥之下，后者将叙述扼杀。尽管如此，伴随着意大利的市镇集权，人们亲身经历了某种真正的喜剧性书写的诞生，之后它又随着即兴喜剧以及类君主性家族权力的缓慢消解——例如美狄奇家族而消失。在法国，戏剧同样在1550年左右在真正意

① 埃尔万·潘诺夫斯基(Erwan Panofsky，1892—1968)，美国德裔犹太学者，著名艺术史专家。——译者

义上重新焕发生机，那个时候《神曲》正在意大利流传。但法国的戏剧创作在经历了泰伦提乌斯和普劳图斯的回归主宰之后，仍深受意大利和西班牙的影响。法国戏剧真正的革新需要等到莫里哀、高乃依和拉辛的出现。在那些权力能够更好地发挥引导作用的时间和地方，喜剧即将成为一种网罗荒诞可笑的无礼行为的手段。至于神秘剧和其他"激情"，它们还会在之后的一个世纪被提及。但是即便这种体裁还会得到成功，却不具备任何独特性。正如朗松所说："中世纪的多产似乎在 15 世纪末完全干涸了。"[①] 在一个权力不断巩固、阶级不断固化的社会中，狂欢节仅仅成为一种发泄的途径。作为某种试图自我表达的差异的最初成果，悲喜剧仍然拥有一个圆满的结局。随后它将一分为二，裂变为喜剧和悲剧。但是要想让法国戏剧重焕新生，就必须借助经历了真正革新复兴的意大利。

中世纪末期和文艺复兴初期的问题学排斥

如果我们的脑海中没有大写历史的问题学构思以及在《叩问与历史性》之中被详述的大写历史对排斥的重新定义的话，就无法完全理解在文艺复兴时期所发生的事。以下这些概念性的工具能使人们清楚地理解为什么会在文艺复兴时期发生如此众多的重大变化：所是和同一性的衰减、同一性的隐喻化以及对所是进行重新强化。后者借助作为现代科学基础的新同一性（因为这些强势的同一性构成了数理化）对上面提到的衰减进行补偿。但是当问题学论及某种不断缩减的问题性排斥时，艺术或更为特殊的文学也不可避免地遭遇到了问题学所描述的这种东西。正是这种缩减使人们以一种更为综合的形式注意到了问题学排斥。此外，这其中还蕴含着其他更为传统的解释。这些解释都十分有价值，却不具备普遍性。而我们在这里想突出的正是这种普

① Charles Mazouer, *Le théâtre français du Moyen Age*, p. 221, SEDES, 1998.

遍性。

强的问题学排斥是那些经历着缓慢历史节奏、相对稳定的社会的特征。尽管有一些波折，中世纪还是被打上了在思想上和日常生活中墨守成规的烙印。各种同一性在那时依然强势，这就解释了为什么人们在那时对一些事物信以为真，而后来在蒙田（Montaigne）那里，这些事物却都染上了怀疑主义的痕迹。迷信确实存在于正在衰落的中世纪之中（赫伊津哈）。[1] 很少有问题性能影响在这种环境下的回答。这些回答都由等效的价值构成，人们接受它们而不会提出太多问题；它们来自占据统治地位的意识形态，并且确保灵魂的安宁。

但是大写历史的车轮并没有停止前进，文艺复兴是西方历史上的关键时刻，它目睹了现代性的诞生。人们谈论主体性、个人主义、信仰的危机；这一切虽然并不是错误的，却也只是某种更为基础的事实的结果，即对现有回答缓慢地质疑，有时在某些领域这个过程更加缓慢。一种新的回答范围正在缓慢地确立，这就迫使人们对旧的回答重新进行阐释，以便它们仍然能如实地发挥价值。于是，一部分回答重新焕发生机，而其他回答则消失在大写历史的暗牢中，因为它们过于具有问题性以至于无法立足；同时也因其具有问题性，从而产生那些超越旧回答的新回答。文艺复兴就是这些旧回答和新回答的混合体。旧回答来自古代，被重新阐释并书写为弱势的存在，这就使它们能够无视大写历史而重获新生。新回答则无法由古代独自而来。正是出于这个原因，人们才有可能把宗教改革和文艺复兴联系在一起：宗教的仪式性减少、抽象性增加；上帝从具体和世俗的世界中退出，交由人类掌握他们自己的命运（马克斯·韦伯语）。

从哲学的角度来看，这个时刻通过以下方式进行概念化。伴随着历史

---

① 约翰·赫伊津哈（John Huizinga，1872—1945），荷兰语言学家与历史学家，主要著作有《中世纪的衰落》《游戏的人》等。——译者

加速运行所引起的怀疑，问题学排斥持续缩减。曾经具有同一性的事物仅以隐喻、对应和类比的名义存在；但与此同时，同一性却被削弱。人们再也搞不清楚仅仅以隐喻的方式维持其原貌的所是是否标志着某种苛求新的字面忠实义的问题，还是说回答行为本身由这种更加弱势的字面忠实义所编织而成。在这种弱势的字面忠实义之中，“A 是 B”所代表的是最简单的相似和隐喻。因此，问题性似乎能够突然闯入到它的解决办法之中。分别属于问题与回答的言说性（discursivité）相互混淆，人们无法确保能够获得差异。距离笛卡尔的时代还很远，但是我们更清楚为什么他为建立确定性并奠定它的基础地位所忧虑。数学和现代科学因此是某种追求强势同一性的结果。这种强势的同一性被用来补偿不断削弱、将问题与回答相混淆的同一性。这种永远可能发生的混淆会被人们首先摒弃，方法是将所有处于弱势存在地位的回答排除在外，并利用数学唯一具备的强势同一性重新定义回答行为。人们排斥弱势的存在。于是这种我曾提到过的解决性的排斥（refoulement apocritique）便前来回答某种一直在缩减的问题学排斥。将对问题学排斥的叩问迅速主题化为现在发挥作用的这种风貌，归根结底是正常的历史性结果。但是 17 世纪不再是文艺复兴时期。即便有某种数理化正在诞生，文艺复兴仍然见证着新旧回答的相互混淆。各种强势等价物的应用场域有限，并且无法深究整个回答行为。科学具有多种形式，炼金术所扮演的重要角色即为例证。考虑到不断加深的隐喻化对旧的同一性的影响，人们开始对旧的回答进行重新阐释。因此，我们就能够明白为什么意大利文艺复兴将那些过去的回答据为己有，视它们为神话或者寓意，尤其是上帝的超验性。这恰恰是一种回应大写历史加速运行的原初方法。这种新的、从根本上具有独创性的方法将与旧回答的关系变成了某种崭新的回答。同时，旧的迷信继续存在并与新的迷信并行不悖，使人们因为缺少作为标准的、仍处于初始阶段的解决性排斥而无法为了利用其中的一种去抛弃另一种。在这种新旧迷信的共存之中，旧回答和问题性与某种一直以来都有可能产生的无差异化互为镜像。戏剧突然闯入，目的是阐释这种无差异化，凸显假象、骗局和这种无差异化从长远角度来看可能引起的悲剧性失度。悲剧把新旧迷信之间的对抗搬上舞台。这是两类人之间的对抗，其中一方没有理解已经发生的变化，依然赞同已经将他们远远地甩在身后的东西；而对抗的另一方在差异还没有对那些希望确立自己幻想的人，或想要利用大写历史所给予的好处而牺牲那些承受大写历史不幸的人变得具有悲剧性之前，已经在拿旧事物开玩笑了。

有三部具有奠基性的戏剧能够作为代表来阐明这种推动中世纪走向完结、走向文艺复兴的运动。当然，我们还可以引用其他有影响力的戏剧作品，但是大写历史却或多或少地将它们遗忘，这并非毫无根据。在这里我们所引用的是三部无与伦比的、从未被现代戏剧所模仿的标志性作品：第一部是罗哈斯[①]的《塞莱斯蒂娜》(1500年)；第二部是马基亚维利的《曼陀罗》(1520年)，人们对这部珍贵作品的探讨还远远不够；最后一部则是克里斯托弗·马洛的《浮士德博士》(1589年或1593年)。这是莎士比亚之前三个重要的戏剧里程碑，它们强调并表达了这种开始不断缩减的问题学排斥。

1500年到1600年三部伟大的奠基性作品

《塞莱斯蒂娜》

这部戏剧讲述了卡利斯托（Calixte）和梅莉贝娅（Mélibée）之间不幸的

① 费尔南多·德·罗哈斯(Fernando de Rojás，约1475—1541)，西班牙剧作家。——译者

爱情故事。在写作《罗密欧与朱丽叶》(*Roméo et Juliette*)的时候，莎士比亚从这部戏剧中汲取了灵感。戏剧的中心人物是塞莱斯蒂娜，她既是一个巫女，还做些拉皮条和掮客的生意。卡利斯托付钱给塞莱斯蒂娜，目的是讨好起初对他拒而远之的梅莉贝娅。塞莱斯蒂娜的手段十分务实，因为男人在与女人讲话的时候没办法不使后者的名誉受到影响。而在制造一个尽可能没有恶意的亲近，甚至让两个人之间产生吸引力的问题方面，掮客的角色至关重要。因为当时青年男女的自由交往被社会习俗所禁止，目的是避免年轻女子的名誉受到损害。因此必须激起女孩对男孩的兴趣，有时就顾不得真相了。卡利斯托去梅莉贝娅所在的果园里寻找迷路的猎鹰时，鲁莽地要和梅莉贝娅搭讪。塞莱斯蒂娜到梅莉贝娅那里去的目的是熄灭后者对卡利斯托的怒火。那么塞莱斯蒂娜会找什么样的托词呢？她说，卡利斯托事实上正饱受着牙痛的困扰，唯有梅莉贝娅拥有的一条腰带能够医治这种怪病。因为这条腰带接触过罗马和耶路撒冷的圣物。梅莉贝娅同意女巫作为中间人将腰带交给卡利斯托。在梅莉贝娅看来，这不正是基督慈悲的善举吗？这条有魔力的腰带本身隐喻着迷惑卡利斯托和梅莉贝娅的魔法。巫术、魔法和迷信相互勾连，被人们视为真金白银，因为在其中连接各种判断的弱势存在被感知为强势存在以及一种忠实于字面意义的同一性，而对确保等同关系的这种关联的缺陷置若罔闻。不合常理的地方在于，知道这条腰带是某种隐喻的只有女巫一个人，并且这种“巫术”更接近于行动而不是被它接触过的人或物所证实的所谓神秘的魔力。此外，塞莱斯蒂娜还明确地将这一切告诉了得到这条神奇腰带后十分激动的卡利斯托。后者激动是因为腰带来自他倾慕的女孩，并且梅莉贝娅也认为这条腰带充满神秘的力量。那么塞莱斯蒂娜对卡利斯托说了些什么呢？“少爷……快停止你那冗长的哀叹吧。你要把腰带当腰带对待，这样，你见到梅莉贝娅时，就能分清人和物了。你千万不要对人和衣物说同样的话。”[①] 这番话对那个时代的偶发事件来说具有启发性。问题学排斥正在缩减，被人们当作隐喻的回答从那时起将逐渐不再被以其他方式看待。如果隐喻性被如此确立的话，人们同时也不再被它所蒙蔽，人们确切地知道隐藏在这些回答后面的东西是什么，即需要被替换的、不再具有双重含义的其他回答。简单地说，一条腰带只是一条腰带，剩下的是想象和说话的手段。不能在无视隐喻性的同时跌进隐喻性的陷阱中去，因为在认清隐喻性真实面貌的同时，人们能够超越事物向多重派生含义的膨胀，重新找回事物被这种膨胀所遮蔽的真正同一性。

事实上，人们清楚地看到，不再相信能够施魔法的巫术、魔法配方、炼金术溶剂、神奇药膏和草药的不是别人，恰恰是女巫自己。这就证明了她的一举一动都从实用角度出发：她操纵别人赋予她的力量以便直截了当地达到她的目的。她的行动没有任何魔力可言，但奇怪的是她仍然具有某种象征性的力量，该力量与古老的等价物以及人们不知道该如何对待的隐喻性有关。因此塞莱斯蒂娜被那些怕被她打劫的同伙们视为一个贪婪的调解人。这些人后来杀死了她，因为他们怀疑她私吞了从撮合卡利斯托和梅莉贝娅恋情中获得的收益。此外，卡利斯托收获了梅莉贝娅的欢心。但是担心街道上的喧闹声对他的威胁，他在急急忙忙下楼进行争辩的过程中不小心从梯子上摔了下来。梅莉贝娅也为此抑郁而终。

塞莱斯蒂娜的死不管怎样都具有象征性。女巫编织着各种等价物，在这部剧中是爱情的等价物。但是这却成了一场灾难：一对恋人最后双双死去。在那个年代和这部剧中，旧的字面忠实义的时代终结了，相信这些的只剩下了卡利斯托和梅莉贝娅，因为他们心甘情愿。如果人们无论如何都要说他们所面对的是一部喜剧，或更确切地说是一部悲喜剧的话，其原因有可能

① [西班牙] 费尔南多·德·罗哈斯：《塞莱斯蒂娜》，屠孟超译，南京：译林出版社，1997年，第93页。

是对西班牙人来说至关重要的荣誉是这出戏的最终受益者。秩序重新被建立起来。至于荣誉本身，情夫因为嘲笑它而受到惩罚；情妇则因在一夜之间对爱情做出妥协、失去了荣誉而受到惩罚。早先女巫塞莱斯蒂娜的死同样意味着炼金术、魔法和一切古老隐喻的死亡，这些隐喻只不过是些作为已经堕落甚至失去效力的回答。诚然，天主教一直以信仰为名谴责这些隐喻，但是它们仍旧在行将终结的中世纪与由混淆和所谓的强势同一性构成的各种迷信一道占据统治地位。这些迷信遍布在所有类比之中，却没有看到后者仅仅是些类比。从那以后，隐喻性必须被视为其本身，那些还认为隐喻性可以产生好的回答的人只能屈服于由于误判所导致的结果，有时这些结果令人致命。女巫自己都已经不再相信这些了，如果其他人还在这点上不屈不挠的话，就只能导致对抗。请注意这些实施谋杀并互相残害的人，他们都生性恶毒并出身低贱；而卡利斯托和梅莉贝娅的死则不涉及任何人。

《塞莱斯蒂娜》因此称得上是一部转折性的戏剧，并不仅仅因为它是现代性意义上第一部开创了西方文艺复兴的戏剧。即便旧的同一性已经过时，一些人仍公然经营它们，并继续信以为真。因此，塞莱斯蒂娜是个精明狡猾的女人，因为她玩弄这种残存的旧同一性：她使人信服、懂得暗示并摆布他人。但是她自己也不再真正地赞同魔法的那些无稽之谈。各种被信以为真的隐喻性曾经在很长一段时间内使人们相信人可以将铅变成黄金或其他诸如此类的蠢事。而如果失去这种延续在各种隐喻性之中的信仰的话，塞莱斯蒂娜就有可能失去她的工作，即便她是如此的精明以至于自己不会上当受骗。人们害怕她是因为觉得她具有某种比任何知识都要狡猾的才能，而恰恰是她引起的怀疑把她带向坟墓。她的那些同伙们对她的怀疑超越了她的真实能力，因此便杀死了她。看起来她似乎是唯一一个不相信自己能力的人，而恰恰是回答的那些旧的隐喻性曾确保她能继续生存下去。在《塞莱斯蒂娜》中，人们看到的正是这些隐喻性崩塌的场面。这部作品具有重要性的原因正在于此。

《曼陀罗》

二十年之后，以《君主论》(*Le Prince*) 而闻名的马基亚维利给我们带来了西方戏剧的巅峰之作《曼陀罗》。故事讲述了什么内容呢？曾经为了逃离被战火撕裂的意大利的卡利马科（Callimaco）从充满了罪恶和女人的巴黎回到了佛罗伦萨。在那里他为卢克蕾佳（Lucrezia）的美貌所惊叹。但是令他苦恼的是卢克蕾佳已经与一位名叫尼洽（Nicia）的男人结婚并对他十分忠诚。尼洽是一位有点愚笨的法学家，经常会卖弄一些表面华丽实则空洞的拉丁箴言。表面上来看，《曼陀罗》的背景与《塞莱斯蒂娜》的背景并不相同，除了为了征服美丽的卢克蕾佳，卡利马科同样也寻求魔法的援助。曼陀罗花是一种植物，被认为生长在绞刑架下，因被绞死者的精液而生。由曼陀罗花制成的药水能使服用它的女人怀孕。但是这种药水也会要了第一夜与她同房的男人的性命。因此这个第一夜与她同房的男人不能是她的丈夫。这就是卡利马科想要使尼洽所相信的事，因为后者急切地想要一个继承人。幼稚的尼恰轻信了卡利马科的话，让妻子喝下这神奇的药水并寻找第一夜与她同房的人。人们可以猜到，这个人就是靠着黑夜的保护伪装起来的卡利马科。在这部戏剧中，很显然魔法不是别的，而是纯粹的欺诈。只有太过愚蠢的丈夫才会相信这种欺骗手段。除了被骗的丈夫之外，没有一个人会相信这个骗局。而在《塞莱斯蒂娜》里，女巫所依仗的强势同一性构成了除女巫自己之外的所有人的答案，因为她更为狡猾。但是《曼陀罗》的观众却知道这里面的区别，这就产生了喜剧效果和滑稽性，因为马基亚维利的戏剧十分好笑。塞莱斯蒂娜在这里变成了服务于卡利马科的中间人李古潦（Ligurio）。他负责劝尼洽到澡堂子里去，而看似偶遇的卡利马科其实早已在那儿等着他了。不是说澡堂子对怀孕有好处吗？即便是涉及医学这个典型的、需要把最弱和最偶然的结合都作为忠实义来看待的领域，我们的（法学）博士仍表现得太过愚蠢。不说头痛而说术语“céphalée”[①]或者用胃肠炎来“解释”肚子疼，这些方式都特别故弄玄虚。需要明确指出的是，直到今天我们还能从医生的嘴里听到这种“诊断”，他们一点都不怕这些套套逻辑。[②]简言之，李古潦将介绍卡利马科为一位巴黎来的博学之士，尤其精通生孩子这门学位。他们互相交谈了几句被莫里哀所钟爱的拉丁语。尼洽被卡利马科的这种才能深深打动。卡利马科寻思：如果尼洽博士已经做好了被愚弄的准备的话，那他怎么去说服他的妻子呢？尼洽深信卡利马科曾经用曼陀罗制成的药水治愈了法国王后。因此卡利马科利用尼洽的愚昧无知，明确向他指出，“头一个和她同房的男人，因她服了这药水，八天之内就会死掉，世上没人救得了”，[③]唯一的解决办法是“赶快另找一个人跟她睡一夜，把那曼陀罗花的毒性全部吸走；此后您就没有危险了”。[④]被吓到的尼洽开始拒绝了这一计划，后来又重新考虑了这个问题。但是谁会答应献身呢？卡利马科建议在当晚绑架第一个路过的在城里闲逛的人，并让他在不知道曼陀罗致命效果的情况下主动与尼洽的妻子同房；而尼洽那时也已经让妻子在不知情的情况下喝下了曼陀罗花药水。卡利马科告诉尼洽，法国国王们一直以来都使用这种手段。最终，尼洽被这种将自身地位突然抬高的等值性所打动，接受了卡利马科的提议。剩下的就是说服尼洽美丽的妻子卢克蕾佳了。为了说服她喝下药水并与一位情夫同房，有两个人扮演了重要的角色：听卢克蕾佳忏悔的神父和她的母亲。后者一直都过着恬淡的生活并对其中出现的一些小偏差毫不在意，尤其是当它

---

① 法语中，头痛的通俗说法是“mal à la tête”，而医学上的术语则为“céphalée”。——译者

② 即同义反复，一种修辞手段，指一句话的前半句和后半句内容不同，但语义完全相同。在逻辑学上，套套逻辑指某一逻辑的“推论”是其所涉及的概念定义本身。这种推论不可证伪，没有任何解释力。——译者

③ Acte II, scène VI（tr. fr. E. Barincou）, Gallimard, “La Pléiade”, 1964.

④ *Ibid.*

们事出有因的时候。正如马基亚维利所说："这位博士一心想要有子嗣，相信驴子也能飞舞。"修士提莫窦（Timoteo）也能让他以宗教的名义吞下任何东西。众所周知，马基亚维利一点也不喜欢教会，他批评教会不仅是意大利所有痛苦的根源，并且还喜欢要求得到这个或那个国王的帮助以便征服某个城市并阻止国家的统一。对他来说，真正的马基亚维利式的精神在于借助谋略，例如利用普通人的幼稚和盲从来达到其目的。提莫窦和卡利马科一样厚颜无耻（用今天的话说就是马基亚维利式的不择手段）。他收受了贿赂从而站在诱奸者的一边，这证明了他缺乏原则，而原则恰恰构成了他交易的基础。李古潦试图说服修士。先是为了帮助一个未婚先孕的女子流产，修士同意了。李古潦就认为提莫窦也会同意帮助一位结了婚想生育而不能的女人。提莫窦丝毫也不上当，他已经对那些空洞的废话习以为常。

> 我不知道谁骗了谁。这狡猾的李古潦来跟我谈那头一桩事，就为了试探我；要是我不同意那一桩，他也就不跟我谈这一桩，免得泄露他们的计划。至于这事是真是假，他们倒不在乎。我是真的被骗了；但您别说，他们的欺骗对我却有好处：尼洽老爷和卡利马科是有钱人，不管从谁那儿，都能大捞一票。这事还得仔细保密：因为对他们事关重大，对我也一样。不管事情怎么样，我都不后悔！不过，说真的，恐怕还是有点困难，因为卢克蕾佳太太又明白又善良。但我可以利用她的善良，说到底，凡是女人都没什么脑子。谁要是会说两句话，她可就算是个先知了，因为在盲人的地盘上，有一只眼睛的就是老大了。哦，她来了，跟她一起来的还有她母亲。那可真是个蠢货，倒是我的好帮手，可以照我的想法来开导她。①

① Acte Ⅲ, scène Ⅸ.

神父将用他的修辞术来努力说服卢克蕾佳：为了生孩子而与人通奸没有任何的罪孽可言，即便情夫还因此丢了性命。“是谁犯了罪？是意志而不是身体；是让丈夫不高兴，然而您却讨得他的欢心。此外，一切都取决于目的：您的目的是在天堂中填补一个空位并让您的丈夫心满意足。”[①] 为达目的难道不能不择手段吗？归根结底，尼洽不也准备好牺牲一个人的性命来达到他的目的吗？

卢克蕾佳在和卡利马科一夜春宵之后，对诡计有所察觉。她对卡利马科承认：

> 既然你的狡猾、我丈夫的愚蠢、我母亲的轻信和我忏悔神父的恶意竟让我做出这种我从不会做的事儿，我想这也真是天意，老天爷乐意这样，老天爷要我接受，我就不能拒绝。相反，从现在起我把你当作主子、保护人和向导。你就像是我的父亲、我的护卫，我的幸福全靠你了，因为我爱你；我丈夫乐意咱们这一夜，我希望它就永远这样下去。[②]

尼洽没有察觉出任何的不对劲并且经常像一个真正的朋友那样接待卡利马科，而修士提莫窦则要求付清欠他的钱。故事的结局发生在教堂里，修士等着这群人来庆祝一场美好和谐的弥撒。之所以说这部戏剧至关重要，是因为它比已经十分具有革命性的《塞莱斯蒂娜》更进一步。

很明显，旧的回答从那时起应当被视为迷信。在《塞莱斯蒂娜》中，还尚存一丝轻信和盲从，但怀疑已经产生；但在《曼陀罗》中，习惯于认同迷信的只剩下丈夫一人，他将信任寄托于旧的信仰之上。这些旧的信仰甚至不再是隐喻或问题性的回答，而是简单纯粹的非回答，它们甚至不再提出问

① Acte Ⅳ, scène Ⅺ.

② Acte Ⅴ, scène Ⅳ.

题。认为曼陀罗花会在杀死第一夜同房的情夫之后能让女人生孩子只是一种愚蠢幼稚的行为，它使尼洽老爷上当受骗。因为他在工作中用由通俗拉丁语写就的各种神奇公式来蒙蔽那些幼稚的人们，所以也就随时准备着轮到自己上当受骗。即便是那些被视为符合教会行为规范的宗教话语也被认为是用名不副实的回答所织就的体系。一切都能够被捍卫，即便是那些与教义价值相违背的东西。神父能够轻易被收买，就像卢克蕾佳的母亲可以毫无原则。与人们相关联的是一个原则一文不值的世界，即便是卢克蕾佳，最后也赶上了她的同代人，认为那些旧的回答曾经存在。

马基亚维利的戏剧与当时的其他戏剧，甚至当时的意大利戏剧形成了鲜明对照。后者结构复杂，主要情节中存在大量的次要情节；此外，这种结构通常遵循最古老的传统，重复着源自滑稽讽刺叙事诗或滑稽剧的喜剧传统。而马基亚维利的戏剧似乎更加具有政治性，他用一种更强的敏锐性来阐述他所处的那个世界。

让我们以英雄叙事诗《愤怒的罗兰》(*Roland furieux*) 的作者阿里奥斯托[①] (Arioste) 的《列娜》(*Lena*) 为例。《列娜》的故事特别复杂，更不必提那些怪诞的场景；其核心人物藏在酒桶里被送到他想征服的女人那儿。整部戏又被不想偿还的债务、附加的借贷、包庇情人的邻居和背着主人私通的仆人复杂化。情节更加简单因此也更吸引人的例子是与《曼陀罗》同样在 1520 年写就的卢赞特 (Ruzante) 的《卖弄风情的女子》(*Moscheta*)。卢赞特是安杰洛·贝奥尔科[②] 的艺名；这部戏的名字来自单词 *moscheto*，意为人们用来向女士们献殷勤时所用的拘谨的语言。无独有偶，戏剧的核心问题与金钱有

---

① 阿里奥斯托 (Arioste, 1474—1533)，意大利文艺复兴时期著名诗人，代表作为长诗《愤怒的罗兰》。——译者

② 安杰洛·贝奥尔科 (Angelo Bealco, 1502—1542)，意大利著名演员和剧作家，以乡村喜剧而闻名。这些戏剧大部分用帕多瓦方言 (Paduan) 写成，主角是一个叫 "Ruzante" 的农民。他用戏剧生动地描绘了 16 世纪帕多瓦的乡村生活。——译者

关。这部戏是一部滑稽剧、一部滑稽讽刺叙事诗，它讲述了一个狡猾的丈夫和不忠的妻子之间的故事。梅纳托（Menato）向卢赞特的妻子献殷勤，但是后者却更喜欢托南（Tonin），而卢赞特却偷了托南的钱。卢赞特乔装改扮去奉承自己的妻子，为的是看她是否真的忠诚。妻子大为光火，离开卢赞特而和托南生活在了一起。卢赞特想尽办法让妻子回到自己的身边。这导致戏剧在其离奇的解决过程中显得冗长且失控。情节停滞不前，如果还有情节的话。它一开始就由一场本身已经足够长的序幕所揭晓，并开启了三人之间的低级滑稽剧（pantalonnade），使人想起过去的滑稽剧。这与马基亚维利的《曼陀罗》没有任何可比性，后者的影响无人能及并深深地启发了正处于萌芽阶段的现代性。

《浮士德博士》

如果借助曾经提到的“正在不断缩减的问题学排斥”来参照上面的两部戏剧，并用一句话总结《浮士德博士》的道德寓意的话，我们可以断定的是：从现在起，对弱势同一性，例如魔法和迷信信以为真就意味着通往地狱。总而言之，对忠实性和非忠实性做出新的定义是基督教新教的要求。

让我们回到浮士德的主题上来。与俄耳甫斯、唐璜和安菲特律翁一样，浮士德博士或许也是西方历史上最具特色的人物之一。如果我们仔细观察这四个重要人物形象的话，就能够发现那些重要的西方神话传说的本质。因为他们中的每一个都表达了面对消失的差异所持的一种重要态度。浮士德不接受生与死之间的差异，俄耳甫斯也是；但是至少歌德笔下的浮士德可以逃脱地狱，而欧律狄刻斯却一直待在那里。唐璜则想要对抗差异，但是差异却将他吞噬：唐璜有点像未能侥幸逃脱的浮士德。而安菲特律翁则忍受了朱庇特强加于他的无差异化，后者变成了他的模样使他的妻子怀孕。浮士德和唐璜在嘲弄差异的同时都感受到了来自差异的重担；安菲特律翁忍受差异而无法从中逃脱，俄耳甫斯也不能。无差异化让他们损失惨重：俄耳甫斯失去了欧律狄刻斯，安菲特律翁被朱庇特剥夺了自我。浮士德和唐璜则是无差异的制造者：他们打破了最神圣的差异，死亡窥伺着惩罚他们的时机。如果歌德的浮士德能够从中逃脱的话，马洛的浮士德就不行了。

在这四个人物中，差异受到猛烈的攻击，因此他们付出的代价也十分昂贵。由此产生了俄耳甫斯或浮士德、唐璜或阿尔克墨涅这样的悲剧性角色，唯一的例外是不同版本的《安菲特律翁》都以圆满告终。而圆满的结局只发生在喜剧之中。除了朱庇特，没有人能够做出无差异化的行为。四个人物之间的关系可以简单地概括为下面表格中的内容：

	无差异化的恶果被主人公承担	无差异化的恶果由主人公创造
差异有效	俄耳甫斯	浮士德
差异被打破	安菲特律翁	唐璜

让我们先以俄耳甫斯为例：作为神的后裔，他喜欢上了凡人欧律狄刻斯。他失去了后者。而阿尔克墨涅的情况刚好相反，朱庇特爱着她，而她却不喜欢朱庇特。在这两种情况之中，存在两种范畴的无差异化，即属于神的和属于人的。悲剧性的失度行为存在于俄耳甫斯的全能之中，他做了不应当做的事，即回头看欧律狄刻斯，他因此永远地失去了后者。俄耳甫斯是神的王国的一员，而欧律狄刻斯则属于凡人世界。差异一直都存在并具有效力，没有任何东西能够打破它：每个人都处于自己的位置上，没有任何混淆的可能。相反，安菲特律翁则碰到了一种使他成为牺牲品的无差异化：促使朱庇特登堂入室并坚定自己的选择——无论如何都要使阿尔克墨涅成为他儿子海格力斯的母亲，唯一的理由是阿尔克墨涅的高尚品德。区分俄耳甫斯和安菲特律翁的是差异的身份：在俄耳甫斯那里，差异被僭越；而在安菲特律翁那里，差异则不可侵犯。但是痛苦则是相同的（见表格第一列）：它来自某种违抗行为，而戏剧主人公却是无辜的，因为他是这种违抗行为的牺牲品。俄耳甫斯

和欧律狄刻斯是他们激情的牺牲品。他们身处阴间，就像朱庇特在众神都无所事事的凡人世界里一样。而浮士德和唐璜的处境则完全不同：二人都在不断地违反他们本应遵守的差异。浮士德违背的原因是想要超越自己凡人的境遇，并为此与魔鬼签订了协议；唐璜则是因为没有任何建立社会秩序所需要的差异能被强加于他的身上，荣誉、家庭、诺言、财产都不能。①

唐璜和浮士德并不是差异的牺牲品，他们不像俄耳甫斯那样经历了某种悲剧性的命运；相反，他们在犯下本应注意到的失度行为的同时制造了差异。这就使他们成为悲剧性的人物。至少在马洛的笔下，浮士德被魔鬼带走；而在歌德那里，他则侥幸逃脱了死亡。但是这两个浮士德并不完全相同，让我们再仔细地审视一下。

我们已经说过，马洛是在莎士比亚之前的文艺复兴时期最后一位伟大的戏剧作家。莎士比亚大约成名于1600年，而马洛则于1593年在一家小酒馆遇刺身亡，年仅29岁。

马洛的《浮士德博士》宣告了西方文艺复兴时期的某种根本性风貌的终结。这种风貌目睹了各种回答的所是逐渐衰减，成为越来越具有问题性的断言。这些断言被那些相信它们的人与迷信结合在一起，因为人们仍然紧紧地抓住那些使这些断言成为各种真正回答的东西不放。但是在没有了魔鬼赋予这类回答以力量之后，它们又有什么价值呢？这恰恰证明了这只是一些只能以超自然力量作为唯一支撑的故事。因此，这些回答不再是别的，而只是某种虚构的字面忠实性。于是，马洛向我们描绘了一个被天堂与地狱、善与恶、高贵与低贱的无差异化所填满的世界。

马洛笔下的浮士德渴望的是权力而不是知识。“术士们的玄学以及魔法书才妙不可言。因为这些才是浮士德一心贪恋的东西。啊！这个充满了

① M. Meyer, *De l'Insolence*, chap. Ⅲ, Grasset, 1995; Le Livre de poche, « Biblio-Essais », 1998.

各种利益、乐趣、权力、荣誉和全能的世界啊！一个好的术士就是一个半神。那么就绞尽你（浮士德）的脑汁来成为神吧。”[①] 在找上门来的仆人瓦格纳（Wagner）的要求之下，瓦尔德斯（Valdès）和科尔内利乌斯（Cornélius）帮助浮士德发现了魔法的秘密。路西法派来的使者孟菲斯托菲勒斯（Méphistophélès）在这时突然出现。显然，浮士德并不害怕因与魔鬼交易而失去灵魂。“堕入地狱这些话吓唬不了我，因为地狱和天堂对我来说没有什么区别。”[②] 在加速运行的大写历史的不断冲击下，问题学排斥不断地缩减，这就使一个回答变得具有问题性。于是那些伟大的思想家便毫不迟疑地转向了魔术（例如开普勒和一个多世纪后仍这么做的牛顿），因为（对我们来说）最具隐喻性的回答并未被如此感知，而是被当作货真价实的解决方案。各种问题与回答在它们被书写为弱势存在的形式中变得模糊不清，这就导致最为稀奇古怪的组合和其他的组合一样被信以为真。一切皆有可能，一切都能够成为回答，即使需要将其中的某些回答理解为隐喻和谜语。但是，这种回答只是徒有其表，这迫使浮士德去寻找某种在实在身上发挥作用的话语，因为那些被他付诸实践的话语，包括神学已经不再发挥这种作用。只有魔鬼才能确保话语的有效性，证据便是这种有效性从那时起受到了影响。魔鬼本身难道不是某种隐喻吗？它不正隐喻着某种崩塌的、还没有找到替代的字面忠实义吗？总之，问题性与非问题性的无差异化使人相信各种魔法配方带来了名不副实的回答；并且在面对问题性与非问题性的不确定性时，最好选择魔鬼的有效性所提供的确定性。也许这正是能够区分马洛和莎士比亚的地方：马洛相信如果人们能够找到方法的话，无论这些方法是什么，即便它们属于魔鬼，一切都能够像回答那样永远存在下去；而后者则并不一定认为一切都变得具有问题性，差异仍然存在于问题性与非问题性之间，只是人们还无法将它建立起

---

① Acte I, scène I（tr. fr. F. Laroque et J.-P. Villequin）, Garnier-Flammarion, 1997.

② Acte I, scène Ⅲ .

来罢了。对马洛来说，大写历史的运动使问题与回答无差异化（问题性排斥在不断地被削弱），使问题性成为某种像魔法那样完美有效的回答行为，即便他发觉这些回答同样具有问题性，因此才会求助于魔鬼。而当莎士比亚坚持认为是回答变得具有问题性而不是相反，是问题性的断定变成了解决（即巫术）的时候，他或许更精准地捕捉到了大写历史的运动。这并不令人感到惊讶，因为它显然在所有人的意料之中。弱势存在不再能够确保在造成问题的东西与解决问题的东西之间做出区分。这就产生怀疑、不确定（哈姆雷特）以及回答与非回答之间的混淆（李尔王），因此也就有了误解正确回答的可能（奥赛罗、麦克白以及那些女巫和她们晦涩的信息）。对马洛来说，在非问题性之中不存在问题性的干预；在回答行为中，非问题性的语言入侵到所有能够提出问题的东西之中，以至于即便是最弱势的存在也仍然有效并具有某种功用。而当人们曾经将问题性排斥到思想之外——哪怕是借助对异端邪说的恐惧时，这种最弱势的存在并不具备上述功效。因为问题性和它的解决相互混淆并解体，那么为了从中脱身，除了强加意志、操纵现实和他人、诉诸武力的意愿之外，人们别无他选。因此，人们将要证明自己有能力超越问题—回答的分歧并达至唯一重要的解决性方法。马基亚维利的阴影出现在《帖木儿》(*Tamerlan*)、《爱德华二世》(*Edouard II*) 或者《浮士德博士》[1] 背后。另外，无差异化是地狱的代名词，想要寻找它并不需要走得太远。孟菲斯托菲勒斯说："地狱没有范围，也不限定地区，我们在哪里，哪里就是地狱。地狱在哪里，我们就得待在哪里。"[2] 而浮士德对此的回答却是"地狱只不过是个传说罢了"，因为从本质上讲，它并不属于那些贯穿于任何思想空间之中千真万确的回答。因此他挑战孟菲斯托菲勒斯，但是这种回答在逻辑上的完美毫不逊色。事实上，随着不断加深的历史性差异而失去其同一性轮廓的所

① 三部都是马洛的代表作。——译者

② Acte Ⅱ, scène Ⅰ.

是，使地狱成为某种虚构以及对非是（ce qui n' est plus）的隐喻。那么，为什么要害怕它呢？它难道不是在大写历史的尽头等着我们所有人吗？孟菲斯托菲勒斯只不过是通过与浮士德缔结的协定加速了这个过程。不再区分问题性与非问题性意味着一切都被解决，没有什么不可能；意味着一切都能够被转化为回答。因此，浮士德仅仅是求助于路西法，即无差异化的主人同时加速了这种转化。无差异化在戏剧第二幕的一开始就发挥了作用：在这一幕的第二场，小丑和马夫在谈论有关魔法的事情。人们曾经在很长一段时间里都对这段内容的含义抱有疑问。事实上，魔法可以打破一切差异。没有什么不提出问题，一切都变得不经区分。同时，罗宾（Robin）不再觉得有必要为浮士德服务并照看他的马匹。他得到了一本主人的魔法书并觉得自己已经成了主人。浮士德本人处在一个和教皇与皇帝相类似的地位，这所蕴含的地位模糊在第三幕和第四幕之中得以延续。由于与魔鬼缔结了协定，浮士德获得了通晓魔法的能力，而魔法所产生的超自然力量消除了各种差异。浮士德自然而然地认为读那些“迷信之书”的是教皇，因为他的能力不如路西法强大。浮士德并不走运：教皇与皇帝陷入纷争，原因是后者想立布鲁诺为教皇。因此，剧情处于“授职之争”的旋涡之中。浮士德与孟菲斯托菲勒斯一起使红衣主教们陷入昏睡，以便能够毫不费力地接近教皇。趁着真正的红衣主教们昏睡不醒之时，浮士德与孟菲斯托菲勒斯穿上他们的衣服乔装改扮成红衣主教出现在教皇的面前。教皇当着他们的面对布鲁诺做出了判决。随后，二者救出了布鲁诺并帮助他逃跑。红衣主教们醒来后表示他们不理解对布鲁诺做出的裁决，因为他们并未对他做出这样的判罚。浮士德参加了会议，但是他请求孟菲斯托菲勒斯将他隐身，这使他能够在宴会期间捉弄教皇和红衣主教们。他将上的菜和斟的酒偷走。而与此同时，出于类比的需要，自以为更聪明的小丑罗宾和仆人迪克在隔壁的客栈里向酒商施魔法。受到召唤本应当回君士坦丁堡的孟菲斯托菲勒斯很是生气，为了惩罚二人，他将他们分别变成了一只猴子和一条狗。如果一切都变得模糊不清，那在世间就没有人是安全的：这就是为什么要小心地狱的原因。

浮士德这时要赶往查理五世的宫廷。和浮士德一同前往的是作为皇帝钦定的教皇人选布鲁诺。浮士德施法让亚历山大大帝出现在皇帝的面前。“神迹”一个接着一个地出现在别人身上，这些人都想控制浮士德，似乎要报复他做得不够或者做得太多。无秩序的混乱状态盛行。马车夫、马贩子、仆人、客栈老板，所有人都因为责备浮士德没有给他们带来想要的法术而得了哑症。

但是浮士德的日子也走到了尽头。路西法来向他讨债，并把浮士德带进了他的王国。

马洛的悲剧《浮士德博士》与歌德抒情诗中的《浮士德》最大的区别是问题学排斥处于两个截然不同的阶段。如果想要抓住两部戏剧和其主题的历史性的话，这个概念读者们绝不应该忘记。

对马洛而言，浮士德是一个试图掌握回答的人，而他所处的时代视这些回答更具问题性。因此，这些回答之中最为具有问题性的那些就成为与其余那些相同的回答，甚至能够在效力上超越其他回答：魔法因此显得比神学更加受人欢迎；而对于那些强者甚至是想改变自己状态的那些“弱者”来说，孟菲斯托菲勒斯的招数比教皇或皇帝在法律上的所有诡辩都更加有效。弱势存在所带来的同一性不再是某种恶魔般的幻觉，后者将欲望的问题性当作回答的非问题性来看待。在这个意义上，马洛与罗哈斯、马基亚维利的精神相吻合。即便是通过对魔鬼的虚构，马洛的立场表达了一种可能性——这使问题性不再作为问题性成为可能，这同时也是将被莎士比亚抛弃的可能性。对莎士比亚而言，(问题学) 差异是不可超越的，即便人们在这一点上有误会。

在歌德那里，人们看到另一个浮士德。他的浮士德是典型的浪漫主义英雄，他知道被大写历史冲击的话语由各种无能为力的隐喻所织就。他需要做的就是重新找回已经偏离的真实。孟菲斯托菲勒斯带他来到一个地下酒店里喝酒，为的是让他重新找到最基本真实的生活乐趣，即便浮士德对此表现出轻蔑（见莱比锡的奥尔巴赫地下酒店这一幕）。孟菲斯托菲勒斯一方面被描绘成夜晚的化身，白天的光明从中迸发出来；另一方面被描绘成身体的隐喻，它既不能被排斥也不能被抑制；而浮士德则把身体当作一个整体，正如主观的个人主义使他相信的那样。在这里，孟菲斯托菲勒斯的目的是使浮士德记起他为了专注于纯粹的精神世界而放弃的尘世快乐。“我将拽着他去过放荡的生活，去经历肤浅的烦琐，他将坐立不安，呆望着我，离不开我，并由于贪得无厌，将只看见佳肴美酒从他馋涎欲滴的唇边滑过，他枉然祈求解渴充饥；即使他没有把自己出卖给魔鬼，他也一定毁灭无疑。”① 多亏了孟菲斯托菲勒斯的帮助，浮士德发现他的那些回答仅是各种隐喻：真正的回答在别处。并由此产生对逻辑学的唾弃，后者就像“严刑拷打时套上的长靴”，② 将双腿朝着同一个方向捆绑。③ 简而言之，需要牢牢记住的是：“用词儿可以争个水落石出，用词儿可以建立一个体系，对词儿要信仰得五体投地。”④ 但我们不要忘记，孟菲斯托菲勒斯说过：“所有理论都是灰色的，生活的金树常青。”⑤ 不幸的是，“世人听见一句什么话，往往就相信，里面总该有点值得玩味的诀窍”。⑥

---

① [德]歌德：《浮士德》，选自《歌德文集1》，绿原译，北京：人民文学出版社，1999年，第54页。

② 同上，第55页。

③ “严刑拷打时套上的长靴”（Brodequins de torture）是指法国旧时逼供的一种刑罚。用刑时受刑者坐在椅子上，每条腿的两侧被绑上细长而坚固的木板，用结实的绳子把双腿和四块木板缠紧。然后，施刑者用锤子将木楔敲进双腿之间两块木板的缝隙中，这会对夹在木板间的双腿造成挤压，带给受刑者难以忍受的疼痛。——译者

④ [德]歌德：《浮士德》，选自《歌德文集1》，绿原译，北京：人民文学出版社，1999年，第57页。

⑤ 同上。

⑥ 同上，第76页。

曾经只醉心于精神愉悦的浮士德就是这样与玛加蕾特（Marguerite）一道发现他从未经历过的爱情。孟菲斯托菲勒斯带浮士德参加的瓦尔普吉斯之夜上的群魔乱舞，阐释的是最忠于字面意义甚至是最为粗俗的爱情。那便是肉体上的爱欲，它将使纯洁的玛加蕾特堕落。由此，爱情身上的神秘性被破除。它不再是隐喻，不再是激情的话语，而成为真正的激情。浮士德在孟菲斯托菲勒斯的驱动下沉溺其中，在毁掉作为爱情生动隐喻的玛加蕾特的同时也失去了自我；就像一切隐喻一样，玛加蕾特死了。由于被指控杀死了浮士德和她的孩子，玛加蕾特死在了断头台之上。我们在这里所看到的不仅是对浪漫主义的完美呈现，同时还有其在历史层面的不可持续性。浪漫主义和其抒情诗般的隐喻性一道试图无视将其字面忠实化的历史，但是大写历史最终将重新赶上那些将其遗忘的人。在《浮士德》的结尾，在感官世界里发现物质世界、在生命中看到死亡的浮士德会遭遇什么？谁是赢家？魔鬼还是浮士德？没有答案。席勒在信中就这一点批评了歌德，但是归根结底，被揭露的隐喻性不正是人们必须承认的神秘性吗？它不正是使人的境遇成为一个人们只能叩问并被确定为问题的问题吗？这难道不是在没有其他解决办法的情况下唯一的回答吗？魔鬼是上帝的备选项，正如身体是精神的备选项一样。除了这两对组合之外，剩下的只是它们所呈现的并转移到截至目前被提出的一切隐喻性之中的问题。

对浮士德来说，“人们正在使用他们不知道的东西，而知道的东西却不会去使用”。[①] 这证明了如果一切具有隐喻性的话，那么除了验证宇宙中被泛化了的神秘性知识之外，不会再有任何其他回答。在马洛那里，主仆之间、身为仆人的主人与比他们更像主人的人之间的层级统统都被确定下来。魔鬼既是仆从又是主人。因此，它就打破了世间的差异与层级，使它们成为

① ［德］歌德：《浮士德》，选自《歌德文集 1》，绿原译，北京：人民文学出版社，1999 年，第 33 页。

不可思议的对等物；这些弱势的对等物似乎曾经强势过，于是便创造出某种混乱；但这种混乱随着浮士德的消失被一起抹除。随着弱势存在的各种类比被重新建立，人们在其中重新找回了“A 属于 B 正如 C 属于 D”的等式，皇帝还是皇帝，真正的教皇重新找回他们的位置，就像那些拒绝服务的马房总管一样。解决这种弱势存在的唯一途径便是肯定某种专属于文艺复兴世界的类比性字面忠实义。在歌德笔下，隐喻性这次具备了意识，除了大写历史之外没有任何东西能够带来确实的回答。

马基亚维利和马洛之后
意大利与英格兰戏剧发生了什么变化？

正如乔治·斯坦纳所说：“如果仔细地审视自希腊悲剧诞生以来的两千五百年，我们将惊异于悲剧艺术的历史缺乏连贯性和明显的传承。在我们的印象中，悲剧是断断续续出现的奇迹。语言要素、物质环境和个人天赋越过漫长的时间和不同的地域，突然结合在一起产生出一批严肃戏剧。在周边的一片黑暗之中，某些能量聚集在一起，以一束强光和一段相当短暂的生命创造出漫天的繁星。这般登峰造极的辉煌出现在伯利克里时期的雅典、1580 至 1640 年间的英格兰和 1630 至 1690 年间的法国。在这之后，历史背景和个人天赋的必要结合似乎仅仅出现了两次：一次在 1790 至 1840 年的德国；另一次在世纪转折之际，其范围更加广泛，其中最为突出的是斯堪的纳维亚戏剧和俄国戏剧。在其他的时间和地点，这种结合都没有再出现过。同时，从总体来看，引起人们特殊关注的是某种活生生的悲剧的存在，而不是它的缺席。”①

① G. Steiner, *La mort de la tragédie*, tr. Fr. R. Celli, Paris : Gallimard, « Folio », 1993, p. 105-106.

这样一种评判的基础在于，在大写历史的某些时期，缩减的问题学排斥导致了当时各种回答之间联系的削弱。这种削弱使回答靠近问题和对问题的表达，而这种表达同样也被书写为弱势存在。由于问题学排斥变得更弱，问题与解决问题的回答之间的混淆显然更容易发生。人们不但把不是回答的东西当作回答来看待，还只会在本该维持问题与回答确实分离的地方重复及引入问题性。回答变得模糊难懂，人们因此能够让它们表达众多含义。由此引出除了它们自身之外的其他回答，同时也不可避免地导致不择手段的狡猾和暴力，其目的是能够强迫人们接受那些本不是回答的回答。戏剧出色地抓住了这些话语的混淆，例如马基亚维利主义和它的手段。事实上，在面对文艺复兴时期不断衰弱的问题学排斥之时，人们观察到了将被差异加深的弱势存在接受为新回答行为文本的初步过程，尽管该文本同样编织着那些最具问题性的断言。这些断定之间的差异本身也成为某种问题。唯一的答案在于将这些回答当作各种隐喻来对待，而不再视它们为从字面忠实义角度说明它们企图要肯定的东西。隐喻是一个谜团，一个表达某种问题的回答。问题学差异因此重新找到它的实效性：在回答范围内部，字面忠实性是回答而隐喻是问题；回答的范围借此检验二者之间的差异。但这种在自我反思层面对回答行为进行的差异化只能逐渐产生。在大写历史以某种节奏持续加速运行的初始阶段，差异被包含在持续削弱的各种回答之中。这些回答所模仿的是正在运动中的现实，导致问题化在回答行为内部产生。而这种问题化从本质性来讲由各种片面同一性、相似性和类比所构成。那么如何打破混淆？戏剧旨在实现后来由解决性排斥借助被各种强势同一性所数理化的科学所实现的东西。戏剧表达了字面忠实性与隐喻性之间的冲突、分离和对抗。当字面忠实性和隐喻性成为回答行为的两面时，这种对抗永远都有可能。戏剧借此解释了在短时间内所发生的事——从未超过一个世纪，正如斯坦纳所强调的那样——在这段时间里，问题学差异似乎被某种大写历史抹除，其中隐喻性能够从字面忠实义的角度来理解，反之亦然。戏剧创作的大时代与大写历史突然加速运行的时代相契合，并使那些受大写历史影响的人们被新旧之间的冲突所折磨；人们对旧事物进行重新调整以使其继续存活下去；而新事物则是某种不同于旧答案的回答行为，于是这些旧答案随即成为问题。需要清楚地认识到，即便人们感知到各种隐喻的真实面貌，也没有什么能够阻止他们至少在某个时间点牢牢地抓住某种字面忠实性的解读，因为这种字面忠实性消除了各种隐喻的隐喻性。悲剧诞生于这种总是太迟的发现，这证明了戏剧事实上旨在表达逐渐隐匿于不断削弱的问题性排斥之中的问题学差异。这种不断削弱的问题性排斥任由各种问题在被发觉之前侵蚀各种回答。正因如此，悲剧和喜剧都具有历史性，即便喜剧看起来并非如此；因为它被打上了某种历史性的烙印。归根结底，正如它的名字所指出的那样，唯有解决性排斥以区分制造问题的东西和非问题性的，即解决性的东西为目的。问题学排斥确实遵循问题学差异，但是这种遵循却未经思考。问题学排斥将各种同一性隐喻为无法被人们从字面忠实义的角度视为回答的各种回答。当隐喻化有自觉意识之时，它便呼唤另一种解读、另一种字面忠实义和另一种回答行为，因为人们知道它是问题。诚然，人们可以隐喻化一切。在人们不知情的情况下，一切都能够成为问题和疑难。因此，我们就看到了李尔王的发疯：他在混淆了两个女儿的回答之后，便无法再对它们做出区分。因此，赋予莎士比亚戏剧活力的就是回答与普遍问题性之间，即回答与意识到自己已经变得晦涩的各种隐喻之间的倒置。但这绝非正在接近尾声的文艺复兴时期对历史性自身的表达；它经过必要的修改，在某些地方成了前巴洛克时期的特征，在另一些地方成为前古典主义时期的特征。隐喻不仅是失去回答性质的回答，更是失去问题属性的问题；同时兼具两种身份的隐喻位于某种无差异化之中，在经历西班牙巴洛克戏剧和法国古典主义戏剧之后，唯有解决性排斥能够了结它。笛卡尔的到来终结了无差异化和回答行为不确定的时代。如果我们将早熟的、更富造型性的意大利文艺复兴以及将近两个世纪甚至更早之前欧洲其他一切的文艺复兴形式排除的话，那么巴洛克时代不断积累的隐喻性唯一能做的，就是昭明源自半个世纪前文艺复兴时期的回答行为中不可避免的问题性。

于是，马基亚维利之后的意大利戏剧朝着滑稽剧和田园曲的方向发展，而没有产生真正伟大的作品。在这个时代，叙述和绘画一起超越其他任何形式的艺术统治着舞台。后来则是歌剧。所谓的伟大作品，就是具备新颖的戏剧主题并且没有重复已经被使用过的剧本纲要。尽管有次要人物作为补充，使用过的剧本纲要还是会使故事显得乏味、情节缺乏吸引力。即便是像阿雷蒂诺[①]的《御马长官》(*Il Marescalco*)这样的戏剧，在今天也无法获得当年的成功。故事讲述的是有人欺骗了一位王子的马房总管，让他相信王子决定赐给他一位既有钱又漂亮的妻子。五幕戏剧展现的是所有人一个接一个地登门拜访马房总管，试图说服他相信这件事。但不幸的是，这一切变得没完没了。戏剧的情节单薄，而且所用的一直都是同一种论据。马房总管只是有些顽固。并且，人们试图用这种方式欺骗他，是因为他对待身边人的态度极其糟糕。这是一个生活在城里的乡巴佬。

如果就像斯坦纳所说，戏剧在发展的过程中存在空白的话，那是因为其他艺术或文学形式在某些时期占据了上风。戏剧是这样，绘画或音乐也是这样，有些时代辉煌，有些时代则不尽然。这就导致一些艺术形式陷入休眠状态而另一些则占据统治的地位。对于戏剧来说，将其带入全盛时期的是回答行为的多重性。同时，既是问题又是回答的回答行为成为混淆、愚昧和藐视的根源。最好的结果是滑稽可笑，最坏的结果则是悲剧。在某个阶段，一种差异被大写历史所遮蔽，戏剧则强调这种差异的实效性。它或者导致冲突或者导致笑。因为被某些人所忽视的问题—回答的差异并不缺少实效性；

① 阿雷蒂诺(Aretino, 1492—1556)，意大利文艺复兴时期作家、诗人。——译者

于是这种差异体现在互相对立的人物当中，体现在悲剧和喜剧之中。在悲剧中，隐喻性的本来面目被暴露出来；而在喜剧中，对原有字面忠实性的超越或幼稚的愚钝与这种忠实性本身相碰撞。因此，人们能够将悲剧定义为某种隐喻性的失度；其含义在于悲剧英雄与这种字面忠实性发生碰撞，使人们察觉到了这种失度。相反，喜剧被定义为某种字面忠实性的失度；就是说人们在面对本应当进行差异化的事物之时，产生某种天真幼稚的念头。戏剧冲突是作为问题性差异术语的隐喻性与字面忠实性之间的冲突。问题性差异之所以无法被如此表达，通常是因为个体的各种顾虑并不在此。因此这种差异应该能被具体地再现出来。在与他人起冲突的过程中，喜剧人物发现，多一点隐喻化本不会对他造成伤害；而悲剧人物则发现，少一些隐喻化本可以使他避免更多的悲剧。他们会在差异之中意识到差异依然存在；尽管历史使这种差异变得模糊、拉开距离，即便这种差异因此被反思性思想所遗漏，但是它却依然屹立不倒。

在从文艺复兴直到1600年都占据着统治地位的喜剧身上，有着中世纪滑稽讽刺叙事诗的结构特征，即“骗子A被欺骗”。后来逐渐过渡到另一种结构，即“A欺骗B却反被B欺骗”，这就使一切都回归到了秩序当中。A是某个在人性和道德层面都不太讨人喜欢的人物，这使得一旦他被欺骗愚弄，人们就有一种正义被伸张、一切回归秩序的感觉。喜剧结构的巨大变动将由哥尔多尼带来。在哥尔多尼笔下，即便人物间的相互替代仍然存在，但骗术却在对中产阶级道德品行的描绘前停下了脚步。因此，这预示了现代喜剧和轻喜剧的诞生。

但是大写历史的脚步却并未停息，相反它在加速运行。通过“A欺骗B”的关系所体现的差异在不断加深，互相平衡的可能性还没有出现，能够使人们做到“B欺骗A”来使一切拥有完美的结局。相互性迟迟没有出现，同一性变成了问题。戏剧史逐渐但不可避免地过渡到了所谓的复仇悲剧（tragédies de la vengeance）时期。其中，托马斯·基德[①]的《西班牙悲剧》（*Spanish Tragedy*, 1587）或约翰·韦伯斯特[②]的《马尔菲公爵夫人》（*Duchesse d'Amalfi*, 1613）也许是最著名的作品；还包括西里尔·图尔纳[③]的《复仇者的悲剧》（*Tragédie du vengeur*, 1607）和其他生活在威廉·莎士比亚阴影之下的英国喜剧。因为莎士比亚的戏剧自1597至1603年起，就开始在舞台上傲视群雄。事实上，作为B的牺牲品，A开始进行报复。因此，差异最终勉强地消失在谋杀行为的相互性之中。在充斥着血腥气息的戏剧里，罪行和乱伦相伴，各种堕落腐化滋养着复仇的渴望。这种所谓"西班牙式"的复仇行为在被嘲笑的荣誉的要求下进行。不可否认的一点是，西方悲剧以这种形式重获新生。此时王权逐渐变得稳固，需要对正义和国家和平的呼唤做出回应，因为它们被贵族之间的仇杀所威胁。在这里引用《复仇者的悲剧》的开篇语并非毫无意义，它很好地彰显了这种在现代性悲剧前夜不断增强的问题性。

> 复仇，你偿还谋杀所欠下的债，并因此成为悲剧的承担者；我请求你，为那些你所注意到的人们记录下你的日子、小时和分钟。唉！有谁见过没有付出代价的谋杀啊？是的，把欠债交给复仇吧，它一直都表现得很忠诚。勇气、报复心、勇气，前进吧！哦！有钱人的恐惧，来把他们脑满肥肠的三层肉灌到那贫瘠的脑壳里吧！只要领地和泥土相结合，那么各种盛宴、安逸和欢闹足以招来王公贵族；但是那些谦逊的圣贤们，却比这些老爷更加伟大。[④]

---

① 托马斯·基德（Thomas Kyd, 1558—1594），英国剧作家。——译者

② 约翰·韦伯斯特（John Webster, 1580—1632），英国剧作家，代表作有《白魔》《马尔菲公爵夫人》。——译者

③ 西里尔·图尔纳（Cyril Tourneur, 1575—1626），英国士兵、外交家和剧作家，代表作有《无神论者的悲剧》《复仇者的悲剧》。——译者

④ *Théâtre anglais. Moyen Âge / XVIe* siècle, p. 896 (tr. fr. P. Messiaen), Desclcé de Brouwer, 1948.

但是这些戏剧通常都情节臃肿，在那个时期的演出效果并不好。即便是承袭了塞涅卡式暴力氛围的莎士比亚作品《提图斯·安德罗尼克》(*Titus Andronicus*)，也并不在其经典著作之列。可以被我们勉强视为复仇悲剧的《哈姆雷特》(*Hamlet*)也并不能被局限于这个范畴；另外，这部剧的剧情也相对简单，但主题却在别处（见下一章）。这一切的目的都在于说明作为解决差异方式的复仇平衡是某种即将在不断加深各种差异的大写历史强烈冲击下解体的戏剧结构图示。悲剧唯一能做的就是采取“复仇悲剧”之外的新形式。

戏剧结构图示“A 欺骗 B”更进一步，与“A 在 B 的身上实践他的差异”相等同；如果 A 最终必须就这一点做出澄清的话，那么就诞生了悲剧的结构图示。在 A 能够从中脱身、B 成为 A 的牺牲品的情况下，人们得到了所谓的正剧。正剧于 18 世纪末期在德国成为悲剧。在持续加速的大写历史的冲击下，差异依然屹立不倒，并显得更加顽强。B 对曾经伤害过他的 A 的惩罚消失了，因此正剧里的牺牲品无法通过复仇使秩序回归。更进一步来说：一旦 A 与 B 发现他们的命运开始分离，人们就能够讲述他们的故事并无视他们之间的差异，这就产生了小说（roman）。A(或 B) 的命运变得不确定。

在英格兰和西班牙，人们所宣扬的是某种王权的必要性，它可以建立秩序并打破家族之间仇杀的循环。而在意大利，更早开始加速运行的大写历史已经通过其他更加适应节奏变化的艺术形式，例如歌唱与音乐，将建立同一性的要求转移到了变化之中。相较于绘画或戏剧，音乐更加抽象化和形象化。通过赋予音乐表现性，可以把它变成歌剧，由此产生对意大利人来说真正富有戏剧性的戏剧 [第一部歌剧——蒙特威尔第[①] 的《奥菲欧》(*Orphée*) 诞

① 蒙特威尔第（Monteverdi，1567—1643），意大利作曲家，现代管弦乐先驱，威尼斯歌剧乐派创始人，代表作有《奥菲欧》《尤利西斯的归来》《波佩阿的加冕》《世俗牧歌集》等。——译者

生于1607年]。在意大利歌剧中，神话故事被带到某个风景如画、田园般的环境中，它使得那些不被基督教或城市社会所允许却自然而然地产生于大写历史的暴力得以表达。直到18世纪，这种田园式的环境才成为“风景如画”和“牧歌般”的环境。但在一开始，乡村环境所象征的差异是越界行为的源头，就像绘画是譬喻最好的表达场域一般。因为环境的改变总是将我们带到别处，而这种别处就成为某种绘画的场域。让我们回忆一下《玛丽安和罗宾的游戏》，其中乡村世界自13世纪起就开始展现强者试图愚弄的社会下层。

绘画中的风景、歌剧或戏剧中的田园世界都旨在昭明真实之中那些真正差异的隐喻性和神秘性。在这种真实之中，各种同一性都不再被从字面意义的角度理解。这是一种纯粹的外在性，正如我们在绘画中所见到的一样。风景通过其隐喻性服务于一切可替代性。这些可替代性由神话，尤其是奥维德的神话所提供。但是就像在乔尔乔纳[①]的画《暴风雨》(*La Tempête*，1505)里所看到的那样，某种普遍的隐喻性使整幅画作都显得充满神秘感。乡村环境因其外在性象征着只具备隐喻性的同一性和某种已经过去但在某种意义上仍然存在的世界的历史性。继绘画之后，歌剧通过俄耳甫斯的主题将这种乡村环境据为已有。而在莫扎特的笔下，俄耳甫斯的主题演变成为《魔笛》的主题。但是在《魔笛》中，男主人公最终找回了他心爱的人。

意大利式的悲剧因此“不可能”出现。从历史的角度来看，加深速度比其他国家都要快的差异无法在一个不存在的王权之中找到其解决途径。唯一的超验性来自神的旨意，但它无法被呈现而只能被象征。这就是绘画以及后来的音乐所要做的事情；尤其是音乐，它在激情层面为了表达戏剧事件而演变为歌剧。但是鉴于基督已经来到人世间拯救蒙难的灵魂，于是歌剧在一开始只能够沉浸在由来自异教神话人物所激起的离奇感和外在性之中。在异教

① 乔尔乔纳(Giorgione，约1476—1510)，意大利画家，威尼斯画派代表人物，与提香一道师从于威尼斯画派创始人贝利尼(Jacopo Bellini)。——译者

的神话中，所有戏剧事件都有可能发生。田园生活同时还加强了这种环境改变带来的感受。

在16世纪末，各种同一性在不断地削弱，回答似乎造成了跟它要去解决的问题同样多的问题。正是在这种背景之下，那位世界上最伟大的戏剧天才即将横空出世，他就是威廉·莎士比亚。

第六章　从差异的不确定性到差异产生的幻象：莎士比亚、西班牙戏剧、古典主义戏剧

莎士比亚

面对已经被无数次书写和重复过的莎士比亚，我们还能谈论些什么呢？事实上，我们的目的并不在于分析或陈述其作品的内容，而在于指出他的这些作品在文艺复兴的历史运动中处于何种地位。所是被进一步削弱，与之相伴的是隐喻化的加深。这种隐喻化同时强调既有回答以及它们的替代者身上的神秘属性。悲剧存在于发现这些隐喻真实风貌的人与那些根本不赞同这种看法的人之间的冲突中。由此产生的观点便是悲剧使新旧发生冲突。有时情况确实如此，但并不一直都是这样。相反，被肯定的差异只有在它破坏群体的神圣性差异并把后者当作普通的、可以像非回答一样踩在人们脚下的隐喻时才是有罪的。在不断确立的王权看来，最主要的隐忧之一是在正确的差异——属于他的、他所代表的差异和有害的差异之间做出区分。需要做的是彰显这两种差异之间的不同并且避免混淆，同时指出当混淆出现之时会发生什么。人们不再献祭国王，因为他是国王；但是如果他在臣民面前表现得不公正的话，他就是失败的国王，就像麦克白一样。

问题学或者说叩问的理论是一种强有力的工具，能够抓住这种1600到1700年间在欧洲戏剧身上留下深刻印记的历史性。在这个时期的戏剧中，人们不但会发现莎士比亚的身影，也会看到以洛佩·德·维加、蒂尔

索·德·莫利纳以及卡尔德隆为代表的西班牙黄金时代戏剧，以及后来，尤其是1640到1690年间以莫里哀、拉辛和高乃依为代表的法国古典主义戏剧所带来的辉煌。

与这三个伟大的戏剧时期并存的是问题学排斥缩减的三个重要阶段。

1. 莎士比亚（1600年前后）。问题学排斥严重缩减，原因是都铎王朝是在骨肉相残的玫瑰战争的废墟上建立起来的。各种问题与回答相混淆，这一点变得愈发危险。原因是这些回答为了维持其本来面目不能变成由它们解决的问题性。莎士比亚所描绘的正是这种对各种角色加以控制的混淆。通过悲剧，这些角色将发现这种他们从前并不一定会注意到的差异。但是他们曾经认为自己有权利以此为名去嘲弄那些不可触犯的差异。

2. 西班牙戏剧（1635年前后）。差异被更进一步加深。字面忠实义和隐喻化本身也被增强。因为自现在起任何回答都能够被视为字面忠实义或者某种隐喻，那么冲突就存在于对这两种回答所要做出的阐释之中。受对荣誉的苛求统治的社会秩序既将荣誉解释为某种隐喻，同时又从字面忠实义的角度将它解释为对那些必须恪守它的人们的一种要求。问题由此产生：荣誉到底是一种为贵族阶级绝对权力辩护的权利，还是对自身的一种道德义务，或者说二者兼而有之？这就分别引出了洛佩·德·维加、卡尔德隆和蒂尔索·德·莫利纳。

3. 法国古典主义戏剧（1670年前后）。隐喻化已经占据了所有回答：它在高乃依那里被荣誉所滋养、在拉辛那里被激情所滋养。这种隐喻化贯穿了被它转化为各种同一性的所有差异。但是这种隐喻性将会分崩离析，它的各种内容将会被揭示为各种绝对无法调和、需要用其他方式解决的差异。纯粹的修辞性统治了一切。人们诟病拉辛的正是他用这种纯粹的修辞性替代了行动。但在这一点上，人们却忘记了只有修辞才能用吞噬问题的隐喻来掩盖真正的问题。这就导致如下问题，即如果一切都变得具有隐喻性，最终成为狂热的激情（如在《费德拉》之中），那么就要弄清楚在哪里才能找到现实的字面忠实义。

同样，我们还能清楚地看到统摄巴洛克时期和古典主义时期的这三种戏剧之间的区别。在莎士比亚笔下，问题与回答之间的差异在织就这两种范围的弱势存在之中变得模糊。这一点所产生的混淆既会产生各种冒险行为，也会产生各种幻觉和犹豫不决。如果回答行为本身提出问题的话，怎样就那些造成问题的东西做出回答呢？在第二个阶段，人们视差异为差异。差异确立自己的地位，但是人们也强制地规定差异：不要否认差异并承认差异所处的地位是西班牙戏剧所呈现出的主要问题。诚然，不再有混淆。具有回答价值并作为根基的东西一目了然，那就是荣誉。但是大写历史并不停滞于此，回答也并不是没有问题。荣誉既是人们期望看到受尊重的权力之源，又是人们在任何场合对自我要求的某种义务。它并非不会引起冲突，尤其是在那些不赞同别人强加给他的对荣誉的解读的人来说。随后到来的是古典主义戏剧阶段。差异在这一阶段是某种既不可逆又无可救药的事实。忽略普遍存在的这种差异并将其隐喻化为同一性的行为不只会使人发笑（例如在莫里哀的笔下）；如果隐喻与它所体现的等同并未被感知为虚幻，这种行为还会导致最具悲剧性的结果。拉辛戏剧中爱的激情承担了这一隐喻化的角色，但是这种激情不能阻止由大写历史书写在万事万物秩序中的绝对差异最终以某种决定性的、不可改变的力量产生重要影响。

问题学排斥自文艺复兴时起就在不断削弱。所是，即同一性也在不断地衰减；连接各种问题的问题性不再与各种被认为能够解决问题的回答划清界限。它们之间的差异变成了某种问题，因为如果从那时起一切都被书写为弱势存在，即同时既是回答又是问题的话，那么只要某些人得到足够违背差异的权力，他们就会违反这些差异。但是随着大写历史继续加速演进，即将被人们通过隐喻化的方式吸收的各种差异将不得不在曾经被隐喻掩盖的可抗辩性之中分崩离析。最终，一切都仅仅是隐喻，成为悲剧性的将是社会本身。这就是西方社会从莎士比亚到拉辛所经过的历程。如果对于莎士比亚来说，重要的是强调已经成为问题性的回答行为之轮廓的弱点，那么对于西班牙戏剧而言，面对各种曾经通行的回答已经增强的隐喻性，真正的问题是懂得在隐喻性回答和字面忠实性回答之间做出区分。至于法国古典主义戏剧，其目的在于展示各种回答的普遍隐喻化所带来的持续性危害。人们可以掩盖一切，因此就可以宽恕如塔尔丢夫所使用的那种语言。这种语言有愚弄不止一个幼稚地将他的话信以为真的人的能力。各种表面上看起来最为坚固的同一性不得不在大写历史的冲击下做出让步，并因此呼唤其他的回答；但是这显然是不再属于戏剧范畴的另一种尝试。

首先，让我们简要地确定一下莎士比亚作品的年表：从1587年到1592年，他完成了《理查三世》(*Richard* Ⅲ)、《维罗纳二绅士》(*Les deux gentilshommes de Vérone*)和可怕的《提图斯·安德罗尼克》。从1593年到1595年，莎士比亚写就了几部伟大的戏剧，即《错误的喜剧》(*La comédie des erreurs*)、《驯悍记》(*La mégère apprivoisée*)、《空爱一场》(*Peines d' amour perdues*)和《仲夏夜之梦》(*Le songe d' une nuit d' été*)。然而有两部剧无法被简单地归入喜剧的范畴，那就是《罗密欧与朱丽叶》和《威尼斯商人》(*Le Marchand de Venise*)。前一部的结局是个悲剧，而后一部的结局相对比较好。尽管如此，这两部戏剧依然可以被看作莎士比亚作品的转折点。因为它们用独特而又互不相同的方式重拾复仇的主题。这一点在1599年的《裘力斯·恺撒》(*Jules César*)里更为真切。但是莎士比亚那些伟大的悲剧直到1600年以后，尤其是1604年至1608年期间才相继诞生，例如1603年的《哈姆雷特》以及后来的《奥赛罗》(*Othello*)、《李尔王》(*Le Roi Lear*)、《麦克白》(*Macbeth*)和《雅典的泰门》(*Timon d' Athènes*)。1611年，莎士比亚写出了他的哲学遗产《暴风雨》(*La Tempête*)。他与塞万提斯同样逝世于1616年，时年52岁。

莎士比亚的作品究竟处在何种时代风气之中呢？在他出生前六年，伊丽莎白登上了英格兰统治者的王座。作为亨利八世的女儿，一些人将她视为非法的王位觊觎者。玛丽·斯图亚特[①]比她更有权继承王位，但她却是一名天主教徒；此外，西班牙也一点都不喜欢玛丽·斯图亚特。原因是她与西班牙最大敌人的儿子，即法国国王联姻。基督教新教和天主教继续在英格兰的土地上对抗着——另外，莎士比亚的母亲也是一名天主教徒——伊丽莎白不止一次摇摆于两个宗教阵营之间。社会流动十分频繁，因此个体在不停地变动并为了达到目的而不择手段。主宰权力领域的是犬儒主义和野蛮行径：这是马基亚维利主义的时代。基督教新教将使用它的特殊印记为这个时代增色添彩。人们经常会忘记基督教新教也是一场知识分子的运动，它强调清醒的意识以及对动机和野心的字面忠实化。在高贵的思想和所谓的伟大企图背后，基督教新教在人性中辨别出有罪和败坏道德的东西。各种幻觉借助它们模糊了人的动机。但是这同样也使人接受了人性的本来面目而不去谴责它：因为造成这种局面的是上帝本身，轮不到人来进行评判。唯一要做的就是停止不辨真假是非，承认激情的本来面目，以便更好地疏导它，特别是使自己避免受其影响。人们明显地感觉到这场源自文艺复兴的运动最终将把各种激情改造为各种利益；前者被视为罪恶，而后者被视为某种理性的事物。曼德维尔[②]在《蜜蜂的寓言》(*Fable des Abeilles*)中写道：美德源于罪恶，如同艰难困苦带来群体的富足。同样，亚当·斯密[③]在无形的手中看到了个人成功

① 玛丽·斯图亚特（Marie Stuart，1542—1587），又称玛丽一世，苏格兰女王，法国王后。1567年王位遭废黜，次年起被英格兰女王伊丽莎白一世囚禁达18年之久。最后以企图谋杀伊丽莎白一世的罪名被处死，享年45岁。——译者

② 伯纳德·曼德维尔（Bernard Mandeville，1670—1733），哲学家、古典经济学家，生于荷兰鹿特丹。——译者

③ 亚当·斯密（Adam Smith，1723—1790），英国经济学家、哲学家、作家，经济学的主要创立者、现代资本主义经济制度的创立者，强调自由市场、自由贸易以及劳动分工，被誉为“古典经济学之父”，代表作有《国富论》《道德情操论》。——译者

导致集体财富增加的原因，尽管这种成功满足的是那些并不高尚的私利。但是在文艺复兴时期，人们还没有走到这一步：他们虽然没有解决的办法，但是看到了问题。人们无法通过任何宗教赦免仪式来摆脱人性，就像天主教所认为的那样。人的本性就是人，充满了本能与野心；人是恶的，必须心甘情愿地接受这一点。为此，最好清楚地意识到这一点。从那时起，去神秘化就成了最基本的行动：重要的是能够感知隐藏在面具、隐喻甚至幻象后面的字面忠实性和真实。蒙在真正意图之上的面纱必须被揭开，因为如果不这么做的话，这个工作就将由大写历史来承担。这就是悲剧的目的。它是差异的历险记。而这种差异一直以来都不合法，因为它破坏了受它影响的群体的同一性。这种差异被大写历史加深并强调，因此问题就被提出：怎样区分与群体背道而驰的差异和那些奠定群体的差异，如生死之间或父母与儿女之间的差异？因此，人们在悲剧中重新找回了对生命和家庭亲缘关系的必要尊重。每个社会都曾经争论过这些问题的边界，但是从未对这一事实本身产生过异议，因为这关涉的是所要遵循的最根本的差异。后来，随着大写历史冲击各种旧的回答，这些根本性差异便具备了问题性。同样，那些通过不断加强的王权而被大写历史记录于各个社会核心的差异也成为问题。就其本质而言，得到公认的权力在一开始被视为非法，因为统治者——这里指的是伊丽莎白女王——不同于她的臣民们，并且统治者作为同一性的代表去建立其臣民的同一性。这就暴露出某种破坏这种同一性的距离。在这一点上，统治者在群体成员的身上践行差异，并显得与众不同。因此，他必须为王权付出代价，而莎士比亚的悲剧所围绕的正是这个权力合法性的问题，即和群体背道而驰的差异与正当差异之间的区别。一切似乎都陷入了无差异化之中。人们将从中识别出问题学排斥的衰减情况。在这种情况下，人们不再能够区分造成问题与解决这些问题的东西。各种问题以某种弱势存在的逻辑相互关联，一如受到某种大写历史冲击的各种回答。这种历史加深了各种差异并削弱由回答行为建构起来的各种同一性。需要重申的是，《李尔王》是最能够表达这种问题性的一部戏剧。格洛斯特（Gloucester）公爵的私生子爱德蒙（Edmond）正在策划一场针对其哥哥、父亲眼中合法儿子爱德加（Edgar）的阴谋。格洛斯特则对此一无所知，只是在不停地警告李尔。爱德蒙在为他的阴谋辩护时说了些什么？让我们来听一听：

> 天性，你才是我的神明；我只听从你的法律，为什么我要受习惯的束缚，让人间吹毛求疵的精神剥夺我的权利，只为了我比我哥哥晚生十二个月，或十四个月？为什么是私生子？何以是私？和良家妇女生出来的儿子比起来，我的身躯不是同样的构造，胸襟不是同样的宽敞，面貌不是同样的酷肖吗？[①]

在莎士比亚眼中，之所以有暴力是因为人追随自身的天性和本能，并且拒绝接受社会针对这些本能和天性已经建立起来的驯化方式。其结果就是质疑那些与合法性有关的旧回答。对于莎士比亚来说，真正“与生俱来”的联系是那些建立起家庭的联系，其中包括爱情。其他联系都与这种联系相似，就像爱德蒙和爱德加相似那样。但是这种相似只是一种虚假的同一性，因为其中一个象征着恶，另一个则象征着这种恶的牺牲品。莎士比亚强调的是作为有效回答的类比的终结，正如马洛通过“杀死”他笔下的术士浮士德所宣告的那样。相似被揭示为被遮蔽的差异，于是后者就暴露出它的本来面目。如果说格洛斯特愚蠢，那是因为他仍然被隐喻性的同一性所蒙蔽。私生子爱德蒙援引这种同一性的目的在于证明他拥有和爱德加等同的权利。事实上，表达问题的问题学性质的回答与解决它们的解决性回答在这里发生了

① [英] 莎士比亚：《李尔王》，选自《莎士比亚全集33》，梁实秋译，北京：中国广播电视出版社、远东图书公司，2002年，第37页。

混淆。还存在回答范畴与问题范畴的混杂，使这种混杂成为可能的是回答对问题排斥力的削弱。一部分人玩弄这种混淆，比如爱德蒙；另一部分人则必然成为这种混淆的牺牲品，例如格洛斯特。还有谁能够看清已经被时代削弱了的差异呢？这里的矛盾在于大写历史加速运行导致差异被加深，使暴力有能力席卷那些最为稳定和古老的联系。差异在被暴露出它的本来面目的同时也显现出其问题性。这就解释了为什么抛弃合法性思想的爱德蒙会持批判性的态度，因为这种合法性将他与爱德加区分开来，同时又肯定了他和爱德加之间的相似性以及差异的虚幻性；因此他们之间的同一性在各个方面都占据上风。即便存在确切相关的差异，它也只可能源自使其变得更为强大的天性。然而对莎士比亚而言，弱势的存在不再是回答，或至少是虚构的回答。因此，爱德蒙并不是爱德加，前者针对后者策划的阴谋充分地揭示出了这一点。

为什么他们认定我们是“私”？“私生”？“私生子”？我们在情浓幽会之际所接受的遗传胎教，岂不远胜过于半睡半醒之际在陈旧无谓的床上所苟合出来的成群的蠢材？好吧，嫡出的爱德加，我一定要得到你的产业！我们父亲对于私生子爱德蒙和对于嫡生子爱德加是一样的爱。“嫡生子”，好一个名词！好吧，嫡生子，假如这封信能成功，我的计划顺利，私生的爱德蒙就要压倒了嫡生的。[①]

如果说合法性提出问题，那是因为王权在被确立的过程中将其差异置于前台，这种差异必然触犯群体的同一性。当这种合法性有悖于另一种合法性之时，使用暴力的一方便取得胜利。各种差异在不断加深的过程中将差异同

① [英]莎士比亚：《李尔王》，选自《莎士比亚全集33》，梁实秋译，北京：中国广播电视出版社、远东图书公司，2002年，第37页。

题化，紧随其后的是以权力作为其合法保护人的各种神圣差异，例如：财产和人身安全，对生命、对合法家庭以及对和平的尊重。如果所有这些差都具有问题性，如果一切都互相等同，如果这些差异都暴露出本来面目而又无法被打破，如果那些对于公共生活的运行而言最为神圣和根本的差异被各种取代它们的同一性——例如爱德蒙和爱德加之间的同一性——所打败的话，那么除了使用暴力碾碎这些差异之外，再没有任何办法能够区分合法与不合法的权力。作为差异，权力自身也变得更加绝对化，这使它与以它作为先锋的群体渐行渐远。自那一刻起，任何权力似乎都失去了根基。这就是莎士比亚历史剧的核心内容。著名的《理查三世》是一个很好的例子，它经常被提及也正因如此。就像克劳狄乌斯（Claudius）杀了哈姆雷特的父亲并娶了他的母亲乔特鲁德（Gertrude）一样，理查也想娶那个刚刚被他杀死的人的寡妻。他并不为各种隐喻和委婉的托词担心：他对寡妻说他确实要为她丈夫的死负责；既然她从那一刻起恢复了自由身，那么他没有其他任何野心，只想与她结婚。安娜（Anne）问道："你究竟杀了这位君王没有？"理查说："我向你认罪。"安娜对他说："我愿上帝应我所求，因你的罪孽而把你贬入地狱！……你除了地狱就无处容身。"理查回答说："也还有个去处，只要你肯听我讲出来。""一个幽狱地牢？"安娜问。理查回答道："你的闺房卧室。"① 没有比这更加直截了当的了。这是表达感情的一种新口吻。基督教新教在暴露人类行动的各种动机上扮演着重要角色，并因此为处于这种环境之中的马基亚维利主义的演变增色添彩。基督教新教揭露那些被它认为是迷信和偶像崇拜的东西，并除去它们身上的神秘性和字面忠实义，例如：对圣人和圣母马利亚的崇拜以及忏悔行为看起来与那些异教残余一样，和基督教的上帝格格不入。后者创造了尽管道德败坏并有罪，却是自由的人类。因此，人们无法通过某种仪式来影响和

① [英]莎士比亚：《理查三世》，选自《莎士比亚全集4》，朱生豪译，北京：人民文学出版社，1994年，第13页。

限制上帝，必须由自己来承担一切（韦伯语）。上帝将把祂的恩典赐予那些祂想要拯救的灵魂，但是这都取决于上帝。任何教会仪式都不能取代上帝唯一的信念，也不能剥夺人的自由。人对自己负责，有权使用自己的自由。各种宗教仪式被确认为虚构和幻觉，于是人们便不再能够真正区分需要被打破的和需要被保护起来的差异。因为差异成了合法性危机的同义词。差异既好又坏：一方面，它对那些建立善的差异做出定义；另一方面，因为它与每个人，即所有人的同一性相对立，因此也就产生了恶。差异在不断加深的过程中将普遍性差异置于危险的境地，因此人们越来越无法区分善与恶。各种差异不是别的，而仅仅成为差异的隐喻：由于缺少区分好坏差异的宗教仪式，所以剩下的只有各种合法性差异所产生的幻觉。犬儒主义式暴力的大门半遮半掩。这种暴力介于野蛮粗暴与马基亚维利主义之间，但通常是二者的混合体。

似乎所有人都认同莎士比亚最伟大的作品是《李尔王》，但是从整体上看，我们可以将对莎士比亚代表作的赞赏扩展至他所有的悲剧作品。另外，我们还会扪心自问：如果莎士比亚只写了他那些不顾体裁要求而显得过于失真的喜剧的话，人们会对他做何评价呢？恰恰是这种不可思议的、一切皆有可能的典型时代氛围，使这种喜剧性成为卓越出色的代名词。而在那个时代，不断衰弱的存在仍然被依照字面忠实义来理解。对于今天的我们来说，随着问题学排斥变得更加微弱，这种文本的魅力比起当年已经大大削弱了。

在我看来，通往那些伟大悲剧的关键一环是《雅典的泰门》这部作品，它是一部不可被低估却被列为二流的戏剧。总之，它对我们而言十分具有启发性。让我们简单地概括一下这部戏剧。泰门在家中宴请全城的人，对于那些被邀请者来说，泰门家没有什么礼物是太过珍贵而不能赠予他们的。尽管不肯承认，但是泰门发现自己因此而破了产，并身背巨额的债务。他请求那些曾经来他家大吃大喝的人们帮助他以作为回报。但是所有人都对他避而不见。他便隐居起来并在因他人的忘恩负义而引发的绝望中死去。

这部优秀的作品曾经被多次诠释，人们甚至在泰门身上看到了乐于奉献和牺牲的基督形象。好吧，就个人而言，我在这里看到的更多是对一个时代的表达以及在那个存在被削弱的时代对回答所遭遇的命运的表达。这种削弱所遵循的原则是所是的类比化，它依照相似和片面同一性的范式运行，以至于“A 是 B”型的标准回答越来越意味着 A 和 B 构成某种被人们抹去的差异。同一性具有形象性并且不能从字面忠实义的角度去理解。这种思维延伸到了各种判断之间和各种回答本身之间的关系中去，“说 A，就是说 B”只意味着 A 是 B，没有或总之不必然具有其他任何含义。从回答 A 到回答 B 的过渡是一种推论，它可以建立在某种弱势的甚至是越来越弱势的关联之上。人们所掌握的“A，所以 B”归根结底是表达某种真正差异的图示。例如，说天冷，就是说要穿上大衣。说这个，其实就是说那个。但是在任何情况下，人们都不能主张说“天冷”=“穿上大衣”。相反，我们可以说“天冷，所以你穿上大衣吧”，抑或天冷的言下之意是说人们穿上大衣，因为这是针对境况的回答行为。所有这一切都旨在凸显当同一性不断衰减时发生的事情，正如自文艺复兴以来的情形一样。“A 是 B”不再是某种同一性，B 也不是 A；在这种情况下，被人们称为反身性（réflexivité）的相互性消失了。人们不再能够视 A 和 B 可以相互替换；这种替换只可能发生在引申义的层面，例如在《麦克白》中，当人们说“污秽即纯洁，纯洁即污秽”的时候其实是说善与恶变得相同，它不能从字面忠实义的角度来理解。

为什么我们要重申问题学排斥的缩减所导致的重大后果之一呢？这一切又与《雅典的泰门》有任何关系吗？对于这个问题的回答即将更加清晰地显现出来。泰门相信最严格的对等，即相互性和赠予人与受赠人之间的一致性。他是一个品质优良的好人，他在家里接待的同样也是那些品质优良的好人：因此他们之间可以相互替换。如果有需要的话，这些人将对他一样慷慨，就像他曾经对待他们时那样。对泰门来说，如果 A 是 B 的话，那么

A=B。由此，他完全有理由设想 B=A。他自认为如果他乐善好施的话，别人必然也会对他乐善好施；然而显然并不是这样。他通过牺牲自己发现所是已经被削弱。他与他的宾客之间的同一性仅仅是某种隐喻。并且由于他过去将这种同一性信以为真，他就跌入了这种在他面前暴露出来的差异所设下的陷阱。他曾经认为不会出问题的事物被证明是最为严峻的困难。没有任何人想要帮助他并报答他曾经表现出的慷慨。诚然，人们从中可以看到萌芽状态的利己性个人主义，或是囤积居奇念头的诞生。资本主义自一开始便从这种思想之中汲取养分。但是即便要局限在这种阐释范围之内，人们也必然能看出潜藏于其中新观念，即货币对等。恰恰是这种对等在交换中使（质量上）不均等的事物相等同。人们从非理性的赠予过渡到了交易，因为赠与是非经济的；而在交易中，财富 A 等价于财富 B 的依据是对等而非定性的准则。可以用酒来交换羊毛（里卡多语）。从那时起，由于站在某种过时的历史立场上看问题，泰门注定会失败、会破产，而不会得到物质上的互利互惠。这种互利互惠本应该使他不通过交易就能填补财产上的赤字。泰门并没有意识到这个世界已经成为交易的世界，即在 A 以某种方式等价于 B 的条件下，A 才是 B。这只有从经济的角度考虑才有可能。在当时那个时代建立起来的新的回答范围之中，蕴含了 A=B 的回答，“A 是 B”不再是一种回答。

因此，有必要把《雅典的泰门》和《威尼斯商人》放在一起进行比较。在《威尼斯商人》里，存在的问题同样也是互惠互利和对等。但是其中的对等被认为是不公正的（拿欠债人的一磅肉来抵偿他的货币债务），因此也就不需要去偿还。莎士比亚借此所强调的是打破复仇循环的必要性。构成这种循环的是各种相互性行为，例如 A 伤害 B，因为 B 曾经伤害过 A，以此类推。报复代表着对同一性的重建，而由大写历史加剧的差异化运动将使这种重建付诸东流。越来越绝对化的王权可以阻止这种可怕的、不停循环的族间仇杀。但在那时，这种王权还不存在。即便是在君主制得到加强的伊丽莎白时期的英格兰，终结使债务消失的相互性，即打破差异仍然成为问题。但是这种差异随着大写历史的演进而逐渐加深，如果没有东西来弥补它所造成的不对称的话，只怕会发生更糟糕的情况。在《罗密欧与朱丽叶》里，两个相互嫉恨的家族为这种憎恨付出了失去他们孩子的代价。在《威尼斯商人》里，由公爵所宣读的权利则作为全能的君主，撤销了与夏洛克（Shylock）缔结的契约。在这部戏剧中引人注意的一点是它看起来似乎与《雅典的泰门》形成对称。泰门提供的是他没有的东西，而夏洛克则想得到别人还没有准备好要给他的东西：二者相遇在这种加速运行的时代所特有的对称性的断裂之中。这种平行性又被某种看似偶然的同一性所凸显。事实上，如果说安东尼奥（Antonio）欠了夏洛克的债，那是因为安东尼奥要把钱给巴萨尼奥（Bassanio），来与鲍西亚（Portia）的其他追求者攀比慷慨大方。安东尼奥的船队，即他的资产还在海上，因此他手里没有现金。这就是借贷的由来。在这一点上，他与泰门类似，但是他的结局却比泰门要好。安东尼奥懂得收买权力，以便在偿还债务的时候得到一个有利于他的判决。显然，他已经知道时代改变了，而夏洛克却没有意识到这一点。如果说泰门没有意识到严格的、货币的，即量化对等的统治时代已经到来的话，那么夏洛克同样丝毫没有察觉到这一点。因为要求用人的血肉来偿还金钱，这是将某种对等进行隐喻化并对其进行定性的行为。这种行为产生的时代背景使作为隐喻的可替代性身上的神秘色彩消失并露出它的本来面目。包括不平等在内的可替代性不再通行。夏洛克之所以没有觉察到这一点是因为他是一个犹太人，即牺牲品；另一个原因是他过去一直都受那些现在需要向他借钱的人的辱骂。

> 安东尼奥先生，好多次您在交易所里骂我，说我盘剥取利，我总是忍气吞声，耸耸肩膀，没有跟您争辩，因为忍受迫害本来是我们民族的特色。您骂我异教徒，杀人的狗，把唾沫吐在我的犹太长袍上，只因

为我用我自己的钱博取几个利息。好，看来现在是您来向我求助了；您跑来见我，您说，夏洛克，我们要几个钱，您这样对我说。……我要不要这样说，一条狗会有钱吗？一条恶狗能够借人三千块钱吗？或者我应不应该弯下身子，像一个奴才似的低声下气，恭恭敬敬地说，好先生，您在上星期三用唾沫吐在我身上；有一天您用脚踢我；还有一天您骂我狗；为了报答您这许多恩典，所以我应该借给您这么些钱吗？①

显然夏洛克因为他的金钱而受到蔑视，可这金钱却是安东尼奥急需的。但是安东尼奥和他所鄙视的犹太人没有任何区别：他也贪财，他也追求财富，此外他也会干那些把财富据为己有的事。归根结底，通过这个犹太人，安东尼奥所排斥的是某种自我的形象。他抱怨夏洛克在他身上唤醒了这种形象，而他否认对这些如此低级、如此物质的趣味感兴趣。如果安东尼奥在期限已满之时无法偿还债务的话，夏洛克就要他身上的一磅肉，以此来报复他曾经所承受的和上面刚刚提到过的羞辱。尽管夏洛克在这种对金钱的渴望中显得不那么友好，但是基督徒安东尼奥也好不到哪儿去；因为两个人物的形象刚好颠倒，呈现出某种镜像效果。拒绝与藐视导致报复行为的发生。被基督教社会所诋毁的货币贸易曾经是犹太人唯一的庇护所，那些被剥夺了从事其他任何工作权利的犹太人们义无反顾地投身其中。夏洛克低估了权力与债务人之间的勾结，就像泰门忽略了那些曾经接受了他慷慨的人们的贪婪一样。在这个意义上，二者都没有意识到源自大写历史的物质主义的地位在不断上升。他们没有看到由债务（夏洛克）或慷慨（泰门）而产生的相互性已经失效。人们处在一个所是随着问题学排斥缩减而被削弱的世界中，这就使夏洛克也在回答的问题上犯了错。“用人肉来换钱”的契约与“以钱换钱”或

① [英] 莎士比亚：《威尼斯商人》，选自《莎士比亚全集2》，朱生豪译，北京：人民文学出版社，1994年，第19页。

以物换钱的真正等式背道而驰；因此，他们所缔结的契约只能是某种在隐喻意义层面上的契约。法律将被从字面忠实义的角度阐释：一磅肉，好，但是契约上并没有说该流一滴血；事实上，夏洛克的要求是一种罪过，因此，他理应受到惩罚。并且，他必将受到惩罚。显然，人们不再能够将所有东西相等同起来，正如当问题学排斥强势的时候人们曾经做过的那样。也正如在中世纪时，这样一种强势的排斥意味着某种字面忠实义，它使各种骗术成为可能，就像我们先前在审视中世纪滑稽讽刺叙事诗时所看到的那样。但是现如今，再不可能有这种把戏了。人们曾经从字面忠实义的角度去审视的各种回答只有从隐喻的角度看才有价值。夏洛克的错误在于，试图依照某种契约性的对等来解释需要重新找回合理平衡点的对等，并弥补他曾经遭受的不公正待遇；但归根结底，在这种契约性的对等中，交换的内容并不对等。用人肉来交换金钱，这是将人贬低为商品的行为。并不是所有的东西都可以拿来交易，也不是所有的东西都可以进行相互替换。另外，这一点也使复仇变得不可能或干脆成为被谴责的对象。各种差异在不断地加深，犹太人与基督徒之间的差异亦是如此，夏洛克也不得不认识到这一点。仅存的同一性恰恰是那些与数量相关的同一性，即金钱。人们不能用人肉而只能用货物或债务来交换金钱。

> 我是一个犹太人。难道犹太人没有眼睛吗？难道犹太人没有五官四肢、没有知觉、没有感情、没有血气吗？他不是吃着同样的食物，同样的武器可以伤害他，同样的医药可以治疗他，冬天同样会冷，夏天同样会热，就像一个基督徒一样吗？你们要是用刀剑刺我们，我们不是也会出血的吗？你们要是搔我们的痒，我们不是也会笑起来的吗？你们要是用毒药谋害我们，我们不是也会死的吗？那么要是你们欺侮了我们，我们难道不会复仇吗？要是在别的地方我们都跟你们一样，

那么在这一点上也是彼此相同的。要是一个犹太人欺侮了一个基督徒，那基督徒怎样表现他的谦逊？报仇！要是一个基督徒欺侮了一个犹太人，那么照着基督徒的榜样，那犹太人应该怎样表现他的宽容？报仇！你们已经把残虐的手段教给我，我一定会照着你们的教训实行，而且还要加倍奉敬哩。①

这段话里的关键词是“一样”。这种“一样”从那时起便无法代替同一性，除非是在隐喻的层面。由于夏洛克最终意识到了这种“一样”只是某种隐喻，即某种虚构的、遮蔽了真正差异的同一性，他就不得不认识到最终取得胜利的是这种差异，正如泰门同样认识到的一样。因此犹太人与基督徒之间的同一性无法被确立下来。此外，也是在那个时期，欧洲各国正在通过军事手段建立起基督教国家。但是夏洛克完全有理由从相反的方向进行论证：如果说用人肉抵偿金钱表达的是某种建立在定性的、隐喻的、从现在起需要被抛弃的同一性之上的逻辑，并且它还反馈到某种“有罪的”逻辑的话，那么这种逻辑同样被人们用在了他的身上，并认为他身上具有作为人不可缩减的差异。因此必须将新的同一性逻辑进行到底：如果过去与安东尼奥所定下的契约无效，因为它将不同的东西视为相同，那么反犹主义也应该是无稽之谈，因为它将别无二致的东西区分开来。对夏洛克的惩罚同样间接地谴责了反犹主义的立场。但是众所周知，伊丽莎白时期的大环境对于宗教宽容的思想极为不利。犹太人继续充当与民族同一性相悖的差异原型。正因为这种民族同一性在当时开始与欧洲大部分地区的意识形态纠缠在一起，我们就能很

① [英]莎士比亚：《威尼斯商人》，选自《莎士比亚全集2》，朱生豪译，北京：人民文学版社，1994年，第49页。

容易地联想到1492年西班牙驱逐犹太人时的反犹主义氛围。[①] 因此，在《威尼斯商人》中我们既可以主张莎士比亚是反犹主义者，也可以说他不是，甚至可以说他反对的是基督教。因为剧中的每个人都因为自身的差异而被歪曲夸张。没有人比他人更高尚。尽管如此，权力还是被掌握在基督教势力的手中。

正如我们所看到的，《威尼斯商人》(1595) 比《雅典的泰门》(1611) 早了将近16年。安东尼奥的慷慨损害了夏洛克的利益，这就触发了遭遇失败的相互性机制。在泰门那里，这种相互性甚至不再通行。对在两部戏剧中间这一时期的莎士比亚创作的戏剧进行一番审视并非毫无意义。它们具有同一个主题，那就是各种旧回答的崩塌，它们停止作为肯定A确实就是B的陈述。某种新的、更具犬儒主义性质的字面忠实义开始发挥作用，并揭露上一种字面忠实义身上纯粹的隐喻性。《裘力斯·恺撒》(1599) 便是这类处于中间状态的戏剧中的一部，而人们则怀疑《罗密欧与朱丽叶》是与《威尼斯商人》同时代的作品。从《裘力斯·恺撒》到《哈姆雷特》，人们见证了复仇悲剧的爆发，一如人们在托马斯·基德和其他同时期剧作家那里所看到的那样。复仇尽管存在，却似乎不是这些剧作的首要主题，而只是作为某种借口用来强调那种与日俱增的无力感。这种无力感指的是无法在那些对问题性的恰当回答与被称为回答的问题性本身之间做出区分。例如《哈姆雷特》的戏剧主题既与复仇有关，也与复仇的不可能性有关，而是与达到复仇目的的困难性以及为了回答这种困难所必须实施的解决方法有关。众所周知，这部剧的真

---

① 1492年，西班牙国王斐迪南二世延续收复失地运动以来的宗教迫害政策，下令驱逐境内的所有犹太人、摩尔人和吉卜赛人，要求他们限期离境，并限制他们带走财产。在此次迫害行动中，西班牙犹太人遭到国家军队和全国天主教徒有组织地攻击和劫掠，历经重重关卡的盘查劫掠最终在限期前离境，也有部分犹太人被迫改宗天主教。奥斯曼帝国苏丹巴耶塞特二世立刻派遣奥斯曼海军到西班牙，把那些被西班牙驱逐的犹太人安全地送到奥斯曼帝国。——译者

正问题在于弄清楚为什么哈姆雷特是如此优柔寡断。[①] 对于这一点，唯一的解释就是问题学排斥大大地衰减导致问题与回答之间的无差异化不断增加。因此，那些看起来最为明显的回答提出了问题并需要确实的说服力。文艺复兴时期因此是一个修辞学复兴的时代。弱势存在不仅界定着人们所施行的魔法和巫术的特征，也界定着那些最可靠和最不成问题的话语的特征。马洛的《浮士德博士》正是借着这一事实来发挥的，但是莎士比亚却知道差异是存在的，即便将它分辨出来并不容易——而这也是最能体现莎士比亚才华的地方。莎士比亚笔下的主角从头到尾都贯穿着问题性，这就使他的戏剧作品成为对那些界定人类境遇的叩问性最为纯粹的表达。即便人们无法对所有针对存在的重大问题做出回答，那么至少让我们建立起各种回答之间的差异吧，让我们尽量避免将膀胱当成灯笼的混淆吧！这种混淆迟早会付出代价的，因为这些鲜活且具有本质性的差异迟早会显示出它们的重要性。如果爱情能够看起来像是某种喜剧游戏的话，那么由对权力的渴求而引出的谋杀、对家庭关系的蔑视，以及像《李尔王》中的女儿们想要侵占父亲的王国那种粗暴占有他人财产的行为就会带来悲剧。希腊悲剧的特点更多地体现在牺牲仪式和宗教上。而在一个政治上不断世俗化的世界中，差异不能够再以仪式的方式被欺骗和补偿。于是悲剧表达了善与恶之间、需要被尊敬的好的差异与绝对需要被打破的坏的差异之间的模糊。在莎士比亚笔下，恶并不造成问题。好人和坏人至少在大部分的时间里被明显地区分开来，例如：刺杀哈姆雷特父亲的凶手、麦克白夫妇、《奥赛罗》中的伊阿古（Iago）、李尔王的两个女儿等等。莎士比亚的悲剧建立在不同于希腊悲剧的另一种推动力之上，即便在这两种情况下都有某种不合理的差异需要被补偿。因为这种差异的优越性意味着其他本质性的差异失去平衡及其神圣性。为了区分不同种类的差异，就必须将前面提到的那种本质性的差异神圣化。但是这不是莎士比亚所

① A. Bradley, *Shakespearian Tragedy,* p. 96-97, Penguin Books, 1991.

处的世界，并且各种差异之间已经开始了混淆，例如：权力和美德、合法关系与自然关系、天性和它的本能与在公共利益中支配它们的文化。其他所有差异都将在一种如鸿沟般加深的差异之中受到挫折，无论是好的差异还是坏的差异，这种差异就是大写历史，莎士比亚的大量历史题材剧作正是产自其中；而在古希腊戏剧中，除了埃斯库罗斯之外，人们几乎找不到这种题材。大写的历史就是所是的衰弱，它见证了那些被书写为弱势存在的回答与那些被视为由这些回答所解决的问题之间的相互混淆。这是一个怀疑主义的时代，它催生出如蒙田般的人物。但是差异确实存在，表达了某种问题的东西显然无法解决它。相信这种问题是种危险的甚至是悲剧性的行为，正如莎士比亚所强调的那样。因为人们抱有某种幻想，同样也会欺骗其他人，至少在一定的时间之内。但是，人们也会在对自身问题所要做出的恰当回答上犹豫不决，正如哈姆雷特那样。这就是哈姆雷特以“生存还是毁灭”（*to be or not to be*）作为开头的著名独白所表达的主题；独白所针对的并非他选择的内容，而是这个问题，即无休止地检视“生存还是毁灭”这个问题的内容而不是对它做出回答。

> 生存还是毁灭，这是一个值得考虑的问题；默然忍受命运的暴虐的毒箭，或是挺身反抗人世的无涯的苦难，通过斗争把它们扫清，这两种行为，哪一种更高贵？死了；睡着了；什么都完了；要是在这一种睡眠之中，我们心头的创痛，以及其他无数血肉之躯所不能避免的打击，都可以从此消失，那正是我们求之不得的结局。死了；睡着了；睡着了也许还会做梦；嗯，阻碍就在这儿：因为当我们摆脱了这一具朽腐的皮囊以后，在那死的睡眠里，究竟将要做些什么梦，那不能不使我们踌躇顾虑。人们甘心久困于患难之中，也就是为了这个缘故；谁愿意忍受人世的鞭挞和讥嘲、压迫者的凌辱、傲慢者的冷眼、被轻蔑的爱

情的惨痛、法律的迁延、官吏的横暴和费尽辛勤所换来的小人的鄙视，要是他只要用一柄小小的刀子，就可以清算他自己的一生？谁愿意负着这样的重担，在烦劳的生命的压迫下呻吟流汗，倘不是因为惧怕不可知的死后，惧怕那从来不曾有一个旅人回来过的神秘之国，是它迷惑了我们的意志，使我们宁愿忍受目前的折磨，不敢向我们所不知道的痛苦飞去？这样，重重的顾虑使我们全变成了懦夫，决心的赤热的光彩，被审慎的思维盖上了一层灰色，伟大的事业在这一种考虑之下，也会逆流而退，失去了行动的意义。①

然而，回答行为的这种模糊性同样出现在如《裘力斯·恺撒》这类的戏剧中。出乎人们意料的是，该剧的中心人物并非恺撒（César）而是布鲁图斯（Brutus）。至少从表面上来看，这也属于“复仇悲剧”，因为戏剧的核心在于未来的第一任罗马皇帝奥古斯都屋大维（Octave）和马克 - 安东尼（Marc-Antoine）针对 3 月 15 日（Ides de Mars）刺杀恺撒的谋反分子所采取的惩罚行为。马克 - 安东尼和布鲁图斯针锋相对，但是人们看到的显然是在《罗密欧与朱丽叶》里那样的族间仇杀的无效循环，因为戏剧的主角们相互残杀。裘力斯·恺撒死后，屋大维的势力兴起，而不是人们原来以为的真正赢家马克 - 安东尼。

与哈姆雷特或李尔王一样，布鲁图斯沉浸在被书写为弱势存在的回答行为的不确定性之中。怎样解释恺撒的意图呢？他想要的是专横的暴政还是罗马的福祉？各种符号不再是别的东西，而只是一些符号、指示和假设。在这种情况下，怎样恰当地行事呢？不断前进的大写历史削弱了回答行为及其判断上的同一性，因此一切就变得具有问题性。人们甚至弄混了诗人西

① [英] 莎士比亚：《哈姆雷特》，选自《莎士比亚全集 5》，朱生豪译，北京：人民文学出版社，1994 年，第 341—342 页。

拿（Cinna le poète）和叛党西拿（Cinna le conspirateur）进而错杀了前者。这种名义上的混淆具有启示性，因为最简单的类比被视作真金白银。自那时起，无论是恺撒还是布鲁图斯都不能确定什么是回答、什么是问题，正如当恺撒拒绝听从 3 月 15 日不要出门的警告时我们所看到的那样。布鲁图斯也不懂得怎样在好的回答和那些只从表面上来看是好的回答之间做出区分。他都说了些什么？

> 我自己对他并没有私怨，只是为了大众的利益。他将要带上王冠；那会不会改变他的性格是一个问题；蝮蛇是在光天化日之下出现的，所以步行的人必须刻刻提防。让他戴上王冠？——不！那等于我们把一个毒刺给了他，使他可以随意加害于人。把不忍之心和威权分开，那威权就会被人误用；讲到恺撒这个人，说一句公平话，我还不曾知道他什么时候曾经一味感情用事，不受理智的支配。可是微贱往往是初期野心的阶梯，凭借着它一步步爬上了高处；当他一旦登上了最高一级之后，他便不再回顾那梯子，他的眼光仰望着云霄，瞧不起他从前所恃为凭借的低下的阶段。恺撒何尝不会这样？所以，为了怕他有这一天，必须早一点防备。[①]

作为弱势存在的社会制度恰恰产生了这类疑问：鉴于在历史的差异化作用下，各种边界线都被抹除，那么关键就在于弄清楚是什么造成了问题而什么处于问题之外，以及弄清楚参考依据在哪里。怎样去辨别好的回答，或者干脆说怎么样辨别回答？没有什么能够阻止各种回答的神秘性以这样一种风貌确立自己的地位，甚至浮士德博士的魔法也不能。导致这种结果的并

① [英] 莎士比亚：《裘力斯·恺撒》，选自《莎士比亚全集 5》，朱生豪译，北京：人民文学出版社，第 116—117 页。

非魔鬼，而是进一步加速运行的大写历史。

在莎士比亚笔下，魔鬼将以另一种面目出现，例如《奥赛罗》中的伊阿古（见第三幕第三场）。就像谋反者觊觎恺撒那样，伊阿古也嫉妒被奥赛罗提拔为副将的卡西奥（Cassio）。复仇被视为一种恶，因为它是嫉妒的结果。由于所是在不断地衰减，任何回答因其回答的身份都有可能提出问题、具有问题性。深爱着苔丝狄蒙娜（Desdémone）却因为奥赛罗而失去了她的罗德里格（Roderigo）因此成为伊阿古可以操纵的对象。伊阿古问罗德里格："你没有看见她捏他（卡西奥）的手心吗？"罗德里格："是的，我看见了；可是那不过是礼貌罢了。"伊阿古反驳道："这明明是奸淫！"[①] 事实上，作为一种可能的替代形式，礼貌也可以是奸淫。伊阿古就这样编织着他的那张大网。他引起了一场争端，在这场争端中略有醉意的卡西奥指责罗德里格这位苔丝狄蒙娜真正的爱慕者。生气的奥赛罗解除了卡西奥副将的职位。于是伊阿古便劝说苔丝狄蒙娜在奥赛罗身边求情，好让卡西奥官复原职。但是苔丝狄蒙娜却丢了奥赛罗从母亲那里得到并作为定情信物送给她的手帕。就像人们能够料想到的那样，奥赛罗在卡西奥的手中发现了这块手帕。在伊阿古的计划里，这会使已经起了疑心的奥赛罗猜想苔丝狄蒙娜与卡西奥之间的奸情。这些迹象对奥赛罗来说并非弱势的存在，而是一笔一画记录下来的各种回答的真实风貌。手帕表达的是不忠诚。然而，奥赛罗却跌入了不断削弱的所是埋下的陷阱之中：各种回答既具有问题性又不具有问题性，因此它们就具有问题性，因为替代行为有可能发生。奥赛罗对伊阿古说："我想我的妻子是贞洁的，可是又疑心她不大贞洁；我想你是诚实的，可是又疑心你不大诚实。"[②] 可是当所是已经被削弱之时，除了用那些本应该接受考验的事物来

---

① [英]莎士比亚：《奥赛罗》，选自《莎士比亚全集5》，朱生豪译，北京：人民文学出版社，第590页。

② 同上，第623—624页。

否认这一点之外，又有谁能经受住考验呢？伊阿古将在这一点上借题发挥，以便同时操纵罗德里格和奥赛罗。伊阿古一边怂恿被拒绝的爱慕者罗德里格去刺杀他所谓的情敌卡西奥，另一边则千方百计地说服奥赛罗相信他妻子的不忠。

没有认清各种隐喻的本来面目并继续相信它们确切地表述了它们所确认的东西，同样也是莎士比亚戏剧艺术中两位主要人物的所作所为，即麦克白和李尔王。其中一个想成为国王，而另一个则不想在那个位置上待得更久。他们各自的计划所依据的都是那些被他们错误地阐释为有效的回答。麦克白视女巫们的预言为他即将即位的征兆，而李尔则将他的两个女儿所声称的爱作为对自己爱的证明将其当作真金白银接受了下来，并拒绝承认考地利亚（Cordélia）的缄默是一种真正的爱的回答。考地利亚缄默的原因很明显，那就是女儿并不会对父亲的命令或赠予的许诺做出明确的回答。于是，李尔便会错了意：他以为考地利亚没有做出回应（“我按照我的义务爱陛下；不多亦不少”），这显然与李尔的另外两个女儿截然不同。这将为她招来厄运。和李尔一样，麦克白也误会了自那时起具有价值的回答，他们都将为此付出代价。

同《李尔王》一样，《暴风雨》中属于世界范畴的和谐与对称在人物之间的层层关系中被勾勒了出来。人物关系的断裂相当于旧秩序中的裂痕；在以弱势存在织就的旧秩序中，一切都互相对应，无论是微观上还是宏观上。这些不平衡证明了各种联系之间的弱化，因此也暴露出它们事实上由各种纯粹的对应构成，而这其实是一种微妙的关系。除非在这里必须谈到崩溃（effondrement），它是悲剧的本来目的。李尔紧紧抓住一个旧的世界和他那些旧的价值观不放，例如孝顺和对父亲、对国王应有的尊重。但是这些现在都只是隐喻，而不是现实。宏观世界与社会秩序之间已经出现裂痕，正如变得愚钝的李尔在暴风雨中的荒野上经历的那一晚所证实的那样（第三幕）。

这一切都证明疯狂是某种差异的丢失，例如父女之间、父子之间差异的丢失。因为格洛斯特自己也在谁是“好”儿子这一点上犯了错，这就是回答和非回答之间的差异。格洛斯特和儿子们之间的关系就像是李尔和女儿们之间的关系。与李尔的发疯相对应的是格洛斯特的盲目。此外，格洛斯特还因为同情和支持李尔和考地利亚受到惩罚而被挖去双目。一切都处于风雨飘摇之中，这就是大写的历史。被它建构的各种差异在狂怒与疯狂之中显得暗淡无光，这使李尔自己也陷入了疯狂。他刚好在自己变疯的那一刻消失，不再需要弄臣来帮助他检验自身与现实之间的差距。弄臣对他的主人说了些什么？说他疯了。李尔十分生气。

> 李尔：你叫我做啥子么？
>
> 弄臣：别的官衔你都已放弃了；只剩这个是你生来有的。
>
> 坎特：这家伙倒并非完全的傻子哩。
>
> 弄臣：自从您（李尔）把您的女儿当作母亲的时候起，我便会这样唱歌了。[1]

简而言之，“自然的”秩序被颠倒，或者更确切地说是唯一的原始本性战胜了已经构建起来的秩序。无差异化导致人们不再能够区分应该和不应该被区别对待的东西。在一个不再区分解决问题的东西和表述问题的东西的世界中，一切事物都会造成问题。

弱势存在不仅是魔法、是语言，甚至是哈姆雷特的幽灵。这个幽灵到底是真是假？他是和哈姆雷特有着同样名字的哈姆雷特的父亲。那么这是某种要求儿子为父亲报仇的幻觉或梦吗？还是说这是被谋杀的国王在他儿

---

① [英]莎士比亚：《李尔王》，选自《莎士比亚全集33》，梁实秋译，北京：中国广播电视出版社、远东图书公司，2002年，第59—61页。

子面前现身？怎么才能知道呢？莎士比亚在戏剧开始时说，他的外表跟国王相似，但是幽灵并不愿作答。这证明它是一部弱势存在的戏剧：幽灵不再说话，因此人们可以让他讲任何事情。《麦克白》里女巫们的预言被错误地阐释时发生了相同的事情。麦克白在剧中为他夺取王位所犯下的罪行寻找正当的辩护理由；女巫们以某种神秘方式向他预言了成功，她们难道不是恶的化身吗？

需要等到莎士比亚最后一部戏剧《暴风雨》来给隐喻性和仅是虚幻的表象做最后的了断。我们可以先简要地回顾一下这部戏剧的故事情节。普洛斯彼罗（Porspéro）米兰公爵的称号被弟弟安东尼奥（Antonio）抢走，后者趁前者醉心于阅读和研究之际攫取了米兰的统治权。安东尼奥摆脱普洛斯彼罗的目的几近得手。但是由于普洛斯彼罗的统治深得民心，安东尼奥不得不联合那不勒斯国王阿隆佐（Alonso）一起将普洛斯彼罗赶走。在与阿隆佐的串通下，安东尼奥使他的臣民们相信他在取得统治权之前成功地抗击了入侵者。夜里，安东尼奥让人把普洛斯彼罗和他的女儿米兰达（Miranda）送上一艘小船。但是多亏了贡柴罗（Gonzalo）出人意料的好心帮助，普洛斯彼罗父女二人才靠着一点粮食最终平安无事地抵达了由女巫西考拉克斯（Sycorax）和她的儿子凯列班（Caliban）统治的小岛。又丑又怪的凯列班手里还控制着缥缈的精灵爱丽儿（Ariel）。爱丽儿控制着暴风雨，他可以幻化为各种模样，是自由的化身；凯列班则丑陋、粗俗和淫邪，他代表着纯粹的动物性。他们身上所体现的是被削弱了的存在的两种形式。在驯服了凯列班之后，普洛斯彼罗就颠倒了大自然的秩序，他表达差异并将其付诸实践。接下来的暴风雨打乱了万事万物的秩序：暴风雨将重新在普洛斯彼罗和安东尼奥之间建立起像爱丽儿和凯列班之间那样的新秩序。魔法创造出各种等价物，打破了各种等级秩序，并且就像爱情一样，打破社会阶层的划分并不将那些阻碍放在眼里。普洛斯彼罗的魔法颠倒了曾经统治小岛的秩序；同样，爱丽儿的魔法也借助暴风雨翻转了曾经建立在普洛斯彼罗和安东尼奥两兄弟之间的秩序。此时，魔法就变得不再重要。各种类比被推翻，一切都将回归秩序。于是，暴风雨使篡位者安东尼奥、那不勒斯国王和他的儿子腓迪南（Ferdinand）以及曾经帮助过普洛斯彼罗的贡柴罗的计划落空。普洛斯彼罗因为认真研读魔法，才得以占据统治的地位并释放了受凯列班控制的爱丽儿，后者也将在普洛斯彼罗的计划中为他提供帮助。另外，引起这场暴风雨的难道不正是在爱丽儿帮助下的普洛斯彼罗吗？在岛上，腓迪南被隔离起来，无法见到他的父亲和其他的幸存者。他爱上了米兰达，而剩下的队伍在岛上漫无目的地寻找着其他可能在海难中幸存下来的人们。凯列班从中看到了从魔法和普洛斯彼罗残酷统治中解放的机会。他与幸存下来的一个酒鬼和一个弄臣共同策划了一场阴谋，但是他们同样以失败告终。最后，普洛斯彼罗重新得到认可并收复了他的公爵领地，而腓迪南也迎娶了他疯狂爱上的米兰达。

正如我们在前面所说的，这部剧因其对称的结构而引人注目。与小岛上虚构出的王国对应的是现实世界中因为暴风雨而陷落的米兰公国。凯列班原以为自己可以奴役爱丽儿并统治小岛，但是普洛斯彼罗却阻止了他，并凭借善和“好的魔法”取得了统治权。如果没有普洛斯彼罗的话，那么统治者就是凯列班。因为当拥有更强法力的普洛斯彼罗到达小岛时，是凯列班的母亲女巫西考拉克斯操控着岛上的一切。她曾经将爱丽儿囚禁在一棵树里，任他死命地喊叫。另外，莎士比亚还十分喜欢各种类比关系，因为这些类比关系具有欺骗性，它们与真实的回答相反。因此必须将这种类比关系进行翻转，颠覆在这些具有弱势存在属性的关系之前便已经存在并从这些关系中汲取养分的秩序。因此，让我们重申一下：哈姆雷特与雷尔提（Laërte）相类似，雷尔提是他的老友，父亲也死了。但在不经意间杀死他父亲的却是哈姆雷特。因此，这激起了雷尔提心中对哈姆雷特进行复仇的渴望，而这种渴望使他们两个人都落入了圈套之中。二者只能在面对杀死他们各自父亲的凶手的死时才能找到平静。这才导致了哈姆雷特和雷尔提之间的决斗。在决斗之中，谋害了王兄的克劳迪斯被揭露出了本来面目，最后也死在了哈姆雷特手中。

如果我们自己观察的话，就会发现将魔法置于戏剧前台是一种奇妙的手段，而普洛斯彼罗最后放弃魔法则揭露了它的本来面目：一种过时且失效的力量。在故事的最后，普洛斯彼罗回到了家中，最终完成了与专属于虚构、在这里以魔法形式存在的弱势存在的决裂。在仔细检查了被书写为弱势存在的回答之后，谁还能够在好的回答和不好的回答之间做出区分呢？最终，爱丽儿和凯列班平起平坐，但这只发生在那个属于它们的、被普洛斯彼罗彻底放弃的想象世界中。这就是在莎士比亚笔下被起草出来，并将在古典主义时期被广泛实践的解决方案。

> 现在我已把我的魔法尽行抛弃，剩余微弱的力量都属于我自己；……我再没有魔法迷人，再没有精灵为我奔走。①

被认定为其本来面目的弱势存在无法再继续影响回答行为。我们不必再为在这种弱势存在的内部区分问题和解决方法所担心。真正的同一性逃脱魔法的控制，正如普洛斯彼罗提到他那些在岛上的俘虏们时所说的那样。这些俘虏是幻觉和异象的受害者，他们在其中无法再分辨出什么是对现实的回答而什么使现实具有问题性。“我要给他们解去我的魔法，唤醒他们的知觉，让他们仍旧恢复本来的面目。”②

《暴风雨》通常被认为是莎士比亚的遗作，成为其戏剧生涯最后一个阶段的作品。在这一阶段，莎士比亚告别了这种自我意识的弱势存在，后者不

---

① [英]莎士比亚：《暴风雨》，选自《莎士比亚全集1》，朱生豪译，北京：人民文学出版社，1994年，第85页。

② 同上，第74页。

再能够真正地对任何东西做出回答，而是为他的乃至戏剧的最高成就带来问题。戏剧的未来也许在别处。因为对于莎士比亚来说，戏剧中的混淆是所有失度行为和诠释的根源，悲剧、悲喜剧与滑稽剧交织其中；如果没有弱势存在所带来的混淆的话，还会有戏剧出现的可能吗？总之，将虚构的各种机制扎根于问题与回答之间的无差异化之中的某种戏剧随着莎士比亚一起消失了。在莎士比亚之后，辨别它们之间的差异不用再提出问题，这就解释了为什么莎士比亚悲剧的整一性成就了他无与伦比的伟大，因为这种整一性使他的悲剧人物成为人类问题性永恒的代言人。

西班牙戏剧

随着大写历史的作用在欧洲社会内部不断地加深，差异逐渐凸显并在社会秩序中表现得越来越明显。阶级的划分是差异众多表达中的一种。问题范围与回答范围之间的混淆不再流行：这种作为一切回答源头和自上而下建立起来的贵族阶级社会秩序根基的差异得到了荣誉的认可。但是随着时间的推移，荣誉本身将反映出某种无法逃脱大写历史控制的问题性。如果大写历史再次开始搞乱线索的话，如何来做出区分？西班牙戏剧就是对这种困境的表达。但西班牙戏剧却具有无可否认的特殊性，尤其是当人们将其与莎士比亚戏剧进行比较的时候。在西班牙戏剧中，差异确确实实地存在，并且戏剧在不停地重新肯定这种差异，因此没有任何混淆的可能。不断被削弱的存在因此是一种幻觉而从来都不是回答。那时的人们正身处反宗教改革[①]（Contre-Réforme）的时代：各种表象都具有欺骗性，感性世界为人们埋下陷阱。因此西班牙戏剧的三位大师洛佩·德·维加、蒂尔索·德·莫利纳和卡

① 指在16—17世纪，天主教会为对抗宗教改革运动和新教而进行的改革运动，其主要目的是应付宗教改革后出现的新局面，巩固罗马教会在欧洲的地位。——译者

尔德隆站在教会的一方并非偶然。需要做的是超越属于表象的、被不可见性统摄的感性世界，使上帝重建公平的秩序。莎士比亚时代与所谓的巴洛克时期或古典主义时代的重要区别在于问题与回答之间存在某种差异，如果人们任由各种感觉欺骗的话，就无法看清这种差异。然而在古典主义时代，感性不再自然而然地被动产生混淆，反倒是掩饰（如《伪君子》中的塔尔丢夫）和乔装改扮（如安菲特律翁）造成了某种名不符实的回答假象。隐喻化成了重新处理各种旧回答的方式，目的是使这些旧回答继续呈现出回答的风貌。基督教新教的世界引发了阐释和疑问，上帝不再需要通过教会来使人们明确地理解祂。每个人都能够并应当有意识地通过自己做出判断。相反，天主教世界中的各种回答被强行地确立起来。混淆就有可能是某种异端、幻觉或在漫无目的地游荡。问题与回答之间的差异不应该造成问题，并且即便有问题，那也是因为真实存在的差异被掩藏和粉碎在了感性之中。西班牙戏剧所揭示的正是这一点。

从社会的角度来看，荣誉是绝对的差异：它在所有束缚和限制中最为苛刻，因为既是一种权利又是一种义务，这也最终使它变得充满了悖论性。作为权利，荣誉使我们能够要求得到属于我们的、与我们地位相符的东西，哪怕这种东西并不公平。这就是洛佩·德·维加的《羊泉村》中的领主的所作所为。虽然后来国王同样以荣誉的名义重新恢复了秩序，但也用粗暴的方式打压了那些反抗的村民。因为臣民们不可以反抗他们的主人。但是最终荣誉得以保全，因为国王是荣誉的最终担保人。简单地说，作为义务，荣誉迫使我们承担，并且除了别人心甘情愿赋予我们的权利之外，荣誉不会赋予我们的任何其他权利。此外这还取决于我们的社会地位。荣誉的模糊性反映了黄金时代西班牙人的历史性：荣誉到底是一种可以为所欲为的权利，还是一种迫使人们表现出矜持克己的义务？

在《帕里巴涅斯》(*Peribañez*)中，洛佩·德·维加将一位贵族搬上了舞台。这位贵族在一位农村姑娘婚礼的当天爱上了她。但是这一次，他并没有把这位姑娘抢走。一天趁她的丈夫不在家的时候，这位贵族想尽办法潜入她的家中。这位姑娘向其他村民求救。盛怒之下，贵族决定将她的丈夫发配充军，自己则想强暴这位独守空房的姑娘。女子的丈夫帕里巴涅斯返回家中并杀了这位闯入者，而这一次村民的名誉受到讥讽这一事实并没有引起国王的质疑。显然，洛佩·德·维加这次赋予国王明确的地位，并且没有使荣誉成为某种绝对的权利；恰恰相反，他使荣誉成为某种仅仅由绝对的人性，即荣誉本身所规定的权利。即便对于违反差异的人来说，差异也是显而易见的：被奥戛纳骑士团队长的态度所否定的是妻子和丈夫的名誉。

对于洛佩·德·维加而言，荣誉过于频繁地被理解为某种绝对的权利，这使得那些强者可以拥有一切。因为他们觉得自己强大就理所应当地拥有荣誉。差异明显存在并且从未被否定过，荣誉是奠定差异的基础。但在洛佩·德·维加的戏剧中，将差异置于危险境地的不是别人而是强者自己。在某个时候，骑士团队长为了更好地摆脱女孩的丈夫，甚至使他成为一名骑士。千万不要在什么是荣誉的问题上犯错：荣誉并不是某种绝对的权利。

在蒂尔索·德·莫利纳笔下，事情发生了变化。强者变得更加狡猾。而荣誉本身则显得模糊不清。毫无疑问，这里的核心剧目是莫利纳的《唐璜》。这部不朽的巨作经由莫里哀的喜剧和莫扎特的歌剧穿越历史，一直流传至今。

如果人们仅局限于从诱惑的角度来分析这部戏剧的话，那么就难以理解唐璜这个人物和他所体现的内容。因为诱惑是现实中其他事物的象征。唐璜是一个骗子——这部剧的西班牙语标题可以作为参照，因为蒂尔索·德·莫利纳给他的这部戏剧起的名字并不是《唐璜》而是《塞维利亚的骗子》——并且他还以挑战父亲、兄弟、未婚夫和丈夫的权威为乐。唐璜指责的对象尤其针对这些人，并且他的无礼完全是社会性的。因为他拥有西班牙大公[①](Grand d'Espagne)的身份，有国王来包庇他的荒唐行为。但是每一次他都损害到了名誉，无论是女人的还是男人的。为了达到目的，他就要掩盖自己的企图，也就是说他必须欺骗他人。戏剧不再沿用洛佩·德·维加那样的模式，即在权力的滥用中，荣誉被曲解，而权力则需要被重新建立。相反，莫利纳戏剧里的荣誉变成了某种侵占他人利益的权力，而这种权力已经或最终意识到自己的过错。在洛佩·德·维加笔下，一些领主利用自己的荣誉称号进行掠夺，与之相对的是其他人的荣誉被蔑视，例如被抢走或胁迫的女村民和叛乱的乡下人。在唐璜那里，荣誉的机制变得更加灵活并且不那么生硬，因为荣誉在其模糊性或者至少在其双重性中被感知。唐璜以玩弄荣誉为乐，他试图破除其身上的神秘色彩。但是他能够达到目的的唯一原因在于他本身就是名誉的社会占有者。况且他的猎物们既来自贵族阶层又来自平民大众，这是前所未有的。他没有施加任何直接的暴力。使他感到喜悦的恰恰是他的每一次欺骗和捉弄都打击了那些企图拥有荣誉，并由于社交上的虚荣心而屈从于他的女性们的名誉。哪怕是极为微小的一点打击，都能够让唐璜感到欣喜若狂，并自言自语道:“这将是条绝无仅有的诡计。”[②]那个时期的西班牙社会将女性的名誉具化为一座城堡；抓住它的纰漏就等于攻击了这个社会的根基。作为担保人，已婚妇女用她的美德和矜持确保对家族姓氏的传承和婚后父子之间血脉的延续。唐璜所蔑视的许诺对女人来说至关重要，它不仅担保着女孩父亲以及将要娶女孩为妻的未婚夫的荣誉，也担保着扮演他人预设身份的女人的名誉。唐璜通过诱惑腐蚀着这条信任的红线，使荣誉成为某种扼杀爱情和不受任何约束的自然倾向的骗人把戏。这也是为什么唐璜诱惑女性并破坏她们的名誉，遭到的却是男人们的攻击。对唐璜来说，名誉是

① 西班牙最高等级的贵族，地位仅次于国王的孩子（Infants d'Espagne）。王子的孩子可以享受“大公”的称号和地位。——译者

② Ire Journée (tr. fr. H. Larose), in *Théâtre espagnol,* t. 2, p. 183, Gallimard, « La Pléiade », 1999.

一个陷阱，女人们因为爱慕虚荣而跌入其中。这种欺骗行为的基础是某种盲从的合谋：女人们被阿谀奉承，正如那位自大的渔家女见到一位想要或更确切地说是许诺给她婚姻的西班牙大公时说的那样："这就是我，那个曾经对男人那么嗤之以鼻的人。那些嘲弄他人的女人们总有一天会沦为笑柄。"[①] 她们屈服了，活该！正如大家所见，荣誉受到公认，但是不再像过去那样以一种直面的方式确立自己的地位；或许是因为这里所牵扯到的是拥有相同社会层级的贵族，但却并不限于这种情况。荣誉已经成为一种义务，一种被人们承认为放弃的约束，但同时又是一种权利。身为贵族的唐璜想要利用它为自己谋利，但顾及情况有变：他依然能够为所欲为，但不再像以前那样容易；因此就需要耍花招，反正没有人能够约束他。当我们参阅阿敏妲（Aminta）婚礼一节时就会发现这种十分明显的变化。唐璜经过的时候村子里正在举行一场婚礼，于是他就决定停下来加入其中。就像在《帕里巴涅斯》里一样，他在征服未婚妻阿敏妲的过程中没有用到一丝一毫的暴力：一句假的诺言足矣。后来，在夜间私会一位被引诱的女子之时，唐璜杀死了她身为骑士团长的父亲。一天，当他路过骑士团长的坟墓前并侮辱坟墓上的死者雕像时，后者向他提出了挑战：唐璜会接受这位石像客的邀请与他共进晚餐吗？唐璜欣然接受并赶赴这场奇怪的晚宴。骑士团长走向他时，立即抓住他的手。这只灼热的手拉着他一同走向了阴间。

故事的结局看起来并不真实，似乎蒂尔索·德·莫利纳想通过这个结局指出上帝的惩罚不同于其他任何惩罚，应该具有超自然的一面并且归根结底是唯一能够伤害到像唐璜这样几乎无法触及的贵族阶层的手段。然而，国王在剧终的时候恰恰是因为有伤风化才宣布的拘捕令。通过这个奇怪的结局，也许蒂尔索·德·莫利纳想要向我们表达的是：因为唐璜嘲笑各种差异，包括那些最为神圣的差异，即家长和孩子之间的差异、人与人之间的尊

① Ire Journée, *ibid.*, p. 173.

重以及对那些建立起人与人之间联系的女性们的尊重，所以才被有罪的无差异化所击倒。他所代表的恶魔是这种无差异化最为经典的表达。唐璜迷失在这场欺骗的游戏里，他的荣誉和社会地位在这场游戏中被废除。总之，唐璜身上那种旨在消除任何差异的差异同样也使他受到惩罚，尽管这种惩罚是以大写的差异，即上帝的名义做出的。最终惩罚由其中一位受害者执行，后者回到人间以上帝的名义为其他所有受害者们复仇，因为剧中的国王或许在唐璜的冒险行为中太过偏袒和保护他朋友的这位儿子了，况且最后国王也要求惩罚唐璜。既然践踏了一切差异，那么唐璜的所作所为不就和渎神的魔鬼一模一样吗？因此，唯有上帝才能够对这些犯下的过失做出惩罚。

唐璜一直都以某种神秘的形象呈现，直到20世纪，这种附加在诱惑行为身上的耻辱才消失不见。因为有比唐璜传说中的诱惑主题更为令人发指的事情发生。然而，他具有决裂性质的无礼放肆仍然极具象征意义。他时而成为莫里哀笔下的放荡者，时而是蒂尔索・德・莫利纳笔下毫无荣誉感的人，但是在莫扎特那里他则既聪明又富有魅力。在雷瑙①那里，他又是一位绝望而不知足的浪漫主义英雄。蒂尔索・德・莫利纳的剧作是一部悲喜剧，其中一切都以恶为开端，最后又以回归秩序收场。莫扎特则将它写成一部喜剧，其中仆人甚至取代了主人的位置，一如18世纪的其他戏剧作品。在1620年看起来具有悲剧色彩的东西到了一个世纪之后就显得滑稽。今天的唐璜在他病态的偏执中显得有些滑稽和荒谬，必须参照马克斯・弗里施②为我们提供的那个版本，以便真正理解唐璜这个人物的深层次意义。

在弗里施的《唐璜——又题：对几何学的爱好》(*Don Juan ou l' Amour de la géométrie*，1953) 中，我们最终领会了唐璜主义的秘密，即对作为回答

---

① 尼古拉斯・雷瑙 (Nikolaus Lenau, 1802—1850)，奥地利现代抒情诗人，德语文学中悲观主义的典型代表。——译者

② 马克斯・弗里施 (Max Frisch，1911—1991)，瑞士戏剧家和小说家，与弗里德里希・迪伦马特 (Friedrich Dürrenmatt) 一道，被认为是当代瑞士德语文学的代表人物。——译者

的同一性的偏执。在一个被大写历史所击打的，即一个问题学排斥不断被削弱的世界中，对同一性的追寻把焦点集中在几何学之上，几何学作为解决性排斥的场域通过补偿作用而不断增强。唐璜寻找的是强势同一性。但是在具有回答和确定性的几何学之外，没有任何被肯定的事物：一个回答既有又没有成为某种问题的可能。从那一刻起，唐璜觉得所有纠缠他的女人没有任何区别。没有一个女人能够满足他的那个回答，因此所有女人都是等同的：每个女人都和别的女人一模一样。

唐·罗德里戈：你究竟想到哪儿去？

唐璜：离开这里！

唐·罗德里戈：去研究你的几何学？

唐璜：在那里我能找到确实可靠的东西，是的……我在那里迷失了。当我在夜里绕过灯火辉煌的城堡时，我看到了一位女子站在窗边。我也许会爱上她，这个我最先邂逅的人，或者另一个，她们所有人都和我的未婚妻安娜差不多。

唐·罗德里戈：也许那个女子就是安娜呢？

唐璜：也许吧。[①]

唐璜与大写历史正面遭遇，他无法接受正在不断加深的差异，他更喜欢的是同一性；但是当他这样做的时候，就与那些想要得到他的女人们的同一性背道而驰。只有当他躲到一座修道院研究几何学的时候才能够接受差异，即除其他女人之外的唯一一个女人。这个女人会是谁呢？她不是一位贵妇或是某个贵族的女儿或妹妹，而是一位妓女。妓女又是什么样的一

① Max Frisch, *Don Juan ou l' Amour de la géométrie*, acte I, p. 19 (tr. fr. H. Bergerot), Gallimard, 1969.

种人呢？她恰恰是一位不分辨（或不再分辨）男人之间差异的女人。米兰达（Miranda），那个被人们看作一面镜子并且在她赠予每个人的那面镜子中进行自我审视的女人将会爱上唐璜。妓院老鸨用毫不含糊的字眼指责她。她问米兰达："男人来我们这里是抱着什么样的目的？为了让你迷上他们？为了好让你找出他们之间的区别吗？"[①] 老鸨清楚地认识到爱情有区分不同的能力，而唐璜或是妓女则在无差异化之中行事。没有什么能够影响他们，大写历史只能轻轻地从他们身边掠过，任何差异都无法加深他们的大写历史。在这个意义上，唐璜身上有某种婴儿的特质。他不惜一切代价想要保护的同一性迫使他不对自己的战利品做出区分，只把爱集中到唯一的欲望之上。这种欲望是对他想要体验的相异性（altérité）的唯一反馈。几何学的优越性在于它提供了"唯一的解决方案"，[②] 而每个女人尽管都有所不同但终归又具有相同点。唐璜清楚地看到大写历史就是同一性被削弱的过程，也就是能解决问题的东西和不能解决问题的东西之间可能发生的混淆。由于缺少绝对的标准，那些不同的事物本质上是否一致便无从所知，这也成为混淆的根源。不断缩减的问题学排斥使这种混淆成为可能，如果每个女人都显现出不同之处的话，那么她就不一定是那个满足男人预期的女人。唐璜主义是大写历史加速的结果，它显然是某个见证其节奏大幅加快的社会产物，比如黄金时代的西班牙或者半个世纪后的法国。笛卡尔将成为新几何学的开山鼻祖，而莫里哀则恰恰是另一部《唐璜》的作者。

马克斯·弗里施的《唐璜》真正的创新之处事实上在于发现了唐璜的本性。唐璜是一个对可能存在的混淆表现出不满足的人物，这种混淆产生于他所遭遇到的弱势、非几何性的同一性。整个戏剧的核心事件是一天晚上唐璜爱上了一个女人——安娜（Anna），而他不得不与另一个女人结婚；而这个

---

① *Ibid.*, p. 25.

② *Ibid.*, p. 50.

清白纯洁的女人就是安娜。这一切似乎是皆大欢喜，因为他发现他将要娶的女人就是那个他前一天晚上在夜的黑暗中发疯似的爱上的女人。但是，从某种意义上来讲，安娜并不忠诚，因为他们都不知道自己真正爱的是谁。因此，唐璜拒绝结婚，这就解释了为什么未婚妻安娜的父亲和哥哥想要杀死唐璜，对他羞辱安娜的行为进行报复。唐璜的传奇故事因此产生。轻蔑、混淆和后来的铺陈渐渐将故事补充完整并使它成为一个传说。让我们听听唐璜是怎么说的：

我不能发誓。我怎么能知道我爱的是谁呢？自从我知道一切都有可能发生之后……甚至是在我的未婚妻身上！她曾为了我、为了我一个人而守身如玉，又被她初次邂逅之人满足。而这个人又恰好是我自己……永别了！安娜，我曾经爱过你，即使我也不知道我爱的是哪一个，是身为未婚妻的你还是另一个女人。失去了你，我同时失去了两个人。[①]

唐璜同样被某种名不副实的同一性所欺骗，这种弱势的同一性无法得到人们的赏识，并且对隐藏在其背后的东西提出问题。至于米兰达，她先和一个有钱人结婚；有钱人死后，她最终和唐璜在一起并为他生了一个孩子，因为她已经懂得打破无差异化的不确定性。那么为什么这一切喧闹之声都围绕着唐璜产生？为什么唐璜的事迹被塑造成一个传奇故事、一个传说呢？马克斯·弗里施给出了一个有趣的回答：唐璜和教会做了一笔交易，后者需要一个被人们打入地狱的背信弃义之人。唐璜答应在教会的保护下消失，隐居在一座修道院中；作为交换，教会将采用他的事迹构建出一个传说，来迫使人们放弃对宗教的亵渎和蔑视。

唐璜：有个条件，就是我们双方都要保密。不然没有人能从中获

① *Op. cit.*, Acte Ⅱ, p. 38-39.

益。我下地狱的消息将在眨眼间迅速传开：目睹此事的人越少，当时没能在场的人们可添油加醋的事就越丰富，能够打消人们疑惑的令人信服的细节也就越多。我下地狱之事可以安慰各位女士、各位丈夫以及我那一大群气势汹汹的债主们。总而言之，每个人都能从这件事中获得内心的满足。有什么比这更绝妙的主意呢？

大主教：我明白了。

唐璜：唐璜死了。我获得了平静，可以专心沉湎于几何学之中。而您和教会则得到了上帝公道的明证，这是你们找遍整个西班牙都得不到的东西。①

因此，唐璜变成了一个戏剧人物：他的故事就是一出表演，通过虚构的方式让那些被罪恶引诱、相信自己不会受到惩罚的蔑视宗教的人知难而退。那么在这一切之中，唐璜又算什么呢？他让人们永远地记住了弱势存在的危险，也让人们对在由安逸和快感所提供的弱势存在之中沉溺感到畏惧。于是，他将一切都视为等同，所有的女人都一样，这一点让女人们拒绝接受。悲剧由此产生。只要人们还没有触及将回答和问题确实分离开来的解决性排斥，例如几何学具有的那种能将弱势存在和前进中的大写历史区分开来的强势同一性，任何回答就都无法视自己为超越一切质疑的回答。弗里施在他作品的附录中说，也许唐璜是对知识分子的隐喻：教会不喜欢这种人，但由于无法摧毁他便一直想要将他加以回收利用。在弗里施看来，他是贪得无厌者的典型，没有任何东西能够一劳永逸地满足他的需要；然而，希望得到唐璜的那些女人中的每一个所追寻的恰恰是这种“一劳永逸”。

现在，让我们来看看西班牙戏剧的第三位杰出人物：卡尔德隆。

对荣誉进行的再度阐释在卡尔德隆的《人生如梦》中又发生了演进。故事有着和俄狄浦斯王一样的开端。有人预言国王巴西里奥（Basile）的儿子赛

① Acte Ⅳ, p. 71.

西斯蒙多将带来厄运并会杀死他的父亲，于是巴西里奥便将赛西斯蒙多在一座塔楼中囚禁了好几十年。然而有一天，国王决定将儿子释放出来并让他坐上国王的宝座，以试验一下他是否真的如预言所说是一位残酷的暴君。这么做可以使巴西里奥检验他把这个可怜的孩子关了这么多年的决定是否恰当。一切都不出所料，一直都像畜生般活着的赛西斯蒙多的言行果然让他像是一位暴君。这一切使得国王巴西里奥重新将赛西斯蒙多关进牢房。赛西斯蒙多自言自语道“人生如梦”，他不可能分辨出真实与虚幻：他到底有没有行使过执政权？对他的监禁已经结束，还是一切只不过是过于漫长的囚禁所造成的某种幻觉？这时恰好发生了一场王公们的叛乱，因为他们反对国王将公主嫁给一位外国王子——莫斯科公爵阿斯多尔福（Astolphe de Moscovie）。赛西斯蒙多又一次走出囚禁他的塔楼，但是这一次，他成了叛乱的首领。叛乱的目的是推翻现在的国王并拥护赛西斯蒙多为新国王。他该怎么办？人们可能会认为通过这个契机，他不仅会重获自由——这很容易理解——并能趁机杀死他那残忍的父亲继承王位。但是事情并非人们所想象的那样。他镇压了叛乱，并宣誓效忠于现行的统治者，即他的父亲，并由此向他的父亲证明这么多年来将自己的儿子关在塔楼里并剥夺他那些最基本权利的决定大错特错。巴西里奥将赛西斯蒙多指定为王位的继承者，因为赛西斯蒙多已经用他的荣誉证明自己配得上继承者的身份。不同于巴西里奥所使用的限制他人的绝对权利，这种荣誉由约束和限制组成，是对自我的一种苛求。由此得出的教训是：荣誉就是人们对自我的要求，一种作为人、作为贵族、作为农民对自我的克制。人生如梦，而世界就是一出戏。在一个视回答行为为问题制造者的世界里，在一个最为确切的回答都会与它试图去解决的问题相混淆的世界里，真相在哪里？巴洛克时代是一个充满幻觉和障眼法的时代。与莎士比亚相比，西班牙作家的戏剧中没有那么多的魔法和弱势存在，各种差异已经被加深了；但是尽管如此，在不断削弱的过程中，存在使人们更加深刻地意识到那些原先被人们以为是回答的虚无性。并且这一切将随着大写历史的进程不断地加深。最后，笛卡尔不是教导人们说要质疑一切吗？古典主义时代将寻找其他的回答形式，用来对旧回答的衰减做出回应；在这种衰减之中，包括莎士比亚在内的文艺复兴时期的人们都认为无法做出区分，总而言之这是会导致某种悲剧性的命运；有时命运也具有喜剧性，因为一切都终将被解决。而古典主义时期将不会有这种幻觉。

然而，大写历史并不会止步于西班牙的边界上。在法国，失败的投石党人[①]清楚地意识到王公们的权力仅仅是某种昔日的幻觉，而荣誉则隐喻着各种即将被大写历史转移到其他场域中的差异。与古典主义戏剧一道，社会和政治差异成为某种问题，荣誉对于一个真正绝对专制的王权来说仅仅是一个神话，这种专制王权还有其他拘捕人或提拔人的标准。

古典主义戏剧

拉辛，莫里哀，高乃依。如果高乃依的读者不再像前面两位那么多的话，那是因为正如乔治·斯坦纳所言：高乃依的文风尽管令人赞叹，但是他所捕捉到的情景却不再能和读者或更确切地说和当下的观众产生共鸣。相反，拉辛则描绘了各种希望将激情进行到底的男男女女。在这一点上，他更加贴近当代人。我们可以想一想，是什么使与拉辛同时代的高乃依变得离我们如此遥远？人们习惯性地认为，就像蒂埃里·莫尔尼埃[②]所说："高乃依的人物都身处混乱之中，只能与周遭的境遇做斗争；而拉辛的人物远未到达与悲

① 投石党运动（La Fronde, 1648—1653，或译投石党乱、福隆德运动），是西法战争（1635—1659）期间发生在法国的反对专制王权的一场政治运动，源于红衣主教马萨林（Cardinal Mazarin）的支持者被巴黎暴民以石块破坏窗户。——译者

② 蒂埃里·莫尔尼埃（Thierry Maulnier, 1909—1988），法国作家、专栏作家，法兰西学院院士。——译者

剧做斗争的境地，而是实现悲剧并完成它。”① 但这似乎并非二者差异的根源，而仅仅是用某种派生的方法把他们区分开来。事实上，我们需要用在西班牙戏剧中所发现的荣誉和英雄主义的概念来与高乃依进行对比。用这种方法，高乃依重新找回了某种超越西班牙戏剧的、更加确切的历史地位。诚然，在西班牙戏剧中，对荣誉的解读是模糊的，但是它却处于问题之外。人们知道荣誉在哪里，那些忘记这一点的人被提醒要遵守秩序，哪怕这种要求由国王提出。那里存在某种必须遵守的差异，因为它贯穿了整个社会。没有任何英雄主义能够与这种差异联系起来。但是由于历史性给西方社会，尤其是法国社会打上的深刻烙印，差异变得具有社会性和政治性，因此就体现在每个人的外在。荣誉变得具有问题性，因为弄清楚荣誉在哪里、如何表达荣誉的问题自那时起便被提了出来，而这在西班牙却并未发生。荣誉具有冲突性、戏剧性，并且远不能解决困境；必须尊重荣誉的事实并未平息对立，反而导致了悲剧的发生。荣誉不再是别的东西，而是对其自身的某种隐喻；这种隐喻分崩离析之时，便是悲剧发生之日。在这一点上，具有启发性的一部戏剧就是《贺拉斯》（*Horace*）。罗马和阿尔巴（Albe）之间发生了一场战争。贺拉斯一家是罗马人，居里亚斯（Curiace）一家则为阿尔巴而战。居里亚斯喜欢卡米尔（Camille），而贺拉斯的妻子是萨皮娜（Sabine）。问题是卡米尔不仅是居里亚斯的爱人，还是贺拉斯的妹妹；而萨皮娜不仅是贺拉斯的妻子，还是居里亚斯的姐姐。我们不妨说，任何胜利都是一场失败，因为无论是爱人还是兄弟取得胜利，都意味着有一位兄弟或爱人会死。简单地说，大家参与的是某种你来我往的白费力气的活动，它将某种无法维持的境遇强加到每个人的身上。罗马胜利了，即贺拉斯一家战胜了居里亚斯一家。但是在这场战斗过后，贺拉斯家只剩下了萨皮娜的丈夫这一位幸存者。他的妹妹卡米尔在得知她的爱人居里亚斯死于贺拉斯的剑下时崩溃了。在贺拉斯的心中，英雄的荣

① T. Maulnier, *Racine*, p. 171, Gallimard, « Folio », 1988.

誉比兄妹之情更加重要，于是他杀死了卡米尔，进而产生了一场诉讼。最后尽管做出可怕的行为，但是贺拉斯还是保住了性命。

我们可以清楚地看到通常所说的“高乃依式的争辩”（débat cornélien）想要表达的内容。那是某种紧紧困住各位人物的折磨，无论他们做什么都无法从中挣脱。卡米尔同时与贺拉斯一家和居里亚斯一家有联系，等待她的只有失败。

荣誉导致犯罪。在某个时刻，贺拉斯的父亲老贺拉斯认为他的儿子在战斗中当了逃兵。“哭整个民族身上的污垢，哭贺拉斯门中的万年遗臭。”[①] 士可杀不可辱，贺拉斯的兄弟们已经遭遇了这样的命运。但是人们告诉老贺拉斯，这事实上是为了战胜居里亚斯一家的一个计谋。即便如此，临阵脱逃的行为也没有丝毫荣誉感可言，并且老贺拉斯也很难认同这种行为。瓦莱尔（Valère）问老贺拉斯：“他逃跑犯了什么大罪？”并补充道：“正因为跑了才赢得光荣。”老贺拉斯说：“你这番话更说得我无地自容，在逃跑中找寻光荣的道路，确实稀罕，值得大书特书。”[②] 好吧，但是多亏了这条妙计，罗马才赢得了战争。尽管荣誉的标记变得混乱，但它们的模糊性并不能阻止老贺拉斯为他幸存下来的儿子的行为感到高兴，而这一刻仅仅是在他明白了他儿子行为的深层次意义时才最终到来。

荣誉在哪里？责任在哪里？贯穿拉辛戏剧的问题不再关注这两点。隐喻化已经超越了荣誉的概念，即将在整个人与人之间的关系上打上烙印。在高乃依的戏剧中，爱情附属在固定的关系之上，后者纵横交错在事先决定好的对立中，并制造悲剧；但在拉辛那里，爱情不再附属于这种固定的关系之上：它在激情中打乱甚至创造出这些关系。各种差异最终占据上风，但是其

---

① [法] 高乃依：《贺拉斯》，选自《高乃依戏剧选》，张秋红、马振骋译，上海：上海译文出版社，1990 年，第 154 页。

② 同上，第 159 页。

原因是不对称性已经被刻在了并不具备相互性的爱情之中。众所周知，安德洛玛刻不爱皮修斯，赫耳弥俄涅不爱俄瑞斯忒斯，朱妮不爱尼禄，希波吕托斯不爱费德拉。爱情只是单向的，而似乎能够被激情打乱的差异自始至终仍然是某种障碍。其原因通常是这种差异具有神圣性，乱伦被禁止，杀死自己的孩子或父母同样不被允许。

我们先从分析拉辛最著名的戏剧《安德洛玛刻》入手。单凭这部戏剧就能够彰显出古典主义时期的问题性以及悲剧性的构成。通过这部剧，我们可以重新审视其他戏剧作品并将拉辛与高乃依的比较继续下去。让我们简单地概括一下这部戏剧的剧情。皮修斯爱上了安德洛玛刻，后者和她的儿子都是皮修斯宫中的俘虏。安德洛玛刻一直保持着对亡夫海克托尔的记忆和忠诚，拒绝皮修斯的示爱。和皮修斯生活在一起的是赫耳弥俄涅，赫耳弥俄涅爱皮修斯，可后者却不爱她。俄瑞斯忒斯突然出现并向皮修斯讨要他的俘虏——安德洛玛刻和她的儿子，因为希腊人害怕海克托尔的儿子有一天会替他的父亲报仇。安德洛玛刻陷入了绝境，她必须答应和皮修斯结婚。于是，为了报复皮修斯，赫尔弥俄涅要求俄瑞斯忒斯杀死皮修斯。俄瑞斯忒斯照做了。但是绝望的赫耳弥俄涅对皮修斯的死感到悔恨，因为她希望皮修斯死的愿望其实是口是心非。最后，赫耳弥俄涅扑向皮修斯的尸体，并用一把匕首结束了自己的性命。

如果我们仔细观察的话就会发现，从这部戏剧的情节中得出的结构与人们通常所说的“古典主义秩序”完全吻合，即在一种完美的对称结构中，A 属于 B，正如 C 属于 D。分属于 A 与 B 的同一性事实上是种种差异，人们有权断定的一切就是 A 与 B 是类比，是掩盖真正差异的种种弱势的同一性。拉辛式的激情打乱了这些真正的差异，但是它们的实效性依然无法回避。各种同一性仅仅是隐喻，发现这一事实恰好和悲剧本身同时发生。在《安德洛玛刻》里，激情试图打乱的各种关系导致边界的产生。下面的关系表列出了那些不可能的爱情：

$$\frac{\text{皮修斯}}{\text{安德洛玛刻}} = \frac{\text{俄瑞斯忒斯}}{\text{赫耳弥俄涅}} \quad \text{抛弃} \uparrow \downarrow \text{爱}$$

但同时

$$\frac{\text{皮修斯}}{\text{赫耳弥俄涅}} = \frac{\text{赫耳弥俄涅}}{\text{俄瑞斯忒斯}} \quad \text{爱} \uparrow \downarrow \text{抛弃}$$

并且

$$\frac{\text{皮修斯}}{\text{安德洛玛刻}} = \frac{\text{安德洛玛刻}}{\text{海克托尔}} \quad \downarrow \text{爱}$$

$$\frac{\text{俄瑞斯忒斯}}{\text{赫耳弥俄涅}} = \frac{\text{赫耳弥俄涅}}{\text{皮修斯}} \quad \text{抛弃} \uparrow \downarrow \text{爱}$$

在关系相似性背后“隐藏”的是对立关系的同一性，对称成倍地增加并如同镜像一般相互投射，其原因是并不具备相互性的爱的激情。因为这种激情没有得到相应的回馈，也就无法打破各种对称关系，一如人们在凡尔赛花园中所见到的那种完美的秩序。这便是古典主义的秩序以及描述这种秩序安排的数学内涵。如果我们将在拉辛戏剧中发现的这种秩序与高乃依悲剧中的秩序进行比较的话，就能更好地发现二者差异的根本所在。为此，让我们回到《贺拉斯》上。从一开始，《贺拉斯》就建构在一种对立之上。这种对立并非随着戏和剧情的展开进行自我建构，而是在戏剧之上，从它的既成事实出发进行自我建构。卡米尔既“支持”贺拉斯一家又“支持”居里亚斯一家，导致悲剧发生的原因是荣誉必须不惜一切代价取得胜利。但是，悲剧被包含在自一开始就占据优势地位的某种双重的忠贞之中，因为卡米尔在对阵双方之中同时扮演着妹妹和爱人的角色。

$$\frac{\text{卡米尔}}{\text{贺拉斯}} = \frac{\text{贺拉斯}}{\text{居里亚斯}}$$

在拉辛的笔下，激情打破了各种差异。爱情难道不是给人以 2=1 的幻觉吗？所谓的“打破”，当然指的就是某种隐喻；这种隐喻正是因为爱的激情仅仅是单向的才在破碎时显得更加分崩离析，不仅在《安德洛玛刻》中，在《费德拉》和《布里塔尼居斯》中也一样。其中阻碍相互性的也是某种预先已经存在的秩序。但是这种秩序还远未具备先决和刻板的属性，它仅仅是一种隐喻。当戏剧的主角们向爱着他们的人明确地表明自己的不喜欢时，这种隐喻才向这些主角们显现出其本来的风貌。在高乃依那里，戏剧的主角们除了自己已知的东西之外什么都不会发现。而在拉辛笔下，他们觉察到了那些阻碍他们以及将他们关联起来的东西，并且意识到归根结底这只是一些隐喻罢了。这样一来，俄瑞斯忒斯是阿伽门农的儿子，他爱着海伦的女儿赫耳弥俄涅；赫耳弥俄涅不爱俄瑞斯忒斯——但是又有可能爱上他——因为赫耳弥俄涅爱的是阿喀琉斯的儿子皮修斯；皮修斯爱的是安德洛玛刻，后者是被皮修斯的父亲阿喀琉斯杀死的海克托尔的寡妻。每个人物都是另外某个人物的隐喻：前者代表并象征着后者。这便是拉辛展现其剧中人物的方法。我们不妨说，他们的"实质"在于他们事实上"是"一个他者，但这种"是"的方式是弱势的，不能从字面忠实义的角度去理解，他们可以说是这个他者的传声筒。悲剧开始于这些人将经历差异，即他们身份之隐喻性的考验。当隐喻性分崩离析暴露出其本来面目时，他们的身份就在违背道德的激情中显现出来。因此，俄瑞斯忒斯本不应该杀死皮修斯，赫耳弥俄涅就这件事谴责俄瑞斯忒斯，即便皮修斯的死的确是赫耳弥俄涅曾经期待的。在这里，隐喻性再一次表现为某种被集中和精练为虚假同一性的矛盾，悲剧性便由此开始运转。

赫耳弥俄涅：为什么暗杀了他？他做了什么事情？以什么名义？谁同你说的？

俄瑞斯忒斯：神呐！怎么？难道不是你刚才在这里命我杀死他吗？

赫耳弥俄涅：嗐！难道你该听从一个神经错乱的情人吗？难道你不该看到我思想的深处吗？你没看出来，在激动时我的心时刻否认我的口吗？”[①]

显然，赫耳弥俄涅明确地告诉俄瑞斯忒斯，尽管皮修斯终将迎娶安德洛玛刻以便保护她不受希腊人，即俄瑞斯忒斯的伤害，但是她对皮修斯复仇的渴望并不能信以为真。这只是一种言说的方式。她要求俄瑞斯忒斯犯下的罪行仅仅是她想为自己受到的羞辱进行报复的隐喻。俄瑞斯忒斯显然并没有如此理解她的请求。

我看见了什么？这是赫耳弥俄涅吗？而我刚才听见的是什么话？我刚才洒的血是为谁洒的？照她说来，我是一个负义人，我是一个暗杀犯了。死的是皮修斯吗？我还是俄瑞斯忒斯吗？[②]

通过扪心自问那些言语中的名词所蕴含的东西，俄瑞斯忒斯发现在那些他（通过提问的方式）拼命抓住的名词所具有的参照性背后，另外某种象征性的现实显现出轮廓，并且暴露出它的本来面目。安德洛玛刻亦是如此，当她在一直被她拒斥的皮修斯面前做出让步的时候，终于充分地意识到对海克托尔的回忆和忠诚在前来摧毁她和她儿子的敌人俄瑞斯忒斯面前，仅仅是一种隐喻。最终，皮修斯不再作为某种隐喻，也不再将自己简单地定义为伟大的阿喀琉斯的儿子；他怀着对自己俘虏的爱直面前来夺取安德洛玛刻的希腊军队。因此，每个人都成为自己，而不再是另一个人的传声筒。尽管

① [法]拉辛：《安德洛玛刻》，选自《拉辛戏剧选》，齐放、张廷爵、华辰译，上海：上海译文出版社，1985年，第88页。
② 同上，第89页。

如此，爱情还是无法战胜它以为能够战胜的各种现实，它自己也将仅仅成为人人都将意识到的对其他事物的隐喻。因为安德洛玛刻答应与皮修斯结婚就证明她爱他吗？因为赫耳弥俄涅声称要报复皮修斯就证明她不再爱他了吗？“2=1”的等式并不成立，2还是2，即相对于激情想要实现的统一的某种差异。

这就是悲剧想要达到的目的：向人们表明尽管各种激情造成了混淆，但是差异依然应该占据优势地位。这些差异并不仅仅隶属于社会范畴，即政治范畴。拉辛悲剧中的英雄们所讥讽的是万事万物的神圣秩序：费德拉想要得到她丈夫的儿子，这是一种乱伦；而《布里塔尼居斯》中的尼禄想要杀死他同父异母的兄弟并占有朱妮，更不必说他指使别人杀死自己的母亲。因此，戏剧的目的是将有罪的无差异化搬上舞台。在这里，无差异化来自激情，导致悲剧的发生。或者人们在戏剧中重建差异，或者差异重新振作起来；抑或人们在戏剧中彰显那些由这种无差异化所造成的损失，以便更好地刺激观众，使他们在真实生活中与无差异化保持距离。这正是某种在不断被削弱的问题学排斥所给出的典型回答，即弱势的、隐喻性的存在。这种存在界定了无法发挥应有价值、必须暴露出真实面目的那些回答的特征。因此，人们就会明白他们所关涉的是种种所谓的回答，而问题学差异则进入他们的意识之中，即便是以某种迂回的方式，即戏剧表演。像戏剧主角那样企图违背各种差异的行为显露出它的悲剧性：对存在于此的隐喻性视而不见是在强行对自己的命运施加影响。最终，各种边界和界限都会被确立下来。拉辛眼中的悲剧和莎士比亚所创造的悲剧的不同之处在于问题学性质的差异化等级。对莎士比亚而言，问题与回答的无差异化本身就是一个问题：在隐喻当中辨认出已经被削弱了的存在并不足以跨越它以便得到肯定的回答；而在拉辛那里，人们知道弱势存在无法界定我们回答的特征，但是仍然需要确定以真实风貌存在的隐喻性的位置所在。在古典主义时期，问题并不在于看见弱势存在能够将问题与回答相混淆。需要注意的是弱势存在仅仅是一种隐喻，就是说它并不是回答。问题学差异在这种通过再现问题的戏剧所实现的意识中显现出来。在莎士比亚那里，各种类比，诸如“A 属于 B，就像 C 属于 D”此类的关系在戏剧行动中被戏剧行动所质疑。这一点在我们前面已经分析过的《暴风雨》中特别明显。普洛斯彼罗从属于他那作为篡位者和暴君的弟弟，就像爱丽儿从属于凯列班一样。整个岛屿的运转都建立在普洛斯彼罗—爱丽儿—凯列班这种等级制度之上。但是在戏剧行动的发展中，这一切都被打破了。在拉辛那里，我们看到的则恰恰相反，各种秩序之间的关系无法改变。如果 A 属于 B 就像 C 属于 D 的话，那么这就意味着所有这些内容都仅仅是类比关系，并且能够互相调换；类比从来都不是一种对真实的同一性做出回答的方法。必须以这种方式看待类比，以免受它的欺骗。对于莎士比亚来说，各种类比的同一性和其他同一性一样“真实”，即便它会引发可能的混淆；对于拉辛来说，这类同一性是纯粹的幻觉，弱势存在从来都不是回答。各种差异既不可倒转也无法逾越：它们将事物的秩序定义为该秩序在大写历史进程中被塑造而成的样子。加速运行的大写历史表现为命运甚至是神意（Providence），原因是通过头脑在最初阶段无法或不愿意感知到的各种问题，被揭示出来的真正的回答最终在头脑中被确立下来。各种从历史角度被加深的差异并不总是能够被感知到，个人的自由使盲目有了借口。请看看《布里塔尼居斯》中尼禄的母亲阿格里庇娜吧。对于为了使尼禄坐上皇位而杀人的她而言，为人母意味着很多东西：这是她对儿子的一种控制，能够告诉他什么该做什么不该做，能喜欢谁不喜欢谁。但是对于尼禄而言，这种爱只是一种隐喻：母亲确切地说只是将他带到这个世界上的那个人，不多不少。然而，阿格里庇娜并不接受对母亲含义的这种限定。阿格里庇娜的亲信阿尔宾（Albine）完全同意她的看法，并对她说：

怎么？他讨厌您？尼禄是您亲生，他出身恁寒微，皇位全由您擢登；讨厌您？克劳狄乌斯的嗣子是您废弃；是您使幸运的多米提乌斯（Domitius）[即尼禄] 称帝。太后，一切会替您阿格里庇娜申说，他应该孝顺您。[①]

但是由于阿格里庇娜已经打破了一切被禁忌的差异，她本身也有罪过。因此，指责尼禄夺走他兄弟布里塔尼居斯的情人朱妮是件棘手的事，尤其是正是阿格里庇娜本人阻止布里塔尼居斯登基，并把朱妮哥哥觊觎的奥大薇（Octavie）送入尼禄的怀抱。突然之间，她开始与尼禄针锋相对，但是为什么尼禄在这一点上退缩了？是因为他的母亲突然开始谴责她曾经所做的一切吗？事实上，阿格里庇娜要求的是某种与众不同的权利，这种权利将使她充分地扮演母亲的角色，而从前她却可以毫无顾忌地除掉她家族的其他成员。必须指明的是，阿格里庇娜害怕尼禄以及他新近掌握在手中的权力：大写的历史又一次加深了各种差异，并将先前已经做出的万无一失的区分打入无差异化之中。阿尔宾安慰阿格里庇娜说："即使尼禄现在对您不如过去，至少他不会变得对我们不利。"[②] 没有旧的隐喻化，一切都保持原样。

在这里，我们同样能够观察到某种类比关系的结构：浦路斯（Burrhus）是尼禄的太傅，正如纳西斯（Narcisse）是布里塔尼居斯的太傅一样；同样，朱妮对阿格里庇娜的单纯无知如同布里塔尼居斯对尼禄的单纯无知一样。不管是劫持还是谋杀，都无法打破这种绝对的差异。浦路斯和纳西斯都将改变自己的阵营，但是总体言之，每个位置、每个阵营所支配的秩序结构仍旧完美地保留着"古典主义"的图示，即 A 属于 B 正如 C 属于 D。千万不要认

① [法] 拉辛：《布里塔尼居斯》，选自《拉辛戏剧选》，齐放、张廷爵、华辰译，上海：上海译文出版社，1985 年，第 98 页。

② 同上，第 101 页。

为这种关系的同一性能够遮蔽某种同一性的关系；浦路斯和纳西斯的态度只是强调了可替代性（substituablité）的印象罢了，但是这种可替代性恰巧被古典主义时期所禁止；当然，这么做的目的有利于如数学般精确严密的同一性的发展，这种同一性是唯一符合人们期望的回答。

毫无意外，我们在《费德拉》中找到了同样的结构。悲剧在这里同样诞生于无差异化。费德拉是“米诺斯和帕西法厄的女儿”，帕西法厄就是那个让人将自己装进一头牛的身体里以便与公牛交媾的女人。我们不妨说这里面对的是人与动物的无差异化。人类为了成为真正的自己一直排斥这种无差异化。因此，几乎出于遗传的原因，费德拉被最罪恶的无差异化所吸引，其中就包括乱伦。与塞涅卡和欧里庇得斯在剧中的情节相反，拉辛笔下的希波吕托斯有一个叫作阿丽斯（Aricie）的情人。

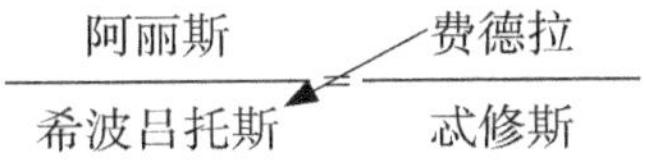

箭头在这里不仅仅象征着一位母亲（继母）对一个不可触碰的儿子狂热的爱，同时也代表着对仅作为类比的、处于某种分离结构之中的一致关系的质疑，就好像人们曾经有能力打乱古典主义的秩序似的。在这种秩序中，即便差异以对称镜像的方式被安排，但依然清晰可见。混乱接踵而至，整部悲剧都沉浸在被费德拉破坏的同一性的不可能性之中。

如果说像《爱斯苔尔》（*Esther*）和《阿达莉》（*Athalie*）这类拉辛的“冉森主义”戏剧远离了古典主义结构的话，人们至少还能在《米特里达特》（*Mithridate*）之中找到这种无差异化的问题。米特里达特的未婚妻莫妮姆（Monime）被国王的两个儿子同时看上，她便是汇集了无差异化的场域（第五幕第二场，第 1488—1491 行）。

17 世纪即将结束，时间来到 1690 年，即《阿达莉》上演的年份。两个阵营分庭抗礼，他们分别是旧事物，即多神教的代表，巴尔（Baal）的门徒阿达莉的阵营和从阿达莉刀下救出被刺杀国王最后一个儿子的犹太大祭司的阵营。一神教与多神教、强势和超验的统一性与贯穿一切的各种弱势等价物相对立。后者是问题学排斥的前一阶段，它只能通过借助某种被禁止使用的强大力量所实施的压迫才得以苟延残喘。拉辛最后的这部戏剧似乎是古典主义戏剧的绝响：那些进取者和“按兵不动”的人之间的对立十分明显。没有什么比这更能代表大写历史的冲突了。在这个绝对差异的统治即将被新势力所质疑的时代，悲剧表达了两种不可调和的立场。但是命运的讽刺性在于悲剧将逐渐停止回应一个越发资产阶级化的大众的期待，后者不再能够在王国和王公贵族的丰功伟绩中认出自己。他们更倾心于喜剧，不仅因为它能使人发笑，还因为它能通过将大家在日常生活中都能遇见的人物搬上舞台的方式激起大众的好奇心和兴趣。从莫里哀开始，市民阶层开始接受对他们自身的嘲笑，或者更确切地说是对另一个并不是真正市民阶层的市民的嘲笑。诚然，18 世纪还会看到悲剧的诞生，它们甚至出自伏尔泰（Voltaire）之手；但是这些悲剧只会和它所预设的社会秩序一起走向消亡。在这之前，必须嘲笑这种社会秩序：和莫里哀一起嘲笑自身，和博马舍一起嘲笑他人的差异，但总归都要笑。让我们来一起看看。

第七章　喜剧的特点：从莎士比亚到博马舍，从莫里哀到莱辛

旧喜剧图示的转变

我们所遇到的有关喜剧的问题在于它往往带有明显的时间印记。使人发笑或仅在某一特定时刻俘获人心的东西同样也最容易过时。奇怪的是，除了莫里哀和哥尔多尼之外，莎士比亚、本·琼森、[①]法国的田园曲和更晚近的康格里夫[②]及谢立丹[③]的喜剧都被已经被时代所抛弃。为什么某些喜剧性不再流行而悲剧性则显得永垂不朽呢？在我看来，答案似乎是观众知道戏剧主角的身上即将发生什么，而后者却对此一无所知。就像那些去马戏团看表演的孩子们。同一性是目标结论的最后终点（terminus ad quem），也是喜剧性的终点：乔装改扮的演员们将脱去自己的假面，恋人们彼此相认，父子或父女关系向身边人现出原形。“尽管同一性呈现的形式多种多样，但也可以将其概括为社会的（A 与 B 的同一性）和个体的（作为其自身的 A 的同一性）两种类型。在一部喜剧的末尾，同一性的感觉或者会具有某种社

① 本·琼森（Ben Jonson，约 1572—1637），英格兰文艺复兴剧作家、诗人、演员和评论家，作品以讽刺剧见长，代表作有《福尔蓬奈》《炼金士》。——译者

② 威廉·康格里夫（William Congreve，1670—1729），英国剧作家，代表作有《以爱还爱》。——译者

③ 谢立丹（Sheridan，1751—1816），英国社会风俗喜剧作家、政治家和演说家，代表作有《对手》《圣·帕特里克日》《少女的监护人》《造谣学校》《斯卡巴勒之行》《批评家》和《比扎罗》。——译者

会特征——归属于由大部分人物所组成的新群体，或者会具有某种个体特征——改变单个人物精神状态或企图的启示。但是又有可能同时具备这两种特性，正如通常在莎士比亚喜剧里发生的那样。在这些单一或多元的同一性之上，人们可以添加由两个恋人最终结合所构成的某种二元对立形式；而当喜剧以三到四场婚礼结尾的时候，显然它就与社会同一性相吻合了。”①

显然，哲学家弗莱在这里所关心的就是喜剧从一开始经由莎士比亚再到莫里哀所发生的变化，因为这种变化彰显了同一性的弱化机制。这一机制专属大写的历史。

让我们回忆一下，悲剧的图示与喜剧的图示具有互补性，它们的演进过程亦是如此。喜剧扎根于结构之中：想要欺骗 B 的 A 却被 B 所愚弄。人们嘲笑他、捉弄他，这就是自作自受的结果。平衡被重新建立起来，有时甚至是在人们大笑过后。这类喜剧当然将一直延续到莎士比亚时期，但是后者却改变了它的内容。报复成为可能，因此“A 被 B 愚弄”将仅仅表述以下事实，即 A 仍旧是受害者，但是如果 A 得到补偿的话，这就是一出悲喜剧，并且离正剧的距离并不遥远。眼下，喜剧将不得不做出改变。当然，我们还是能够找到作为受害者的人物 A 和其他制造障碍，尤其是爱情障碍的人物 B，但是这跟那些命运将在稍后一些被安排的狡猾骗子们没有半点关系。在莎士比亚的喜剧里，障碍是核心概念。此外，他还使障碍的数量成倍增加。压抑欲望的不仅有权力、他人，还有对手，喜剧所描述的正是这种阻挠的演进和最终的解决。

但世界上只有一个莎士比亚。如果我们审视一下作为对手的、当时的名望比莎士比亚更高的剧作家本·琼森的话，就能看出后者所遵循的是喜剧的古典主义结构。《福尔蓬奈》[或《狐狸》(*Volpone*)，1606] 是一部很

① Northrop Frye, *Une perspective naturelle : les comédies romanesques de Shakespeare*, p. 90 (tr. fr. S. Chambon et A. Wicke), Belin, 2002.

好地彰显了该时代戏剧艺术的作品，[①] 它宣告了贯穿英国 17 世纪风俗喜剧[②]（comédie de moeurs）的假面舞会（或假面游戏）时代的到来。福尔蓬奈是一个无嗣的有钱人。他假装自己已经命悬一线，并通过向那些觊觎他财产的人保证会给他们留下“巨额”遗嘱的方式获得了许多捐赠。但其实他欺骗了大家，向他提供帮助的人们觉得受到了伤害。然而他们去法院要求归还欠款的时候却败诉了。福尔蓬奈竭尽全力培养他死心塌地的效忠者莫斯卡（Mosca，意即“苍蝇”）。福尔蓬奈让莫斯卡假扮自己一阵子，以便更好地躲避那些被他欺骗的人们。但是莫斯卡却真的以为福尔蓬奈已死，并剥夺了他的身份。乔装改扮的福尔蓬奈在法官们的面前脱去伪装，莫斯卡迷惑了。法官们判决将福尔蓬奈的财物充公并以欺诈的罪名将他关进了监狱。A 欺骗 B，但 B 本身就是一个骗子并最终成为自己阴谋诡计的牺牲品。这是一个经典的图示。但是在莎士比亚之后，悲剧同样保持着它在前莎士比亚时期的结构：种种阴谋和报复与马斯顿（Marston）、图尔纳、韦伯斯特等其他剧作家一起统治着英格兰的戏剧舞台。

然而，在蒂尔索·德·莫利纳那里，我们看到了某种相互性的断裂。唐璜言而无信，他打破了当他许诺跟那些被他勾引的女人结婚时假装保证做到的契约性平等。在莫里哀笔下，我们看到了喜剧各种传统图示的混合及对它们的超越。因此，人们在莫里哀的《唐璜》和《司卡潘的诡计》(*Fourberies de Scapin*）中看到了复杂情节（imbroglio）与滑稽剧在最纯粹的喜剧传统中互相依存。但是莫里哀喜剧的本质建立在被推向极致的字面忠实义原则之上。无论愚蠢还是美德都遵循着同一种原则：对一切都信以为真甚至像阿尔

① 在法国，我们可以在勒萨日（Lesage）的《杜卡莱先生》(*Turcaret*）中找到类似的图示，即以粗野的名义进行欺骗。

② 17 世纪后在欧洲开始流行的一种喜剧体裁，主要描绘并讽刺上流社会阶层矫揉造作的风俗习惯和道德准则，通常以模式化的人物为代表，在幽默的语言和滑稽的情节中探讨爱情、婚姻、教育及其他社会问题，包含着严肃的道德目的。——译者

塞斯特一样苛求这种字面忠实性，这反过来禁止了爱情中的一切灵活性。而恰恰是这些灵活性让爱情中的人们飘忽不定，因害怕被拒绝而做出伪装，开一些无关紧要的玩笑，做出一些事后不用承担责任的保证。对阿尔塞斯特来说，人们必须讲述事物的本来面貌；同时，他也毫不犹豫地揭露并明确地批评塞利梅娜（Célimène）的缺点。这样一种字面忠实义丝毫无助于达到它的目的；作为一个善良的厌世者，阿尔塞斯特最终放弃了追求塞利梅娜。最能表现阿尔塞斯特性格的辩白也许就是他说的："这种大家所吹嘘的象征性体裁，既缺乏特色，又不真实。"[①] 所有这一切都仅仅是骗局和装腔作势，即所谓的隐喻性方式，因此必须毫不犹豫地拒斥它们。

归根结底，阿尔塞斯特没有欺骗任何人；恰恰相反，因为不愿掩盖或缓和任何东西，他直接切断了自己所有的基本社会关系。在这种关系中，人们无法做到畅所欲言而不冒犯他人。如果说阿尔塞斯是自作自受的话，那是因为他爱塞利梅娜；并且如果他想征服塞利梅娜或使她在面对其他追求者时回心转意的话，就必须讨她的欢心，而这恰恰是阿尔塞斯特不愿意做出的牺牲。

因此，《愤世嫉俗者》就是一部脱离了传统图示，即骗子被受骗者欺骗的喜剧。如果他要伤害某个人，那么受害者更有可能是他自己。在这里，滑稽效果在于对某种立场的过分强调。在被极端化的过程中，这种立场会对专注于它的人和那些在世人眼中离经叛道的人产生反作用。对他们来说，无懈可击的字面忠实义是对其他事物的引申义。就此而言，阿尔塞斯特并非他所说的那种真诚、直率、诚实和正直的人。他的不知趣几乎将他排斥在社会之外。他会通过塞利梅娜的卖弄风情意识到这一点。如果我们能在这里谈论牺牲品的话，那么阿尔塞斯特事实上是他自己的牺牲品。他的立场在任何情况

---

① [法] 莫里哀:《愤世嫉俗者》，选自《莫里哀戏剧全集》(第 2 卷)，肖熹光译，北京：文化艺术出版社，1999 年，第 387 页。

之下都难以维持下去。

《唐璜》所表达的立场则恰恰相反。不能对任何东西从字面忠实义的角度去理解，只有观众明白这一点。与西班牙戏剧中的唐璜不同，荣誉对于我们的西班牙贵族唐璜来说是一个空洞的名词，甚至不再是对他所属阶层的某种苛求。他沉浸在其他人的虚荣心之中，甚至他的债主迪芒什（Dimanche）先生都因为自己的虚荣心上了唐璜的当，被称赞说能够为唐璜大人效劳。在这里，死抠字面忠实义不再是一种美德而变成了愚蠢和幼稚。不愿超越字面忠实义的人注定会失败；滑稽的人之所以使人发笑，恰恰是因为他没有感知到我们所建立起来的各种差异。这些差异使我们在能够预知的差异中得到安慰，哪怕是以“经验丰富”的观众的身份。简而言之，莫里哀戏剧的注意力并不集中在被骗者对骗子的报复之上——这种图示的生命力已经在大写的历史中消耗殆尽了——而集中在展示人们是怎样欺骗和被骗的，展示为什么傻子可笑滑稽，原因是他被挡在了时间之外。时间不仅能够让人看清事物的本质，最终还能够使那些落后者被大写历史所抛弃。如果说悲剧中的人们拒绝离开隐喻性的话，那么喜剧中的人们则是千方百计地想要进入其中。阿尔塞斯特拒绝这么做，唐璜的猎物们也一样。只有这样，人们才能够看清楚制造问题的东西和因此需要得到另一种回答的东西。走出自我来看清变动的现实意味着人们意识到问题性的存在，而不是紧紧地抓住那些针对其预设的回答不放手。让我们想想《丈夫学校》（*L'Ecole des maris*）里的斯嘉纳赖尔（Sganarelle）吧。他对他想娶的伊莎贝尔（Isabelle）进行全方位的控制，并指责他的哥哥阿里斯特（Ariste）过于放任伊莎贝尔的妹妹莱奥洛尔（Léonor）。但是伊莎贝尔喜欢的是一个跟她年纪相仿的男人瓦莱尔（Valère）。怎样能让瓦莱尔知道自己喜欢的是他，而不是斯嘉纳赖尔那个专横的监护人呢？伊莎贝尔的计策就是通过斯嘉纳赖尔向瓦莱尔转达她对前者的反感，告诉瓦莱尔她已经对他的想法一清二楚；对于问题的对象来说，他并不是一个问题，也就是说伊莎贝尔希望瓦莱尔带她远走高飞并迎娶她。因此，斯嘉纳赖尔亲口告诉瓦莱尔这一切想要使他放弃的做法无意之中给瓦莱尔暗暗地亮起了绿灯。伊莎贝尔假装对瓦莱尔的殷勤感到厌烦。斯嘉纳赖尔跌入了字面忠实性的陷阱之中，并没有看到象征性与确切地讲是某种交替性的解读、某种对话语进行质疑的双重含义。这种话语通过自我否定得出截然相反的回答。

> 斯嘉纳赖尔：别装蒜啦，这个消息是伊莎贝尔告诉我的；她要我给你下最后通牒，她已经很清楚地叫你看到，她所选择的是谁；她的心，已完全属于我，你这样的计划对她就是一种侮辱，她宁肯死也不愿忍受你这种无礼；如果你不停止这一切捣乱，你会惹出大祸来的。
>
> 瓦莱尔：如果我刚才听到的这些话真是她说的，那我得承认我对爱情不敢再打什么主意了；这些话已很清楚地叫我看到一切都完啦，我只好尊重她所做的判决。
>
> 伊莎贝尔（对瓦莱尔说）：怎么！难道我的心没有完全向你摊开，你还会怀疑我的爱情吗？①

不，没有丝毫怀疑。对斯嘉纳赖尔来说，他所看到的唯一回答就是伊莎贝尔不爱瓦莱尔，这个回答具有不可改变的字面忠实性。然而在这种否认之中又一个问题被提了出来，并且考虑到背景的话，这种回答具有彻头彻尾的修辞性。瓦莱尔应当从相反的方向去理解这个回答，也就是伊莎贝尔爱的是他。如果不是这样的话，她会如此费尽心机地去否认，让别人告诉他，又多次地重复说她所提出的问题并不构成问题吗？在这个游戏里，被否定的回答自行毁灭，但是问题还留在那里，唯一可能的方向就是选择替代性的回

① [法] 莫里哀：《丈夫学校》，选自《莫里哀戏剧全集》（第 1 卷），肖熹光译，北京：文化艺术出版社，1999 年，第 363—364 页。

答（réponse alternative）。双重含义作为一种相反的回答出现，与它相对立的是由无法发挥回答作用的话语所提出的某种问题。字面忠实义在它所表达的叩问性（interrogativité）之中被否定，这就意味着人们无法囿于这种字面忠实义。此外，瓦莱尔清楚地认识到了这一点，他在对话的末尾说道："是的，夫人，你派来的这位先生向我所说的一切，实在出乎我意料，我是有怀疑，我承认这一点。"[①] 被严格监视着的伊莎贝尔除了这么做之外别无选择。她以否认对瓦莱尔的爱作为回答提出了她爱瓦莱尔这个问题，并由此引发了肯定不会被她提出的那个问题。在她这么做的同时也表明，如果问题被提出的话，其原因在于她那些表里不一的字面忠实性回答并未真正地对上述问题做出回应。作为伊莎贝尔爱的到底是瓦莱尔还是斯嘉纳赖尔这个问题的答案，那些猜想伊莎贝尔更青睐的是斯嘉纳赖尔的回答自行消失，并在由它们所转化成的问题之中得到解决。因此，除了说明瓦莱尔才是她爱的对象之外，再没有其他的解决办法。字面忠实义提出了自身无效性的问题。在提出这种无效性的过程中，尽管已经有了回答，问题却依然存在。因为回答已经不再那么有效，仅仅作为问题的原因。如果说在向瓦莱尔提出问题之后表示拒绝的回复发挥了作用的话，这就意味着在伊莎贝尔到底喜欢谁的那个问题上，前者的回答是瓦莱尔。而这个答案被斯嘉纳赖尔在不知情的情况下传递给了瓦莱尔。

同样，在《伪君子》里，结构是 A 欺骗 B，但是引起人们兴趣的并不是使喜剧拥有完美结局的 A 最后的命运，而是揭露塔尔丢夫虚伪的、他所强调的自己与众不同的方式，甚至是他所谓的高人一等的高尚情操。"A 欺骗 B"的程序失去了张力，成为戏剧的对象，直至最后崩溃，平衡最终被重新建立起来。塔尔丢夫一点也不滑稽，滑稽的是轻信一切的奥尔贡（Orgon）。

---

① [法] 莫里哀：《丈夫学校》，选自《莫里哀戏剧全集》（第 1 卷），肖熹光译，北京：文化艺术出版社，1999 年，第 364 页。

因为最后失败的是骗子本人。不过，我们可以说这是一种相互性的断裂，而这部剧也不是一部传统意义上的喜剧。从这个角度来讲，人们与莫里哀一起加入了一场喜剧的革命；同时，喜剧作为字面忠实义的失度，这种传统形象也比以往都更加得到印证。不要忘了，克莱恩特（Cléante）指责他的姐夫奥尔贡任由塔尔丢夫愚弄。

> 唉，怎么！难道你连伪善和虔诚都分不出来吗？你是不是要把它们说成一种东西？对假面具和真脸孔都一视同仁？将奸诈和真诚等量齐观？是外表与实质混同？把鬼和人看成一样？将伪币当作真币呢？"[①]

不区分大家都要进行确切鉴定的那些差异的行为会使人们忽视一点，那就是某些字面忠实义并不一定是回答。对这些回答信以为真，就是任由他人愚弄自己。喜剧使人意识到这些字面忠实义其实是各种差异，并不一定会使人发笑，尤其是被欺骗的不再是骗子而是所有相信这种字面忠实义的人。正如埃里奇・西格尔对此再三强调的那样，在莫里哀笔下"几乎看不清喜剧与悲剧的边界"。[②]但是这种趋势将愈演愈烈，因为差异不仅会变成某种悲剧性的事实，也将成为某种滑稽的幼稚。莫里哀喜剧中的伟大人物几乎都具有悲剧性。唯有正剧，通过将视角翻转从而有能力超越悲剧和喜剧之间日渐趋同的互补性，并通过汇集和整合二者的某些主要特性，才能在浪漫主义时期与音乐剧（Mélodrame）并驾齐驱。简而言之，并不能确定阿尔塞斯特和唐丹已经不是牺牲品；他们也许宣告了喜剧与悲剧界限开始模糊的时代的到来，正如埃里奇・西格尔针对莫里哀的名著所指出的那样。

---

① [法]莫里哀：《伪君子》，《莫里哀戏剧全集》（第3卷），肖熹光译，北京：文化艺术出版社，1999年，第268页。

② Erich Segal, *The Death of Comedy*, p. 329, Harvard, University Press, 2001.

莫里哀话语中一个显著的特征与差异的效果有关，该特征与我们一直谈论的戏剧在历史中所扮演的角色相接洽。那些无视差异的人们最终会为此付出代价。想要晋身为贵族的小资产者虽然令人会心一笑，但是并不比《太太学堂》里认为自己掌控了少女芳心的老家伙或者践踏自身贵族阶层荣誉准则的唐璜更令人可笑。乔治・唐丹（Georges Dandin）的话是对莫里哀话语做出的精辟总结："我这门亲事，对于所有那些像我这样做的，想通过跟贵族家庭攀亲来提高自己身份的农民来说，真是个很好的教训！"[①] 这里的各种差异只能在由不忠贞的女人所引起的不幸中重新浮出水面。一些喜剧人物以为这些差异会在某种本应能够将它们打碎的字面忠实义的作用下消失。[②] 这些人将通过牺牲自己的利益来证实这些差异的有效性依然存在。意识到这些差异以及已经将这些差异消除的幻觉是这部喜剧的核心。这不仅引起了妻子对丈夫的蔑视，也必定会产生喜剧效果。

作为喜剧史中下一个转折点的是哥尔多尼。人们经常将其与马里沃相比较，甚至将其与另一些更加缺乏说服力即更为笨拙的作家相比较，例如英国剧作家康格里夫或谢立丹。但是这类比较并不妥当，因为上述作家的作品情节或者轻佻或者错综复杂。无论如何，戏剧已经离开了诗体语言而开始使用日常生活中所用到的话语。尽管哥尔多尼一些十分著名的戏剧仍旧在可替代性这种逻辑上做文章，但那些喜剧的惯用手法（modus operandi），例如互换身份的主仆（如博马舍）、为了验证追求者的诚意而扮男装的女人们（如莎士比亚）、装扮成主人的仆人［如莫里哀的《可笑的女才子》（*Précieuses ridicules*）］，已经逐渐失去效力并被其中含有某种需要被解决的基本问题的曲折情节所取代。在这一点上，哥尔多尼可以被视为现代喜剧之父。他把焦点更

① ［法］莫里哀：《乔治・唐丹》，选自《莫里哀戏剧全集》（第 3 卷），肖熹光译，北京：文化艺术出版社，1999 年，第 103 页。

② "索唐维尔先生：您要知道，当您说到我们女儿的时候，您不应该说'我的老婆'。乔治・唐丹：真叫我生气。怎么！难道我的老婆不是我的老婆吗？"（第一幕第四场）

多地集中在家庭道德和夫妇之间的隔阂，以及那些坏脾气的父亲、丈夫、女人和强行指定的未婚夫们身上。尽管还保留着意大利即兴喜剧的传统，但是戏剧还是离开了时而在莫里哀戏剧中依旧突出的滑稽剧范畴。这个范畴中的大多数喜剧都夹杂着芭蕾舞片段和歌唱，以讨好讲究舞蹈的国王。法国歌剧仍旧被宣叙调（récitatif）所主导，这一点已经被人们多次诟病。而意大利歌剧则不同，它的音乐虽然具有附属性，却扮演着重要的角色。自那时起，法国戏剧便一直沉溺于音乐性之中，而意大利戏剧中的音乐性则能自给自足，同时情节也在意大利戏剧中占据主导地位。哥尔多尼出现了。越接近浪漫主义时期，意大利的歌剧就越趋近于正剧；而在法国，浪漫主义正剧最终将以自立的方式发展起来，特别是出现了像大仲马、雨果和维尼（Vigny）这样的剧作家。这一切都解释了除阿尔菲耶里[①]之外，悲剧在意大利一无所获而在法国却曾经大获成功的原因。作为伏尔泰的学生，阿尔菲耶里同样写作了多部古代悲剧。因此，他的作品算不上真正的革新。但与伏尔泰相反，他没有留下让人印象深刻的非戏剧性作品。总体来讲，悲剧体裁在市民阶层逐渐占主导地位的18世纪越来越无法满足大众的口味。

因此，一种由哥尔多尼所提倡的、典型的市民阶层戏剧在这时得以蓬勃兴起。原因是这类戏剧都围绕着维系第三等级人们之间的关系或是在像《咖啡店》（*Café*）中的咖啡馆这类丝毫没有贵族气息的地方展开。这其中最著名的一部是《女店主》（*La Locandiera*），其中的女性形象与20世纪相比有了明显的改变。不同于作为赎罪祭品的伊菲革涅亚、作为自然法代言人的安提戈涅和在当代作为一切欲望和贪婪的对象，女性在18世纪越发成为其自身品位和选择的主人。但是她还需要继续斗争，以便得到她想要的并拒绝她不想要的东西。在哥尔多尼著名的《女店主》和《一仆二主》（*Le Valet de*

---

① 阿尔菲耶里（Comte Vittorio Alfieri, 1749—1803），意大利剧作家、哲学家、诗人、作家。——译者

deux maîtres）里我们能够清楚地看到这一点。在《女店主》中，米兰多琳娜（Mirandoline）拒绝所有她遇到的、不停给她献殷勤的男人。戏剧以一大段能与博马舍相媲美的独白开始，并很好地彰显出引发高乃依《熙德》之中争论的可笑一面，即针对贵族头衔的价值之争。

伯爵：你和我之间，是大有悬殊的。

伯爵：仅就这家旅馆而论，我的钱和你的钱并没有分别。

伯爵：然而，如果说，这位女店主的形色对我显得相当尊敬，那是因为我比你更能当之无愧。

伯爵：什么理由呢？

伯爵：我是弗尔利波波利的伯爵呀。

伯爵：而我也是阿尔巴非奥里达的伯爵呢。

伯爵：不错，是买来的领地的伯爵。

伯爵：我买我的伯爵领地的时候，你正出卖你的伯爵领地。①

通常我们看到的是曾经悲剧性的东西后来变成了喜剧性的东西。悲剧以冲突的形式所展现出的各种差异变得如此平淡和明显，以至于那些坚持无视它们的人因为其幼稚和盲目而显得滑稽可笑。

还是让我们回到《女店主》上来，一个极富挑战性的问题出现了。一位骑士路过那里，他是出了名的对女人不感兴趣，对女店主米兰多琳娜也是如此。出于好胜的心态，她想要不惜一切代价让骑士爱上她。在谈到伯爵时，她说：

① [意]哥尔多尼：《女店主》，选自《哥尔多尼戏剧集》，孙维世、刘辽逸、焦菊隐译，北京：人民文学出版社，1999年，第306页。

用上他的全部财产，和他所有的礼物，他也绝不能叫我爱他。伯爵也一样，用他那可笑的保护——说实话，更不行。假定我非和他们当中的一个结合不可，那当然要挑选花钱多的一个。可是我对他们谁也不关心。我决定要得到里巴夫拉达（Ripafratta）骑士的爱情。[①]

但这一切仅仅是米兰多琳娜在卖弄风情。

“一想到叫男人们照着我的意思行动，我就几乎要哈哈大笑。就看那么恨女人的那个骑士吧，现在怎么样？只要我愿意，我要他做什么傻事情，他都会就照着做。”[②]

骑士不承认他屈服于米兰多琳娜。于是，在最后一次的虚张声势中，米兰多琳娜决定选择她自己的仆役法勃里修斯（Fabrice）。最终，她和法勃里修斯结婚，以便保护自己不成为那些强者们的目标，因为他们欲望的威胁性越来越大。故事的结局出人意料，因为米兰多琳娜本可以傍上那个她想要得到的人。而这恰恰是哥尔多尼喜剧的创新之处：在这里没有什么东西需要被揭露，读者、观众会随着剧情的发展逐渐看到故事的全貌。因此，他并不会比喜剧中的主角提前知道接下来将发生什么，就像在这之前的大部分喜剧中发生的那样。在这类喜剧里，人们能很快地知道什么东西会在最后向喜剧人物揭晓。哥尔多尼这种把握情节的技巧一直深入到那些以人物角色互换的旧逻辑为核心的情境之中。我们可以在《一仆二主》这部伟大的作品之中发现这一点。西里维俄（Silvio）和克拉里切（Clarice）之间有一门亲事，他们分别是罗巴尔第博士（Dr Lombardi）和巴达龙纳（Pantalon）的孩子。订婚仪式在布里格拉（Brighella）先生的乡村旅馆中进行。克拉里切的父亲曾经允诺

① [意]哥尔多尼：《女店主》，选自《哥尔多尼戏剧集》，孙维世、刘辽逸、焦菊隐译，北京：人民文学出版社，1999年,，第338—339页。

② 同上，第369页。

将女儿许配给已经去世了的都灵人费捷里柯·拉斯波尼（Federigo Raspini）。克拉里切并不喜欢费捷里柯，但是他的父亲还是允诺了二人的婚事。人们并不知道费捷里柯是怎么死的，貌似是“因为他的妹妹”——一个总是女扮男装，名叫彼阿特里切（Béatrice）的假小子。如果不是费捷里柯·拉斯波尼的仆人特鲁法儿金诺（Truffaldin）出现在订婚仪式举行的乡村旅馆说他的主人还活着的话，一切都进行得那样完美。事实上，费捷里柯确实已经去世，装扮成他的是他的妹妹彼阿特里切。疑云密布，悬念重重。只有从都灵移居到威尼斯的布里格拉发现了这个骗局，因为他曾与这对兄妹相识。但是他发誓对这种冒名顶替的行为保持沉默。克拉里切的父亲左右为难，因为他过去曾经将他的女儿许诺给了费捷里柯。

> 亲爱的费捷里柯先生，过去我们以为您真的遭到不幸了，以为您已经不在人世了，我就把女儿许给了西里维俄先生……但是您赶来得正是时候，如果您愿意的话，克拉里切还是您的；我既然已经说过了，就决不反悔。①

西里维俄十分生气，而假扮成哥哥的彼阿特里切坚持要履行婚约。他们互相以决斗要挟对方。所有人看到这个场面都落荒而逃，只有布里格拉单独留下并询问彼阿特里切这种欺骗行为的意义。

> 嘘，轻点，不要出卖我！我可怜的哥哥是死了，他是被弗罗林多·阿列图兹依杀死的，或是被他指使的某人杀死的。您当然还记得，弗罗林多是多么爱我，可是我的哥哥怎样也不允许我回答他的热爱。

① [意]哥尔多尼：《一仆二主》，选自《哥尔多尼戏剧集》，孙维世、刘辽逸、焦菊隐译，北京：人民文学出版社，1999年，第14页。

> 我不清楚他们是怎么争执起来的，后来费捷里柯就被杀死了，弗罗林多害怕法庭的追究，也就逃走了，他甚至还没有来得及和我告别。[①]

彼阿特里切之所以掩盖自己的身份，目的是想要重新找到弗罗林多并乔装成他死去的哥哥，从巴达龙纳先生那里得到前者欠她哥哥的债。在那个时代，女性在继承遗产这种事上仍处于弱势地位。在此期间，住在布里格拉处的特鲁法儿金诺在帮忙卸行李时结识了弗罗林多。弗罗林多让特鲁法儿金诺为他卖力，特鲁法儿金诺同意了。因为尽管他是费捷里柯的仆人，但是二者却从未谋面。彼阿特里切后来以费捷里柯的身份现身，于是特鲁法儿金诺就同时侍奉着两位主人，而事实上这两个主人是在威斯尼时期的恋人。那么接下来会发生什么呢？人们可能觉得彼阿特里切最后会暴露自己女人的身份，弗罗林多将会娶她，而西里维俄将和克拉里切结婚，因为费捷里柯已经死了。但其中免不了会有误会和滑稽。尽管如此，人们也很难想象彼阿特里切会和杀死他哥哥的凶手结婚。到底是谁杀了费捷里柯？又是为什么呢？反正凶手肯定不是弗罗林多。总而言之，被认为已经死了的人还活着，被认为还活着的人却已经死了。彼阿特里切先是告诉克拉里切她的真实身份，目的是安慰她：这样克拉里切就有希望成为西里维俄的妻子。尽管父亲希望婚礼尽快举行，但是克拉里切却清楚她的未婚夫是个女人。事情变得越发复杂，并激化了受到排挤的西里维俄和克拉里切父亲巴达龙纳之间的关系。他与巴达龙纳拔剑相向，彼阿特里切也加入其中。一场战斗在西里维俄和彼阿特里切之间发生。这时克拉里切赶来，她并没有揭穿彼阿特里切的身份，而是安慰了他的未婚夫西里维俄，并向他表明了自己的忠诚。接下来的一场戏，特鲁法儿金诺要同时伺候他的两位直到现在都不知道对方身份的主人吃

---

① [意]哥尔多尼：《一仆二主》，选自《哥尔多尼戏剧集》，孙维世、刘辽逸、焦菊隐译，北京：人民文学出版社，1999 年，第 16—17 页。

饭。因此，特鲁法儿金诺必须穿梭于两个主人之间。他说："得想个什么办法脱身呢?"[①] 特鲁法儿金诺会帮助两位情人脱下面具。后来一系列的真相被揭开，一切都恢复正常的秩序。

哥尔多尼无疑是18世纪最具现代性和当代性的喜剧作家。相反，如果我们看看马里沃的话，必然会认为他是莫里哀的继承人。另外，《移情别恋》（*La Double Inconstance*）也要比哥尔多尼的《一仆二主》早上演二十年（一个是1724年，另一个是1746年）。哥尔多尼去世于1797年，而马里沃则去世于1763年。《移情别恋》表现的是一种拉辛式的类比关系结构，但是各种差异不再阻止爱情取得胜利。阿尔坎（Arlequin）爱上了被王子雷里奥（Lélio）掳入城堡的西尔维娅（Silvia）。而爱着王子的弗拉米妮亚（Flaminia）必须使阿尔坎放弃他心爱的女人以便给雷里奥制造机会。最后，弗拉米妮亚爱上了阿尔坎，而雷里奥则超越了阶级差异真正地征服了西尔维娅。最后，爱情难道不比社会强加的束缚更强大吗？"双重背叛"（double inconstance）正由此而来。

在《爱情偶遇游戏》（*Jeu de l' amour et du hasard*）中，马里沃延续了莫里哀在《可笑的女才子》里的思路。为了确定她能够爱上指定的求婚者，一位年轻的女子和自己的贴身丫鬟调换了身份。但是求婚者也采取了相同的手段，化身为自己的仆人。A/B = C/D 的关系被取消，替代它的是 B/A = D/C。那些"马里沃体"[②]（marivaudage）和插科打趣恰恰意味着不再需要认真地对待这些类比的弱势存在，不应该再从字面忠实义的角度去理解这些类比和它们所表达的各种差异。一位主人能与一位仆人相爱吗？各种障碍难道不是纯粹的形式吗？诚然，这些形式不仅重要并提出了问题，但是它们也遭

---

① [意]哥尔多尼：《一仆二主》，选自《哥尔多尼戏剧集》，孙维世、刘辽逸、焦菊隐译，北京：人民文学出版社，1999年，第74页。

② 亦被称为"马里沃风格"，专指文辞高雅但过分细致、矫揉造作地描写爱情心理活动的文学风格。——译者

到了爱情的嘲弄，即便最终“男主人 / 仆人 = 女主人 / 丫鬟”这种社会同一性重新得到承认。尽管如此，人们仍可以不顾各种差异的阻挠将它们进行互换。在莫里哀那里，主仆身份的互换是故事的终点，因为这种替换仍然是一种绝对障碍；而在马里沃那里，这种互换是一切的起点。人们清楚地意识到了变化，而这种变化并非仅限于社会与政治层面：它旨在指出各种差异尽管重要，却不再具有本质性；应该视它们为各种隐喻，从字面忠实义的角度来看，它们揭示出某种即将被揭穿的失度行为，喜剧由此产生。“在你这样的灵魂面前，还有什么地位、出身、财富能不消失的，”德拉特（Dorante）对还被他当成丫鬟的西尔维娅说，并总结道，“我的财产足够我们俩的，而品行也足以与出身抗衡。”①

喜剧政治化：博马舍和莱辛或向正剧的过渡

只有在博马舍笔下，作为不应被认真对待的非回答的可替代性才成为某种问题。费加罗（Figaro）象征着这种可替代性正在问题化的那种傲慢无礼。在博马舍那里，一切回到了原点。不再有作为主仆互换真相的类比性关系，但是非回答建构了二者之间的差异。借用博马舍那句名言“只是在走出娘胎时使过些力气”已经不足以建立起差异，尤其是在这个大革命的雏形逐渐显露的时代。博马舍完成了莫里哀的遗愿。通过《塞维利亚的理发师》（*Le Barbier de Séville*）和《费加罗的婚礼》（*Le Mariage de Figaro*），人们看到了各种形式的替代行为。在《塞维利亚的理发师》中，阿尔马维华伯爵觊觎着被年迈的医生严加看管的贵族小姐，这使人想起了莫里哀的《太太学堂》；而《费加罗的婚礼》则旨在阻止阿尔马维华伯爵恢复对费加罗未婚妻行使初

① [法] 马里沃：《爱情偶遇游戏》，宁春译，北京：中国传媒大学出版社，2006年，第96—97页。

夜权（le droit de cuissage）。[1] 人们以一种疯狂的、被博马舍形容为“狂欢一日”的节奏假扮作他人，取代他的位置。速度因此被加快，使得这些情节戏剧成为扣人心弦的伟大剧作。被破坏的各种差异通过戏剧象征性地表达了某种被人们所嘲弄的大写历史，后者曾经代表了某种行将消失的秩序。由被泛化了的替代行为所引起的混淆最明显的标志就是一系列的误会，这些张冠李戴自始至终都是《费加罗的婚礼》的显著特征。谁是谁人们并不是很清楚，所有人都在欺骗其他人，或者更准确地说是在摆脱他所经受的骚扰。最后，各种同一性被重新建立起来。但是博马舍手法的特殊性在于，《塞维利亚的理发师》或《费加罗的婚礼》均属于三部曲的一部分；三部曲中的每一部，包括最后的《有罪的母亲》（*La mère coupable*）都与其他两部有所呼应，处于一段连续的大写历史之中。在《塞维利亚的理发师》里，博马舍展示了阿尔马维华伯爵为了将年轻富有的罗西娜（Rosine）从年迈的监护人巴尔托洛（Bartholo）手中夺走都用了什么样的阴谋诡计。在《费加罗的婚礼》中，时间使得阿尔马维华疏远了罗西娜。趁着妻子的女仆与费加罗举行婚礼的机会，他试图恢复行使贵族对农奴的初夜权。在三部曲的终章《有罪的母亲》里，人们发现罗西娜也背叛了她的丈夫，并在这段被隐匿的关系中产下一名私生子。插手阿尔马维华伯爵家族事务的阴谋家巴雅尔（Bégearss）是一个塔尔丢夫式的伪君子。他想尽办法让家族里的各个成员对立，以便迎娶伯爵的女儿；而后者则爱着那个即将被揭穿身份的同母异父的兄弟。同时，巴雅尔也几乎达到了他的另一个目的，即让伯爵剥脱他妻子私生子的继承权，将遗产都转到他所觊觎的伯爵养女的名下；而事实上伯爵的养女是他的私生女。费加罗将挫败这场阴谋。就像卢梭所经历过的那样，赎罪是一种美德。僭越者将被驱逐，一切将回归秩序。如果人们回忆一下费加罗三部曲中所凸显的变

---

① 中世纪欧洲的封建领主在其领地内的居民结婚时，可以抢在新郎前面先和新娘同床共枕，拥有夺取她贞操的权力。——译者

化的话，就会发现罗西娜和阿尔马维华各自境遇的突转被并置在了一起，二者的境遇因为夫妻之间的不忠诚而具有了可替代性。人们在三部曲中一步步地跟随着阿尔马维华的“转变”，而这种转变印证了那句格言：“害人者终害己（tel est pris qui croyait prendre）。”因为阿尔马维华的境遇被反转，他成了自己的反面：他曾经对别人做过的坏事最后都发生在自己的身上，其依据是某种大写历史的逻辑。在这种逻辑中，人们看到各种已经被建构起来的差异具有了问题性，并要求得到某种与事实状态不同的合法化。博马舍因此才在他1790年的那部戏剧中求助于对美德的呼唤。即便这种美德无法为人们在社会中所处的位置做出辩护，但至少能够解释与之相关联的各种社会特权；而美德并不与这些特权相对立，反而是对它们做出的补偿。这种为博马舍所钟爱的角色倒转使费加罗越来越像主人而阿尔马维华则越来越具有依赖性，并且后者支配他人的企图也变得越来越缺乏合法性。他变得被他人所支配和领导。如果最初的各种差异在戏剧的末尾又重新被找回，那是因为社会秩序仍还维持着原来的样子。尽管已经变得更具问题性，但是这种社会秩序仍然是人们在撰写戏剧时无法摆脱的负担。在马里沃那里，人们还能找得到各种互相回应的、相互交织的骗局。而在博马舍那里，差异本身遭到的破坏已经超越了每个人所扮演的角色：莫里哀已经将这种方法引入到戏剧之中，例如在《可笑的女才子》里；但是整个费加罗三部曲都建立在某种替代行为，尤其是伯爵夫人和苏珊娜的替代行为之上。在《费加罗的婚礼》中，每个人都可以成为另一个人。这就使人们能够重新找回正义和美德。作为戏剧的推动力，这种主仆关系倒置只有对坏人来说才是一种欺骗；而从前，这种欺骗所针对的是呆子和那些人们仅仅试图去奚落嘲笑的人。另外，如果说在莫里哀的戏剧中显得怪诞的是自命不凡的市民阶级的话，那么在博马舍笔下，喜剧所批判的对象轮到了贵族。博马舍的费加罗三部曲所遵循的也是这种翻转，因为它使罗西娜和阿尔马维华同样成为欺骗者。仆人，即苏珊娜或费加罗才是与众不同的存在；多亏了他们，各种差异即那些虚伪的习俗和惯例才暴露出它们本来的面目，因为它们并不属于那唯一重要的东西，即美德。在费加罗的婚礼上，阿尔马维华想要强加于苏珊娜身上的东西，让我们想起老巴尔托洛想要从被他所支配的罗西娜身上得到的东西。这种与庇护和恩典相伴的权力关系鄙视、侵占并贬低真正的爱情，它使我们面对各种类比和对等，而这些类比和对等本身又表达着社会中的问题性。尽管处境具有重复的表象，然而大写历史却将做出实实在在的反应。因为骗子阿尔马维华最终会落得被骗的下场。随着三部曲的发展，不断加深的各种差异使人想起某种同一性的回归。在这种同一性里，贵族的狂妄自大在某种愚蠢的盲目中得到证实，唯有美德才有能力挫败它，即便拥有这种美德的是一位仆人。历史性的差异在三部曲中通过阿尔马维华的转变反映出来，它目睹了阿尔马维华一步步地在他的财富和特权之中“沉沦”。喜剧性在这里源自一本正经却又运转不良的主人角色和随着三部曲的发展不断增加的过分的、幼稚的字面忠实化：阿尔马维华年轻时喜欢寻欢作乐，到老的时候又沉迷于贵族身份、财富和体面的有钱人；他坚信自己决不会上哪个阴谋家的当，但是最后骗他的人却不止一个。人们在舞台上看到的是一个浸泡在旧制度的各种差异中被防腐化处理的社会；这个社会令人发笑，原因是那些重要的差异从现在起跑到了别的地方。阿尔马维华没有认识到这一点，他在那场由住在他家的那位阴谋家所发动的战争中落了下风。后者竭尽全力想要毁掉他，并同时试图占有他的财富和他的女儿。大写的历史已经过去，阿尔马维华已经老了。但是他并没有意识到自己也已经成了被年轻时的自己穷追猛打的牺牲品。如果不是费加罗拯救他的话，他还能逃脱这场阴谋吗？对于博马舍来说，大写的历史就是各种境遇和角色的翻转。在这种翻转的真相里，戏剧的主角们不一定能够察觉到正在不断加深的差异。因为在他们所生活的世界里，除了戏剧之外，一些人的特权和另一些人的义务还没有被彻底地清除和颠覆掉。尽管如此，多亏了费加罗让这些人经历了这种翻转，各种被建构的差异才被重新建立起来，但是还需要使这些差异摆脱掉它们身上维持至今的那种必要的、无法回避的特征。于是，这些差异就变得无关紧要，由此产生了那句“只是在走出娘胎时使过些力气”的名言。由大写历史引起的翻转使奠定社会根基的各种同一性成为即将被揭示为与人们期望不符的各种差异。

以莱辛为代表的德国戏剧在喜剧的最后一次爆发之中诞生。两部莱辛的代表作分别是《明娜·冯·巴尔赫姆》(*Minna von Barnhelm*)和《智者纳旦》(*Nathan le Sage*)。《明娜·冯·巴尔赫姆》讲述了一位自认为已经破产并被控盗用公款的军官的故事。从那一刻起，他决定离开心爱的女人。但是女人却无法理解发生在他身上的事以及他这样离她而去的原因。《智者纳旦》宣扬的则是善良的普世性，它超越了犹太人、基督徒和穆斯林之间的对立，各种基本的价值观都汇集在同一种深层次的视野之中。一位圣殿骑士，即基督徒从大火中救出了纳旦的女儿莱夏(Récha)。故事发生在萨拉丁(Saladin)的国度里，萨拉丁没有赦免基督徒，即他的敌人的习惯。莱夏以为在他父亲的房子着火时救她的是一位天使。但是人们却说萨拉丁赦免圣殿骑士是因为后者的举手投足像极了萨拉丁曾经深爱着的弟弟。那么现在，突然出现又突然消失的圣殿骑士难道不是上天创造的奇迹吗？怎么感谢他呢？这时，萨拉丁的财务主管替他的主人来向纳旦借钱。尽管这位财务主管是纳旦的朋友，但纳旦还是让他两手空空地回去了。圣殿骑士在回到沙漠的途中遇见了一位大主教派出的修士，修士的任务是评估即将攻打的城墙上敌人的兵力。此外，修士还请求圣殿骑士趁萨拉丁抄小路巡视用于存放战争资金的要塞时刺杀他。圣殿骑士拒绝做这种无耻的勾当：他是一个战士，而不是一个刺客或者间谍。在这期间，萨拉丁又在干什么呢？他正在和他的妹妹西妲(Sittah)下棋。这时他的财务主管出现了，通知他国库里已经没有钱了。那么从哪儿弄来钱呢？纳旦不是犹太人吗？他不是有钱吗？但是，纳旦很聪明：他从不借钱给任何人，而是把钱施舍给犹太人、基督徒和穆斯林们。萨拉丁过于强大，以至于纳旦不敢冒险对他进行施舍。除了纳旦以外，大家都互相憎恨：基督徒讨厌犹太人和穆斯林，穆斯林同样讨厌其他两种人。圣殿骑士将他的名字告诉纳旦：库尔德·冯·施陶芬（Curd von Stauffen）。但是圣殿骑士的行为带给纳旦某种说不出的感觉，好像过去某个人做过类似的事。萨拉丁的财务主管又来找纳旦，他说萨拉丁想要任命纳坦为大司库，并且在皇宫召见他。萨拉丁问纳旦哪种信仰对人来说最具启发性。

纳旦：苏丹，我是个犹太教徒。

萨拉丁：我是个穆斯林。基督徒处于我们两者之间。但在这三大宗教中，只能有一个是真正的宗教。你这样的人不会一直待在生的偶然将你投放的所在；或者说，倘若你一直留在那里，也是基于你的洞见和理智，基于你的选择。好吧，现在讲讲你的洞见吧！[①]

纳旦就用指环和三个儿子的寓言来回答萨拉丁。为了不引起儿子之间的相互嫉妒，父亲在临死之前命人打造了两枚与原物一模一样的假指环。即便如此，父亲一去世三个儿子便争相要求成为一家之主，都说自己带的是真指环。纳旦借用这个寓言想要说明的是，在这三种宗教中，没有一种能称得上是真正的信仰，即便所有人都不这么认为。

萨拉丁：指环？不要戏弄我！我想，我向你提到的三种宗教很容易分清楚，直到衣着和饮食都可以区分开来！

纳旦：只是无法从三大宗教的根基上加以区分。它们不全都建立在历史根基之上吗？书面或口头传下来的历史！而历史却必须靠忠诚

① [德]莱辛:《智者纳坦[研究版]》，朱雁冰译，北京：华夏出版社，2011年，第79页。

和信仰传承，对吧？那么，人们最少怀疑谁的忠诚和信仰？当然是他们自己人的，对吧？我们不就是自己先辈的骨血吗？他们在我们孩提时代不就向我们证明了他们的爱吗？他们何曾欺骗过我们？除非这欺骗更有益于我们成长！我怎么可能不像你相信你的父辈那样相信我的父辈呢？反之也一样。我能够要求你为迎合我的祖先而下结论说你的祖先撒谎吗？反之也一样。这也同样适用于基督徒，对吗？①

萨拉丁被纳旦的论证所吸引，他决定不向纳旦提出任何请求。但是，纳旦主动提出将自己从沙漠商队中获得的利润供萨拉丁使用。

而圣殿骑士则一直待在一块绿洲中休息。他爱上了曾经拯救过的纳旦的女儿。圣殿骑士和一个犹太女孩在一起？这种想法一开始使圣殿骑士感到恐惧。但是，他们彼此真心相爱。莱夏的女仆告诉圣殿骑士莱夏并不是犹太人而是基督徒。那么一切都不成问题了。圣殿骑士完全被搞糊涂了。纳旦收养了莱夏并将她照着犹太教传统养大。为了知道得更多，圣殿骑士来到了修道院。大主教会怎么说呢？犹太人应该被处以火刑，放在柴堆上烧死！

这个犹太人用暴力让一个可怜的基督徒孩子脱离她因受洗而进入的团契！对孩子做的一切事，不是暴力又是什么？要说明的是，教会对孩子做的事例外。②

大主教大发雷霆。怒气和憎恨在他的言语中愈发强烈。但是圣殿骑士却拒绝揭发纳旦。萨拉丁召见了圣殿骑士。后者首先告诉萨拉丁他喜欢纳

① [德]莱辛:《智者纳坦[研究版]》，朱雁冰译，北京：华夏出版社，2011年，第82—83页。

② 同上，第101页。

旦的女儿，但由于她是个犹太人，纳旦不同意他们两个结婚。萨拉丁对此表示怀疑：纳旦并不是这种人。于是，圣殿骑士告诉他说纳旦其实更坏：他收养莱夏并将她教育成犹太人，而她其实根本不是犹太人！萨拉丁反驳他说，这恰恰又多了一个理由让纳旦同意他和莱夏结婚。圣殿骑士激动起来，萨拉丁维护纳旦的利益并命令圣殿骑士冷静下来。那么是否有这种可能，即圣殿骑士并不只是像苏丹的弟弟，而恰恰是苏丹弟弟的儿子，就像莱夏马上会发现她是圣殿骑士的妹妹呢？苏丹的弟弟曾经和一位女基督教徒育有一子。这就是莱夏的故事。

纳旦：当时您抱着孩子在达伦（Darun）与我见面。但您大概不知道，几天前，基督徒在加特（Geth）残杀了所有犹太人，包括妇女和儿童。您大概不知道，在这些人当中有我的妻子和七个前途无量的儿子。当时他们正在我兄弟家避难，却全部都被大火活活烧死。

助理修士：公正无私的上帝啊！

纳旦：当您到来时，我已经匍匐在灰烬中，在上帝面前哭了三天三夜。哭泣？同时也跟上帝争辩、宣泄悲愤、捶胸顿足，诅咒我自己，诅咒这个世界，发誓与全体基督徒不共戴天。

助理修士：唉！我完全相信您的话！

纳旦：这时，您从马上下来，把您用外套裹着的孩子交给我。当时您对我说了什么，我又对您说过什么，我全都忘了。我知道的就这么多。我接过孩子，抱着她，放在我的床上，吻她，跪下来抽泣着说："上帝啊！七个孩子中现在毕竟有一个回来了！"

助理修士：纳旦！纳旦！您是基督徒！上帝明鉴，您是基督徒！从来没有比你更好的基督徒了！

纳旦：这是我们的福呵！因为使我成为您心目中基督徒的东西，

正在使您成为我心目中的犹太教徒！①

事实上，效忠于这个女孩父亲的助理修士想要拯救这个孩子，因为她是苏丹的弟弟和一位女基督徒留下的遗孤。因此，莱夏和圣殿骑士其实是兄妹。但是，儿子被他的舅舅带回了德国，并跟了舅舅的姓。所有这一切都令人难以置信；而莱辛想要彰显的一点是在上帝的眼中，基督徒、犹太教徒或穆斯林的身份一点也不重要，因为重要的只有美德。此外上帝应当足够宽容，以便能够容忍这三种宗教……在这部戏里，不管是否被收养，每个人都是其他宗教团体中的一员，即便这些宗教团体之间在互相争斗。

这部戏剧所彰显的是可替代性被普遍化，并且被忽略的差异亦被泛化，因为它们是人们在启蒙时代的后半叶需要摆脱掉的各种幻象。但事实并不仅限于此。悲剧和喜剧在慢慢地向正剧和情节剧过渡，后两者将织就19世纪的浪漫主义，直到1830至1840年前后。那么如何来界定这种演进呢？

“作为B牺牲品的A反过来将B欺骗”的图示变成了“A是B的牺牲品”。但是A不再有能力对B进行报复或者伸张正义，因为各种差异被大写历史进一步加深并变得越来越沉重。牺牲品依然是牺牲品，这就是所谓的正剧。因此我们可以看到在18世纪，喜剧的形式与正剧的结构相契合。当事情得以顺利解决、不幸的事得以挽回时，就有了所谓的悲喜剧。实际上，莎士比亚已经写过这样的作品，例如《一报还一报》《雅典的泰门》则含有正剧的元素，因为尽管最后正直的艾西巴第斯（Alcibiade-le-juste）恢复了秩序，但泰门还是死了。在博马舍的戏剧中，野心勃勃的阴谋家巴雅尔的诡计最终被揭发并挫败。但是由于父亲和母亲在过去所犯下的过错全部被揭露，阿尔马维华家族还是受到了伤害。尽管有时一切的结局都还不错，但是正剧

① [德]莱辛：《智者纳坦[研究版]》，朱雁冰译，北京：华夏出版社，2011年，第118—119页。

永远不会让其中的人物毫发无伤。在启蒙时代，我们看到的变化是差异并非自然产生且（在喜剧中）现出原形；而是它们并未被人们认真地对待，因为破坏差异是一种解决的办法。然而，一旦这些差异在加速的历史性当中逐渐增长，这种办法就不再有效了。人们不再能够将其消除，它们变得愈发沉重。这正是将法国戏剧与诞生于18世纪后半叶的德国戏剧以及莱辛对立起来的原因。在欧洲第一部正剧《爱米丽雅·伽洛蒂》（1771）中，存在着两个阶级之间的力量对抗，它们分别是贵族阶级和市民阶级，这是两个无法跨越的世界。而在社会流动更加剧烈的法国，情况则有所不同：市民可以成为绅士（gentilhomme）。诚然，差异依然存在，对那些搞不清楚自己真正身份的人的讥讽也由此而生。但是这也说明，差异在法国并不像在德国那样不可触动。由差异产生并可能导致悲剧的失度行为似乎在18世纪变得模糊不清，就像那些曾经根深蒂固的各种差异开始被大写的历史所削弱，哪怕是从意识形态的角度。而在德国，尽管当时的市民阶层确实在变得富有，但这些差异却变得日益牢固。让我们听听斯塔尔夫人是怎么说的吧。

> 在法国，各个阶层之间的关系很适合培养洞察力、行为准则和社会认同感。等级的特征并不是确定的；在不确定的空间里，各种野心在不停地躁动，每个人都有成功和失败的可能。第三等级、议会、贵族的权力，甚至王权本身，没有任何东西以某种一成不变的方式被确定下来。在德国，每个人都被固定在他的等级、位置和职位上，人们不需要那些老练的措辞、题外话、含蓄的话语来表达自认为比他的邻居高贵的出身或头衔。[①]

① *De l' Allemagne*, passage cité par H. Brunschwig, *Société et romantisme en Prusse au XVIII siècle*, p. 64, Flammarion, 1973.

无视制度下的社会变迁使某些贵族变得充满优越感和怪诞，有时甚至有些危险，大多数情况下他们缺乏正义感。在《欧也妮》(*Eugénie*)中，博马舍将一位单纯的无知少女搬上舞台，在一场旨在欺骗她的有名无实的婚礼后，她以为自己嫁给了一位英格兰的伯爵。她以为自己已经成了伯爵夫人并要求伯爵将这桩“婚事”公之于众，告诉她的父亲。然而，贵族与他所觊觎的女性之间的权力关系在暴力的面前戛然而止。在《费加罗的婚礼》中，阿尔马维华认为他对他仆人的妻子享有初夜权，一如克拉雷顿大人（Lord Clarendon）勾引并通过假结婚引诱可怜的欧也妮上当。在马里沃的《移情别恋》里，当仆人向王子建议用暴力手段对付他的竞争对手时，王子对仆人说：“不，如果我想娶我女仆中的一个的话，那么根据法律我就不能对任何人使用暴力。”[①] 而在莱辛那里，情况则刚好相反：亲王命令他的打手用刺杀的方式解决掉了他的竞争对手，并设法将他垂涎的女士诱骗到了自己的城堡中监禁起来。比起西班牙戏剧，这种做法并没有那么直接，却还是比18世纪的法国戏剧要更为暴力。这就解释了为什么人们会将正剧和德国戏剧联系在一起；在德国戏剧里，人物的命运具有悲剧性。提起这个时期为法国人所熟知的悲剧，人们就会想到伏尔泰。伏尔泰认为自己的戏剧作品会被后世所铭记，但归根结底这些作品只是对旧式主题的重复，并没有带来多大的新意。原因也许是大写历史在打乱各种差异的过程中，尤其是那些被旧制度下的社会认为是世界上最万无一失的差异，使那些没有意识到这一点的人们显得浅薄和可笑。在这样一种社会环境中，差异并没有消失，而是在实实在在地发挥作用。无论里面包含着善还是恶，无论人们害怕差异还是否认它，这都是一个虚构被审查的时代。剩下刚好交由神话或遥远的大写历史来承办(如伏尔泰)。为了使一部悲剧有意义，就必须用现代的主题来使之焕然一新，这将是正剧所要做的事情；悲剧不能因为在当代社会缺乏自给自足的能力而

① Marivaux, *La Double Inconstance*, Acte I, scène II.

一再重复旧时的主题。只有在差异会引起混淆而不是一清二楚且能够被质疑时，悲剧才会经历蓬勃的发展。费加罗不是在想尽办法否认这种差异吗？恰恰是当人们不再认为各种差异是严肃和不可触动之时，那些诙谐打趣的话或者马里沃体才占据上风。诚然，这些差异是有效的，但是在这一点上，它们只是附属于被社会建构起来的力量对比，就像今天一样。

因此从这个时期起，正剧和喜剧体裁变化的特点是“骗子自欺欺人”这种相互性的断裂：A 欺骗、操纵 B 并伤害他（她），而 B 不能做出回应以便他被剥夺了的公平被重新建立起来。如果 B 被 A 所愚弄的话，那是因为他自己曾经可能伤害到了 A，但是这仅仅与他所处的境遇和他的差异有关；A 能够利用他的境遇和差异对 B 施加某种力量。悲剧在正剧中得到解决，而喜剧则逐渐融入某种由哥尔多尼所建构起来的新图示之中。哥尔多尼对喜剧以及随后产生的轻喜剧和林荫道喜剧都产生了深远的影响。后面两种喜剧在 19 世纪和 20 世纪的法国都受到广泛的喜爱，并产生了诸如费多、拉比什或吉特里[①]这样的杰出代表。哥尔多尼所创立的喜剧类型建立在剧情的基础之上，其中制造问题的是人物的各种性格。种种代换、误会的目的并不在于欺骗别人，而通常是保护自己和更好地制服某些反抗。这些反抗源自戏剧主角们的性格特征以及他们赋予自身的市民阶级形象。在这样的戏剧中，比起最后的真相大白，修辞、言语，总之是那些俏皮话发挥着更为重要的作用。戏剧所呈现的是一幅幅描绘市民阶级的风俗画，其中占据主导地位的是各种共同的价值观，而不是某种新旧事物的对抗。尽管局面紧张，有一触即发的可能，但最后冲突还是抵不过大团圆的结局。即便喜剧从哥尔多尼开始改变风

---

① 乔治·费多（Georges Feydeau, 1862—1921），19 世纪晚期和 20 世纪初期法国喜剧作家，擅长写滑稽剧。欧仁·拉比什（Eugène Labiche, 1815—1888），法国喜剧作家，1880 年当选为法兰西学院院士，一生创作一百多部喜剧、笑剧、杂耍剧，兼写小说。萨沙·吉特里（Sacha Guitry, 1885—1957），法国轻松喜剧代表作家，善于描绘巴黎风情，剧作情节常围绕男女爱情纠葛展开。——译者

貌，但是其方式却愈发显得孤立。在同一时代，悲剧性的情感转移到了抒情艺术之中，因为在启蒙时期这个对悲剧不甚有利的时代里，各种情感更适合由歌剧来表达。此外，歌剧在一开始时除了具备讽喻意义之外，并没有很政治化。它反映的是乡间生活、田园牧歌和神话故事，将古代的众神和他们的奇遇甚至受到的失望与挫折搬上舞台。最重要的是缺乏真实性：这种不可靠性使各种可替代性在一个使各种旧的回答加速失效的世界中成为可能。发生在这个时代的事解释了戏剧向歌剧滑动的原因。18 世纪的一个普遍现象是在那些悲剧还处于初始阶段或未得到革新的国家中，歌剧表演肩负的任务是用正歌剧（opéra séria）[①] 来弥补戏剧性的不足。“在 18 世纪，正歌剧被确立为典型的高贵体裁的代表。它混合了崇高和形式主义，后者被优美的、编排考究的阿拉贝斯克花式乐曲所缓和。正歌剧歌颂了王公贵族宫廷中的豪华与浮夸。在正歌剧里，王子重新找回了他理想中耀眼的专制特权：无论是在战场上无可匹敌、在凯旋中宽宏大量的亚历山大大帝（Alexandre le Grand），还是用温和的手段和非凡的气度宽恕谋反者的提图斯（Titus），他们都像镜子一般，向王子投射出一幅理想化形象，其身上有着前者自认为具备的种种优点。”[②] 但是在 18 世纪的后半叶，喜剧在除法国之外的其他地方已经显得筋疲力尽了。莱辛是德国唯一一位坚持撰写喜剧的作家；在意大利，哥尔多尼也同样被孤立。另外，他还来到巴黎生活过几年的时间。但是他和梅塔斯塔齐奥 [③] 一道为歌剧剧本的编写做过贡献。总的来说，作为意大利即兴喜剧继承

① 盛行于 17 世纪，的题材重大严肃、音乐风格崇高华丽、讲求歌唱技巧。——译者

② Leslie Oney et Rodney Milnes, *Histoire de l′ opéra*, p. 67, Thames & Hudson, 1991.

③ 彼得罗·梅塔斯塔齐奥（Pietro Metastasio，1698—1782），意大利诗人、剧作家，反对当时歌剧迎合贵族趣味、偏重歌唱、轻视戏剧内容的倾向，主张把古典主义悲剧、田园剧的特点同歌剧、音乐、诗歌结合起来，反映现代人的思想感情。代表作有《被抛弃的狄多》《卡图在乌提卡》《忒米斯托克勒斯》等。——译者

者，兼具可笑和滑稽的谐歌剧（opéra buffa）[①] 即将经历一次腾飞。

对作曲家而言，喜剧是一种困难的体裁。在悲剧中，音乐受到特别的偏爱。正歌剧可以证明这一点。但是在非“正”歌剧中情况则恰恰相反，由于滑稽性基本上是由口头表达的，音乐的地位因此便显得尴尬。原因是它损害了对文本的理解。事实上，通常或至少在某些作曲家笔下，精心编排的管弦乐曲过于引人注目，甚至有点聒噪。但是主要的问题是在歌剧中，歌喉被赋予两种功能：它必须同时传递情感和意义。传递情感需要一种宽广的音域，而它并不总是可以兼顾清晰的发音。某些元音不可能在高音中被唱出来。而至于各种辅音，在许多种语言里，它们都具有某种区别的功能；对于线性的音乐来说，它们是重重的障碍。此外，根据所反映的情绪或精神状态，音乐节拍时而太快、时而太慢，以至于听众无法感知到文字的含义。节奏是喜剧性的一种重要推动力，然而，人们演唱时的速度却比说话时慢得多。如果作曲家优先考虑音乐的话，那么喜剧就会陷入悲惨地拖拖拉拉的境地；但是如果编剧遵循说话时的正常语速的话，音乐就会乱成一锅粥。如果在这之上再加入每种声音类型和室内声学给写作带来各种障碍的话，人们就会更加理解为什么好的音乐喜剧是那么少见。最简单的解决方法就是将情感和信息分开来，也就是让说的语言来操心解释行动的发展，而音乐只作为表达情绪的美丽外表介入其中。从这种理念出发发展起来的有法国的喜剧歌剧（opéra-comique）、英国的戏剧歌剧、德国的歌唱剧（Singspiel）以及后来的轻歌剧（opérette）、音乐喜剧和美国音乐喜剧（musical）。这套方法十分有效，唯一的缺陷是将音乐圈定在了次要

① 又称“喜歌剧”，和正歌剧相对的歌剧种类。盛行于18世纪，题材取自日常生活，音乐风格轻快幽默。——译者

角色之中。18世纪重要的成就之一，就是将音乐变成喜剧的一个重要组成部分。[1]

这就解释了为什么人们还会在莫扎特那里找到念白形式的幕间插曲和演唱章节交替进行的原因。所有人都同意将莫扎特视为18世纪末喜剧歌剧或谐歌剧之父，因为他填补了由越来越趋近于正剧轮廓的德国喜剧所留下的短暂空白。有必要再重复一下当有人问起歌德为什么不写喜剧时他所做出的回答吗？因为在德国不存在能够为戏剧提供任何素材的社会生活，别的地方也一样。因此，歌剧中的音乐接过了这项任务，从而导致戏剧的发展趋势随着浪漫主义的诞生变得越来越趋向正剧，而同时浪漫主义也将确立自己统治性的地位。

① *Ibid.* p. 89.

第八章　从浪漫主义正剧到现实主义和象征主义正剧：从雨果到易卜生、从克莱斯特到斯特林堡和契诃夫

激情的浪漫主义视角

在18世纪的英格兰，随着王权复辟诞生了一种备受争议的戏剧，它表现了当时的风俗、虚伪（如谢立丹）和假冒的美德。与此同时，法国戏剧则建立起一种视角：在这种视角里，弱者（例如仆人或女性）成为某种最终为了其自身利益而被反转的差异的牺牲品。在正剧真正的国度德国，戏剧中那些最弱的人没有任何获胜的可能。莱辛的《爱米丽雅·伽洛蒂》和洛佩·德·维加的《羊泉村》的区别是什么？首先，《羊泉村》是一部有关荣誉的戏剧，荣誉先是被嘲弄，后来又被重新建立起来；这并不是一部正剧，而是一部悲喜剧。对一位无动于衷的年轻女仆滥用权力这一主题又被莱辛重新拾起，但最后却是一个不幸的结局：父亲以美德的名义牺牲了自己的女儿，因为二者都不愿意背弃它。最后的结局没有正义，只有牺牲品的死亡。这就解释了德国戏剧中占据主流的趋势，即阴郁、绝望、缺乏幻象；浪漫主义唯一能为其增添色彩的地方，是使剧中人物在各种不可能的对抗之中变得更加狂热、放纵自我的激情。戏剧所关心的不再是仆人和女人，而是中产阶级。他们既无法在由贵族统治的德国立足，也无法在法国立足。因为在法国，旧制度的复辟束缚了受大写历史折磨的年青一代的观念和期望，大革命的果实被窃取使这些年轻人的希望破灭。法国的浪漫主义正剧建立在个人愿

景与束缚这种愿景的社会制度之间的对立之上，而美德的失败和镇压的残酷则萦绕在德国戏剧之中。

在揭示、阐明和描述支撑着法国浪漫主义正剧的多样性方面，没有人比弗洛伦斯·瑙格雷特[①]做得更好。[②]在法国浪漫主义正剧里，激情反馈到了个人的差异之上，它与他者、权力、社交礼仪和重新变得僵化的固有秩序发生猛烈的冲撞。然而，大写历史是新旧产生冲突的场域。像复辟之后的保皇派那样否认大写历史的行为是一个圈套，因为从大仲马[③]到雨果，从缪塞[④]到歌德再到席勒，[⑤]大写历史在浪漫主义戏剧中无处不在的身影已经成为一种事实。在早于法国浪漫主义的德国戏剧中，人们观察到了一些超越了沉闷拖沓情节的特殊性，这类特殊性同样存在于大部分时间被视为诗人和小说家的歌德的作品之中。在德国，浪漫主义戏剧呈现的是一位英雄或将领；作为领头人物，他是军队或一个群体的代表和象征，并激发起群体统一的憧憬和愿望。例如艾格蒙特（Egmont），他在歌德的同名戏剧中因自身的各种高尚品质受到大家的敬仰，但是西班牙占领者却因为同样的原因而害怕他。因为性格不够主动又过于和蔼可亲，艾格蒙特因其高尚的品格成了阿尔巴公爵（Duc d'Albe）手下的牺牲品。公爵被派往荷兰是为了镇压由废除地方特权和先民习俗而引发的叛乱。作为对无法团结起来的日耳曼民族的隐喻，歌德笔下的比利时选择了一位看起来并不想成为领袖的领袖。总之，这位领袖无

---

① 弗洛伦斯·瑙格雷特（Florence Naugrette，1963—），法国学者，巴黎第四大学法国文学、戏剧理论和戏剧史教授。——译者

② Florence Naugrette, *Le théâtre romantique*, Le Seuil, « Points », 2001.

③ 亚历山大·仲马（Alexandre Dumas，1802—1870），人称大仲马，法国19世纪浪漫主义作家，代表作有《亨利第三及其宫廷》《基督山伯爵》《三个火枪手》等。——译者

④ 阿尔弗雷德·德·缪塞（Alfred de Musset，1810—1857），19世纪法国浪漫主义诗人、小说家、剧作家，代表作有“四夜组诗”、《罗拉》《酒杯与嘴唇》等。——译者

⑤ 约翰·克里斯托弗·弗里德里希·冯·席勒（Johann Christoph Friedrich von Schiller，1759—1805），德国18世纪著名诗人、哲学家、历史学家和剧作家，代表作有《强盗》《阴谋与爱情》。——译者

法树立自己的权威，并为他所代表的差异付出了代价。阿尔巴公爵设计将艾格蒙特引到自己的家中并将其处决。艾格蒙特的天真幼稚显示出某种既能够团结众人，又能导致他失败的正直和善良。悲剧就在这种不公正之中，眼睁睁地看着好人死于恶毒的坏人手下。

席勒的作品也没有逃脱这种戏剧图示。让我们以《威廉·退尔》(*Guillaume Tell*)为例。这位瑞士英雄在毫无先兆的情况下成为反抗奥地利总督格斯勒（Gessler）的领袖，唯一的原因是格斯勒将苹果放在威廉·退尔儿子的头上并命令退尔向苹果射箭。众所周知，退尔射中了苹果。但是为了以防万一，退尔还保留了一支箭用来射总督。总督勃然大怒，将退尔抓了起来。押解退尔的船在暴风雨中颠簸。尽管退尔救了总督，但是他在脱身之后又返回总督的住所。因为退尔知道，他会因此失去安宁的生活，他必须杀死格斯勒。正当格斯勒粗暴地对待一位丈夫被无缘无故监禁起来的妇人之时，退尔用箭射杀了他。在这里，我们可以勉强地称英雄退尔是对他所属群体的一种渐进性的表达。但是在歌德那里，我们可以找到同样的图示。人与大写的历史之间的对抗有时使人灭亡，例如华伦斯坦（Wallenstein）或艾格蒙特；有时使人获胜，例如威廉·退尔。但是正剧就处在这种一开始被主人公忽略的差异当中，因为他拒绝在一开始做出正确的选择。在法国戏剧中，浪漫主义英雄无法推翻由大写历史设立在他面前的各种障碍；相反，在德国戏剧中，他们无法清楚地认识大写历史，就好像艾格蒙特、威廉·退尔，抑或华伦斯坦都是大写历史的“偶然”，是几乎在不经意间成为的英雄。但是，每次将戏剧主人公没有意识到的隐喻性角色隐喻化的都是大写历史。正剧就在已经被对手施加在戏剧主人公身上的这种意识之中体现出来。戏剧主人公发现这种隐喻性，其目的并不是像麦克白一样去滥用它、用某种罪恶的字面忠实义去填充它，恰恰相反，是为了体验另一个人，如麦克白对他的某种操纵。这使得正剧的主人公在成为牺牲品的同时还自认为处在自身美德的庇护之下。

对浪漫主义英雄来说，象征性意味着其自身矛盾的真实性以及其境遇的隐喻性和字面忠实性。诗歌因此成为他与世界基本关系的表达。他后来才发现隐喻性是历史性本身，是某种他幻象能够逃脱或认为自己掌握的大写历史：华伦斯坦自认为是主宰并能够自由地选择盟友，就像伊丽莎白将她对玛丽·斯图亚特的怨恨从个人层面转嫁到政治层面(因为伊丽莎白的情人莱切斯特伯爵爱上了苏格兰女王玛丽·斯图亚特)。伊丽莎白坚信为了自身的历史性利益，玛丽·斯图亚特必须消失。“自由还是不自由”的问题取代了莎士比亚的“生存还是毁灭”。大家都知道席勒迷恋康德的道德著作，康德希望人们总是能够牺牲自己的个人利益来树立起某种纯粹的意志。对于席勒来说，美德是一场人们永远无法获得完全胜利的战斗，因为人们必须要做出牺牲。正剧描写的就是人们在这两种类型的约束之间游移不定；任何个体，包括这个世界上被自身所处的大写历史所超越的伟人们都会遇到这种情况。这些人所忽视的隐喻性将追赶上他们，并向他们暴露出本来面目，显示出纯粹象征性和无效的一面。这种隐喻性被表达为各种反馈到某种自由选择的感觉之上。当人们确信拥有这种选择的自由之时，他们会扪心自问是否真正拥有这份自由。被各种感觉排斥到后台的大写历史最终会表现为强制性的束缚，甚至是最为强烈的苛求，除非它在这里充当的是在各种感觉的催促下付诸实践的行为的前提。正如玛丽·斯图亚特所发现的那样，在只向大写历史屈服的同时将束缚和苛求合而为一是权力的特权。日耳曼英雄由于其凌驾于大写历史之上的行为而迷失了自我。而在这种大写的历史当中，法国浪漫主义戏剧的主人公发现他无法战胜大写历史的强力与重量。即便美德赋予他们翅膀，但是它最终还是无法抵挡敌人的权力。在《艾格蒙特》里，阿尔巴公爵行为的动机到底是因为仇恨还是为了解决即将来临的叛乱呢？这两种动机最后不是合二为一了吗？其中的一个作为另一个的借口并强化了它。依照(康德的)原则，阿尔巴和伊丽莎白都可以宽恕他们的牺牲品，但是一切都在强化大写历史所要求他们做出的选择；最终不出所料，他们也都对大写历史做出了回应。但是只知晓大写历史必然性的人难道不就是那种认为已经主宰历史，并相信自己比其他人更自由，从而对他真正的自立性产生幻觉的人吗？华伦斯坦和艾格蒙特都属于这种被席勒称为天真纯朴（naïf）的人物类型。席勒将天真纯朴和感情用事（sentimental）相对立，这两种类型是其他因尼采谈论阿波罗式（apollinien）和狄俄尼索斯式（dionysiaque）而闻名的其他种种对立的雏形。华伦斯坦性格直率，专注于世俗的利益，时刻准备着为顺应时代的潮流而改变自己的态度。一切都再正常不过了：背叛、贪婪看起来自然而然，没有什么东西能够引起他的愤怒，只需要做出惩罚即可。为了激起愤怒，脑海里就需要有某种超越所有这些个人偏好的道德准则。归根结底，天真幼稚的人是现实主义者：在人和境遇的问题上，他一点也不会犯错，他精心盘算各种境遇，以便更好地与他人一起努力工作。他自由吗？当然不，他被禁锢于他的精打细算和现实主义之中。唯有感情维度才能够使人只遵循内心的律令，坚持到底直至疯狂和死亡，正如他的儿子和他心爱的姑娘所做的那样。这位姑娘是那位背叛了他的诸侯的女儿，她和他的儿子的爱超越了那些他们并不需要的、相互矛盾的利益。即便康德幻想能够将藐视个人利益的美德强加于既有的秩序之上，但在道德的苛求中，象征性变成了现实，其目的是以悲剧的方式与这种秩序进行碰撞。尽管如此，华伦斯坦还是会走向灭亡。其原因恰恰是他的现实主义回过头来与他针锋相对，这种现实主义并不像它看起来那么令人放心。华伦斯坦会发现人们所掌握的大写历史本身仅仅是一种由各种感觉所决定的隐喻。现实将华伦斯坦卷入被他所轻视的大写历史的深渊之中。德国浪漫主义正剧的主人公的特点在于他认为自己有能力认清大写的历史。然而在通常情况下，他仅仅是比他更强的各种力量的玩物。由于偶然，他无意之中成为英雄。在这一点上，威廉·退尔可以与华伦斯坦和艾格蒙特相提并论。

与之截然不同的是法国浪漫主义正剧，然而我们在其中同样能够看到跌入大写历史圈套之中的英雄人物。他们是大写历史的牺牲品。他们并不试图像葛兹·冯·伯里欣根[①]或华伦斯坦那样直接成为大写历史的主宰。但是他们既无法超越大写历史，又无法顺应它。而大写历史所体现的差异既无法被填补，也无法被破除。让我们看看雨果的《吕伊·布拉斯》(*Ruy Blas*, 1838)。为了报复王后，堂·萨留斯特（Don Salluste）让他的仆人吕伊·布拉斯装扮成西班牙大公。因为堂·萨留斯特知道吕伊·布拉斯暗恋着他的王后，他就打算通过把布拉斯送进王后怀抱的方式败坏王后的名誉。一切都在照计划进行：吕伊·布拉斯假扮已经被堂·萨留斯特打发走的堂·赛扎尔（Don César）。吕伊·布拉斯在宫中的地位日益显赫，王后也将自己的爱意向他坦白。王后写了一封短信与吕伊·布拉斯幽会。堂·萨留斯特突然出现，骗局败露。王后的颜面荡然无存。吕伊·布拉斯在盛怒之下杀死了堂·萨留斯特并服毒自尽。当然，最后王后得救了，但是传递出的消息却很明确：由大写历史建立起来的差异是人们无法逾越的一座桥梁。不相信这一点就会导致悲剧的发生，就像吕伊·布拉斯的悲剧那样。他曾经认为自己能够像博马舍笔下的人物那样，从仆人的身份摇身一变成为主人，并翻转大写历史已经预先赋予他的角色。在《国王寻欢作乐》(*Roi s'amuse*)中，特里布莱曾经想通过给国王介绍贵族家的妻女作为情妇的方式来实现社会地位的升迁。但是特里布莱的行为将受到贵族们的惩罚，他为不甘心待在自己的社会阶层，即安心做一个低调的仆人付出代价。我们在大仲马的《安东尼》(*Antony*)里可以找到同样的观点。安东尼来自一所孤儿院，他的这种出身成

① 葛兹·冯·伯里欣根（Goetz von Berlichingen，1480—1562），16世纪的一名德国没落骑士，1524—1525年德国农民战争爆发后，参加了法兰克尼亚的农民队伍，力图使起义沿着温和的路线发展，以维护骑士的利益。1524年4月出任光明军指挥，因著有自传《铁手骑士葛兹》而有铁手骑士之称。歌德于1773年写就一出历史悲剧《葛兹·冯·伯里欣根》，题材便取自《铁手骑士葛兹》。——译者

为某种差异并建立起一条真正的鸿沟。这种差异阻碍他进入心爱的女人阿黛尔（Adèle）的世界。此外，为了见到有可能揭晓他真实身份的那个人，安东尼不得不匆匆地离阿黛尔而去。他这么做目的是弄清楚自己是否出身于一个足够高贵的家庭以便向阿黛尔的家人提亲。安东尼对阿黛尔说："为了你的父母，我需要一个贵族姓氏。"他接着又说："如果做不到的话，我曾经想通过良好的教养迫使那些偏见做出让步。艺术、语言、科学，我几乎都研究过并掌握了。我曾经发疯似的开阔我的心胸以便忍住我内心的绝望！无论是与生俱来的天赋还是后天获得的学识，都在我出身的污点面前烟消云散，向最为平庸的人们开启的职业道路却在我的面前关上了大门：必须要报上我的贵族姓氏可我却没有。"①简而言之，大写历史就沉淀在那里，像一个无法逾越的屏障；它与浪漫主义英雄相对立，就像一个障碍一般使他明白他没有对这个世界做出区分，因此他的存在仅仅是某种隐喻。梦醒了，就像突然之间找回了意识一般。某种不可能性造成了正剧，就像英雄不可避免地撞上了一堵厚墙。但是，法国大革命难道没有使人们预见到这些社会屏障的削弱吗？使年轻人在心里滋生那些未实现的愿望和对浪漫主义的怀旧情绪的是对复辟的遗忘，这些年轻人曾以为从那时起对他们来说一切皆有可能。在这儿，大仲马借他笔下的人物之口又说了些什么呢？"喜剧是道德的画卷，而悲剧则是激情的画卷。"②随后他立即补充道，"大革命使人人平等，混淆了阶级，普及了装束。表明职业的东西消失了，没有哪个社交圈子会对这样或那样的品行或习惯做出限制。"但是每个人都想让自己与众不同。唯一的方法就是超越某种外在的相似性，以便使某种内在性成为个体差异化的唯一来源。因此，从那些被喜剧人物而非观众所遗忘的、众所周知的差异中汲取养分的喜剧在这个时代就变得十分奇怪。能揭示出差异真正所在的唯有极具历史性特

① Alexandre Dumas, *Antony*, acte Ⅱ, scène Ⅴ.

② Acte II, scène VI.

征的正剧。“大写历史为我们留下了各种事实，我们有继承它们的权利。这些事实不容置疑，它们属于诗人：诗人追忆那些先人，为他们重新披上他们的服装，用激情鼓动他们。诗人会根据他想要达到的戏剧性效果来增加或减少激情。但是无论人们在现代社会的语境中怎样试图在蹩脚的、截短的燕尾服下毫无遮掩地暴露人类的内心，人们都无法认出它。戏剧主角与正厅后排的观众极其地相似，他们之间的类比关系极其地紧密。”

在一个已经变得如此平庸的世界里，观众不会追随狂热的主人公，于是正剧蜕变为情节剧（mélo）。这时的大仲马明显感觉到使浪漫主义正剧具有划时代意义的原因，那就是由某种夸张又充满激情的修辞所导致的失度和不可靠性，即便它通常难以被发现和辨认出来。除了这种被多次重复的见解之外，值得关心的是观察浪漫主义戏剧中真正发挥作用的东西，即与大写历史的某种新型关系。大写历史自那时起被打上新与旧、隐喻性与字面忠实性之间明确对立的烙印。某种完全有意识的隐喻性成为浪漫主义的特征。这种隐喻性孕育了浪漫主义的抒情性并表达了影响历史性差异的同一性。守旧的浪漫主义与进步的浪漫主义并存。正剧在这种对抗之中上演，并体现在弱势存在的无力之中。这种为诗性提供营养的弱势存在无法使自己成为客观的现实，因为在现实之中同一性只通过字面忠实的方式占据统治的地位。由此产生大写历史的沉重感、意识到诗人孤独的沉重感以及那些想要做出改变的人的无力感。这些人拒绝以工程师或科学家为代表的、被数理化的强势存在，他们所追求的是诗性，即创作和新意的代名词。

> 查特顿：噢！上帝！跟精神有关的唯一科学是数的科学吗？毕达哥拉斯是世界之神吗？我要对那有帮助的启示说：别来，你毫无用处吗？”[①]

① A. de Vigny, *Chatterton*, acte Ⅰ, scène Ⅴ.

这一次，各种隐喻的弱势存在显然撞上了被加强的存在。后者将这些隐喻排斥到了非回答行为的黑暗之中。这种强势存在象征着具有自觉意识的大写历史，它抛弃并封锁那些虚幻的、主观的、具有情感性的隐喻。这到底是封锁的效果还是原因呢？总而言之，这是一种封锁的意识：差异在隐喻化之中暴露并且没有发生在戏剧进程之中，而是在一开场的时候。各种憧憬和绝望被表达为隐喻和抒情诗般的句子，它们传达出存在于纯粹的、毫无诗意的世界之中的字面忠实性的无力和生存的困难。应该让位于那些与众不同的人和从各个方面来看都作为差异的事物的大写历史同样是阻止这一切的东西；即便人们曾经认为已经成为大写历史的主宰，可它还是将各种差异重新建立起来。它还检验了人们本以为已经战胜了的差异身上不可回避的特性。通过僭越大写历史的方式，戏剧主人公希望能够战胜大写历史在他的道路上设置的各种困难和障碍。比起作为改变代名词的未来，过去显得愈发沉重。这一点在《艾那尼》(*Hernani*）里很清楚。堂・吕伊（Don Ruy）和艾那尼立下了契约，目的是从堂・卡洛斯（Don Carlos）手里夺回堂娜・莎尔（Dona Sol）。因为堂・卡洛斯在成为皇帝之后，一直觊觎其他的女性，打算展开一段更符合他新身份的婚姻。问题是艾那尼向堂・卡洛斯保证如果复仇成功，他会将自己的性命托付给堂・吕伊。绝望的堂娜・莎尔自杀了，而堂・吕伊也在坟墓中步了莎尔的后尘。简而言之，人们无法扮演本不属于他们的角色，那些曾经被人们认为能够无须做出改变就能扮演的身份的隐喻最终暴露出它的虚幻本质。让我们听听弗洛伦斯・瑙格雷特是怎么说的吧：“艾那尼先后通过两个拿名誉做担保的誓言与过去发生关联：其一是他要为父亲向国王复仇，其二是为堂・吕伊献出自己的性命。作为一个属于未来的人，第一条誓言将主人公解放；而作为一个属于过去的人，第二条誓言则成为他的羁绊。在人物的群像之中，表面崇高、作为卡斯蒂利亚人荣誉化身的堂・吕伊戴上了一副坚持要求父债子还的怪诞面具。因此，迫使主人公犯下错误的并非悲剧性的宿命：主人公通过遵循已经被其内化为律令的某种旧秩序进行自我惩罚。”[①] 在古典主义悲剧里，荣誉是一种严格僵化的差异，它要求人履行自己的义务。诚然，这种义务的隐喻性越来越强。而在《艾那尼》中，这种义务已经完全成为某种没有任何实质性的空洞隐喻、某种纯粹的谜题和某种已经成为问题的旧回答。在大仲马那里，主人公喜欢对那些旧的回答嗤之以鼻，但是这些旧的回答，例如出身、姓氏、家族却像枷锁一般压在主人公的身上，其中却偏偏少了个人的才干。和《艾那尼》相似的不仅有《吕伊·布拉斯》，还有《国王寻欢作乐》。在《国王寻欢作乐》里，雨果在戏剧创新方面走得更远，并预示了正剧朝着音乐剧且最后向林荫道喜剧的转变。浪漫主义正剧将为意大利歌剧提供养料，它将在意大利这个音乐的国度成为“悲剧”或“正剧”。在意大利，绘画曾经取代了戏剧表演的位置；可是后来，歌剧则接替绘画的角色，并在其中加入了因大写历史加速而成为必要的行为动作。

《国王寻欢作乐》沿袭了王公贵族引诱他们的仆从这一主题。从洛佩·德·维加到雨果，这其中发生了变化。其实在蒂尔索·德·莫利纳那里，唐璜的所作所为就已经是引诱而非胁迫。在莱辛那里，二者发生了混淆。因为王子杀死了他的对手却假装仁慈地收留了由他一手策划的袭击中的幸存者。在雨果那里，国王的行为是在寻欢作乐，因为他像唐璜那样勾引女性。但是他的弄臣和皮条客特里布莱给他提供的都是些名门望族的女儿或妻子。直到有一天，这些被欺骗的贵族们达成协议：为了报复特里布莱，他们要让特里布莱自己的女儿成为国王寻欢作乐的牺牲品。特里布莱在盛怒之下，收买了一位叫作萨塔巴迪（Saltabadil）的杀手去刺杀国王。特里布莱的女儿对国王一往情深，为了救他甘愿替他去死。就这样，自以为与王公贵族比肩的特里布莱最终在不知情的情况下，指使他人杀死了冒充国王身份的亲

① *Op. cit.*, p. 144.

生女儿。社会所建构起来的各种差异依然不可逾越，即便人们通过欺骗和约定可以使自己成为另一种人。这种行为仅仅是在大革命后由大写历史灌输进入年轻人思想之中的各种隐喻和幻觉。人们不再劫持妇女，而是在她们的授意之下玷污她们的名誉。一切都变得怪诞和可笑，殷勤和彬彬有礼的爱情仅仅是种骗人的伎俩。只要已经被建立起来的秩序没有受到质疑，人们就不能嘲弄权势而毫发无损。事情还没有发展到被戴上绿帽子的丈夫引人发笑的阶段；在当时的情况下，能够使每个人都得到消遣的依然是弄臣这种类型的人物。与众所周知的《唐璜》不同，这里成为大家族成员复仇目标的并非引诱者一个人，需要和即将面对不幸的是女孩的父亲和戏剧中妻子的丈夫。人们在不到一个世纪以后的林荫道喜剧中看到的那种拿主意、操纵丈夫、挑选情人的女性形象同样也能在《任性的玛丽亚娜》(*Les caprices de Marianne*）中找到另一种表达。人们已经搞不清楚这到底是一部喜剧还是一部正剧了，但是可以看出二者在18世纪末合二为一。缪塞的这部作品借用了马基亚维利的模式：一位名叫塞利奥（Célio）的男子请求说客奥克塔夫（Octave)，即玛丽亚娜丈夫的表亲帮忙吸引玛丽亚娜的注意。玛丽亚娜是一位忠诚贞洁的女性，她拒绝给予塞利奥任何关注。对于玛丽亚娜来说，女人处于某种难以维持的境遇之中：如果她向那些追求她的男人们屈服的话，就会被视为草芥；而如果她拒绝男人们的殷勤，那么就会显得自负和高傲。

> 我亲爱的表弟，难道您就不可怜可怜女人的命运？您瞧瞧我的遭遇吧。塞利奥好像命里注定就得爱我，或者，他自认为爱我。那个塞利奥把心事告诉他的朋友们，他们便宣称，我一定要做他的情妇，否则罪该万死。那位那不勒斯的贵公子倒挺谦恭，派您这样高贵的代表来告诉我，从现在算起，限我一周之内，必须爱上那位所谓的塞利奥少爷。请您酌量酌量吧。我若是依从了，人家会说我什么呢？一个女人按照

指定的时间，分秒不差，遵从这样一种提议，岂不成了一个下贱的东西吗？她岂不要被众口交谤、千夫所指，名字让人编入酒馆的小调里吗？反过来，她若是拒绝呢？岂不又比魔鬼还要残忍，比雕像还要冷酷吗？一个女人，究竟算是什么呢？不过是人们一时的消遣品，一个人们假装喜欢的空洞的影子。他们这么做的目的仅仅是逞口舌之快。一个女人，不过是一种消遣！[①]

这番话说得千真万确。但是丈夫克劳迪奥（Claudio）知道玛丽亚娜和奥克塔夫交谈之后反应十分激烈，并指责他的妻子。于是玛丽亚娜便改变了她的心意，将注意力集中在了替塞利奥跑腿的中间人，也就是他的表亲奥克塔夫身上。

玛丽亚娜：奥克塔夫是你的亲戚，同样也是我的亲戚。我高兴同他交谈，就同他交谈。

克劳迪奥：你如果违背我的意志，我一定严惩不贷。

玛丽亚娜：请你开恩，让我按照自己的意志行事。你爱把我怎么样就怎么样，我毫不在乎。[②]

玛丽亚娜进行反抗并希望只凭自己的喜好和冲动办事。将游戏尽在掌握的是玛丽亚娜而不是那些从主动出击变为被动反应的男人们。克劳迪奥雇用杀手来破坏玛丽亚娜夜晚的幽会，但来的却不是玛丽亚娜所期望的奥克塔夫，而是请奥克塔夫继续为他奔走的塞利奥。因此，被杀手刺杀的便成了塞利奥，而玛丽亚娜也为她曾经打的小算盘感到懊悔不已。

---

① Alfred de Musset, *Les caprices de Marianne*, acte Ⅱ, scène Ⅳ.

② Scène Ⅸ.

> 人们真的相信这样的错误竟会付出如此昂贵的代价吗？这么点善意真的有可能导致如此残忍的行为吗？而我纯粹是开开玩笑、耍耍脾气，竟导致如此轻率、疯狂的举动。①

但是她却以为死的是奥克塔夫而不是塞利奥。当她意识到这是一场误会时，便感到自己彻底完蛋了。她向奥克塔夫提议一起私奔。奥克塔夫拒绝了她："是的，如果塞利奥在的话，他会与她私奔，因为塞利奥爱玛丽亚娜。但是对他而言，这并不是一回事……"

> 我？我不过是个没有心肝的放荡之徒，丝毫不尊重女性。我激发的爱情，同我感受的爱情一样，仅仅是梦境中转瞬即逝的陶醉。他总结道：我不爱您，玛丽亚娜，爱您的是塞利奥。②

就这样，女人在男人的不幸之中变得主动。她利用欺骗的手段来操纵和蒙蔽男人们。当该类型的戏剧以喜剧收场时，那么它确实属于轻喜剧的范畴。但是我们仍然处于浪漫主义的时代，因此与马里沃戏剧里的情况不同，如果人们随便开玩笑的话，结局就会很糟糕。发生改变的是女性的形象，这多亏了启发缪塞灵感的女神乔治·桑（George Sand），因为她不再甘于被动地成为男性觊觎的对象，而是主动地、一而再再而三地成为男女关系中的主角。在缪塞的剧中，玛丽亚娜仍然被禁锢于男性世界和他们的暴力之中，这也许可以解释戏剧以悲剧收场的原因。人们还无法对即将有女性卷入的各种艳遇付之一笑，冲突依然存在。尽管《任性的玛丽亚娜》表露出了这些差异，但缪塞的《安德烈·德尔·萨托》（*Andrea del Sarto*）回归到了我们已经在浪

① Scène XIX.

② Scène XX.

漫主义正剧中分辨出的主流思想。戏剧的主角是瓦萨里[①]笔下的意大利画家安德烈·德尔·萨托，[②]但剧中的他年事已高，精力业已衰竭，完全失去了创造力。这时，他眼睁睁地看着自己的妻子被他的一个学生夺走。人们在这里又找回了对新旧之争的隐喻。在老安德烈那里，抒情性和隐喻性不再是时下的流行。即便人们看到它们依然发挥着作用，但这也只是黯淡无光的天才那已经死去的创造性。萨托的天赋已经成为某种不再回答任何东西的答案，它通过年轻女子离他而去这种隐喻而得到证实。他自身隐喻性中的实质和活力被清空，仅剩下了空洞的身份。这种身份象征着在大写历史潮流的视野下被人们绝望地抓住的某种差异。那些以为逃脱了它的人们终究也会被这种潮流卷走。

我们可以说浪漫主义在1850年消亡。[③]德国正剧无法走出与大写历史的某种关联。这种关联被局限在那些王公贵族们的战功之中，后者在相互杀伐和变更盟友的过程中走向灭亡。这类戏剧为那些前往剧院并置身于这段历史之外的市民阶级提供了某种象征性的补偿。它让人们看见了某些贵族深陷

---

① 乔治·瓦萨里（Giorgio Vasari，1511—1574），米开朗基罗的学生，意大利文艺复兴时期著名画家、美术史学家、艺术家，在1562年创立了迪亚诺学院（今意大利佛罗伦萨美术学院），著有《绘画、雕塑、建筑大师传》（1568年）。——译者

② 安德烈·德尔·萨托（Andrea Del Sarto，1486—1530），文艺复兴时期佛罗伦萨画派的重要人物，创作以架上画为主。——译者

③ 1848年3月，普鲁士王国的首都柏林发生示威游行，当时的国王威廉三世调动军队镇压，但未获得成功，被迫同意组建由资产阶级参加的议会。同年5月，资产阶级以解决德意志统一为名，在美因河畔的法兰克福召开国民议会，但会议没有取得任何实际结果。同年6月29日，议会选举奥地利的约翰大公为德意志帝国摄政，并组成了帝国政府。1849年3月，议会通过帝国宪法，确定某些自由、民主权利，选举普鲁士国王威廉四世为统一的德意志帝国皇帝。但威廉拒绝加冕，普鲁士和奥地利各邦君主也不接受国民议会通过的宪法。同年5月，德意志西南各邦人民发动起义，掀起维护帝国宪法的斗争，结果失败。这期间，大多数议员被各自的邦政府召回，剩下的议员迁到斯图加特，最后于6月18日被符腾堡的军队驱散，法兰克福国民议会瓦解。7月中旬，各地的护宪运动先后被镇压，1848年德意志革命便以失败而告终。1850年，普鲁士试图借革命之际挑战奥地利的中欧霸权，结果遭到奥地利和俄国的联手阻吓，放弃组建德意志联盟。——译者

于封建誓言的泥潭之中，后者因为自相矛盾而显得具有毁灭性。这些贵族们自身似乎也被大写历史扣为人质。他们以为自己掌控了大写的历史，但其实最后也像其他人一样成为它的牺牲品。

德国戏剧迷失在了某种法国浪漫主义戏剧未曾经历的死胡同之中，格利尔帕泽[①]和黑贝尔[②]的对立是这种僵局的体现。两位剧作家相互憎恨，却无法摆脱人们总是在日耳曼戏剧世界中所遇见的那种对军事的顽念。戏剧行动在战争中被战争所界定，就像只有战斗才能表达戏剧的真实性。正剧因为它所赋予美德的重要性而体现着市民阶级的色彩，但是其中却充满了贵族和封建阶级的价值(诚然，这些价值正在解体)。因此，德国正剧就变得具有双重性，并似乎错失了它的那些非贵族的观众。在歌德的《葛兹·冯·伯里欣根》或者席勒的《华伦斯坦》中，人们已经沉浸在各种战斗之中。在那里，"好人"以损害所有人利益的过失为名与"坏人"同归于尽，美德成为各种各样机会主义变化的牺牲品。即便当戏剧主角认为他做的是正确的时候，他也是错的。美德是一种弱点，它很容易演变为悲剧性的牺牲。德国戏剧的双重性恰恰在此发挥其作用：它使美德成为某种会使群体利益负债累累的障碍，并同时谴责针对所有人的犬儒主义。美德是一种理想，当然也是一种麻烦，但鉴于德国戏剧想要呈现的混淆，它仍然是一道亮光。法国正剧将向着戏谑的方向演进，并消失在林荫道之中；而德国正剧将变得越来越残忍和暴力。《国王寻欢作乐》中的国王是名引诱者，而在黑贝尔的《阿涅丝·贝尔瑙厄》(*Agnès Bernauer*)中，因为害怕这桩门不当户不对的亲事会削弱贵族阶级的社会凝聚力，那个被觊觎的女孩被杀害了。总之，残酷是德国戏剧世界的特

① 弗朗茨·格利尔帕泽(Franz Grillparzer，1791—1872)，奥地利剧作家，曾执笔贝多芬的悼词，代表作为《穷乐师》。——译者

② 弗里德里希·黑贝尔(Friedrich Hebbel，1813—1863)，德国剧作家，代表作有《玛丽亚·玛格达莱娜》《阿格妮斯·贝尔瑙厄》《吉格斯和他的戒指》和根据德国古代民间史诗编写的《尼伯龙根三部曲》。——译者

点，它也因此为通向毕希纳[①]的戏剧《沃伊采克》中令人感到羞耻的各种凌辱铺平了道路。在《沃伊采克》里，行动再一次发生在战争世界中。莱茵河另一端的剧作家对这一世界是如此地着迷，甚至后来的布莱希特[②]也没能抵挡住这样的诱惑，即便他的目的是对此提出批评意见。

在离开德国戏剧舞台这个话题之前，不得不提到的一个人是海因里希·冯·克莱斯特[③]，他或许在戏剧层面达到了德国的最高成就。克莱斯特的作品十分特殊，极为生动并富有现实性，令人感到十分好奇。但实则由时代所造就的是在克莱斯特的所有戏剧作品都如黑格尔（Hegel）的著作那样，由一个接着一个的大写历史形象前后衔接起来；这些人物最后都在某种明朗的和经过周密考虑的浪漫主义之中收获了圆满的结局，正如《洪堡亲王》（*Prince de Hombourg*）中的遭遇那样。因此，克莱斯特的每部戏剧都表达了某种同一性断裂的时刻；这些同一性曾经占据优势地位，但从断裂的那一刻起，它们的字面忠实性里显露出越来越多的隐喻性、主观性和神秘性，也就越来越不成为回答。第一部被认为表达神的去字面忠实化和对某种只以隐喻性方式维持存在的同一性进行虚构的戏剧是《安菲特律翁》（*Amphitryon*）。接下来，克莱斯特展现所是在古代世界、中世纪、文艺复兴时期和现代时期被削弱的四部作品分别是《彭忒西里亚》（*Penthésilée*）、《施罗芬施泰因一家》（*La famille Schroffenstein*）、《破瓮记》（*La cruche brisée*）和《海尔布隆的小凯蒂》（*Catherine de Heilbronn*）。最后，克莱斯特还为他所生活的浪漫主义时代创作了《洪堡亲王》。在其中他想要一劳永逸地展现出在这个世界里，主人公的地位确实已经开始出现问题性、神秘性和浪漫主义性质的隐喻化过

① 格奥尔格·毕希纳（Georg Büchner，1813—1837），德国剧作家，代表作有戏剧《丹东之死》《莱翁采和莱娜》《沃伊采克》和中篇小说《棱茨》。——译者

② 贝尔托·布莱希特（Bertolt Brecht，1898—1956），德国戏剧家、诗人，代表作有《四川好人》《高加索灰阑记》《大胆妈妈和她的孩子们》。——译者

③ 海因里希·冯·克莱斯特（Heinrich Von Kleist，1777—1811），德国诗人、戏剧家、小说家，代表作有《破瓮记》《彭忒西勒亚》。——译者

程；而这个世界的雏形已经通过克莱斯特对先前时期的描绘建立了起来。

该如何理解浪漫主义以便使人们能够在它真正诞生之前便察觉到它初露端倪呢？浪漫主义的特征在于个体与世界之间的撕裂，这种撕裂产生某种不一致的感觉、某种对一个时代的怀念。在那个时代里，个体融入世界并不具有问题性。在浪漫主义戏剧中，有一种不可能的期望一直未变，那就是想要重新找回已经失去的一致性。从形式上看，这种期望可以通过被大写历史在各种观念和信仰之中加深的某种差异感所表达。这使得那些旧事物的拥护者们仅仅作为他们自身的隐喻，而他们所建构的各种回答变得更像是对那些现实无法回答的问题的表达。不对称和不平衡是个人同一性和普遍世界同一性发生断裂的两个侧面。由于没有等价物来重新建立起恰当的平衡，这种由大写历史所引发的不平衡绝望地持续存在却找不到可能的解决方案。隐喻一下子就被认出真实面目，也就不再像在悲剧中那样在对抗之中被发现。这就解释了浪漫主义正剧与其悲歌的抒情性风貌。这种类型戏剧的主人公知道他所掌握的各种回答站不住脚，它们由于主人公所遭遇的种种失败而产生问题。被隐喻性遮蔽的差异无法逾越，就像人们以为尽在掌握或能够忘记的大写历史那样。掌握和遗忘这两种排斥的形式有时会给人一种个体完全自由的假象。对于克莱斯特而言，这种现象在大写历史中持续存在，而这同样是其戏剧想要彰显的内容。各种隐喻是某种同一性的永恒指征，而这是一种虚假的同一性，并且各戏剧主角将发现它的不可能性并意识到人们无法回到过去。浪漫主义正剧表达的是将隐喻性进行字面忠实化的不可能性，而戏剧主人公则已经察觉到了这种隐喻性的真实面目：他的行动与大写历史遭遇。但是随着后者的演进，所是被不断地削弱；而在浪漫主义中被当作浪漫主义感知的隐喻性在戏剧一开始的时候并不以这种面貌出现，这就是被人们称为大写历史，以及克莱斯特邀请我们参与见证的某种进程的结果。隐喻性不再是某种幻象，而是一种障碍，即难以寻觅的字面忠实性所设下的障碍。

这种逐渐显露的隐喻化进程的第一步被表达为某种差异、某种不对称、某种平衡的断裂以及某种不可能的同一性，这些可以在克莱斯特的《安菲特律翁》中找到。尽管受到莫里哀的启发，但这部戏剧却别有一番深意。同一性不再像它先前那样：神祇们和人类不再相像。如果其中的一方替代另一方，那是因为两个世界的某种同一性仍然得到保障，但是这种同一性已经变得似是而非，所有人都受到了损害并迷失在其中。朱庇特是这样，因为阿尔克墨涅并不爱他而爱的是安菲特律翁的外表。安菲特律翁是这样，因为某个神明取代了他的位置，占有了他的妻子。人类和神祇的分离因此不可避免。这将是某种默契在即将成为虚幻和疏离之前的最后一次爆发。阿尔克墨涅仍然被某种强势的同一性所欺骗，而我们和安菲特律翁一样知道这种同一性并不强势，它蛊惑人心并已经被削弱了。由于这种衰弱还不具备普遍性，因此在这部由神话传说衍生出的戏剧里，发挥作用的存在还处于几近初始的削弱阶段。这预示着人与神相互分离的阶段即将到来。如果将其理解为一个充满了各种冲突和西方理性诞生的时代的话，我们可以说，这是一个在希腊阶段之前的希腊阶段。从《伊利亚特》(*Iliade*)到《奥德赛》(*Odyssée*)，有一条路在不断地延伸，它见证了各种神明成为虚构，即文学的过程。这些神明像人类一般行事，为的是解释那些人类还无法解释的有关自身的问题。将一切联系和类比当作真金白银的宗教身上所具备的强势同一性在它所引起的和安菲特律翁竭力摆脱的噩梦般的幻觉中已经宣告了自己的崩溃。

在克莱斯特的第二部戏剧《彭忒西里亚》里，这种强势的形式已经让位；在最坏的情况下，神明的孩子在他们之间相互厮杀，因为最好的情况已经消逝不见了。人们处在一个正在撕裂和消逝的古代世界的中心。彭忒西里亚是亚马逊女王。作为男性的牺牲品，亚马逊女人在确定已经从男人那里得到一位女性后代之后会将他们献祭。但是在特洛伊战争期间，彭忒西里亚却爱上了阿喀琉斯，她不愿将他杀死。阿喀琉斯也爱上了这位女王，并假装在战斗中被其打败以成为她的俘虏。

> 当然，最后阿喀琉斯向她承认，我属于你是因为爱的力量，并且我将永远佩戴着这些枷锁；但是在武运方面，你则属于我。作为出色的战士在战斗中倒在对方脚下的是你而不是我。①

但是风水轮流转，亚马逊人重新占了上风。阿喀琉斯想掳走命中注定要和他一起进行统治的彭忒西里亚，但是时间紧迫，他必须逃跑。一位使者突然从希腊人的阵营里冒了出来，并且给彭忒西里亚提出如下建议：

> 阿喀琉斯想让我告诉你：既然你渴望将其作为战俘带回你的国家，而他也同样渴望将你作为战俘带回他的国家，那么他在战场上会再次向你提出挑战。②

然而对抗演变成为一场厮杀，因为这次阿喀琉斯为了让彭忒西里亚能赢，事实上空着手迎战。彭忒西里亚用箭射穿了他并用恶犬以最骇人的方式将阿喀琉斯撕成了碎片。在这部剧中，人们又看到了日耳曼式的悲剧思想，它使英雄因为德行而成为其群体的人质，即便他的英雄气概和王族身份使他与众不同。然而他却有他的选择：或者承认他的差异并为此付出代价；或者忘记它，但同样会死。因为不管是否愿意，他都与众不同。正剧成了一种命运，而替代形式则是一种虚假的选择。从歌德的《艾格蒙特》到克莱斯特的《彭忒西里亚》，这个主题一直都没有变。亚马逊女王为了她的群体性责任而

---

① Heinrich von Kleist, *Théâtre complet*, p. 603 (tr. fr. R. Orthmann et E. Recoing), Actes Sud, 2001 ; *Penthésilée*, scène XV.
② *Ibid.*, p. 611.

牺牲了她的爱情，但是由于无法接受自己杀死心爱的人这一罪行，她也选择自我了结。她的妹妹恰如其分地阐明了这一点："这儿已经没有她的位置了。"

《彭忒西里亚》所呈现的是代表不断加深的不对称性，即大写历史的古代人物形象。从中我们看到的是爱的相互性因差异而变得不可能，体现这种差异的是两位将领，即阿喀琉斯和彭忒西里亚。爱情无法在不侮辱他们其中一方的情况下使二者处于平等的地位并消除他们之间的对立。必须有一场胜利，而这场胜利将杀死他们之间的爱情。同时，这种爱情还被揭露为某种虚假的相互性。使这些英雄显得如此相似的东西是他们在群体当中的位置，他们作为首领一个个地成为群体的牺牲品。

如果说这是存在被削弱的第一阶段的话，那是因为在存在的不可削减性之中显现的差异弱化了相互性和与其相关的那些戏剧人物的同一性。但除此之外，人们不可避免地觉察到这些作为军队统帅的王公贵族们是如此相似并可以进行相互替换。彭忒西里亚发现爱情使某种差异变成问题，即便这种差异从历史的角度被证明是不可逾越的。亚马逊女王因此意识她到对所有男性的仇恨都因为她所体验到的爱情而失去了效力，但她却紧紧地抓住这种旧的回答不放并一直坚持到底。这种同时作为回答和非回答的仇恨将毁灭她，因为她必须憎恨那个她所爱的人。

第三阶段的代表是《施罗芬施泰因一家》。来自这个家族的罗西茨（Rossitz）一支的一个孩子溺水身亡，然而所有人都认为是该家族的纳尔旺德（Narwand）一支谋杀了他。根据继承契约的规定，如果施罗芬施泰因家族中的一支无嗣的话，那么这支的遗产将归另一支所有；这就是谋杀嫌疑的由来。鲁贝尔特和希尔维斯特之间被仇恨和战争填满。和彭忒西里亚一样，这里的天性战胜了理性。弱势存在体现在鲁贝尔特仅凭一点点线索就指责希尔维斯特和他的家人。事实上，所有人都在谁做了什么的问题上犯了错。此外，鲁尔贝特的儿子还爱着希尔维斯特的女儿，这使人想起了《罗密欧与朱丽叶》的情节。他们希望通过互换服装的方式来认同他们之间爱情的可替代性。这一举动使得他们各自的父亲在认为为家族报仇的情况下亲手杀死了自己的孩子。如果人们将弱势存在当作真金白银和答案的话，它就会引发误会，因为它其实是问题。

正如人们在克莱斯特的三部戏剧中所看到的，差异所制造的鸿沟在不断地加深：在古希腊世界中，人们还能够认为差异可以被消除，例如通过爱情的方式。但是，它根本不具备这样的能力，向同一性回溯的时刻迷失在大写历史模糊不清的边缘之中。那些沉浸在旧式同一性之中的父亲们误解了真正的差异，并最终在不知情的情况下自以为是地杀死了自己的孩子。在克莱斯特第三部戏剧中，打动人心的地方在于完美的同一性同时统摄了（孩子们的）爱情和（父亲们的）仇恨，同一性似乎不想再发表任何意见。此外，相互对立的家庭中每个表明无辜的蛛丝马迹都反过来和它作对，并被认为是某种骗人的诡计。它反过来变本加厉地证实了那些本应受到这些线索反驳的罪证。整个事件的神秘气氛变得越来越浓，因为人们不再清楚自己是从哪里来的，是从 A 还是从非 A；一切都表现得既像它本身的证明又像它的反证。儿子说："任何人都具备两种优点，一个是有自知之明，另一个是怀疑的态度。"① 一切都是难解之谜，既没有答案，也没有问题。在这种无差异化之中，只剩下两个相互对抗的男人，因为已经成为某种言说方式的同一性事实上是某种真正的差异。旧回答的隐喻化既可以使人们很好地将这些回答保留下来，即便是以言说方式的名义，也可以因其问题性而宣布它们无效。因此，隐喻化是对抗的场域，在浪漫主义正剧中人们能清楚地看到这一点。"所有的东西，乃至围绕在事物周围的情形都彼此相像。"② 人们不再能够解决任何问题，同一性也只不过是冲突的来源。

---

① *La Famille Schroffenstein*, p. 61.

② *Ibid.*, p. 135.

克莱斯特的第四部戏剧是一部喜剧，即《破瓮记》，故事发生在中世纪的末尾。拉伯雷式的笑料，即被巴赫金称为对既有权力进行嘲弄的节日和狂欢统摄全篇。剧中的质疑显而易见，它通过法官的处境被表达出来。法官被证实在一桩他审理的案件中犯了错，但他却为自己申辩。因为瓮被打碎的原因是一个男人在一位少女不知情的情况下悄悄潜入了她的房间想要玷污她，在他逃跑时罐子被打碎了。

克莱斯特第五部伟大作品所呈现的文艺复兴末期时的景象令人印象深刻，该部戏剧名为《海尔布隆的小凯蒂》。这部作品讲了什么？一位少女做了一个有关爱情的梦，在梦里她看见了伯爵维特·沃姆·斯塔尔（Wetter vom Strahl）。她决定在斯塔尔的家中生活，并完全臣服于他。女孩的父亲将斯塔尔告上了帝国法庭，罪名是用魔法进行引诱和控制。这是一个见证了魔法成为流行、弱势存在相当于回答的时代。[①] 当出征前的伯爵在小凯蒂的父亲家停留修理盔甲时，她在梦中见到了作为一生挚爱的伯爵。在法庭上，伯爵为自己辩护，因为小凯蒂承认他们之间没有发生任何事，伯爵甚至把她打发到了牲口棚里。伯爵把小凯蒂送回她的父亲家，然而他却一直关心着她。当战争爆发时，一位贵妇古内孔德（Cunégonde）声称斯塔尔伯爵的一块领地归她所有。一次偶然，伯爵从一次袭击之中解救出了被困的古内孔德。古内孔德揭开了她的真实身份，以结婚的誓言作为交换条件，令她同意销毁那些使她有权分割伯爵部分财产的字据。而伯爵在一次生病时也做了一个梦，他梦见和自己结婚的那个“天选之人”是皇帝的女儿，随后他就立刻痊愈了。为了实现将伯爵从抑郁之中拯救出来的那个梦中预言，出身显赫的古内孔德乔装改扮。精明的她让斯塔尔知道有些字据使她有权回收斯塔尔家族的某些领地：“拿着，斯塔尔伯爵！我承认那些信的内容模棱两可，至于它们所规

① M. Meyer, *Questionnement et historicité*, p. 262 et s., PUF, 2000.

定的回购权是有时效的。”[1] 斯塔尔更倾向于让皇帝做出决断，因为他不想伤害古内孔德。古内孔德向斯塔尔保证会烧了这些字据，但事实上她假装烧了它们并将它们藏了起来。逆来顺受的小凯蒂接受了伯爵和古内孔德的结合。事情因为一封信发生了转折，这封信显示夜晚伯爵的城堡将遭受袭击。小凯蒂想尽办法得到了这封信，因为这封信是信使当着她和她父亲的面写的。收信人是住在伯爵城堡里的一位叛徒。袭击还是发生了，城堡被大火所吞没。小凯蒂找到了斯塔尔。古内孔德觉得小凯蒂总是围着伯爵转会有什么危险，于是就让小凯蒂到失火的楼顶去找一幅伯爵送给她的肖像。斯塔尔清楚地知道小凯蒂有葬身火海的危险，他想要救她。小凯蒂带着那个引人注目的小匣子成功地从火海中脱身。斯塔尔梦中出现的天使保佑着小凯蒂免遭大火的伤害。在此期间，袭击者也被从城堡中击退。斯塔尔赢得了胜利。但是匣子里的东西到底是什么呢？是使斯塔尔家和古内孔德家相对立的那封赠予证明，它本该在爱情的担保下被销毁！斯塔尔不停地思念着小凯蒂。她清楚地告诉他拒绝这种念头无济于事："一年以后复活节的时候，你一定会娶我的！"[2] 她在梦中看到了这一幕："在午夜，你亲自出现，就像现在我眼前的你一样；你充满爱意地向我致敬，就像对待你的未婚妻那样。"[3] 小凯蒂说的恰好也是斯塔尔在床上发癫的那晚，那时他同样在梦里看到一位天使。这难道不是建立在双重人格基础之上的某种扰乱人心的幻象吗？存在是如此弱势，以至于它仅仅是某种想象和主观的激情。除此之外，古内孔德和斯塔尔之间的交易是赤裸裸地交换，用婚姻来换财产，它只能以失败告终，就像任何作为弱势存在形式上表达的字面忠实义一样，因为这种字面忠实义从历史的角度看不再能够自我支撑下去。但是对斯塔尔来说，情况正在变得糟糕：他将小凯

---

① *Ibid.*, p. 728.

② *Ibid.*, p. 782.

③ *Ibid.*, p. 783.

蒂置于自己的保护伞之下，以免古内孔德毒害她。但是有谣传说小凯蒂其实是皇帝的女儿。斯塔尔在这种断言之中看到了与小凯蒂梦里相似的情形，即某种微妙的联系，某种更为神秘、不能当真的回答。他对皇帝说："请允许我给你讲一个荒诞无稽的童话故事。这个故事是人们凭借某种不那么可靠的洞察力，根据两个离奇但却互补的事件编造而成。"[1] 然而，通过回忆很久之前在海尔布隆发生却被他极力否认的事，皇帝不得不承认事实的真相：小凯蒂确实是他的女儿。后者身上佩戴着的皇帝曾经送给她母亲的项链使真相确凿无疑。他根本不打算承认这个错误，但是他知道流传的谣言是真的，因此感到害怕。于是，他决定让小凯蒂和斯塔尔结婚。在不知道皇帝决定的情况下，斯塔尔回到家中，告诉古内孔德他不再想娶她为妻了。与此同时，皇帝颁布敕令，承认小凯蒂是他的女儿。最后，小凯蒂和斯塔尔伯爵弗雷德里克成婚。在这部剧中，一切事物都不可思议，如同梦幻一般，它宣告了即将成为浪漫主义核心的东西，即抒情性和世纪病，也就是主人公的犹豫不决。他与大写历史发生碰撞，并被揭示为这种历史的玩物，甚至是它的牺牲品。

在《洪堡亲王》中，对弱势存在就是神秘性本身的这种认识达到了顶峰，而唯一的答案就存在于这种无法超越的证明之中。这部戏剧的情节较为简单，它再一次与最能体现日耳曼戏剧魅力的战争和战斗联系在一起。作为选帝侯的封臣，洪堡亲王参与了与瑞典人的作战，负责追击他们。由于疲惫不堪，他回到大本营休整。三小时后，原本该出发的他却在继续睡觉，而其他所有的骑兵队都已经准备好重新投入战斗。他在梦里清清楚楚地梦到了娜塔莉（Nathalie），但是当他最终醒来的时候，却不记得自己曾经说过和听到过的东西。战争的号角吹响，洪堡投入了战斗，但曾经差点被杀的选帝侯却命令他按兵不动。可喜欢沉思和幻想的洪堡只听从他得到的感应，以至于有点脱离现实。不出所料，选帝侯很生气："在开仗那天，在黑宁斯上校摧

① *Ibid.*, p. 799.

垮敌人背后的阵地之前，我还没有下令进攻，那个自作主张就领着骑兵冲锋的人对死者的阵亡负有罪责。我宣布，我要将他交付军事法庭审判。”[①] 诚然，这是一场胜利，但是敌人却逃跑了；况且问题并不在此。“那天的胜利是辉煌的，但即使胜利比我参加战斗所获得的大上十倍，也不能免去那个由于侥幸而把它带给我的人的罪责，我要的是奉公守法。”[②] 康德主义还是非康德主义？这才是问题。这其中既有义务又有情感；国王就是法律。洪堡曾经违抗了命令，那么他就必须付出代价。

显然，存在是如此弱势以至于除了那种只了解自身的主体性之外，它不再能够宣称回答任何东西。因此，相信相反的事物就会导致疯狂，对此感到悔恨就会导致某种世纪病的出现。人们陷进了最为彻底的神秘性之中，因为人们难以对好幻想的洪堡那飘忽不定的行为做出解释。对于取得一场看似不可阻挡的胜利来说，他觉醒得太迟了。就像卡尔德隆的主人公那样，成为囚犯的洪堡扪心自问：“我是在做梦？我是醒着？我还活着吗？我还有没有知觉？我是一个囚犯？帮帮忙吧，朋友们，帮帮忙，我要疯了！”[③] 最终，法律无情，洪堡被判了死刑。觊觎着洪堡未婚妻，即被选帝侯领养的孤儿娜塔莉的瑞典国王迫不及待地想要和战争的获胜方缔结和约。因此，对洪堡来说，一切都变得错综复杂。娜塔莉在他的舅舅选帝侯面前替洪堡求情。后者反驳说不能武断地饶恕一个被军事法庭判了死罪的人，因为他并不是一位专制的君王。但是选帝侯期待洪堡乞求他的宽恕。在悲伤的娜塔莉面前，选帝侯还是决定签署他的特赦。与此同时，在不知情的情况下，选帝侯的军官们传递着一份请愿书，为洪堡求情。于是，娜塔莉前往关押洪堡的监狱，告诉洪堡他已经被赦免了。但是选帝侯的信却事与愿违。信里说了些什么？“我

---

① [德]克莱斯特：《洪堡亲王》，选自《克莱斯特小说戏剧选》，商章孙、杨武能、袁志英等译，上海：上海译文出版社，1985年，第337页。

② 同上。

③ 同上，第339页。

的洪堡亲王，为您过早发动进攻事而将您囚禁，无非是我做了我认为应该做的事；我曾以为这会得到您本人的赞同，如果您认为这对您不公，那就请您用三言两语告知我，我会立即将宝剑发还给您。”[①] 选帝侯并没有真正地饶恕他，他让洪堡自己决定什么是对的，什么是错的。而洪堡知道选帝侯做了他该做的。官兵们开始进驻城里，因为他们无法接受自己的领袖在获取一场胜利之后被囚禁。心愿和法律再一次对立起来。“如若你还坚持判决，他们就会义无反顾从监狱里把他抢出去！”[②] 在叛乱即将到来的时候，选帝侯接见了军队的密使，并出乎意料地受命他们去枪决洪堡。在这里，我们又一次看到了浪漫主义版本的卡尔德隆戏剧。让我们回到剧中。由于洪堡的冒失，只是被击溃的瑞典人又卷土而来。但是军官们的密使说这有什么了不起的，再获得一场胜利可以使用来炫耀功绩的王冠变得更加巩固。辩论变得更加激烈。霍亨索伦（Hohenzollern）伯爵提醒选帝侯是他任由洪堡做梦梦见娜塔莉，并嘲笑他没有叫醒洪堡去履行战士的职责。这就是“无辜的”洪堡依照他认为最为合适的计划行事的原因。为了抗命，首先必须知道抗的是什么命。总之，事情没有一丝让步的余地。逆来顺受的洪堡为即将到来的死亡做好准备。与瑞典人的战斗变得更加激烈。被蒙上眼睛的洪堡并没有被带往行刑队的方向，他“醒来”时发现自己和娜塔莉在一起，被军官们簇拥着；娜塔莉为他带上了婚礼的花冠。接着，官兵们重新投入到了战斗之中。

克莱斯特最后的这部戏剧也许是他最著名的戏剧，它为弱势存在的历险和它所引起的具有冲突性的双重立场画上了句号。这一次，冲突位于灵魂的内部，义务与情感在这里针锋相对。《洪堡亲王》彰显的是弱势存在朝着一个或另一个方向发展，并引发有关其自身地位问题的这个阶段。到底是幻

① [德] 克莱斯特：《洪堡亲王》，选自《克莱斯特小说戏剧选》，商章孙、杨武能、袁志英等译，上海：上海译文出版社，1985 年，第 360 页。

② 同上，第 366 页。

觉还是真实？真在哪里？假在哪里？还能相信什么？亲王的角色为所有这些问题所折磨。如果他认识到这一点，那是因为他所思考的一切归根结底都具有隐喻性，是某种看待问题的方式，即一切都既认真严肃，又不认真严肃。差异不再由将其隐喻化和缩减的同一性所覆盖：它被听从于法律并固执己见的亲王所遗忘。寻找答案的绝望感被记录在这种浪漫主义的问题性之中，后者侵蚀着思想，克莱斯特自己最终也成为这种问题性的牺牲品，并用自杀的方式了断了自己的生命。他能成功地通过自己的戏剧让他人理解大写历史吗？从某种意义来讲，我们可以做出肯定的回答。在这最后一个阶段，人们发现隐喻性不再与这个世界相吻合，它在诗意化这个世界的过程中错过了后者，隐喻性仅仅表达的是在面对重回这个世界的不可能性时的惶恐状态。克莱斯特重新描绘了从神祇们化为人形与人类交谈、欺骗人类的最初时刻到上述最后一个阶段之间的历程，他的工作似乎在许多方面都比黑格尔辩证法的演进更富有说服力。他比黑格尔更清楚地发现矛盾性被记录于存在被弱化过程之中；当人们想要抓住大写历史的历史性、即使大写历史之所以成为大写历史本身的东西时，最根本的是理解这种弱化的过程。在浪漫主义阶段，弱势存在不是别的，而仅仅是精神的形象。那么是什么仍然使人能够达至真相呢？它与无可辩驳的纯粹主观的边界在哪里？康德所关心的是确定知性与客观性的场域，而克莱斯特却将作为主体真实的类比与隐喻性的范畴置于康德的对立面。因此，克莱斯特颠覆了康德的观点。在这里，梦中的隐喻性话语不是别的，而仅仅是某种密码、某个待解的谜团，它将主体托付于扰乱人心的幻想之中，那里混杂着欲望与现实、冲动与遏制。

位于这种被削弱了的存在之中的浪漫主义已经对此有了清醒的认识，而如法律一般不可缩减、无法抗拒的差异则存在于其他地方。被削弱了的存在在抒情性之中，或者更确切地说在神话的各种隐喻之中寻找庇护。瓦格纳[1]与此十分接近。

相反，在法国和英国，浪漫主义的终结导致现实主义小说的产生；后者超越其他文学类型，并逐渐将戏剧打发到林荫道上，并使激情再一次回到画家的手中。外部的大写历史将和浪漫主义一道与主体性融为一体，因此故事的主人公将遭受社会地位升迁的折磨；这种升迁不仅艰难，有时甚至致命（如巴尔扎克、司汤达）。其中主人公的性格位于叙事的核心。

在这种情况下，戏剧似乎已经成为某种几乎不可能的艺术形式，而浪漫主义正剧则成为其最后一个阶段。事实上，即将被大写历史摆上桌面的依然是那些忘记大写历史加速运行、忘记现在的事物还是与先前的事物有一些区别以及将同一性和旧的回答作为新事物障碍的行为。

易卜生的戏剧革命：被埋葬的隐喻或现实主义正剧的诞生

无论是将戏剧尤其是法国戏剧改编为歌剧并搬上舞台的意大利，或是英格兰和浪漫主义抒情性已经让位于小说的法国，还是被瓦格纳神话化了的德国，没有一个国家有能力发动因陷入僵局的抒情性和弱势存在所导致的必不可少的戏剧大革命。那么戏剧的字面忠实义是什么？尤其是，戏剧的未来何在？甚或说，戏剧还有未来吗？答案来自缺少现实主义小说的北欧：这个答案有一个名字，那就是亨利克·易卜生。[2]他是自莎士比亚以来最为

---

① 理查德·瓦格纳（Richard Wagner，1813—1883），德国浪漫主义作曲家、指挥家，代表作有《尼伯龙根的指环》《特里斯坦与伊索尔德》《纽伦堡的名歌手》《罗恩格林》。——译者

② 亨利克·易卜生（Henrik Ibsen，1828—1906），挪威现实主义戏剧家、诗人，代表作有《埃斯特罗的英格夫人》《彼尔·金特》《玩偶之家》。——译者

伟大的剧作家，这一评价自一开始就得到了皮兰德娄和萧伯纳[1]的热烈赞同。今天，这种肯定已经得到大家的公认，尽管这一点有时会被法国的大众和出版行业所忽略。

与现实主义戏剧和易卜生一道诞生的还有当今的大部分戏剧。日常生活中最为明显的、似乎不会产生问题的各种关系在经过仔细的筛查之后便失去了这种显而易见的特点。在易卜生之后，当代戏剧不停地在夫妻或者总体上的家庭关系、与金钱的关系和妇女的角色等方面做文章；它所感兴趣的是所有隐藏在中产阶级世界一片祥和的表象之下的东西。就这一点而言，易卜生是我们这个时代戏剧的创造者。但是这种现实主义的戏剧理念又从何而来呢？大写历史在加速前进的过程中将种种新的现实推向前台。这些现实成为某种人们经常在小说中发现的问题化的对象，并且这种问题化本身也经常成为小说的对象所在。人们在社会中不断适应周遭的环境，并努力实现社会阶层的升迁。而在这种进程之中，到处都充满了陷阱。从福楼拜到左拉，沉重的社会问题以及它所造成的障碍和压力、它所导致的各种苦难和不幸构成了现实主义小说的素材。那么所有被大写历史变成隐喻，即缩减为虚构状态的事物又如何呢？又是谁被排斥到了每个人过去的折痕之中呢？这种过去因此就从现在消失了吗？那些人们曾经犯下或承受的错误，那些人们曾经进行的或大或小的扒窃和犯下的卑鄙无耻的行为，那些被人们忽视或已经死去的私生子们，那些被抛弃或错爱的女人们，所有这些在曾经经历过它们的人们的心里难道就一无是处了吗？易卜生将所有这些曾经让人们栽过跟头的石头作为自己创作的土壤。但是为什么选择戏剧这种形式而不是小说呢？事实是戏剧并不关心在主体性的内部发生了什么。至于那些客观情境，它们通常被小说家们所描绘以便能够恰当地表达各个人物的亲身经历，甚至是

[1] 萧伯纳（George-Bernard Shaw，1856—1950），爱尔兰现实主义剧作家，1925 年获诺贝尔文学奖，代表作有《圣女贞德》《伤心之家》《华伦夫人的职业》。——译者

他们的感知。因此，小说整合了人物的亲身经历。因此它就自动地将各个人物所看到的、感觉到和感知到的外在世界的东西语境化，以便读者能够对此有所体会。这便产生了如下问题，即人们该如何对待在这之前就已经存在并起决定性作用的大写历史？人们在当下排斥它，但是它却充斥在当下之中，无处不在。因为不断衰弱的存在如实地对现实产生深远的影响，因此作为大写历史的真实逐渐渗透进入每个人的历史之中，并且在每个人的身上具化为故事。为了活在当下，将过去拒而远之的行为既有必要，又不可能。这就是易卜生想要强调的东西；戏剧通过对话捕捉这种复现（résurgence），理由是正剧省略了对被排斥东西的表述；很明显，后者由于被排斥到了阴影之中而变得不可言说。易卜生的主要作品都创作于1877年至1896年这段时间。在他和其他剧作家的作品中，和周遭的宗教与道德一样，各种隐喻失去了其修辞性的力量，被揭露出本来的面目。相信这些隐喻是悲剧性的行为，因为这么做会使人们在约束自己和禁止自己体验生活的过程中一事无成。人们所依附的是各种虚幻；如果人们察觉到这一点，那是因为悲剧已经无法避免。对于易卜生笔下的人物来说，鉴于众多回答在他们的眼中仅仅具有隐喻性，就无须在当下将它们考虑在内。这就导致没有任何被大写历史所沉淀下来的回答能够影响到当下。个体们因此都面对着各种并不构成回答的答案。问题是总有一天，这些答案将重新浮出水面，因为过去它们仅仅是在形式上被解除威胁。在揭露各种差异的过程中，真实只能将过去的阴影重新显现，因为差异存在于现实本身之中。让我们以易卜生初期伟大作品中的一部，即《群鬼》（*Les revenants*）为例。在远方亲戚的安排下，孤儿院长大的阿尔文（Alving）太太和一位十分有钱的男子结了婚，但是这位先生却是个道德彻底败坏的男人。阿尔文太太和她的先生育有一子——欧士华（Osvald）。在剧中，欧士华向她的母亲吐露自己得了重病的隐情并请求母亲帮助他一死了之。欧士华对自己的病因一无所知。其实，他得的是他的父亲传染给他的梅毒。阿尔文太太曾经试图从她荒淫放荡的丈夫身边逃脱，投入她暗恋着的牧师曼德（Manders）的怀抱。牧师是怎么回答她的呢？“我吩咐你：‘女人，快回到自己丈夫那儿去！’而那时你跑来找我，对我说：‘我来了！把我收留下吧！’难道这是罪恶吗？”[①] 牧师就这样将阿尔文太太打发走，让她继续履行道德和宗教所要求的本分。在此期间，阿尔文搞大了自己女佣的肚子。这使得忍辱负重、一心照料儿子的阿尔文太太不得不收留丈夫与女佣的私生女吕嘉娜（Régine）作为使女。但出人意料的是，跟母亲一样已经成为阿尔文太太女佣的吕嘉娜又受到了欧士华的觊觎。儿子继承了父亲身上的恶习，因此过去的一幕又重新上演并一代代地流传下去，由此产生了这部戏剧的标题。

> 一大群鬼！我听见吕嘉娜和欧士华在饭厅里说话的时候，我眼前好像就有一群鬼。不但咱们从祖宗手里承受下来的东西在咱们身上又出现，并且各式各样陈旧腐朽的思想和信仰也在咱们心里作怪。它们死缠着咱们不放手。[②]

因此剧中呈现给人们的是那些已经被大写历史确认过不再有任何价值可言的各种隐喻，这刚好与浪漫主义的宣言相反。更确切地说，后者在隐喻之中看到的是主体思想的实质，是最恰当的回答；即便不是的话，也是真实的回答。这些旧的回答被隐藏到了每个人内心最深的地方，人们必须与这些回答共处。但是由于这些回答并没有被赤裸裸地暴露在某种本应该排除它们的隐患、将它们缩减为非回答的字面忠实义之中，因此对它们的排斥并不完美，并与当下相混淆，在某个时候对当下产生影响，最终使其改变方

① [挪]易卜生:《群鬼》，选自《易卜生文集》(第5卷)，黄雨石、南江、潘家洵译，北京：人民文学出版社，1995年，第253页。
② 同上，第252—253页。

向。吕嘉娜的母亲在临死前嫁给了一个贪婪的并不怎么拘小节的男人安格斯川（Engstrand）。这使人相信吕嘉娜并不是欧士华同父异母的妹妹。所有这一切过往都将在阿尔文太太和儿子、她和牧师对峙的过程中重新浮现。在曼德的怂恿下，阿尔文太太重新拾起平常的生活，并将虚伪进行到底。但讽刺的是，鉴于欧士华从巴黎归来，她希望用那笔家人建议她结婚时将她从孤儿院赎身的钱来建立一座孤儿院，用来纪念她的丈夫。债务被偿清，至少在字面忠实性的层面上她脱离了苦海。但事实上，她的一生都无可挽回地被糟蹋了。

安格斯川想要开一间水手酒吧，并让自己的"女儿"做服务员，但是吕嘉娜却拒绝了他。牧师曼德不希望阿尔文太太给孤儿院上火险，因为他觉得这违背了上帝至善的神意；然而一旦孤儿院失火，牧师就会遇到麻烦。想要掣肘曼德牧师的安格斯川十分清楚这一点。在阿尔文太太向他倾诉了吕嘉娜的真实身份之后，曼德觉得自己受了骗：他一直以为吕嘉娜是安格斯川的亲生女儿，而事实上她却是阿尔文的女儿。安格斯川甚至为了钱而同意娶吕嘉娜的母亲为妻。安格斯川为自己辩护，说自己娶这个犯了原罪的女人没有其他企图，完全是出于基督教的善意。但是这个谎言并没有成功。因此，他设计用日课上使用的蜡烛引发孤儿院的火灾，让曼德为此负责。他这么做的目的是从曼德那儿得到出让失火孤儿院的地产获得的钱财。这就是让他保持沉默所要付出的代价。多亏了这些钱，安格斯川最终可以盘下他的"水手公寓"。安格斯川将承担起孤儿院失火的责任，并背上社会舆论的骂名（以"水手公寓"作为交换条件），而阿尔文太太则将帮助他的儿子结束自己的生命。

这是一部伟大的戏剧。它后来为斯特林堡（Strindberg）和其他人提供了灵感，因为斯特林堡一直把易卜生当作对手。在这部剧中已经显现出易卜生戏剧的几个重要主题：人们处于一个十分沉重和压抑的社会之中，某种愚蠢的民主滋养了许多社会习俗，那些没有被完全排斥掉、没有被解除威胁的过去又重新回归；那些人们曾经一度以为被约定俗成的沉默锁定的家庭关系因此分崩离析。家庭、宗教和道德这些给观众们身处的小资产阶级世界带来某种虚假稳定性的东西被易卜生重新审视。除了他的戏剧使用的是挪威语这样一门不为人们所熟知的语言之外，上面提到的这一点或许也能解释为什么才华横溢的易卜生完成了戏剧方法革命，但成功却来得那么迟。他的现实主义来自揭发一切中产阶级社会假装相信，并掩盖了那些往往肮脏不堪的真相的东西，例如：宗教、家庭、道德、债务清偿，等等。这些东西经常作为种种托词，用以掩盖可耻的事实真相，正如契诃夫（Tchékov）笔下所展现出的平庸低劣那般。用高尚的言辞来形容见不得光的事物？所有这些理想的观念不都仅仅是隐喻吗？

易卜生戏剧的创新之处在于他展现出某种字面忠实义和某种现实主义。二者看起来似乎能够对那些旧的、仅从隐喻角度才成立的回答无动于衷。在过去，浪漫主义曾经有能力表明隐喻性的言语属于某种无法被超越的大写历史。形象性所产生的效果是重新处理那些造成问题的回答。因此这些回答就变成了非回答，它被浪漫主义转化为主体性的表达和怀旧的印象。但是需要明白的一点是只要这些旧的回答还具有隐喻性，那么最终使它们分崩离析的问题性特征就不会明显地表现出来。易卜生以此为基础构建自己的戏剧。隐喻性表达的是那些被人们重新设计出来的回答，这么做的目的是使这些回答不再重要。这使得人们能够将这些回答放在一边，从而面对当下的现实。麻烦的是隐喻性保存着过去，前者仅仅是把后者形象化并整合进了历史性，即专属于大写历史的差异而已。大写历史在各种回答的核心之中所强调的差异将这些回答重新字面忠实化，并有重新出现的危险，因为如果这些回答没有被新的回答所超越的话，那就说明它们没能被很好地排斥掉。易卜生戏剧的核心人物们都有一种已经被他们隐喻化了的理想观念。通过一次意外、一次碰面、一次归来或者简单地说一个使理想与现实交锋的事件，这种观念重新浮出水面，并在现实的冲击下使理想分崩离析。表面上看，各种回答的危险已经被解除，它们似乎永远地沉睡在一去不复返的过去之中。为了生活，人们已经在过去远离这些回答；但这些回答将重新恢复效力，就像定时炸弹一样。因为没有被某种去忠实性的过程完全排斥，这些回答将支配易卜生戏剧人物的当下。只有他们才知道那个他们曾经以为能够摆脱的秘密是什么。这些重新浮出水面的隐喻造就了人们通常能够在易卜生戏剧中辨认出的那种无解的神秘性；此外，这种神秘性也会对当代戏剧产生深刻的影响。阿尔文太太的境遇很好地彰显了这种我们将在其他戏剧中所辨认出的结构。阿尔文太太视宗教和道德为确切的回答，曼德牧师在这一点上起着重要的作用。当阿尔文太太回到丈夫家并被新的烦恼所纠缠的时候，她一声不吭地掩饰起来，假装什么都没有发生似的。她相信这一切吗？不，但这是各种对社会生活的隐喻；如果不赞同这些隐喻的话，她就不会提出被这些隐喻所提出的问题的问题。直到有一天，阿尔文太太处于形势所迫不得不这么做：他生病的儿子回到家中，并在不知情的情况下迷恋上了他同父异母的妹妹。甚至阿尔文太太的婚姻也是某种隐喻；尽管婚姻确实存在，但它在大多数人那里所蕴含的意义对于阿尔文太太来说仅仅是想象和虚幻，因此也就能够使她不管发生什么都想继续将婚姻维持下去。孤儿院本身也是某种隐喻，在这里指的是夫妻间的忠诚；女佣不仅仅是女佣，正如牧师本身看起来也并不具备那种出于他的使命而完全不受腐蚀、仁慈宽厚的形象。所有这些隐喻都随着剧情的发展逐渐瓦解、现出原形：最终，观众们意识到甚至连儿子欧士华身上都显露出对其父亲的隐喻。大写历史身上被否认的历史性停留在对身为问题性的隐喻性的发现之中，但这种隐喻性同样也是那些无效回答的形式。人们抓住这些无效的回答死死不放。大写历史消除了各种已经被建构起来的同一性身上的字面忠实义；在这种历史的冲击下，人们守卫着这些回答，并用适当的方法改变它们。这就使人们能够凑合着继续使用这些回答，尽管它们已经不再完全有效了。这只能应付一时：人们最终会意识到当隐喻性的真面目被识破时，隐喻和问题被联系在一起。

最受女性主义者们欢迎的易卜生剧作是《玩偶之家》。一个女人，为了拯救丈夫的健康，决定代他做为期一年的海上旅行。但是由于资金问题，她不得不偷偷地向一位不怎么光彩的人借钱。这位柯洛克斯泰（Krogstad）实际上是她刚刚成为经理的丈夫银行中的一位职员。女主人公背着她的丈夫借钱，因为丈夫不喜欢欠妻子的钱。但是为了得到这些钱，她伪造了重病父亲的签名，让他作为借据的担保人。丈夫托伐（Torvald）想要把柯洛克斯泰从银行中解雇，这迫使后者不得不对女主人公、托伐的妻子娜拉（Nora）进行勒索。如果柯洛克斯泰的职位不保的话，他就会向托伐揭发一切。问题是柯洛克斯泰对银行进行了欺诈；因此对于托伐来说，根本不可能把他留在银行。左右为难的娜拉感觉自己要完蛋了。柯洛克斯泰写了一封信给托伐，在信中他揭露了整件事情的来龙去脉。因此托伐对娜拉大发雷霆：

> 现在我让一个坏蛋抓在手心里。他要我怎么样我就得怎么样，他要我干什么我就得干什么。他可以随便摆布我，我不能不依他。我这场大祸都是一个下贱女人惹出来的！①

接着又有一封信：因为有些顾虑，柯洛克斯泰把上面有娜拉伪造了签名的借据寄给了托伐。柯洛克斯泰决定和娜拉最好的一位单身的女朋友一起离开，因此他希望为自己的错误行为赎罪。知道这件事后，托伐不再发怒并原谅了娜拉。

---

① [挪]易卜生：《玩偶之家》，选自《易卜生文集》(第5卷)，黄雨石、南江、潘家洵译，北京：人民文学出版社，1995年，第196页。

你正像做老婆的应该爱丈夫那样爱我。只是你没有经验，用错了方法。可是难道因为你自己没主意，我就不爱你吗？[1]

但托伐之所以能够脱险是多亏了娜拉，即便娜拉的行为确实不够谨慎。娜拉感到十分沮丧，她没有得到丈夫的理解、被丈夫鄙视、被当作一个不负责任的小女孩，就像她的丈夫扮演的是她父亲的角色一样。她告诉她的丈夫说：

我们的家只是一个玩具箱。我是你的玩具娃娃，就像我过去是爸爸的玩具娃娃一样。你逗我玩儿时，我觉得有意思。托伐，这就是咱们的夫妻生活。[2]

为了成长，娜拉决定离开托伐独自生活。她抛夫弃子。他们之间的关系已经结束了。无论等待她的命运是什么，娜拉都将追随它。但是她的宿命既不再在婚姻之中，也不再以婚姻为目的，即便她知道她不可避免地要犯下抛家弃子的过错。

这部戏剧再一次彰显了往事落在每位戏剧人物肩上的重量。只要我们紧盯着当下不放，对已经成为我们自己故事的大写历史视而不见的话，我们就都生活在“玩偶之家”当中。承担自己的义务、掌握自身的存在就是认识到什么才是我们需要占为己有和放在一边的东西。在19世纪的清教徒社会里，被压迫并被视为未成年人的女性则成为这种自由问题的代表。比起男人来，女性更能代表那些受到命运和社会习俗冲击的人。对她们来说，能够从

---

① [挪]易卜生：《玩偶之家》，选自《易卜生文集》(第5卷)，黄雨石、南江、潘家洵译，北京：人民文学出版社，1995年，第198页。

② 同上，第201页。

中解脱就意味着成为一个自立的、掌握自身存在的人。易卜生总是选择具有典型命运的女性以便强调这种从被动妥协到清醒的解放意识的过渡。但是，每当他这么做的时候，都提醒人们说他并不掌握解决办法和答案。需要进行反思并且做出决断的是读者、观众，如果他们愿意的话；而他，易卜生，则只是昭明那些重新浮出水面的问题。阿尔文太太后来怎么样了？在抛弃一切包括她的孩子们之后，娜拉还能做些什么呢？易卜生并没有做出明确的答复。此外，他也没有表示这些女人到底是对是错。他只是说这些女人们已经心明眼亮了。因此作为某种隐喻，“玩偶之家”到此为止。在这之前，出于社会习俗或者爱意，娜拉都对这种隐喻视而不见。婚姻被揭示为某种问题，并且不再能够作为隐喻而长时间地被一小部分人所无视，好像它能够满足那些被禁锢的女性们的要求似的。迎合他人的期许并为了达到目的而遮遮掩掩，仅能在一定的时间之内保持夫妻之间的关系不受损害。

《人民公敌》情节较为简单，却完全依照着易卜生所捍卫的现实主义的方向发展。在挪威一个小城里即将建成一些温泉浴场，但是浴场的卫生报告却惨不忍睹，因为有一条臭水沟流入了浴场内。斯托克芒大夫是温泉浴场的医官，他想要揭发浴场被污染的问题。在与大量同胞们的对峙中，他变得越来越孤立无援；这些人为了各种各样的利益，必将一个接一个地抛弃斯托克芒大夫。在有这么多钱要赚的时候，真相又有什么重要性可言呢？

易卜生第三部举世闻名的戏剧作品是《野鸭》。它与易卜生其他的伟大作品一道预示着更为抽象的作品即将纷至沓来。故事和场景被分割为两个部分：第一部分发生在老威利（le vieux Werle）家，第二部分发生在小艾克达尔（Ekdal）家，负责连接过去和未来的是痛恨自己父亲的格瑞格斯·威利（Gregers Werle）。格瑞格斯告诉小艾克达尔，他的妻子基纳（Gina）在老威利家做女仆时被后者搞大了肚子。老威利和基纳十四岁的女儿海特维格（Hedvig）告诉小艾克达尔说即便老威利是她的生父，也不会改变她对小艾克达尔的爱。海特维格并不介意她的生父是谁，但这并不能阻止小艾克达尔粗暴地将其抛弃。海特维格在绝望中自杀。老威利曾经为这些事费尽了心机。在他妻子生前的最后几年里，是基纳在照顾她。老威利妻子死后，基纳便回到城里的家中。老威利设法让小艾克达尔在城里租下一间房子。同样，在基纳和小艾克达尔订婚后，老威利还在经济上帮衬这对年轻的夫妇，并资助小艾克达尔开了间一直都不怎么赚钱的照相馆。这还没完，与艾克达尔夫妇和海特维格一起生活的艾克达尔的父亲曾经负责为老威利伐木，但老威利的林业公司却存在欺诈行为。那些森林的一部分属于国家。老艾克达尔成了被告而老威利则被宣判无罪。于是艾克达尔一家陷入了贫困之中。这就解释了威利愿意为他吩咐给老艾克达尔那些无足轻重的工作支付高昂报酬的原因。在大家的面前，他把他的行为说成是做善事，包括他帮助老艾克达尔的儿子成家立业。而事实上，他想要做的是让老艾克达尔在他徇私舞弊的行为上闭嘴，并让老艾克达尔的儿子娶他的情妇为妻。而格瑞格斯·威利发现了这一切。他痛恨自己的父亲，因为老威利让他的母亲尝了不少苦头。他要把这一切都告诉小艾克达尔，好让他看清楚老威利所谓的慷慨大方的真面目。格瑞格斯之所以在和父亲隔阂了十七年后回到家中，是因为他的父亲想就自己再婚的计划征求儿子的意见。这既要遵循社会习俗，又要让他的儿子看起来对父亲的这桩新婚事表示赞同。但格瑞格斯完全明白老威利心里打的小算盘；他彻底地离开了家，到小艾克达尔那儿寻求庇护。这里有野鸭什么事呢？它在故事中扮演什么样的角色呢？事实上，老艾克达尔还和老威利一起在林场工作打猎的时候，他曾经收留过一只受伤的野鸭，并把它带到自己的阁楼里养伤。野鸭显然隐喻着那些受到生活伤害的人。因为挨了老威利一枪，这只野鸭再也飞不起来了。老艾克达尔决定拯救这只野鸭并照料它。归根结底，这只野鸭就像老艾克达尔：在受了老威利的伤害之后，他的生活发生了巨大的转变。在自杀的时候，海特维格想要和野鸭做个了断，但是她却将她父亲的手枪对准了自己。

《野鸭》之所以是一部出色的作品，是因为它既富有戏剧性，又普通寻常。剧中发生的事可能会发生在不止一个人的身上。借助于威利儿子的归家，黑暗的过去将重新浮出水面。就像刚才所说，格瑞格斯是连接过去和现在的纽带。他同他的母亲一样憎恨他的父亲，因为他的父亲在得到了他母亲的嫁妆之后，让她度过了悲惨屈辱的一生。他拒绝继承被他憎恨的父亲的家业，后来直接不和他见面。但是他也知道他父亲针对老艾克达尔做过的那些不为人知的行为：他让老艾克达尔替他背上徇私舞弊的罪名；并在小艾克达尔不知情的情况下，让后者替他“包庇”基纳怀孕的丑事。

这些陈年旧事被崇尚金钱的主流社会迅速地隐喻化，并被重新阐释为种种不可避免的“附带损失”。只要人们能够假装对它们视而不见的话，这些损失都无足轻重。但是这些陈年旧事总有一天会暴露在光天化日之下。它们被威利的儿子字面忠实化，并全面引爆了小艾克达尔家中的矛盾。

正如人们隐约预感到的那样，易卜生在他的戏剧中对许多不同类型的家庭关系都抱有浓厚的兴趣，例如：行为不端的丈夫、危在旦夕的孩子、做了不该做的事的妻子、被牵扯进来或者被排除在外的第三者、男人或女人。总而言之，问题的内容每次都是某个重新归来的过去。它无可救药地改变了当下，因为它曾经作为排斥而被否决掉。但这种排斥并不完美，因为它无法进行清晰明了的、本可以使人们将其忘记的区分。所以无论如何，这种差异都将借助客观条件发挥其作用；同时，过去将重新变为当下，就像它发生在昨天一样。浪漫主义曾经将爱情、婚姻和基督教理想化，而现实主义则表明通常情况下这些东西都只是些遮羞布罢了，它们并不总是能够使人得到满足，并且经常充满各种很快就变得模糊不清的幻觉。未来并不位于构成个体和其存在的制度化之中；相反，它位于对这些幻觉的揭露之中。体制产生这些幻觉的目的是袒护庸才并给予人们身上唯一的优点都无法拥有的满足感。

易卜生不断表现的一点就是体制使那些平庸的人能够躲在现成的、形式上的能力之后施展他们那些令人不齿的才能。尽管本身一无是处，但是牧师或神父、教授、校长、市长和其他令人敬仰的显贵们却被那些由官僚方式确定的各种“才干”赋予了合法正统的地位。这些人利用他们所享有的标签谋取利益，而这些标签似乎是他们与生俱来的品质。易卜生所做的就是不遗余力地破除这些标签身上的神秘性。真正的存在对他来说是超越这些神话，以通往事物的实在。

易卜生最神秘和深奥抽象的戏剧作品是《罗斯莫庄》(*Rosmerholm*)。这部戏剧是易卜生生命中的一个转折点，因为它完成于1886年，即易卜生在国外漂泊了二十年后回到挪威的时候。故事发生在坐落于峡湾边上的罗斯莫庄园里，庄园的主人是退职牧师约翰尼斯·罗斯莫(Johannes Rosmer)。海尔赛特(Helseth)太太是庄园的管家，而吕贝克·维斯特(Rebekka West)是一个生活在庄园里的奇怪的人。从前，吕贝克负责照料罗斯莫先生的妻子碧爱特(Beate)。几年前，碧爱特在离庄园不远的地方溺水身亡。吕贝克过去还照料过她已经去世的父亲。在罗斯莫太太去世后，吕贝克留在了庄园里。罗斯莫的内兄克罗尔(Kroll)校长来拜访她。克罗尔建议吕贝克依照社会习俗和罗斯莫结婚，而不是暧昧不明地和他生活在同一个屋檐下。大写历史的车轮突然开始转动。事实上，克罗尔陷入了一场政治斗争之中。他是一位试图建立起关系网络的极端保守派，他的敌人是代表左派的摩腾思果(Mortensgaard)。而最大的矛盾就是：即便是克罗尔的妻子和孩子们，也都站在摩腾思果这边。灵魂高尚的罗斯莫想要超脱于这些与他毫不相关的矛盾，但吕贝克却要将他推向摩腾思果的阵营。她试图对罗斯莫施加影响，好让他变得更加开放和宽容；而克罗尔则恰恰相反，费尽心思地想让罗斯莫站在他这一边。为了达到目的，克罗尔使出最为卑鄙下流的手段。他对罗斯莫发起了攻击。

你看罗斯莫庄的历代祖先，有牧师，有武将，还有达官显宦。在过去将近二百年之中，你们家那些人一个个始终都是本地的头等人物。罗斯莫，无论是为你本人打算，或是为你的家世传统打算，你都应该尽一份力量，保卫咱们本地人一向认为神圣的东西。维斯特小姐，你以为如何？

吕贝克笑着说："亲爱的校长，你不知道我觉得你这番话多么可笑。"[①]

罗斯莫真正的导师、他真正相信的人并不是这位内兄克罗尔，而是他年轻时十分欣赏的布伦得尔（Brendel）。克罗尔和布伦得尔是宿敌：前者将后者排挤出了他们过去共同拥有的学生圈子。为了谋生，布伦得尔四处讲演、追名逐利，但在此期间却没有任何著述。他现在想要通过投身公共事务做些积极的事。克罗尔和罗斯莫之间的冲突也接连不断：作为曾经的牧师，罗斯莫抛弃了信仰和他家族那些陈旧的贵族理想。最终二人决裂并正式宣战。漂泊在外的布伦得尔加入了摩腾思果的阵营；而罗斯莫却一直犹豫不决，他想要不管发生什么都能够置身事外。克罗尔最后一次来到罗斯莫的家中，向他说明自己的妹妹，即罗斯莫亡妻的死亡原因。对罗斯莫而言，他妻子自杀的原因是她为无法生育感到绝望。而克罗尔并不同意这种说法。

可怜的碧爱特，心情紧张、精神痛苦的她所以自杀，无非是为了可以让你把日子过得快活一点、自由一点，并且称心如意。[②]

碧爱特眼睁睁地看着罗斯莫和克罗尔一样开始否认一切她曾经相信的

---

① [挪]易卜生：《罗斯莫庄》，选自《易卜生文集》(第6卷)，黄雨石、南江、潘家洵译，北京：人民文学出版社，1995年，第143页。

② 同上，第165页。

东西。过去充满了问题性，因为碧爱特已经离开了人世，因此无法确认它。克罗尔提起往事的目的是引起罗斯莫的负罪感。在碧爱特临死的时候，她曾经告诉她的哥哥:“在罗斯莫庄，白马不久就要出现了。”[①] 碧爱特还希望罗斯莫可以娶吕贝克，因为她更加契合罗斯莫的新理想。旧事物必须消失；为了成就新生并逃脱对生活的厌倦，碧爱特跳进了水车沟那湍急的河水里。克罗尔的话里影射了一段混乱的关系。

克罗尔：从前我不知道，直到昨晚我才知道，原来一个不信宗教的男人跟一个解放的女人住在一块儿。

罗斯莫：啊！如此说来，是不是你觉得不信宗教的人和思想解放的人心地都不会纯洁？

克罗尔：我觉得不是拿教会的训条做基础的道德都不大可靠 。[②]

易卜生选择在这个时候让摩腾思果出场，他也是前来拜访罗斯莫的。他来感谢吕贝克·维斯特给予他的支持。罗斯莫和她持相同的看法。尽管牧师已经背弃了他先前的信仰，摩腾思果还是建议他不要将这件事公之于众，因为这个城市的人们都还是信徒。如果想要在社会层面让大家接受新思想的话，那么最好还是保持大家对罗斯莫的尊重。但无情的克罗尔将罗斯莫像食物一般投入狼群之中。在这件事里，精神上的高贵已经被超越了。摩腾思果以一封罗斯莫前妻的信作为要挟：在信里她向摩腾思果请求原谅，因为她的丈夫曾经让人从学校将身为教师的摩腾思果辞退。这还没完，她还说不能相信所有笼罩着罗斯莫庄有关造孽勾当的谣言（那时身在罗斯莫庄的吕贝

① [挪]易卜生：《罗斯莫庄》，选自《易卜生文集》(第6卷)，黄雨石、南江、潘家洵译，北京：人民文学出版社，1995年，第166页。
② 同上，第167—168页。

克·维斯特已经爱上了罗斯莫）。因此，摩腾思果提醒罗斯莫要当心。后者却坚持自己是清白的，没有做过任何不道德的事情，所有的传言都是无稽之谈。但是摩腾思果还是想借助罗斯莫的威望为自己赢得利益，并同样试图操纵后者。

这里也一样，死人又活了过来，并且显得十分沉重。过去不可磨灭，但是一切又同样具有隐喻性：这是某种并非真实的爱情，因为它仅仅指的是二人的默契，即某种完全外在的信仰。简而言之就是人们为了更好地活着而已然接受的隐喻性，他们不会扪心自问所有这一切（从字面忠实义的角度）意味着什么，但最后他们会再一次无法坚持下去。这就是被遗失的清白、错误，甚至可以说是原罪，即人们对那些名不副实的、被人们将就的回答被破除神秘化、现出原形已经心知肚明。知识之树同样也是罪孽之树。但是人们曾经是幻觉的受害者；在这一点上，过去在当下提醒人们回忆起那些曾经被否认和掩盖，以便在某种虚假的、无差异的连续性之中可以更好地生活下去的差异。由此产生“罗斯莫庄白马”的隐喻：这是再次出现的幻想，是某种杀人的理想和唯心主义、某种对现实的否定。它的回归使每个人都回想起自己那段没能在恰当的时机很好地解决，从而一劳永逸地摆脱掉的美好回忆。

社会和政治斗争不正即将把罗斯莫和吕贝克吞没吗？“可是你猜不出我的心事吗，吕贝克？莫非你不知道？难道你看不出我用什么方法最容易摆脱那些烦恼的回忆——伤心的旧事？用一个新的、活的现实去抵挡它们。”[①] 罗斯莫提议和吕贝卡结婚，用新事来代替旧事，就像用当下来代替过去一样。但是即便罗斯莫一再坚持，吕贝克依然回绝他。就像意料之中的那样，克罗尔在他的政治报纸上抨击罗斯莫。罗斯莫扪心自问是否“咱们俩嘴

① [挪] 易卜生：《罗斯莫庄》，选自《易卜生文集》（第6卷），黄雨石、南江、潘家洵译，北京：人民文学出版社，1995年，第182—183页。

里说是朋友，究竟是不是一直在欺骗自己”，[①] 这是对吕贝卡和他之间某种真正吸引力的另一种隐喻。但是，当“死人化成了一群奔腾的白马回到了罗斯莫庄”[②] 的时候，该做些什么呢？罗斯莫浑身上下都充满了善良的道义，他紧紧地抓住这些道义不放，就像人们在传播那些被认为是不可触犯的旧回答似的。对他来说，这些回答由内而发，但是他现在却被要求去重新审视一切。而在目睹了弱势存在展现在一切事物面前的这种普遍的问题性之后，象征着隐喻性的有关白马的梦境不停地在罗斯莫的脑海里萦绕。出于现实主义所迫，那些旧的回答重新出现在某种人们从前没有意识到的隐喻化的背后。于是，克罗尔悄悄地来找吕贝克，斥责她在罗斯莫改变政治立场这件事上扮演了重要角色。克罗尔拜访的目的仍然是动摇罗斯莫的立场，以便使他转向自己的阵营。他指责吕贝克先是诱惑了碧爱特，后又诱惑了罗斯莫，她想在罗斯莫庄站住脚，控制一切，推翻一切。这还没完，克罗尔还对吕贝克的出身做了可怕的揣测，目的是对他笃定的吕贝克的恶毒计谋做出解释。尽管她姓维斯特，但是克罗尔确信她是一位私生女，在作为妓女的母亲死后，她被维斯特医生收养，但是后者对她很不好。更有甚者，克罗尔认为她一直陪维斯特医生直到后者去世的原因是吕贝克与他保持着不正当关系。出于反感，她不想再有任何性方面的接触，即便是和罗斯莫。克罗尔还推断，尽管如此，这件事还是给她产生了不好的影响。她喜欢闻硫黄的味道。可是，克罗尔威胁道，她在一点上犯了错，因为她没有意识到在引导罗斯莫背弃他所处的社会的同时也将其孤立。罗斯莫注定要失败，要被人指指点点，他的计划也将受到威胁。他必须以和吕贝克结婚作为开始，重新回归社会主流。他也将仍然是一个贵族，因为面对身边人的一致反对，他无能为力。当从一段

---

① [挪]易卜生：《罗斯莫庄》，选自《易卜生文集》(第6卷)，黄雨石、南江、潘家洵译，北京：人民文学出版社，第192页。

② 同上，第193页。

他认为美满但实际上把他紧紧压制住的婚姻中解脱出来的时候，罗斯莫有机会充分施展自我。随后，吕贝克向观念正统的克罗尔承认，她在罗斯莫太太在水车沟自杀这件事上起了推波助澜的作用。因为无法生育，碧爱特·罗斯莫想要让吕贝克给罗斯莫生孩子。因此，碧爱特视自己为所有人幸福的一个障碍，她希望在吕贝克的帮助下在水车沟跳河自杀。在承认了这件事之后，吕贝克决定像《玩偶之家》里的娜拉一样离家出走。她曾经想要和罗斯莫在一起，但她却没有料到她必须和过去的影子做斗争。现在，她再没有斗争下去的力气了；罗斯莫也没有，他那些高贵的理想完全与现实脱节，他不知道表明姿态意味着什么。吕贝克失去了她自身的清白，她无法重新变得幸福起来。自知之明禁止爱情所要求的天真的结合。不抱任何理想地去生活，这就是未来成功的关键。此外，对自己阵营中的政治投机感到失望的布伦得尔前来拜访罗斯莫，说他已经决定在失败后离开。为了向罗斯莫证明自己并非如别人所说的那样是一个没有任何顾忌、不择手段向上爬的人，吕贝克和生活已经被碾碎、没有丝毫挽回自己名誉希望的罗斯莫一道跳进湍急的水车沟里，与碧爱特重逢。

在《海上夫人》中，女主人公艾梨达（Ellida）向一位先生保证，等到他出海归来之时，她便与他一起走。因为深陷一场官司，这位先生离开的时间比预想的要长得多。当他再次出现的时候，这位女士已经决定和在这期间选定的另一位男士结婚了。作为最重要的谜题，大海吸引着艾梨达。随着时间的推移，这种隐喻也已经失去了效力。

然而，易卜生在那段时间里最伟大的戏剧并不是《海上夫人》，而是他那部令人难忘的杰作《海达·高布乐》。海达曾经热恋过艾勒·乐务博格（Egbert Lôvborg），但后者却抛弃了她。海达一直爱着乐务博格，却从未原谅过他的背叛。多年以后，海达与一心谋求教授头衔的泰斯曼（Tesman）结了婚。在泰斯曼几乎要得到海达的时候，乐务博格带着一份才华横溢的手稿重新出现。这份手稿使乐务博格能够得到老朋友泰斯曼觊觎已久的教授职位。在感到惶恐之余，海达寻思将会发生什么。当然，她要复仇。泰斯曼自己也写了一本有关中世纪时勃拉邦的家庭工业的书。作为一个埋头苦心学问、谨小慎微又平庸无奇的人，泰斯曼没有一点能够让专断冷漠的海达所迷恋的地方；他只想成为一个优秀的大学教授，除此之外没有别的。在蜜月旅行之后，当他的姑姑找回他的旧拖鞋时，泰斯曼感到异常幸福。而海达则止不住提醒泰斯曼他曾经不停地表现出要找回拖鞋的迫切心情，这种担心显然十分重要："不错，咱们旅行的时候我记得你在市场跟我提起这双拖鞋。——泰斯曼说：是的，我心里实在忘不了这双拖鞋！"[①] 前来告知乐务博格回来的是海达的一位老朋友爱尔务斯泰太太（Elvsted）。乐务博格过去是这位太太丈夫前妻的孩子们的家庭教师。这段经历让他出了一本有关文明进程的畅销书。就像易卜生戏剧里一贯的那样，过去被逐渐地、断断续续地揭开。过去，泰斯曼和乐务博格是好朋友。泰斯曼在妻子的鼓励下想要重新修复他们之间的友谊。海达和爱尔务斯泰太太就过去的事聊了几句。她们过去是一个学校的同学，但是海达过去在这位要成为爱尔务斯泰太太的同学面前显得咄咄逼人并且态度轻蔑。社会地位又一次成为问题。但是她们还是和好了，并且海达不顾一切地想要接近泰遏·爱尔务斯泰（Thea Elvsted）。泰遏曾经帮忙照管州官的孩子们，因为州官的前妻是个病人。最后，她和州官结了婚。五年过去了，角色发生了调转，她雇了乐务博格来照管州官的孩子们。这一切已经有三年的历史了。事实上，爱尔务斯泰太太之所以来泰斯曼家，是因为她再也无法忍受她的丈夫了。她想要待在乐务博格所在的地方。多亏了乐务博格她的生活才重焕生机，因为她可以协助乐务博格进行研究。可是泰遏说在他们之间还存在着第三者，"是他从前认识的一个女人，是他永远

---

① [挪]易卜生：《海达·高布勒》，选自《易卜生文集》(第6卷)，黄雨石、南江、潘家洵译，北京：人民文学出版社，1995年，第346—347页。

忘不了的一个女人”。[①] 海达不停地将问题一步步地推进。但是爱尔务斯泰太太却不知道更多的事，除了“他说，他们分手的时候，那个女人想用手枪把他打死”。海达显然在假装她什么也不知道。这时，推事勃拉克（Brack）前来拜访，向新婚夫妇致意并告诉他们泰斯曼中意的职位要通过竞选才能得到，因为毕竟乐务博格也有资格要求得到它。泰斯曼曾经还做过梦，而海达则没有。教职是某种对美好生活的隐喻，在这里它被揭露出原形——它是某种希望，甚至是幻觉:“海达，一个人绝不该在童话故事里冒险。”[②] 但是海达想要的就是一种上流社会的生活。她还喜欢摆弄她的父亲——高布乐将军留下来的手枪。当勃拉克又掉头回来单独和海达谈话的时候，后者向他抱怨整天和丈夫待在一起，抱怨漫长的结婚旅行。当她的丈夫散步归来时，两个人一起嘲笑他。勃拉克想带泰斯曼出去遛达遛达。后者离开房间去换衣服，海达承认她把泰斯曼姑姑的一顶帽子弄丢了。与泰斯曼一家刚好相反，海达对这些诸如我们的“大学问家”的拖鞋之类的顾虑一点也不感到担心。归根结底，海达看起来像是一个无动于衷的人。她的婚姻对她来说并不算什么，就像《玩偶之家》里的娜拉一样，她视婚姻为一个把自己关起来的盒子；但与娜拉不同，海达并不觉得自己被关了起来。此外，勃拉克还问起她:“你为什么不也找点事情做做，海达太太?”[③] 海达承认她感到烦闷。她希望她的丈夫能够做部长。但是家里没产业可怎么办？她说：“对，日子过得这么无聊就是为这个！真可笑！做人就是这样子。”那孩子呢？没门！她说。她的责任？“让我自己烦闷得活不下去。现在你明白了吧。果然不出我的所料！教授来了！”[④] 她又一次开玩笑地说道。泰斯曼过来等着迎接乐务博格。

① [挪] 易卜生:《海达·高布勒》，选自《易卜生文集》(第 6 卷)，黄雨石、南江、潘家译，北京：人民文学出版社，1995 年，第 362 页。

② 同上，北京：人民文学出版社，1995 年，第 368 页。

③ 同上，第 379 页。

④ 同上，第 380—381 页。

后者来的时候随身带着一部还未出版的手稿，他想让泰斯曼读读看。这篇手稿写了些什么呢？它讲的是将来，可泰斯曼却回答道："可是将来，咱们怎么能知道将来的事情呢？"[①] 在易卜生的戏剧里，如果过去被人遗忘的话，将来就没有任何意义。但对于历史学家而言，排斥过去只会扼杀他们的事业并注定导致他们的失败。而这恰恰是即将发生的事情。勃拉克将带着众人去夜游，但是海达却说服乐务博格留下来，因为泰遏·爱尔务斯泰要回家，可没有人能送她。海达的计策见了效。乐务博格认出了海达，并问她怎么肯下嫁给泰斯曼。海达并不爱泰斯曼，并且也不做丝毫的掩饰。那这是为什么呢？为了顶撞乐务博格吗？过去的一切对她来说都是隐喻，但是现在她不再相信这些了。只有其他人还玩着这个游戏却还没弄清楚这仅仅是个游戏罢了。可这一点过去怎么没在乐务博格和海达身上起作用呢？他们过去曾经十分亲密，乐务博格对她尤其坦诚。乐务博格清楚地告诉海达："是你先跟我决裂的。"海达说："是的，那时候咱们的交情渐渐发展到紧要关头了。"[②] 她怪罪乐务博格过去追求她却没能将他们那段共同关系像以前那样继续下去。她想要的是梦想，是隐喻性的东西，而不是可以触及的现实。现在，她除了现实一无所有，剩下的都没用了。海达强迫乐务博格中断了他们之间的关系，她差点杀死了他，就像人们杀死某种不再是别的而仅仅是平淡无奇的字面忠实义的隐喻那样。可是海达说，她过去太懦弱了。泰遏·爱尔务斯泰打断了他们之间的谈话。乐务博格不想喝酒，但是海达却对他进行挑衅，强迫他喝下去。他照做了。曾经保证再也不沉湎于放荡生活的乐务博格半醉半醒着离开了海达的家，前去参加勃拉克推事组织的晚会。泰遏对被海达灌醉了的乐务博格所表现出的好斗感到震惊。乐务博格指责泰遏在监视他。海达成功地

---

① [挪]易卜生：《海达·高布勒》，选自《易卜生文集》(第6卷)，黄雨石、南江、潘家洵译，北京：人民文学出版社，1995年，第391页。

② 同上，第391页。

使乐务博格失了态。但是他很快冷静了下来并和推事一道离开了。于是，海达接近泰遏，发疯似的威胁她要像过去在学校时那样烧掉她的头发。受惊的泰遏想要逃跑，但最终还是坐下来等乐务博格回来。两个女人一个在等泰斯曼，另一个在等乐务博格。但是他们都没有回来，只有晚会没完没了地进行着。泰遏已经睡着了，海达还在等着。天快亮的时候先回来的是泰斯曼。他告诉海达说乐务博格在晚会一开始先当众朗读了他的手稿。泰斯曼承认乐务博格不只让他嫉妒，更让他感到惊慌：他知道乐务博格拥有他所不具备的才学。晚会一直进行到了很晚，乐务博格在纵酒狂欢之中弄丢了他的手稿。泰斯曼禁不住将它捡了起来并据为己有。他让海达向他保证保守这个秘密。从晚会上归来的勃拉克告诉海达，在意识到丢了手稿之后，乐务博格指责他后半夜逛的妓院的老板娘偷了他的东西。这一闹把警察也招来了。归根结底，勃拉克也嫉妒乐务博格，因为他觉得有什么神秘的东西将乐务博格和海达联系在一起。在看到海达厌倦了她的婚姻之后，勃拉克也试图引诱她。乐务博格撞开了海达家的门，他来找泰遏。泰遏从睡梦中苏醒过来。乐务博格想跟她分手，但是她却担心乐务博格以及他的那本书。问题是书已经没有了，手稿也没了。他不敢告诉泰遏是因为喝多了才把书稿弄丢的。于是出于自傲，他宣称把书稿给撕碎了。泰遏告诉乐务博格他谋杀了自己的生命，并害死了自己的孩子。于是，乐务博格决定一走了之。他甚至想要了结自己的生命。海达便将他父亲留下来的两把手枪中的一把送给了他。当海达一个人独处的时候，她便将乐务博格的手稿丢进了壁炉的火焰之中。这时泰斯曼回来了，他发现了海达的所作所为。当时偷偷捡起手稿的是泰斯曼，他反对海达这么做。海达释然地告诉泰斯曼她做的这一切可都是为了他，为了他的事业着想。确实，在那些平庸的人拥有今天已经具备的互相帮助的能力之前，需要有人来助他们一臂之力。海达所代表的是蛮横无理的字面忠实性，因为各种过去的隐喻令人感到绝望；而泰斯曼则一边继续紧紧地抓住隐喻性不放从而没能认清它的真面目，一边依附并沉浸在那些陈旧的、无效的回答之中，不惜一切代价地保护着它们。海达说："你自己承认心里妒忌他那部书。"泰斯曼说："喔，上帝啊，不可以把这些信以为真啊。"[①] 海达不抱任何幻想：必须杀死过去，必须让它一劳永逸地消失，它造成了太多痛苦。可对泰斯曼而言，一切依旧被解释和处理为隐喻性，因此人们可以跟周遭都相安无事。

最终，乐务博格拿着海达的枪自杀了。于是，为了永远纪念乐务博格，爱尔务斯泰女士提议收集所有她所掌握的乐务博格的笔记来重写那部遗失的书。泰斯曼答应帮助爱尔务斯泰女士做这件事。而玩世不恭的海达欣赏这种她觉得很矛盾的行为，但不管怎么说，泰斯曼的竞争对手已经死了。勃拉克前来打破了她美丽的幻想：他告诉海达，乐务博格回到了头天晚上那家他认为遗失书稿的妓院，并在那里发生了争吵。结果事情变得糟糕，他死在了那儿。勃拉克又不无阴险地说道，奇怪的是这把杀死乐务博格的枪来自海达的家中。丑闻似乎不可避免了。勃拉克保证什么都不说。但是海达的表现再一次与娜拉截然相反，她拒绝落在任何敲诈勒索她的人手中。她退回房间举枪自杀，去阴间找乐务博格去了。

海达·高布乐的故事是一个有关复仇的故事：她向抛弃她的旧情人复仇，向一个她不爱的丈夫复仇。但是事情的发展并不像她所期望的那样。她的丈夫取代了情人的位置，离开她和她情人的伴侣一起重写那份丢失的手稿。他是一个典型的可替代品，他披上了乐务博格的外衣：在某种意义上，他就是乐务博格。海达以为自己从过去解脱了出来，但是并没有成功，因此她更愿意逃避过去。原因是过去会不断地重新出现在她的面前，或是直接地通过乐务博格，或是隐喻性地通过泰斯曼。

海达拒绝平庸。拒绝乐务博格、不得不与差劲的知识分子泰斯曼结婚，

① [挪]易卜生：《海达·高布勒》，选自《易卜生文集》(第6卷)，黄雨石、南江、潘家洵译，北京：人民文学出版社，1995年，第424页。

所有这一切都还可以说得过去，即便这确实有点糟糕。但是要受到第三者的控制和奴役，这就说不过去了。海达所憧憬的是广阔的天地，是新的回答，因此她拒绝跌入那些别人给出的回答所设下的圈套。这些回答在她看来属于某种需要被丢在一边的过去。但是这被证实是不可能的。旧事物根深蒂固，难以根除。

《建筑师》(*Solness le constructeur*)是易卜生最具神秘色彩，同时也是受到最多评论的戏剧作品。建筑就是创造，新事物正在进行之中。可在这部戏剧里情况并非如此，因为索尔尼斯（Solness）的创造力已经枯竭。他绝望地挣扎着，以便不被其他人超越。但是他知道自己已经江郎才尽了。他的死不可避免。他打压手下那些年轻的学徒们。为了不被淘汰，他用尽一切卑鄙的手法。但是"运气总要转变的。我知道——我觉得那个日子就在眼前了。说不定哪一天，有人一高兴，会对我说：给我个机会！这么一开头，其余的人都会跟着他叫喊，摩拳擦掌地对我嚷：让开！让开！让开！"。[①] 这个即将出现的年轻人是一位名叫希尔达·房格尔（Hilde Wangel）的年轻女子，索尔尼斯十年前在为一座教堂建造塔楼的时候遇见了她。索尔尼斯太太准备把育儿室作为希尔达的房间，可是他们家里却没有孩子。希尔达向索尔尼斯提起了在教堂塔楼完工时他曾经为她许下的旧的诺言。那时索尔尼斯爬上了塔楼，就像天使一般，他那时还唱着歌。这一切都给希尔达留下了深刻的印象。在这不平凡的竣工仪式之后，索尔尼斯应邀出席了希尔达父亲设下的晚宴。在晚宴上，他对希尔达说，等她长大之后，她会做他的公主。但是必须要等到十年以后，到那时他会回来把希尔达带走，并买一个王国给她。索尔尼斯还亲了她，可是却一点也记不得了。但对希尔达来讲，这可根本不是一个隐喻；相反，这一切都没办法更真实了。她坚持有这回事，索尔尼斯却否认这

① [挪]易卜生：《建筑师》，选自《易卜生文集》(第7卷)，黄雨石、南江、潘家洵译，北京：人民文学出版社，1995年，第24页。

一点。希尔达一再坚持，感到厌倦的索尔尼斯不得不做出退让。希尔达把一切都记得一清二楚，可索尔尼斯却再也记不起来这段他毫不在意的故事。既然索尔尼斯没有再回去找希尔达，因此十年之后，就像索尔尼斯保证过的那样，希尔达自己找上了门来。索尔尼斯只把这件事当作一个玩笑。旧事物在这里依然是某种旧的、隐喻性的回答，某种不包含什么重要意义的承诺，但是它重新出现在希尔达希望具有实在性的某种字面忠实义之中。索尔尼斯和希尔达将如何处理这段关系，或者说怎么做才能解除这段过去的威胁呢？作为隐喻的同义词，人们希望结束和遗忘这段过去，但如今它却毫发无损地重新浮出水面。还有那个王国。希尔达真的以为索尔尼斯会送给她一个王国吗？“为什么不给呢？当然，不必一定是寻常的真正的王国。”[①] 她想得到她的王国。麻烦的是索尔尼斯再也不建任何塔楼和教堂了，他只为那些年轻的夫妇们盖些简单的建筑。在他身上再没有什么东西是冲天而起的了，他已经变得平庸、谨小慎微，一句话：他已经老了。可他还是建了一座带塔楼的新房子。他试图通过这种做法“搜索一桩——一桩我似乎已经忘记的经验。那桩东西究竟是什么，我却一点影子都没有”。[②] 归根结底，年轻的希尔达其实是已经被索尔尼斯隐喻化了的回答，但是对希尔达来说，这却并不是某种隐喻，而是实在。索尔尼斯视年轻人为一种威胁，他不会为年轻人放弃任何特权。可他却在希尔达身上看到了长久以来被他自身所排斥的空缺，即由不满足的欲望和进行革新的雄心壮志所构成的理想王国。索尔尼斯是一个以名为生的名人，但是他现在还能做些什么呢？他不是还对自己能够做些什么心存幻想吗？只不过他的时代已经过去了。这种感觉能赋予他缺失已久的念头吗？空虚，索尔尼斯的生活里充满了空虚，就像希尔达住的那间育儿室

① [挪]易卜生：《建筑师》，选自《易卜生文集》(第7卷)，黄雨石、南江、潘家洵译，北京：人民文学出版社，1995年，第36页。

② 同上，第38页。

一样：他家里没有孩子。即便索尔尼斯为他的妻子建了一座新房子，那也是因为旧房子被一场悲剧给玷污了。曾经在那里发生过一场火灾，大火卷走了在这间育儿室中熟睡的孩子们的生命。他觉得自己欠了妻子一大笔债，可他却无能为力。[①] 因此，贺达尔大夫觉得索尔尼斯病了，不仅仅是因为受到年龄的影响而变得抑郁。希尔达梦见自己从一座塔楼上掉了下来，而后她又回到现实之中。可是这终究是场梦。希尔达的到来给索尔尼斯带来了他不再拥有的新鲜气息和无忧无虑的坦诚。可这种无忧无虑对于想要操控一切的索尔尼斯来说有害而无益。希尔达的到来填补了索尔尼斯在火灾中失去双胞胎留下的空白。着火的时候，索尔尼斯夫人其实成功地把两个孩子救了出来，可是因为受到了惊吓，她发起烧来，影响了母乳。因此她的负罪感比起索尔尼斯更加强烈。但是自打那以后，索尔尼斯就不想再建任何教堂了，他仅靠建造那些有用的并能带来收益的房屋来挣钱。他希望用建筑来帮助人们，但建造的是用来让需要的人能够住进去的房屋，而不是像教堂一样无用的高大建筑。杀死索尔尼斯的过去并不是特指的那个过去，而是那些死去的孩子们。通过建造各种家宅，索尔尼斯关心其他人的家庭，但是他却失去了自己的家庭。他亏欠他的妻子，原因是：孩子的死是他通过盖房子而变得富有所付出的代价。但是这笔债永远没有还清的日子。当他认识希尔达的时候，他曾经像她一样拥有孩子的灵魂。而为了找回这种灵魂，他必须死，这也是他从新家的塔楼上纵身跳下的原因。在这期间，他将自己的工作托付给了他手下最有天赋的学徒。在这之前，因为害怕年轻人带来的威胁，索尔尼斯一直不停地打压他。但是这场火灾却不是索尔尼斯的错，除非说他确实发现烟囱裂了一道缝。这道缝隙不断地加深，就像流逝的时间在各种事物身上留下的差异那样。归根结底，即便买来的房子被大火给烧了，可它却留下了一块待建的

---

① [挪]易卜生：《建筑师》，选自《易卜生文集》(第7卷)，黄雨石、南江、潘家洵译，北京：人民文学出版社，1995年，第46页。

地基。这对一个建筑师来说是多好的广告啊！但火却是在一只衣柜里发生的。那么索尔尼斯在这里扮演什么角色呢？在他看来，他曾期待过来一场火灾，什么都无法阻止索尔尼斯的这个念头。让医生觉得他精神错乱的正是这样的想法。索尔尼斯想要感动希尔达，可是在攀上他刚刚建造好的塔楼，即所谓的十年前答应给希尔达的城堡的时候，他感到一阵眩晕并从塔楼上跌落下来。他爬到了塔楼的顶端向上帝呼喊，在靠近上帝的过程中，他失去了平衡。顶端有时是很危险的，在攀登的时候不能等待太久。

索尔尼斯无法逃避过去，逃避那个曾经被他否认的差异。但是他对妻子所亏欠下的无法偿还的债务却一直提醒他这种不可缩减的差异。重新浮出水面的青春与活力在索尔尼斯的眼中是一种威胁，因此他拒绝给它表达的机会。这种青春活力化身为一位年轻的协作者，他受到索尔尼斯的百般刁难，但最终后者还是把一切都托付给了他。至于由童年所体现出的差异，它也受到了否认，但这一次通过双胞胎的死来呈现，其中凝聚着对过去的各种否定。希尔达的到来像是索尔尼斯童年的某种残存或回归，他从未真正拥有过童年，这也解释了他从那时起开始接受一切差异的原因。这些差异对他的工作、他的未来和他的存在如此地质疑，以至于他看不到别的出路，唯有用自己的死来偿还因孩子们的死所欠下的债务。在评论者的眼中，索尔尼斯不禁使人想起耶稣基督的牺牲。索尔尼斯攀上塔楼的行为就像耶稣被钉上十字架一般；他询问上帝所发生的一切的意义，目的是拯救众生，为那些似乎是被众人所犯下可实际上却并非属于他们的错误赎罪。总而言之，索尔尼斯是每个人生活的隐喻：人们尽自己所能建立起一些东西，但是这种行为往往会对别人造成某种伤害，尽管这并不是建造者有意为之。社会的从众行为是一种精神上的舒适感，而它在死亡迫近甚至是再次浮现的情况下会分崩离析。希尔达突然重新闯入索尔尼斯的生活这件事使他回想起了被掩盖的过去。过去已经被索尔尼斯隐喻化为回答。尽管这些回答已经名不副实，但它们依然是回答，因为隐喻行为同样也保护着人们想要平息和缓和的东西。可是必须正视已经被这样处理的回答所包含的意义，并且逃避已经不可能了。易卜生向所有人都提出了一个核心问题：你们都已经做了你们想做的事吗？还是为了方便起见，你们就安于生活在谎言之中吗？但是大家都知道，代价是不得不付出的，因为人们无法逃避真相到来的时刻，人们能做的只是推迟它的到来。工作在这里与家庭生活相叠加，但事实上在《海达·高布乐》中已经出现这样的情况了。在婚姻中，将克己的生活固化为各种幻觉的不仅仅是女性，男性同样也是他认为理所应当的事和行为的受害者。索尔尼斯拒绝成为一位伟大的建筑师，就像乐务博格拒绝成为一位伟大的学者一样。活下来的往往是那些极为平庸的人，例如本地的文化人泰斯曼。他的那些渺小的研究课题使他成为众多毫无气魄的大学教授中的一员。这就是他的命运：由于缺乏自己独特的思想，他只能为他人的思想服务；此外，泰斯曼还努力试图复原乐务博格的手稿。海达的报复心理来自重新回来的过去，它就像一笔没能偿清的债务。那么究竟错在哪里？也许错误就是没有做自己该做的事。但是也许易卜生弄错了一点，那就是：人们竭尽所能，而最终并没有过得比以前差。一个平庸的人会永远平庸下去，他能够积累到的这个世界上所有的头衔、职位和权力都只是掩人耳目的屏障。因为最终在他的内心深处，他知道他用最小的代价发挥到了最大的限度：在某个时刻，他是被引诱的那一个；但是最重要的是他引诱了其他人，而其他人也是这么做的，因此他们不约而同地达成一致，假装他们都十分重要而实际上却没有做任何有意义的事情。个体本应该做得更好的这种思想有着浓厚的基督教色彩，但它却是错误的。如果这个社会没有紧紧地将他们束缚的话，他们能做得更好吗？不能！个体在他应该在的位置上，但在更多的情况下他们却出现在本不应该在的位置上；然而奖励那些平庸的人并凌驾于他们之上可以使他们变得感恩，这样做是为了让社会系统正常运行。出于对他们所担任职位的感激，他们变得可以利用。正是如此，社会机制才被越来越多自以为是的平庸之辈所败坏。他们总是觉得自己有能力，充满自己配得上这个职位的幻觉。但到最后，他们无法逃避自身真相的那一天终究还是到来了，况且他们内心里对这点一清二楚。也正因如此，在对待那些他们认为跟自己不同、自己比他们更好的人时，这些人就会显得特别恶毒和无情。他们唯一能做的便是恪尽职守地履行规章制度，就像制度反过头来能够使他的行为变得理所当然那样。因为平庸的人在内心深处知道自己是怎样的人，所以他便要求别人具备那些自己缺乏的品质，以便那些他自认为具有的品质可以使自己更加安心。这样的人物有道貌岸然的曼德牧师，还有发表文章不多却在转正问题上苛求他年轻的同事们拥有一份好的学术简历的大学教授。他处在现在的位置之上，就必然要证明他有这么一份好的学术简历吗？

我们将在易卜生的最后三部戏剧里遇到所有这些问题，它们都是戏剧史上的杰作。在《小艾有夫》(*Le petit Eyolf*) 里，我们将再一次看到被掩盖的过去重新浮出水面并在家庭内部引发暴风骤雨的情节；而从前在家里，一切似乎都已经通过习俗惯例被一劳永逸地解决了。故事开始时，从前是教师的沃尔茂（Allmers）在山里沉思完一阵之后回到了家里。迎接他的有左腿残疾的九岁儿子艾有夫、妻子吕达（Rita）和刚刚到家的沃尔茂同父异母的妹妹艾斯达（Asta）。沃尔茂想要写一本书，但是尽管离开了这么久，他却一个字也没有写。因为他从现在起想一门心思地把精力花在他的孩子身上。艾有夫告诉爸爸他在城外看到了鼠婆子。她在四乡走动撵走住户家里那些赶也赶不走的老鼠。鼠婆子走后，沃尔茂感谢吕达，因为多亏了她，曾经是孤儿的沃尔茂才能专心工作读书，但是他却没办法写那部有关《人的责任》的大部头著作。因为艾有夫比一切都更重要。

沃尔茂家的一个朋友，筑路工程师博杰姆（Borgheim）来到沃尔茂家，告诉他们他就要离开城市去北方的工地了。但是他想和沃尔茂的妹妹艾斯达一起生活。吕达满心希望艾斯达可以跟博杰姆离开。她想单独和丈夫相处，因为她觉得丈夫总是不在她的身边。她对沃尔茂有一种无法满足的、排他的爱情。他的工作太多了，甚至孩子也成了一种障碍。在这里，传统的男女角色关系发生了颠倒。吕达威胁沃尔茂如果他敢把自己的生活与他人分享，即便是和他们的儿子艾有夫分享的话，吕达就会糟蹋自己，对沃尔茂不忠。

大家可以猜想到后来发生了什么。拄着拐杖的艾有夫淹死在了峡湾里。沃尔茂不相信有什么人需要为此事负责，但是他不理解为什么命运要让他的孩子死去。鼠婆子为了把她逮到的老鼠扔到海里需要穿越峡湾，站在栈桥尽头的艾有夫在用拐杖向鼠婆子打招呼时失去了平衡。晕眩杀死了他。

艾斯达不想跟博杰姆去北方的工地。沃尔茂则想跟随艾有夫跳进峡湾深处。沃尔茂说死了的人不让活人过安静日子。艾斯达和她的哥哥很亲近，甚至有些过于亲近了。这些自过去，即打一开始就将他们联系在一起的说不清的亲密感，超过了婚姻关系能够给沃尔茂带来的亲密感。是不是艾有夫听到了吕达的抱怨，感觉不自在？是不是有种诅咒从那时起降临到了这个家中？孩子让家人之间产生分歧。事实上，艾斯达在艾有夫摔倒变得残疾后更加爱他，甚至胜过爱自己。爱在这部戏剧中具有破坏性。艾有夫是怎么变成残疾的？在掉进水里之后，他怎么不自救呢？一天，吕达把沃尔茂拉进他们的房间，把孩子一个人丢在育婴台上不管，结果孩子从台子上滑了下来。因此，艾有夫就成了对没有任何回应的爱的一段挥之不去的回忆，或者说是一种隐喻。现在，沃尔茂无法再对这种隐喻所掩盖的事实真相视而不见了。他决定与妻子决裂并告诉自己的妹妹他愿意和她一起远走高飞。沃尔茂说："咱们俩还可以再过从前那种日子。"艾斯达反驳道："做不到了，艾尔富吕。"[①] 她向沃尔茂透露了母亲在信里告诉她的内容：他们并不是兄妹。沃尔

① [挪]易卜生：《小艾有夫》，选自《易卜生文集》(第7卷)，黄雨石、南江、潘家洵译，北京：人民文学出版社，1995年，第152页。

茂并不在乎，而艾斯达则不这么认为。二人不欢而散。艾斯达赶上博杰姆跟他道别。沃尔茂突然出现，但是艾有夫已经死了，艾斯达待在这里还有什么用呢？艾斯达害怕和这对已经产生分歧的夫妇待在一起。她也离开了，只剩下怅然若失的沃尔茂和吕达。他们心甘情愿地接受了继续一起生活下去的事实。过去的已经过去，它已经不再隐喻着某种不具有任何实质内容的回答了：它什么东西也不是。

《约翰·盖勃吕尔·博克曼》(*John Gabriel Borkman*)在创作时间上比《小艾有夫》晚。这部戏的主角是两姐妹，艾勒·瑞替姆（Ella Rentheim）和耿希尔得·博克曼（Gunhild Borkman）。在分别了八年之后，两姐妹重逢了。在这期间，博克曼因为挪用除了他的小姨子之外的其他银行客户的存款而被送进了监狱。在被释放之后，博克曼的妻子耿希尔得拒绝见他。博克曼便把自己关在楼上。博克曼盗用公款的原因是耿希尔得在奢侈和面子问题上挥霍无度。耿希尔得的妹妹艾勒在那时像母亲一样替姐姐照管她的孩子遏哈特（Erhart）。艾勒现在想见见遏哈特，却发现他为了上学住进了城里。他今晚就要回家。因为艾勒曾经照顾过遏哈特，因此在这件事实上耿希尔得没有其他选择，只能接受。现在，艾勒想把遏哈特从他既尖刻控制欲又强的母亲身边解救出来。过去，两姐妹曾经为了博克曼争得不可开交，而最后赢的反倒是那个并不爱博克曼的人。为什么呢？那是因为没有耿希尔得，博克曼就不会成为银行经理；可博克曼真正爱的却是艾勒。因为自己对博克曼的爱情已死，艾勒便把它转移到了遏哈特身上；而后者只希望一件事情，那就是逃离这两位都想阻断其未来的女人。他决定和这两个女人的替代品，即一位更加年长的夫人私奔。他一边负责照料这位夫人的女儿一边教她音乐。这个小女孩很讨他喜欢，像是为他许诺了一个充满可能性的未来一般。博克曼最后死了，因为他无法接受这两个对他的一切都指手画脚的女人，而他的儿子则选择摆脱她们。

上述两部戏剧做出了完美的呼应。差异在被揭露的同时打破并肢解了那些似乎已经被隐喻和家庭象征凝聚成可以存在下去的假象，并使它们分崩离析。差异仍旧在那儿，就像是某种未偿清的债务一样。另一方面，这似乎像是《野鸭》中的人物在继续他们的冒险。海特维格死后，他们有分歧的家人们将会如何？回答是不是就在《小艾有夫》之中？易卜生显然从来没有这么说过。如果孩子活了下来，那么他会不会是博克曼的儿子？但是银行经理的身份难道不会让人想起《玩偶之家》吗？要是娜拉留下来会发生什么事情呢？名誉因娜拉行为而受到玷污的丈夫会不会容忍她的错误？娜拉和耿希尔得一样是个挥霍无度的女人。托伐会不会成为博克曼一样的人？易卜生探索了所有的路径，但是每个回答都会导致新问题的产生，从来就没有一个问题被解决过。

易卜生最后一部戏剧有一个奇怪的名字:《咱们死人醒来的时候》(*Quand nous nous réveillerons d' entre les morts*)。鲁贝克（Rubek）教授是一位有钱的雕塑家，他的爱好是到处旅行。在他完成了杰作《复活日》(*Le jour de la Résurrection*)之后，他就停止了创作，好像江郎才尽一般。尽管他获得了事业上的成功，却不被理解。他说："为了这些群众——为了'大众'，把自己累死，究竟有什么好处！"[①] 他的妻子也同样让他感到厌倦。他不停地向妻子重复这一点。五年的婚姻对他来说是漫长的。他们现在在一个温泉村疗养。他们旅行的头一晚住在了浴场旅馆里，但是鲁贝克没有睡好。他晚上看到窗边有人影出现，但其实那是旁边度假小亭子里住着的女邻居们——萨陀夫人（Mme de Satow）和她的同伴。了不起的猎人乌尔费姆（Ulfheim）也住在这家旅馆。鲁贝克认出了他的外国女邻居，她过去是自己的雕塑模特爱吕尼（Irène）。她一直把鲁贝克的雕塑当作自己的孩子。鲁贝克把孩子从他的

① [挪]易卜生：《咱们死人醒来的时候》，选自《易卜生全集》(第7卷)，黄雨石、南江、潘家洵译，北京：人民文学出版社，1995年，第278页。

模特身边抢走。爱吕尼责怪鲁贝克将他们的孩子占为己有，又抛弃了她。但最后主动离开的却是爱吕尼，因为她觉得鲁贝克不再需要她了。她是否将获得新生？还是说她永远无法做到这一点，而只能保持被石质雕塑凝固下来的那个状态？她变成了雕塑。那是她的第一次死亡。她的生命化为了生活的隐喻。鲁贝克在创作的时候没有碰过她一根汗毛，而她曾希望鲁贝克带她远走高飞。当他们在一起回忆这一切的时候，鲁贝克的妻子结识了那位猎熊者：她想跟他一起去山里，就这一次，就为了体验一下在山里猎熊是什么样的。总而言之，鲁贝克对妻子梅遏（Maya）感到不耐烦（梅遏相当于掩盖表象的面纱），梅遏也愿意离开以换得自己的自由。而模特爱吕尼，“她就是复活形象本身”，[①]是雕塑家的复活，因为这个可怜的女人从那时起“就像死了”一样。

过去又回来了，但是在这最后一部戏剧里，它使人们想起了莎士比亚的《暴风雨》里永别的一幕。过去在现在看来已经十分遥远，过去所发生的悲剧卷土重来却可以被轻易地接受。鲁贝克想要重新和爱吕尼生活在一起，但是她却拒绝追随他：“空虚的梦想！无聊、僵死的梦想。你和我从前过的日子没法复活了。”[②]爱吕尼总结道：“咱们看出无可挽回的事情的时候只是在咱们死人醒来的时候。鲁贝克：到那时候，怎么会真看出什么？爱吕尼：咱们会看出咱们从来没做过活人。”[③]最终，爱吕尼既无法适应现实，又看不到任何未来。对她来说，鲁贝克已经死了。她牵着他的手来到了冰川的边缘，两人手挽手纵身跳了下去。

人们无法逃避他们曾经犯下的错误，人的本性难移！真可惜！

---

① [挪]易卜生：《咱们死人醒来的时候》，选自《易卜生全集》(第7卷)，黄雨石、南江、潘家洵译，北京：人民文学出版社，1995年，第312页。

② 同上，第323页。

③ 同上，第325页。

对易卜生的两个重要戏剧的回应：斯特林堡和契诃夫

斯特林堡（1849—1912）的作品是对易卜生的某种回应。他觉得易卜生在对家庭关系的批评方面走得还不够远。构成重新浮出水面的过去的不仅有种种骇人的秘密，还有谎言和可憎的行为。后面这两种比易卜生所暗示的那些更具有破坏力，会造成更加严重的相互伤害。1887年，斯特林堡完成了《父亲》(*Le Père*)，这是一部了不起的巨作。剧中的女主人公在无形之中用一些最可怕的事对她丈夫所谓的父权进行诽谤，成功地将她的丈夫逼疯，或者至少在表面上让人觉得他疯了；她这么做的目的是把女儿的命运攥在她一个人的手里。斯特林堡笔下的过去比易卜生的更为神秘，但至少我们能够得出的结论是，他笔下的女人是一头任性又恶毒的怪物，嘴里充斥着各种谎言。《塘鹅》(*Le Pélican*）也是这类戏剧中的一部，其中的女性也是一个恶毒的人，随时准备为了金钱和权力去毁掉男人。她设法摧毁了她的丈夫，把他推向死亡；她把自己的女儿推进了被她觊觎的男人的怀抱之中，显然只是为了得到那位死去的丈夫留下的遗产。这跟浪漫爱情没有半点关系。很明显，剧中人物之间的相互憎恨远胜过相互爱戴，他们既渴望婚姻和家庭，同时又无法忍受它们。社会斗争不仅仅是阶级的斗争，它首先是家庭内部的斗争。女性被她所承担的女人的角色和母亲的角色所撕裂，她既关心自己的自由，又想组建家庭。男人既是达成目的的手段又是敌人。惩罚这些配偶们的并不是过去，而是现实和当下。因为他们中的大多数并没有一种如此艰难的过去要承担。斯特林堡的戏剧不能像易卜生所做的那样向上追查被掩盖的家庭秘密，需要做的仅仅是观察现实中配偶们内部的力量对比，就能够感受到其中的一切都具有问题性，必须由男人或女人做出妥协和让步。然而，正如斯特林堡所说，女人占了上风，男人的地位被威胁，甚至被打败。

众所周知，这种十分现实主义并充满暴力的戏剧很受左拉的青睐。因为斯特林堡使那些冲突形象变得更加极端。通常情况下，这些冲突形象或是只被易卜生勾勒出大概的轮廓，或是被他通过某种审慎的过去所追忆，或是以更加文明开化的方式所提及；而斯特林堡笔下的冲突形象则像是从脚尖突然冒出来一样。斯特林堡沿着易卜生的逻辑一条道走到底，这就解释了他为什么并不把配偶间残忍争斗的源头局限于过去。斯特林堡在这之中看到了某种男女关系的结构性依据。

斯特林堡的戏剧后来越来越朝着寓意性表现的方向发展。行动受到的限制越来越多并变得具有神秘色彩，使读者、观众对有关恶、宗教、上帝和魔鬼的问题进行反思。人在多重自身之间被撕裂，开始践行卑劣可耻的言行；他这么做既有充分的理由，又对自己在作恶一清二楚。因此，正剧便成为对某种由善意滋生的恶的呈现，其目的在于表明撕裂在不停地加深，直到人们意识到错误为止。

《鬼魂奏鸣曲》(*Sonate des spectres*) 对上面所提到的内容来说是一个很好的例子。死人和活人混杂在一起，目的是完成种种卑劣龌龊的报复，而人们却不清楚谁才是这些报复的牺牲品，尤其是这些牺牲品到底是今天的死人还是过去的活人。我们不仅处于完全的字面忠实义之中，也必然处于荒谬之中，因为“我能把过去的事一笔勾销，把做过的事消灭痕迹，靠的是受罪和痛悔”。[①] 人们变成了那些既不是他们又不像他们的人。由此过渡到了一系列精神上的联系，其中的客体性建立在主体性之中，人们无法再将它们区分开来；但这离在自身之上滑动的语言，例如尤奈斯库时代所发生的那种情况还有一定的距离。

对话不再围绕着境遇展开，它越来越朝着精神状态的方向演进，其人物本身也越来越具有象征主义的色彩（如美德、青春、死亡等），这一特征在

---

① [瑞典] 斯特林堡：《鬼魂奏鸣曲》，选自《斯特林堡选集——戏剧选》，石琴娥、高子英、李之义、符家钦译，北京：人民文学出版社，1981 年，第 513 页。

19世纪末期十分典型。在那时，怪诞性和戏剧性完成了它们的融合，就像雨果在他的《克伦威尔》的序言中所说的那样。梅特林克、[①]盖尔德罗德[②]抑或西班牙的洛尔卡[③]都是这种趋势的代表。在这种趋势中，一切都前所未有地变得富有寓意性甚至具有神秘感。就像弗朗索瓦·努里西耶[④]在1955年写的一部有关洛尔卡的著作中所强调的那样，西班牙戏剧集中体现了在面对某种不得不让人持续进行排斥的现实时所显出的沮丧。而导致这种排斥的原因是那些既有的社会秩序期望延续下去的、恒久不变的回答。由此产生了排斥和死亡，它们经常出没于这类戏剧之中，成为种种由大写历史在那些注定无法完成的命运面前筑起的一道道屏障。戏剧人物精神上的含混不清、他们抒情性的表达方式使人不禁联想到浪漫主义。

在象征主义里，我们可以看到人物之间的冲突对立，但是他们却无法互相理解；各种情绪得到抒发，却无法左右境遇。戏剧人物被鬼火、墓地中的幻影、人群中突然出现的不发愿的修女搞得心神不宁。总而言之，这是一种没有冲突的浪漫主义：没有让人绝望的历史性对立，没有因出身或社会僵化所产生的阻隔；但是各种精神状态却被藕断丝连地联系在一起，被随心所欲地进行表达。面对突如其来的死亡，存在的奥秘使这种存在成为某种被梅特林克一直强调的被动性。没人能比古斯塔夫·朗松更好地对这种无处不在的象征主义主体性做出评价。

---

① 莫里斯·梅特林克（Maurice Maeterlinck，1862—1949），比利时象征派剧作家、诗人、散文家，1911年获得诺贝尔文学奖，代表作有《青鸟》《盲人》《佩利亚斯与梅丽桑德》《蒙娜·凡娜》。——译者

② 盖尔德罗德（Michel de Ghelderode，1898—1962），比利时先锋剧作家，代表作有《阿勒万老爷》《睚鲁小姐》。——译者

③ 洛尔卡（Federico Garcia Lorca，1893—1936），西班牙戏剧家、诗人，代表作有诗歌《荡妇谣》《宪警谣》《月亮谣》《梦游谣》，戏剧《血姻缘》《叶尔玛》《贝尔纳达·阿尔瓦之家》。——译者

④ 弗朗索瓦·努里西耶（François Nourrissier，1927—2011），法国记者、作家，龚古尔文学评委会委员长。——译者

活着对于人自身来说是一种将其耗尽的谜团；同时，人们又对另一个不断消耗着第一个谜团的谜团感到恐惧，那就是死亡。梅特林克想要表达的正是这种活着的人所未能言明的焦虑，并且他只表达这种焦虑；为此，他摒弃了那些小的、完全象征主义的悲剧形式，以及属于物质世界、社会存在和个体性本身的所有乏味平淡和笨拙迟钝。梅特林克笔下没有作为戏剧普遍素材的精神危机：他唯一关心的是当灵魂在叩问其自身命运时，那些超然于激情和思想之外的、从神秘的灵魂深处升起的喃喃自语。仅需要一些戏剧行动来证明这些焦虑不安的调解的理由；作者故意不对那些在东一处西一处爆发的波折做出解释，目的是保持那些在不知情的状况下支配我们力量的神秘性。那些形象模糊、如空气般存在的人物心惊胆战地等待着，不知道要从哪个方面提防来自“躲在黑暗中磨刀霍霍的不明物体”的袭击。这些人或是胡言乱语，或是欲言又止，或是沉默寡言，人们不知道他们到底是幼稚还是深沉；他们是深沉的，这一点我们并不怀疑，至少在作者的意图里他们是这样，因为他们通过明确的思想表现出一些来自无意识的先兆。然而，在梅特林克看来，我们并没有比无意识更可靠的向导。在戏剧里，真正有远见是那些服从自己本能的人：首先是盲人（他身上具有某种意味深长的矛盾性），其次是孩子、老人这些最为简单或纯粹的人，他们直接地参与分享了各种永恒的力量。只有他们才能以确切的方式识破其他粗糙的理性主义者甚至没有预感到的神秘性。最好的例证就是梅特林克全身心地投入到了19世纪80年代颠覆了一切价值观、波及甚广的反智主义运动之中。最终，戏剧行动在富有异域风情的、超莎士比亚式的装饰之中得到发展，这立即使行动沉浸在被强化的焦虑氛围之中，例如森林之中被遗弃的旧庄园、鸽子栖身的旧塔楼、皎洁的月光和暴风骤雨等等。此外，这种充满了诗意的虚幻小世界也具有优雅的特质。这种优雅通常精致又美好，但有时又显得痛苦悲伤：即便没有德彪西的音乐，在死亡的气息下相爱的佩利亚斯（Pelléas）和梅丽桑德（Mélisande）①与那些最为著名的情侣们也一样使我们为之动容。②

这就像英国人所钟爱的哥特小说（*gothic novel*）一样，里面有阴森的城堡和忧郁的女人，她们经常被单独关了禁闭，或是整天胡言乱语。同样，在《马莱娜公主》（*La Princesse Maleine*）里，梅特林克讲述了马莱娜的故事。马莱娜一家遭到邻国国王谋划的屠杀，她是唯一的幸存者。居特兰德王后安娜打算和这位国王结婚并且将自己的女儿许配给她未来丈夫的儿子。要不是这位王子深爱着马莱娜，一切都在按部就班地完美进行。这显然与安娜的计划不符。国王悲叹道：

上帝啊！上帝啊！我很想到别处去！我很想能一直睡到月底；并能高高兴兴地死去！她把我像条猎狗一样牵来牵去；她将把我拖入罪恶的深渊，地狱中的各种酷刑就在我前面等着我！上帝啊！我要是能够悬崖勒马就好了！但是，难道没有法子使小姑娘离开这里吗？今天早晨看到她病了，我哭了。如果她能够离开这个害死人的宫堡该多好！……我愿意去到任何地方！任何地方！我愿意看到塔楼坍倒在池塘里！我觉得我吃的东西好像都被人下了毒，我看今晚的天也是有毒的！③

---

①《佩利亚斯与梅丽桑德》，梅特林克编剧、德彪西谱曲的五幕歌剧，1902 年 4 月 30 日在巴黎喜歌剧院首次公演。——译者

② G. Lanson, *Histoire de la littérature française,* remaniée par P. Tufîrau（1951）, Hachette, p. 1179.

③［比利时］梅特林克：《马莱娜公主》，选自《梅特林克戏剧选》，张裕禾、李玉民译，北京：外国文学出版社，1983 年，第 48 页。

《马莱娜公主》被认为是梅特林克的杰作之一，原因是人们在这部戏剧里找到了构成象征主义作品的实质性内容。让我们一起来看看。马莱娜最后被一直想和国王结婚的安娜谋杀，而国王的儿子却爱着马莱娜。这场谋杀使人想起了麦克白夫人，一如安娜的角色使人想起《哈姆雷特》里的奥菲莉娅。所有这些莎士比亚式的元素相互碰撞在一起，目的是放大对主体性混乱的感知。这些主体性并不相互对抗，但是它们似乎被动地共同存在于某种被操控的无序之中。各种境遇被证实是可以替代的，这就使某种固有印象陷入混乱。其中的对话通常是纯粹的见解和悲叹，其对象是某种被缩减为主体所遭遇的不幸的事物秩序。因此，在他的《盲人》(*Les aveugles*)里，梅特林克安排了一些更加彻底地关注自我的人物。这些人迷失在被作为收容所的小岛上，他们除了自己的感受之外，不表达其他任何东西。客体和主体发生了混淆，因为这些盲人看不见任何东西。“我们从未见过彼此，我们自问自答。”[①] 戏剧的差异性存在于那些单独相互关联的问题与回答之中，这些关联给人以运动的错觉。字面忠实性躲避到了每个人所体会到并使他人也知晓的抒情性之中。在这个阶段，戏剧的语词本身还并未像谜语一般高深莫测，它们的相互替换、嵌套和连接还没有产生困扰观众和读者的问题。产生这种印象的仍然是各种境遇本身。语词被用来表达如下事实，即没有什么东西有进展和变化，得到解决的东西更少。只有死亡才能画下一个清晰的句点。我们可以清楚地感觉到在梅特林克和象征主义作家那里还存在着某种清晰的、从问题向回答的过渡；这种过渡强调人与人之间的关系，但是除了这种关系之外，这个世界里剩下的一切都已经变得暗淡模糊并被问题化了。自然晦暗不明、戏剧行动的背景被降到了最低、社会现实被消除，为的是营造出某种几乎神秘的中世纪式的阴郁气质。在这种气质里，任何本来属于周遭现实的东西都没有被明确地表达出来，也并不真正起作用。因此结果便是各色人等都以一种

① Maurice Maeterlinck, *Les aveugles*, in *Théâtre*, p. 273, Genève, Slatkine, 1979.

越来越畸形和怪诞的方式被呈现出来。这也许就是那些被呈现的人们似乎感觉到的幻觉所苛求的东西，不管这种幻觉有没有道理。这一切都不禁令人想起詹姆斯·恩索尔[①]的画。在他的画里，许多人物被并置在一起，他们通常用神情恍惚的面具遮住自己的真实面目。他们眼神呆滞，面色如死人般苍白，像是迷失在由他们自己组成的冷漠人群之中。在梅特林克的戏剧中，柏树成为有意义的符号，森林开始讲话。这是灵魂深刻又病态的焦虑吗？抑或扎根于真实本身的不安的印象？这是在寻找意义还是无意义的开始？无论如何，这都远非易卜生的现实主义，甚至与斯特林堡精神分析的初步试验都相去甚远。

但是真正意义上与易卜生相对应的是契诃夫（1860—1904）。对他来说，悲剧并不存在于这种人们徒劳地排斥却比从前更加残忍地、抱着摧毁那些忽视它的人的念头出现的历史性之中。相反，悲剧出现在人们错过了其中一个岔路口的大写历史之中。在很久之后的某天，这些人重新找回并不得不意识到他们所失去的一切。如果当时他们抓住了那些他们所爱的人的话，本应该能够拥有这一切的。于是他们发现自己以为自己活着，而实际上却忽略了生活，并且做了不该做的选择。但是失去的时间无法再找回，他们像是停了下来，所错过的机会使他们动弹不得，永远在他们身上打上了失望和幻灭的印记。在《万尼亚舅舅》[②]（*L' oncle Vania*）中，谢烈勃利亚科夫（Serebriakov）家里的人物都发生变化。谢烈勃利亚科夫是一位退休的老教授，他一辈子都知道该怎么在自己身边聚集漂亮的女人，并且他的事业也一帆风顺。

可是，整整二十五年，这家伙一直讲艺术、写艺术，可是他压根

① 詹姆斯·恩索尔（James Ensor，1860—1949），比利时画家和图形艺术家，代表作有《阴谋（面具）》《面对死亡的面具》《1889年基督进入布鲁塞尔》等。——译者
② 万尼亚（Vania）是沃伊尼茨基（Voïnitzki）的小名。

> 儿就不知道艺术是什么。二十五年，他只是拾取人家的唾余；二十五年来，他讲这个，写那个，可是，这都是些什么呢？不外是聪明的人早已知道、愚蠢的人不要知道的那些胡说八道罢了——总而言之，二十五年，他简直是白费光阴。可是，还多么自高自大！多么神气活现！他已经退休了，但是鬼也没有一个知道他的；他完全只是一个无名小卒而已；那么，二十五年以来，他就是硬霸占着别人的位置，不肯放手罢啦。[①]

这难道不是一幅呈现当下众多教授形象的先兆性图景吗？今天，他们用大量无关紧要的东西将大学填满。确实，他们有着救世主般的焦虑，用各种行政和政治的负担来体现存在感。但是这些负担却没有丝毫贡献，只能使别人的生活变得更加复杂。可是，当一些人不存在时，才一定要存在下去。契诃夫把他的戏剧建立在了这种思想之上，即充满偶然性的世界能够使那些碌碌无为的人达到目的，即便他们都是些游移不定的失败者。但是，当生命的黄昏来临，还剩下什么可供他们进行沉思呢？让我们再听听万尼亚是怎么说的。

> 啊，对呀！从前我真有过崇高的人格，可是崇高的人格从来也没叫谁崇高起来。今年我已经四十七岁。直到去年为止，我还跟您一样死心眼，硬把你们那些个烦琐哲学拿来，蒙住自己的眼睛，好让自己看不见真正的生活——还自己以为得计呢。可是，到如今呐，您何尝晓得！我整晚整晚睡不着，因为我懊恼，我苦痛，我恨我自己为什么竟会那么傻，白白浪费了大好时光；我本来可以到手一切的。[②]

① [俄]契诃夫:《万尼亚舅舅》，丽尼译，北京：中国戏剧出版社，1960年，第8页。
② [俄]契诃夫:《万尼亚舅舅》，丽尼译，北京：中国戏剧出版社，1960年，第12页。

错就错在人们一直以为自己本能够做得更好，而在通常情况下，人们通过向他人掩盖自己身上的平庸来对自己的经历做出最高的评价。可是难就难在对自己进行隐瞒。这依然是那种有关自我进步的基督教思想，它适用于普遍意义上的进步，其愿望是人们本应该是另一种样子，或者说更好的样子。可这种想法一点也不可靠。另外，万尼亚对她的母亲，也是谢烈勃利亚科夫第一任妻子的母亲的回答是“并不是所有人都有能力”，其证明是人们总处于他们应处于的位置上。从某种意义上来讲，他们在那里并非偶然；即便从多方面来考虑，人们也会对他们的处境感到惊讶。

事实上，万尼亚喜欢的是谢烈勃利亚科夫的妻子，这成为他嫉妒谢烈勃利亚科夫的一个原因。叶琳娜（Elena）对她的丈夫来说太过年轻了，后者已经是个饱受痛风和风湿病困扰的垂垂老者了。对万尼亚来说，谢烈勃利亚科夫象征着叶琳娜那被拦腰斩断的未来和挡在她年轻道路上的障碍。在年老之后，叶琳娜会为嫁给谢烈勃利亚科夫一事感到后悔不已。但是，谢烈勃利亚科夫真的这么值得羡慕吗？他是一个平庸的人，却还抱怨自己即便没能成为他曾经能够成为的那种人——就像他能成为另一个人一样，可他的这种想法并不可靠，因为人要出现在他该出现的位置上——至少也没有得到他一直认为有权得到的东西。他本来想做得更好，因为他清楚地觉得他应得的要比已经有的要多得多。

> 我要生活，我爱成功，爱名誉，爱轰轰烈烈，可是，到这儿来简直就是充军啊。随时，都只能哀悼着过去，看着别人轰轰烈烈，自己却在战战兢兢地等死……我受不了啊！我过不下去啊！[①]

这部剧并不像易卜生的戏剧那样，某个被掩埋的过去会重新出现并毁

① ［俄］契诃夫：《万尼亚舅舅》，丽尼译，北京：中国戏剧出版社，1960年，第23页。

灭一切。在《万尼亚舅舅》里发挥作用的是某种抓住人们所悲叹的事物紧紧不放的当下。叶琳娜清楚地认识到了这一点，并且告诉万尼亚：

> 这家里头，真不太平。您的母亲，除了他的小册子和教授以外，什么都恨；教授是满腹牢骚，不信任我，害怕着您；苏尼亚跟她父亲发脾气，跟我也闹别扭，已经两星期没理我了；您讨厌我丈夫，并且公然侮辱您自己的母亲。您是受过教育的，很聪明的人，我以为您应该明白，这世界的毁灭，并不是由于抢劫，不是由于火灾；而是由于仇恨、敌视，由于这种琐琐碎碎的争吵。①

那么万尼亚是怎么回答的呢？

> 已经毁掉的一生是一去不复返的了，这个念头日夜抓着我，就好像家神扼住了我的脖子一样。我没有过去，我的过去已经给我糊里糊涂葬送在一堆琐事里了。而现在呢？我的现在更是可怕，因为它更是毫无意义。②

契诃夫的所有哲学都包含在这种对形势的判断之中。过去作为某种外在于自身的事物重新浮出水面，这是存在于大写历史之外的一个空洞的故事。人们失去了生活，即便他们赢得了生活，那也仅仅是某种隐喻。重新出现的只是虚无；事实上，除了人们注定遇到的不变性（immobilité）之外，什么也没有出现。在契诃夫的戏剧中，一切都是静止的：在剧中的各种宅院，

① [俄] 契诃夫：《万尼亚舅舅》，丽尼译，北京：中国戏剧出版社，1960 年，第 26—27 页。
② 同上，第 27 页。

花园里人们谈论着他们遇到的挫折，他们穿梭于城市与乡村之间；行动的匮乏与凝固的世界相符合，在那里充满了失望和人们已经习以为常的现实。在某个时刻，对失败的判断浮出水面。被人们排斥的大写历史是被人们所忽视的一切可能性、一切被人们自己隐藏起来的失败的历史。很久以后，人们才发现如果他们实现了这些可能性的话，那么这些可能性本应该能够带来除了必然给予人们满足感的金钱之外的其他财富。万尼亚想说服叶琳娜不要为了一成不变的、将她和谢烈勃利亚科夫束缚在一起的现实而牺牲他对她的爱情。可叶琳娜却拒绝了他。她责怪万尼亚喝醉了酒。为什么他要喝酒呢？他说："酒里头至少还有一点点人生的滋味。"[①] 他意识到自己又失去了机会。大写历史不会重新来过。他走错了路。

十年以前，在我过世的姐姐那儿我常常碰见她。为什么那时候我不就爱上她，向她求婚？

他过去更愿意给谢烈勃利亚科夫种地，因为他那时候欣赏后者，后者可是个教授啊！

如今呢？他退休啦，到这儿来啦，现在他一辈子的底细，全给我看清啦。他还剩下什么？什么也没有。他不会留下一页有价值的作品。他完全是个无名小卒，什么也不是！不过是个肥皂泡罢啦！[②]

错失的命运让人沉迷于酒精之中。

在这个故事里，阿斯特罗夫（Astrov）医生是一位好奇心很强的人。他

① [俄]契诃夫：《万尼亚舅舅》，丽尼译，北京：中国戏剧出版社，1960年，第28页。
② 同上，1960年，第29页。

不辞辛苦地照料着村子里的人们。他之所以经常去拜访谢烈勃利亚科夫，是因为后者患有痛风并受着风湿病的困扰。事实上，他也喜欢叶琳娜。可就在叶琳娜拒绝他的短暂时间里，万尼亚突然出现在房间里并发现了他们之间的某种亲近关系。叶琳娜对这些追求者感到厌烦，因为他们都把年轻的叶琳娜看作重振雄风的手段；教授的女儿苏尼亚（Sonia）则钟情于阿斯特罗夫，但是后者却对她没有丝毫兴趣。

谢烈勃利亚科夫将他身边的人召集在一起，宣布他想要离开乡下并卖掉他的产业。一直在打理这一切的万尼亚被这一打算深深地刺痛。

> 你等等。很显然，直到此刻我从来还没有过一点一滴的常识。直到此刻我还糊里糊涂地以为这份产业是属于苏尼亚的。我去世的父亲把这份产业买了下来，作为我姐姐的陪嫁。直到现在为止，我还一直以为我姐姐的产业当然是该苏尼亚继承的。①

产业当然属于苏尼亚，而且谢烈勃利亚科夫正想就这个问题征求苏尼亚的意见。万尼亚对这个回答并不满意。

> 现在，你们听着……要不是我放弃了我自己应该继承的一份产业，情愿让给我的亲爱的姐姐(教授的前妻)，那么，这份产业是绝对也买不成的。再说，我像牛马一般整整做了十年苦工，才把所有的赊欠全部还清….. 二十五年以来我一直经营着这份产业，一直给你卖命，像一个最凭天良的管家给你送钱去！②

① [俄]契诃夫:《万尼亚舅舅》，丽尼译，北京：中国戏剧出版社，1960年，第59页。
② 同上，第60—61页。

不仅在谢烈勃利亚科夫于城里教书时没有得到相应的报酬，万尼亚甚至从未得到谢烈勃利亚科夫的一丝感激。他的青春在对家庭的奉献、对他姐姐的怀念、对这位辜负了他期望的姐夫的欣赏中烟消云散。这就是最后的结果！要是这份产业被人买了的话，苏尼亚、苏尼亚的外婆和所有指着这份产业谋生的人们会变成什么样？

他总结道："等等，我还没有完呢！你毁掉了我的一生！我没有生活过！没有生活过呀！蒙你的恩典，我把我一生最好的年头全都浪费，全都毁掉啦！你就是我的死敌！"[①]

人们将自己的失败归咎于他者，因为谁会承认自己的平庸无能呢？"要是当初我的生活一帆风顺的话，我本应该能够成为一个叔本华或陀思妥耶夫斯基的……"谢烈勃利亚科夫把万尼亚当成是一个无用的庸才。万尼亚夺过一把手枪要杀死谢烈勃利亚科夫，可惜他并没有打中后者。叶琳娜和她的丈夫再也受不了了，他们坚决要离开。万尼亚揭露了所有人的恶与失败，连他自己的也没有放过。

> 显然，大家都把我当作个疯子啦。我是疯子，可是那些戴着教授和学者面具，挂着羊头来遮掩自己的一窍不通、面目可憎和穷凶极恶的人们，倒不是疯子。那些既已嫁给了老头子，又当着众人的面欺骗老头子的女人，也不是疯子。[②]

他是多么希望重新开始他的生活。阿斯特罗夫告诉他这是不可能的，他们已经身处绝境之中。叶琳娜来向他们告别。她对阿斯特罗夫说她曾经十分爱他，但是依然决定再也不要见到他。事实上，什么都不会改变。万尼亚

---

① [俄]契诃夫：《万尼亚舅舅》，丽尼译，北京：中国戏剧出版社，1960年，第62页。
② 同上，第69页。

将留在这份产业之中并且收到跟过去同样多的薪水。一切将恢复正常，就像什么都没有发生过一样。总之，谢烈勃利亚科夫和叶琳娜将到别处生活，并且他们还会回来，就像什么也没有发生过一样。生活重新步入正轨，直到每个人的生命都走到尽头。所有人都走了，医生也一样。苏尼亚留下来和她的舅舅相依为命：必须解决那些悬而未决的问题，除此之外没有其他的事要做。

对易卜生而言，重新浮现的过去无论如何都能使个体得到解放；但是在契诃夫那里却完全不是这样。悲剧产生于那种不可战胜、无法推翻的命运。人们没办法回头，如果走错了路，那就该他倒霉，但这没有一点戏剧性可言。人们仅仅是被某种无法回避的日常平庸性所碾轧。诚然，人们无法对事物做出任何改变；但是，人们尤其无法改变的是他们自身。命运就是紧随在各种既成事实之后的存在，是某种人们无法改变方向的轨迹。它使那些意识到这一点的人感到绝望。命运终究会来临，因为失败迟早都会敲响每个人的大门。契诃夫的现实主义恰恰就在于意识到了这一点。

在《海鸥》（*La mouette*）中，契诃夫让我们沉浸在同一种氛围之中。不可能回到过去与不可能向前进交织在了一起。

一位无忧无虑、感情丰富的女演员阿尔卡津娜（Arkadina）与一位平庸的作家特利果陵（Trigorine）生活在一起。阿尔卡津娜的儿子特烈普列夫（Treplev）对此感到十分嫉妒。比特利果陵还平庸的他抱怨母亲没有看到也在写剧本的他身上所体现出的作家才华。特烈普列夫杀了一只海鸥，并把它放在了尼娜（Nina）的脚下。尼娜经常造访他家，因为她想成为一名演员。“我呢，我向往着这儿的湖，就像海鸥一样。”[①] 特烈普列夫喜欢尼娜，可后者喜欢的却是特利果陵，而特利果陵又是特烈普列夫母亲的情人；这就解释了

① [俄]契诃夫:《海鸥》，选自《契诃夫剧作》，汝龙译，合肥：安徽文艺出版社，1998年，第97页。

为什么特烈普列夫会做出杀死海鸥这种象征性的行为。阿尔卡津娜的哥哥索陵（Sorine）一直都在虚度年华，他是一个胸无大志的小公务员。而特烈普列夫的生活也没有更好，他是一个失败的作家。尼娜也一样，就像海鸥一样，她的终极目标是像小说家或者女演员一般展翅高飞。与阿尔卡津娜生活在一起的特利果陵是一位被人敬重的作家，但是却没有什么天赋，就像阿尔卡津娜本人也是一个被过分吹捧的女演员一样。特利果陵对尼娜说他觉得她像"一位年轻的姑娘，她像海鸥那样爱这个湖，也像海鸥那样又幸福又自由。可是偶然来了一个人，看见她，由于闲得没事做，就把她毁了，喏，就像这只海鸥一样"。[①] 这位年轻的姑娘就是管家的女儿玛霞（Macha)，她喜欢的是特烈普列夫，但是"毫无希望地爱着，一连多少年老是等待着什么……要是（和那个教师）结了婚，那就再也顾不上爱情，新的操劳就会扑灭一切旧的东西"。[②] 玛霞坚决地、心甘情愿地嫁给那位教师，因为曾经由于继母而尝试过自杀的特烈普列夫并不爱她。阿尔卡津娜演特利果陵写的戏，因此尼娜也想当演员，因为她喜欢特利果陵。而无论在爱情方面还是在写作方面都是特烈普列夫死对头的特利果陵则与尼娜约定在莫斯科他们说好的地方见面。《海鸥》是一部有关失败的戏剧。在这部剧中，每个人都想重新来过，但是他们曾经走过的路却禁止他们这么做。诚然，特利果陵会为了尼娜离开阿尔卡津娜；尼娜最后也决定要去演戏，但是并没有坚持太久。她与特利果陵生下的孩子死了，然后特利果陵便离开她回到了他的老相好那里。至于年轻的尼娜，她并没有表现出在表演上的天赋。后来，特烈普列夫开始在一些杂志上写些短篇小说，而他的老对手特利果陵也在那里发表文章。特利果陵对特烈普列夫的作品发表了一些负面的评价，这让特烈普列夫不怎么好过。

---

① [俄]契诃夫:《海鸥》，选自《契诃夫剧作》，汝龙译，合肥：安徽文艺出版社，1998年，第121页。

② 同上，第123页。

这时，尼娜又重新出现在特烈普列夫的家里，她告诉特烈普列夫她爱他，可是她要把自己做演员的志向坚持到底。尼娜必须离开特烈普列夫。她就是一只海鸥，那只两年前被特烈普列夫杀死并制成标本的海鸥。在尼娜离开的时候，特烈普列夫退席并用一把手枪了结了自己的性命。

在《樱桃园》(*La Cerisaie*) 里，人物的行动被再一次缩减。为了偿还债务，L. A. 拉涅甫斯卡雅 (L. A. Ranevskaïa) 祖传的庄园必须被卖掉。作为庄园最后一位主人，拉涅甫斯卡雅是一个一生都非常喜欢乱花钱的女人。在庄园即将被卖掉的最后一段日子里，回到庄园小住的她还像往常一样无忧无虑，没有意识到自己所处的严峻的经济状况。她的生活一直以来都如蜻蜓点水一般肤浅，又花钱如流水，一点也不关心现实状况。她的丈夫过去是个酒鬼，还欠了许多债务。她不得不一点点地卖掉她的家产来还债。此外，她还在外面跟别的男人保持着有损她名誉的关系。她过去很喜欢去巴黎，这使得她的樱桃园和产业日趋衰败。她的儿子在庄园的池塘里淹死了，而庄园也被她的一位情人霸占。樱桃园是现在她手头唯一的产业。尽管有追求她其中一个女儿的洛巴兴 (Lopakhine) 给她出主意，可是拉涅甫斯卡雅并没有听进去，就像庄园被拍卖的期限跟她无关似的。庄园被公开拍卖的日子终究还是来了，把它买下来的是洛巴兴。“我买下的庄园就是从前我的祖父和父亲做奴隶的地方，当时他们连这个庄园的厨房都不能进去。”[①] 在这里，大写历史显然成了驱动这种翻转的原动力。有钱人注定要消失，被那些从前受压迫的人取代，后者获得自由并利用旧精英阶层的无能。这些旧精英们无力面对那些他们甚至没有注意到的问题，而当他们认识到时，已经为时太晚。L. A. 拉涅甫斯卡雅本应该做些什么，她过去还有时间行动或做出反应，但是现在什么也干不了了。对她来说，樱桃园并不是某种实在，而隐喻着她曾以为是永恒的过去。她曾经紧紧地抓住某种幻觉不放，而现在这再也不可能了。真

① [俄]契诃夫:《万尼亚舅舅》，丽尼译，北京：中国戏剧出版社，1960年，第348页。

实用它的含蓄战胜了一切由想象构成的、目的是更好地忘记大写历史进程的幻想。否定大写的历史并不能阻止在某个特定时刻，人们意识到一切未完成的、未看清的、未理解的事实就像他们在面对那些本应该选取以脱身的道路时选择了错误的道路一般。对我们的女主角来说，这也许没什么大不了的，因为她通过变卖产业偿清了债务；但是那些曾经拥有的地位和财产，她还剩下些什么呢？被她否认的大写历史凭借着某种无忧无虑赢得了胜利，而拉涅甫斯卡雅也许直到最后都不会舍弃这种无忧无虑的生活。

尽管果戈里、[①] 屠格涅夫 [②] 和普希金 [③] 分别在《钦差大臣》(*Le Revizor*)、《村居一月》(*Un mois à la campagne*) 和《鲍里斯·戈杜诺夫》(*Boris Godounov*) 里都展现了自己的才华，但是契诃夫所带来的伟大的现实主义革命依然无与伦比。他是对易卜生的补充，一切对大写历史做出的回应都由二者提供：当人们无法重新来过、无法后退时，需要的或是拉涅甫斯卡雅的无忧无虑，或是特烈普列夫的手枪。一旦人们一败涂地，那么他就会意识到从那一刻起生活的荒谬性，否则便无法继续生存下去。在契诃夫的观念中，那个乡下游手好闲的地主们和在地主家里毫无生气、无聊的寄生者们的世界正在消失。这是我们在易卜生的戏剧中所找不到的。在易卜生的戏剧里，大写历史无法被否认，惋惜和懊悔没有任何立足之地。在契诃夫的戏剧中，特权的享有者是俄国人，并且我们都知道在契诃夫死后的第十三年，即 1917 年将会发生什么。契诃夫清楚地意识到他在舞台上呈现的、有时甚至让人感到厌倦的墨守成规 [例如在《三姐妹》(*Trois Sœurs*) 里]，是易卜生笔下的市民阶层

---

① 果戈理（Gogol，1809—1852），俄国批判现实主义作家，代表作有《死魂灵》《钦差大臣》。——译者

② 屠格涅夫（Tourgéniev，1818—1883），俄国批判现实主义作家，代表作有长篇小说《罗亭》《贵族之家》《前夜》《父与子》《处女地》，中篇小说《阿霞》《初恋》等。——译者

③ 普希金（Pouchkine，1799—1837），俄国诗人、作家，代表作有《自由颂》《叶甫盖尼·奥涅金》《黑桃皇后》《假如生活欺骗了你》《上尉的女儿》。——译者

从未经历过的一种奢侈。拒绝大写历史被契诃夫令人钦佩地描绘成了一种赌注：他笔下的人物视这种赌注为一种外在的表现，就好像它属于他们自己的过去那样。他们本想做出其他反应，成为另一种人，但是他们没有改变的力量，后来就自认倒霉。要不然就随机应变，要不然就自我了断，要不然就继续苟且而活。还有其他的选择吗？最终，大写历史总会追赶上我们每一个人，并以某种陌生的面孔出现在契诃夫的人物面前。即便这些人的生活已经因为做了错误的选择而一败涂地，但是从社会阶级的角度来看，他们别无选择。他们并不能真正地接受前来叩响大门的过去，而易卜生的人物们则被过去所吞没。如果说易卜生笔下的人物忘记了以后会重新追赶上他们的大写历史的话，那么契合夫笔下的人物则不停地在反复思考它和重复它。

与易卜生和契诃夫一道，历史性从此走向前台。出于省事的目的，戏剧舞台上只剩下了市民喜剧和笑剧两种喜剧类型。

第九章　现代性戏剧：无物之词与无词之物

从阿尔弗雷德·雅里到路易吉·皮兰德娄或对现实性的否定

加速运行的大写历史和仍在不断衰弱的同一性不仅使词与物、言语与世界之间的鸿沟越来越深，还使得隐喻性呈现为某种越发悬置于现实之上的话语。这就产生了某种荒谬、怪诞和不真实的言辞，它更有名的称谓叫作于布王式（ubuesque）的言辞。阿尔弗雷德·雅里[①]在创作于布（Ubu）这个人物的时候发明了荒谬，这个人物由于其嗜血成性而愚蠢的性格使我们想起了麦克白。于布的母亲是一个可笑到了极点的麦克白夫人式的人物。滑稽剧和悲剧在某种新的、由雅里所开创的真实性的基础之上相结合。这种真实性，我们不仅能够在尤奈斯库那里重新找到，而且还能够在于布父亲称职的后继者——加缪的《卡利古拉》(*Caligula*）里找到。从雅里的革新开始，字词变得"不负责任"。它们仅仅反馈到说话者想要成为主宰的欲望之上，并作为某种暴力的托词；这些托词或是意在掩盖其失度，或者恰恰相反，想对这些失度放任自流，好像对字词的控制权有能力确保对事物的控制权似的。然而，荒谬将摆脱掉怪诞性。而那些逐渐变得空洞、用来缓和荒谬而成为托词的字词们则发生变化，尤其是在当代英国戏剧中，它们化为对这种暴力的语言表达（mots-expression）。语词因为不愿再谈论任何事物而变得口无遮拦，

① 阿尔弗雷德·雅里（Alfred Jarry，1873—1907），法国小说家、剧作家、记者，超现实主义戏剧的鼻祖，欧洲先锋戏剧的先驱，代表作有《于布王》。——译者

现实则为了给某种剧烈的、毫无节制的混乱腾出位置而与词语脱节。在这样的词语与现实之间，存在着某种最初的、我们可称之为先决的时刻。在这一时刻，词语仍然通过人为的手段约束着同样即将在戏剧主角面前暴露的东西。人们在其中建立自身人物形象的这种修辞性封闭从属于对荒谬逻辑和对某种纯粹虚假字面忠实义的顽念坚定不移的信仰。总而言之，在这方面有一位集大成者，他的名字叫皮兰德娄（Pirandello，1867—1936）。

他既是一位先驱也是一位大师。如果说易卜生的戏剧是以一个无法解决的问题结束的话，那么皮兰德娄的戏剧则从这个问题展开。但是皮兰德娄戏剧的目的在于将这个问题隐藏在各种回答之中，这些回答（虚假地）排遣了困扰着剧中人物的问题性。而这种努力并未获得成功。这种修辞性封闭（enfermement rhétorique）的戏剧由皮兰德娄开创。语词使人安心并制定规则，毫无事实根据的语词成为事实。人们不再能够从中走出并检视语词之外的东西，以便弄清楚什么是优势，什么是虚假。字面忠实性崩溃了；但是没有了它，我们还能核实这个世界、这些桌子椅子以及一切事物的存在吗？这些事物不单构建着生活，还构建着赋予生活稳定性的周边领域。因此就需要不惜任何代价地抓住这种字面忠实性。如果语词不再反馈到相应的语词身上，如果本应与之相符合的事物像沙子一般从指缝中溜走的话，人们还能够确信什么呢？于是，语词与语词之间开始对立，人们可以阐释和争论一切事物。《是这样，如果你们以为如此》（*À chacun sa vérité*）是皮兰德娄最著名的戏剧之一，其意大利语名为 *Cosi è*（《就是如此》，意大利标题更加突出了字面忠实义的分量）。在这部戏剧中，皮兰德娄明确地阐释了当所是在削弱，回答因此变得明显具有问题性时所发生的事情。故事的情节很简单。省政府刚刚任命了一位新的秘书——彭扎（Ponza）。他住在城里的一间公寓里，而他的丈母娘弗洛拉夫人（Mme Frolla）则住在另一间公寓里。弗洛拉夫人的邻居是省政府议员阿加齐（Agazzi）。阿加齐的妻子是阿玛莉亚（Amalia），即劳迪西（Laudisi）的妹妹。蒂娜（Dina）和她的母亲阿玛莉亚想要去拜访弗洛拉夫人，但是后者并不想接待她们。因此，阿玛莉亚的丈夫阿加齐就向省长抱怨他那位下属的失礼。神秘气氛越加浓厚起来，因为彭扎似乎把他的妻子打发到某一个院子的最里头，在那里他们租下了一间很差劲的房子。他是在关他妻子的禁闭吗？总而言之，他禁止他的丈母娘和她的女儿联系。当弗洛拉夫人来见她的女儿时，后者就用一只水桶上上下下地传递消息。小城处于一种不安的气氛之中，大家都为这三人古怪的行为感到困惑。疑问由此产生：真相是什么？问题是隐喻已经消失，从现在起被书写为弱势存在的各种回答被实实在在地感知为问题性。这显然是其他人所不能接受的，他们想要知道事实的真相。其中的一位主角西雷利（Sirelli）很好地总结了自己妻子的境遇："很显然，她一直都担心的是一件事并不像我跟她说的那样。"[①] 劳迪西安慰所有好奇的女人们说真相都是相对的、可以讨论的和可抗辩的，总之具有修辞的性质。由此我们可以看出人们在努力采纳一个并非具有回答能力的回答，好像这个回答并不产生问题且因此在所有人面前确立为某种显而易见的事，这正是这种态度所产生的结果；语词理应足以确保这一点，但是正是因为这个原因，它才具有修辞性，就像是一种言语的虚构。问题依然存在，那就是：谁搞错了？谁在真相之中？"如果您所看到的跟我看到的不一样的话，我说是您搞错了！但是亲爱的夫人，即便如此这也是我和您所做出的纯粹的推定。我看到你们所有人都如此强烈地想知道别人是怎么样的，就好像这些或那些事物本身是这样或那样的！"[②] 最终弗洛拉夫人前去拜访她的邻居们，向他们解释了奇怪现象的原因。她很喜欢她的女婿，不应该向省长斥责他的行为。所发生的事，即他不允许丈母娘上楼见他妻子，是因为他想以

---

① L. Pirandello, *À chacun sa vérité*, p. 292 (tr. fr. D. Aron-Robert) in *Théâtre complet*, vol. 1, Gallimard, « La Pléiade », 1977.

② *Ibid.*, p. 294.

极端的、富有侵略性和专制的爱的名义独自占有她；他把妻子关在家里，这样她就不能出门。于是她的母亲弗洛拉夫人就不得不通过一个篮子来和她的女儿进行交流。

这一切是如此奇怪，以至于并不怎么令人信服。在这一点上，彭扎自己做出声明。他曾经想避免对此做出解释，因为不管怎么说，他的私生活只和他本人有关。然而她的丈母娘打破了沉默，他就不得不重新建立真相。他将讲些什么呢？他说自从四年前妻子过世之后，他的丈母娘就疯了；彭扎自己重新结婚，但是他的丈母娘似乎觉得和他再婚的是同一个女人，因为她不愿意接受现实。他的第二任妻子显然不愿意动不动就接待丈夫的前任丈母娘。由此产生了篮子的故事。简而言之，彭扎说："她似乎就这么好了，以至于在听她说话的时候，人们从不觉得她是个疯子。"[①] 他并不阻止前丈母娘去看她的女儿，因为那根本不是她的女儿。就这一点，弗洛拉夫人又一次来到满腹疑惑的邻居家。看到她的女婿前去拜访了他们，她希望重新把事情解释清楚。她向他们说道，她肯定彭扎说过她是个疯子。她还说，事实上她的女儿已经受不了被她的丈夫这样禁闭，她已经崩溃了。她的女儿离开了彭扎去治疗，治愈后才回到了家。但是从那时起，彭扎就把自己的妻子关了起来。"为了放心，因为也许他会时不时地担心他心爱的妻子再一次被从他身边带走。正是因为如此，彭扎才把他的妻子禁闭起来，以便独自占有她。但是彭扎爱他的妻子，这一点我可以肯定。"[②] 为了确定谁说的才是真话，阿加齐、劳迪西和西雷利想了一个办法：去彭扎一家老家的民政部门查验谁才是真正的彭扎太太。问题是在他们到达之前，城市经历了一场严重的地震，把一切都毁得一干二净，包括民政部门的档案。因此，有些人相信彭扎的话，而另一些人则相信弗洛拉夫人的话。人们在篮子中找到了一纸结婚证明和一些两个

---

① *Ibid.*, p. 306.

② *Ibid.*, p. 312.

女人之间交流的便笺。但是因为两个女人都极力避免和对方碰面，人们依然不知道谁说的是真话。因此，结婚证明没有任何价值！但也并非完全没有价值；事实上，每个人都很想赋予它价值，就像弗洛拉夫人每天都从女儿那里收到她所谓的信一样。“但是这些信有什么价值呢？”[①] 因为写它们是为了不影响弗洛拉夫人的精神健康。这到底是不是一场游戏？女婿与丈母娘的对峙也没有给出更多的答案，因为每个人都决定不与对方起冲突。最后的办法：叫来彭扎妻子本人，让她说出真相。她来了，但也玩起了不和任何人起冲突的游戏。省长问她：“那么，你到底是这个人还是那个人！”她回答：“不，先生们；对我来说，人们觉得我是谁，我就是谁。”[②] 戏剧在谁说了真话这个开放性问题上落下帷幕。

每个人都固守着自己的言辞、自己的语词，因为事物已经被回避了。各种弱势的回答都确切地变为种种问题，因此替代方案也难以解决问题。即便需要适应这种情况才能继续生活下去，许多人还是拒绝这么做，而另一部分人则紧紧地抓住他们对事物的看法不放，就像这种看法并不造成问题一样。因此各种事物既是它们的本是，又不是它们的本是；它们只有从引申性的角度来看才是真正的本是。但在人们所生活的这个字面忠实性的世界里，这种引申性不具备承担的能力。与浪漫主义相比，这是怎样的颠覆啊！引申性马上被表达为一种存在于确切的相互对立的话语之间的矛盾。自此，不同的看法在字面忠实性的层面就产生出各种相互对立的回答，即产生了种种问题。因为这些问题事实上像各种替代方案一样同时存在。人们既有 A，也有非 A；从字面忠实义的角度来看，这是一种替代形式，一种问题。拒绝替代形式并紧紧地抓住其内容中的一种，这依然是想要得到某种确定性、某种真相的行为；而真相则是相对的。说 A 的那个人相信或假装相信 A 才是回答，

---

① *Ibid.*, p.320.

② *Ibid.*, p.348-349.

而那个坚持非 A 的人则一直生活在相对立的回答之中。但是当二者互相对峙的时候，人们清楚地看到问题被提出，而真相则是对这一问题性的感知。

在《诚实的快乐》(*La volupté de l' honneur*) 中，一位结了婚但与妻子分开的伯爵使一位年轻女子怀了孕。这是一出悲剧，一件羞耻的事。需要赶紧给她找个丈夫，因为伯爵不想娶这个年轻女子为妻。要是伯爵夫人知道他犯错的话，可能会对伯爵提起诉讼。伯爵的表弟找到了中学的一个老朋友巴尔多维诺（Baldovino）来承担父亲和丈夫的角色。这是一个强调精确、严格和真实的谨小慎微的男人。他只承认字面忠实性，这一点将他限制在某种严密的修辞之中，其中的各种事物不是别的，只作为它们的本是存在，不多也不少。他在他所看重的无可挑剔的字面忠实义之中寻求并找到了一致性。“因为人们要做一件认真严肃的事，所以对您和我而言，最好 (把所有东西都记录下来)：您，伯爵大人，是这位小姐的情人——不！伯爵回答。对不起——但是——就这样。”巴尔多维诺反驳道：“瞧，您从第一个问题就开始抗拒！”伯爵说：“那是当然！因为……”“这不是真的吗？”巴尔多维诺显得有点恼火，“您竟然说这不是真的？在这种情况下……”[1] 显然，对巴尔多维诺来说，不存在幌子和他所说的杜撰，有的只有真相，因为真相更具字面忠实性。如果想要有尊严并认真地生活在这个世界上的话，就必须紧紧抓住对字面忠实义的绝对苛求不放手。只承认字面忠实性的人排除一切意义的向外延伸，并且在 A=B 的等式中只看到某种严格的同一性，在这种 A 与 B 的互换中，其中一项内容被另一项完美地替代。就像人们在审核账目中的欠债，或者一件商品的价格在商品售出得到经济补偿后消失那样。对于要求字面忠实性的人来说，一切都一清二楚，因为一切都已经预先固定下来；这一点得到了他要求自己遵守的强势可替代性的确认。这就解释了巴尔多维诺的行为：他清楚地认识到一个私生子对伯爵来说将是一场灾难；因为伯爵的妻

① *La volupté de l' honneur* (tr. fr. A. Bouissy), p. 444.

子会因为被他抛弃而去控告他。“因此你就需要为这种慰藉付出代价，”巴尔多维诺补充道，“我来用我的签名为它做出担保，并负责偿还您的债务。先生，您无法想象复仇给我带来的喜悦，因为这个社会曾经拒绝为我的签名提供任何贷款。”[①] 巴尔多维诺似乎希望弥补他曾经犯下的错误。他将得到曾经失去的诚实。“表面上，我要娶一个老婆，但是事实上，我要娶的是诚实。”伯爵一点也不在意对方的动机，他想要结束谈话。诚实在这里意味着结果，意味着对一切言外之意的警惕。人们需要直截了当地认真对待这些言外之意。巴尔多维诺也提醒了伯爵这一点。“(结婚的) 后果会是什么？但是首先有一点很明显，那就是我将成为一个专横的人。就那些纯粹形式的东西而言，您要求我诚实而这也正是我所想，因此我必须成为一个专横的人，这一点我先告诉您。我要确保一切表面上的东西都被严格地遵守，这少不了包含您、雷尼小姐 [（Mlle Renni），未来的妻子] 和她母亲在内做出的各种重大牺牲。”[②] 显然，他想说的是，既然你们求我的目的是重新建立起体面和尊严，那么就让我们将强调该名誉所要求的言行一致进行到底。丈夫就是丈夫，因此就不能再有情人，每个人都有其自己的位置。实在论者的修辞术在这里变成了幻觉：角色被颠覆。人们“假装”一切事情都一如既往地发生着。如果必须进行游戏的话，那么虚构在哪里？巴尔多维诺将真正地行使人们要求他扮演的丈夫角色。巴尔多维诺自己说他“代表形式”，因为通过自我否定以便令人相信的修辞术正是变得实际有效的形式。此外，他还将是孩子的父亲。因此，巴尔多维诺提出自己的要求。“我曾让您好好考虑一下后果。先生，在道义上我必须为您指出这些后果。您是一位绅士。然而天有不测风云，使您无法正正派派做人。但是您却不能失去诚实的美德！那么就要我来代表您的诚实，也就是说成为一个无法成为您妻子的人的老实丈夫，一

① *Ibid.*, p. 446.

② *Ibid.*, p. 447.

个即将诞生却无法成为您孩子的人的老实父亲。是这样吗？”[①] 因此，为了一切都顺利进行，就必须弄假成真，让无物之词显得就是事物本身。伯爵本人也必须诚实。巴尔多维诺要求他信守诺言，好好考虑。最终，他们依照约定成婚；伯爵成立了一个由巴尔多维诺领导的公司来赡养新的家庭。这就和易卜生的《野鸭》异曲同工，其中老威利（Werle）本该知会艾克达尔（后者的妻子曾是老威利玩弄过的女仆）。巴尔多维诺宣称他生活在“纯粹抽象的形式”之中，在那里 A 真正且唯一地等于 B，就像在交易中一米布价值一先令一样；当人们用一物来交换的时候，就完全放弃对另一物的所有权。尽管婚姻只是形式上的（*pro-forma*）。但是，事情却变得越来越糟糕。危机过去后，雷尼的母亲和伯爵想要把巴尔多维诺给打发走。以不诚实为借口指控他的主意再好不过了。“人们应该能够相信我比起他们来说更缺乏诚信：我的妻子将成为一位与不称职的丈夫分居的合法妻子；因为丈夫的不称职，而她又年轻，她将找到一个借口得到家族一位老朋友的慰藉。”[②] 孩子一出生，丈夫就离开，伯爵情人就回来，一切都回归正常秩序。对伯爵来说，问题在于孩子的父亲是母亲的正式丈夫，这就使父亲拥有对他儿子的权力。这限制了伯爵的行动，并有下面这种风险，即：如果孩子的父亲能够证明孩子母亲为人不忠的话，那么孩子的监护权就有被指定给他“父亲”的危险。但首先，孩子需要接受洗礼。巴尔多维诺选择了一个可笑的名字，即他父亲的名字，目的是使他的角色变得更加可信。但是家里人却反对这个决定。巴尔多维诺才不管这些，他已经决定了。专制仍在继续。洗礼并不在家中进行，因为巴尔多维诺想要使仪式公开化，在教堂举行。他的丈母娘和即将成为孩子教父的伯爵都大发雷霆。形式的庄重性在于它使形式变得像事实一样确实有效。孩子的母亲阿加塔·雷尼（Agata Renni）支持她丈夫的决定。她与旧情人吵得不

---

① *Ibid.*, p. 449.

② *Ibid.*, p. 455.

可开交，后者因为遭到她的抛弃而勃然大怒。伯爵向阿加塔发誓她将回到他的身边，因为他打算让人判巴尔多维诺偷窃罪。巴尔多维诺在偷窃指控即将被送达的时候回到了房间。他为自己进行辩护，并告诉妻子有一大笔钱被汇入他的户头，目的是陷害他。巴尔多维诺向伯爵提出挑战：你们就这么不诚实下去吧！把对我有利的证据都撕毁吧！把钱都拿去吧！因为我，巴尔多维诺，我不需要它们。考虑到事件带给孩子的后果，阿加塔不同意巴尔多维诺被这种阴险的勾当所诬陷。巴尔多维诺意识到自己应该离开，这是早就注定了的。丈母娘提出异议，但是巴尔多维诺却清楚地意识到其他人到底想要怎么样。“请不要带走我身上最后一丝力量，让我看清其他人盲目行为的后果！请注意，是盲目，而并不是因为缺乏智慧。因为当一个人活着，他就活着而看不到生活。如果我在生活中看见了，那是因为我来这里的目的并不是生活。”[1] 总是关注结果，这不仅是对自己诚实，尤其也是对他人诚实。因此，为了达到目的而成为小偷的是伯爵。巴尔多维诺尽情享受着整出喜剧，其中满溢着的字面忠实性显现出其最为难以维持的地位，即从今以后属于它自己的位置。伯爵拒绝演下去，于是巴尔多维诺决定拿了钱并把它还给处境尴尬的伯爵。在巴尔多维诺想要离开的时候，全家却希望他留下来。那么为什么要离开呢？巴尔多维诺清楚地告诉大家：诚实已经不可能了；从一开始，它就是一种幻觉；如果人们绝对地依仗字面忠实性的话，那么它是一种幻觉。他已经受够了傀儡般的生活，为这个或那个人的利益服务，例如情人、丈母娘、把自己介绍给这家人的那个同事的朋友。于是，阿加塔平生第一次为在自己的生活中做的事做决定：如果巴尔多维诺离开的话，她将追随他。巴尔多维诺给阿加塔的回答是这不可能：“您的母亲身份必将把情人身份置于死地。因此，夫人，您就仅仅是一位母亲而已；但我却不是您孩子的父亲。”[2]

---

① *Ibid.*, p.473.

② *Ibid.*, p.481.

阿加塔对巴尔多维诺做出了精彩的反驳："啊！是为了孩子的缘故？因为他不是您亲生的？"人们已经离开了字面忠实性而进入事实真相，即有效的、超越从前的、非同一性（non-identité）的真相；这种非同一性专属于那种从现在起编织回答行为的弱势存在。阿加塔将那些讨厌的人赶出自己的家门。她和巴尔多维诺站在了一起：她选择了巴尔多维诺。道德上的虚伪、外表上的体面，所有这些面具最终都在对一件事的理解面前落下，即必须承认现实之中有问题性的存在。

因此，巴尔多维诺扮演的是一个揭发者的角色。他想要向所有人证明他在剧中自始至终所践行的、符合字面忠实的同一性是站不住脚的。针对语词的修辞目睹了它们之间相互勾连而找不到可能的脱身之计和所指的对象。这种修辞将一直通向荒诞。那个时代并不仅仅属于弱势的存在。在那个时代，人们还意识到与他们有关的回答相互间的支持仅存在于修辞的层面；并且唯一能够理解这些回答的方法在于将它们当作回答来看待。这些回答以此为名反馈到问题之上，即反馈到种种特殊的观点之上，就像在《是这样，如果你们以为如此》中发生的那样。所是的弱化在这里不再导致隐喻化的产生，而被视为对问题学回答真正的表述。一些人会继续从这种表述中看到各种回答的本来面目，而没有看到它使这些回答反馈到种种问题之上。而这正是皮兰德娄在易卜生之后想要彰显的内容。因为存在越是衰弱，它就越被如此看待；发挥作用的真正叩问性本身越发可以想象，那么如果人们不希望有任何虚构的回答取而代之的话，这种叩问性便越发如此。吸引皮兰德娄的正是这种回答行为的虚构性（fictionnalité），即我们称之为修辞的东西。当人们"假装"的时候，他们就不再区分事实与他们所担心的想法。同时人们会仅仅抓住他们自我建构的虚幻不放，直至到达荒谬的程度。通常，就像今天一般，人们最终创造出虚幻。而暴力不是别的，是使现实服从于计划的从众行为（conformisation）。此外，这种从众行为通常受到电视中出现的虚拟场景的启发。身份的丢失和差异的优势被扩大显然不再允许人们专注于某种疯狂的字面忠实义；个体们之所以培养这种字面忠实义，其目的是自我安慰和加强自我的确定性。字面忠实义是人们不希望看到的差异，并且它只能通过修辞或近乎意识形态的方式加以维持。“一切都是相对的”因此是一句骇人的话，它意味着“于我而言，考虑到我目前面临的问题，这依然相当于回答”，即便“回答”具有问题性。但这么做能够确保排除这种问题性并无视它的存在。大写历史在字面忠实义之中加深的差异使字面忠实义仅仅依靠着某种修辞性的保守主义而自持；因为这种保守主义能够达到排除替代意见的效果；因此人们就得到某种相反的回答，它将表达隐藏在替代意见之中与所是有关的问题性。当差异被字面忠实化的时候，它便通过替代意见，即两个具有相同观点的回答体现出来。对字面忠实性的修辞迫使人们坚持这些观点之中的一个：于是不再有问题和可能的替代意见，因为人们借助某个回答发生了变化。

在皮兰德娄最著名的两部戏剧《六个寻找剧作家的角色》(*Six personnages en quête d' auteur*) 和《亨利四世》(*Henri IV*) 里，我们将再一次看到这种修辞性戏剧的本来面目。《六个寻找剧作家的角色》被认为是皮兰德娄的代表作。我们在其中看到了戏中戏，这让人无法再区分真实与虚幻。到底是人们在演一出戏还是现实变成了一出戏？人们遵循的不再是卡尔德隆式的逻辑，而是纯粹的易卜生式的逻辑：戏剧表现的是各种无法进行判定的替代意见和各种问题；人们总是扪心自问这些问题的哪个名称才是对的，就像在真实生活中那样。所有人都是戏剧中的人物，人们都扮演一个角色，无论演得好还是不好。简而言之，六个角色突然闯进一场戏的排练，并要求演员们演出他们生活中的各种遭遇。最后，人们还是在问这戏中发生的一切到底是不是真的，还是有真实的人趁着某个剧目中的空隙加入其中。于是，演员们成了真实生活的观众：二者的位置被颠倒。但是人们依然身处于修辞性戏剧之中：人们坚持那些将境遇锁定在自身之上的各种言辞，就像这能解决一切问题并足以将话语外各种情况下的问题性都排除在外。“措辞！措辞！对于一桩无法明言的事实，对于一件已经铸成的大错，找一种能够平心静气的含糊的措辞，岂不使大家心里都好受一些吗！”[①]每个人物都讲述他的遭遇。但是却没有剧作家赋予它以意义并协调那些互相对立的不同观点。父亲究竟有没有驱赶曾经和另一个男人私奔的母亲？他到底知不知道他要睡的妓女的真实身份是他前妻与那个男人的女儿？从修辞的角度来说每个人都紧紧抓住的字面忠实性，即不是别的而是自称为 A 的 A 土崩瓦解并消失在这种被激烈的修辞性所掩盖的对立之中，即：A 也是 B 的标记；因为没有看到这一点，对 B 的解读将通过某种替代性的字面忠实义像电鳐一般猛烈地击打原先的字面忠实义。这恰恰是皮兰德娄写作戏剧的目的，即：揭示问题性的并非隐喻或形象性，而是不能再被人们视为唯一回答的字面忠实义。需要被排除的是这种排他性。“事情就坏在这里！坏在说话上！我们大家都有一个内心世界；每个人都有一个自己特殊的内心世界！先生，假如我说话时掺进了我心里对事物的意义和价值的看法，而听话的人照例又会用他心里所想的意义和价值来加以理解，我们怎么还能够互相了解呢？我们自以为了解了，其实根本就不了解！您看，我对这个女人（指母亲）的怜悯，全部的怜悯，都被她理解为最狠心的残忍！”[②]母亲肯定地说她的丈夫曾经把她赶出家门，并迫使她投入其雇员的怀抱；而父亲却否认这一点，或者说否认表达事实的语词。他这么做的目的仅仅是肯定他的前妻没有做别的，只是将他所观察到的她和他的雇员之间的感情纠葛进行到底。母亲离开了，但是父亲继续对这一对新人和他们的女儿感兴趣。对于后者来说，这是一种罪恶；而对父

① [意] 皮蓝德娄：《六个寻找剧作家的角色》，选自《戏剧二种》，吴正仪译，北京：人民文学出版社，1984 年，第 19 页。

② 同上，第 21 页。

亲来说，这是他继续带给那个曾是他妻子的女人的一种近乎爱的关怀。在故事中，父亲失去了他的亲生儿子，但是正如他所说："我需要，非常需要确实知道她生活安宁。"[①] 母亲的新丈夫在别处找到了工作，他们搬了家。但是在继任丈夫去世后，母亲又身无分文地回到了原来的城市。她为一位夫人做些针线活，但事实上这位夫人仅仅是在为一些有钱人做拉皮条的生意。正因如此，继女才遇到了她身为主顾的父亲。而在一开始两个人都不知道他是她的继父，抑或她已经知道了？而身陷其中的儿子呢？他责怪他的父亲抛弃了他；当然，他也抱怨他的母亲带来了这个同母异父的妹妹，尤其是她还为了钱和他的父亲做出有损名誉的事。就好像在他和他同母异父的妹妹之间还有一层额外的感情纠葛，这使他更加排斥后者。

剧团经理兼导演在听了这一切之后，同意将这些人物的遭遇搬上舞台，可是由谁来演呢？是由演员们演还是由这些人物自己来演？如果由演员们来演的话，一切都听起来是虚假的；但是如果由这些有亲身经历的人来演的话，这还叫戏剧吗？这出世界的隐喻戏剧（théâtre-métaphore-du-monde）成了一艘没有船长的船。剧作家在哪里？剧团经理兼导演在哪里？"现在回想起这些已经消逝的梦想，不复存在的往事，您会觉得全都变成了过眼的烟云，令人头晕目眩，而脚底下踩着的东西，我说的不是舞台的地板，而是大地，大地也旋转起来，难道不是这样吗？"[②] 人们并不会混淆真实与虚幻，而是不再知道前者在哪里，后者在哪里。因为差异用非同一性击打所有最为完善的同一性，这就引起了普遍意义上的差异问题。下面这种行为是不切实际的，即：紧紧抓住现实不放，就好像它是除了修辞之外的其他事物，例如某个概念、某个词，以便描述在语词之外但仅依靠语词存在的同一性。什

① [意] 皮蓝德娄：《六个寻找剧作家的角色》，选自《戏剧二种》，吴正仪译，北京：人民文学出版社，1984 年，第 24 页。

② 同上，第 58 页。

么才是一直未变的同一性？是创作该虚构作品的剧作家。但是剧作家又在哪里？

在《亨利四世》中，一个年轻人因为从马上跌落，摔了后颈而导致失去理智，把自己当成德国皇帝亨利。他以为自己要去卡诺萨（Canossa）恳求教皇的宽恕。他周围的人陪他玩这个游戏并让人打扮成当时的模样以避免他在发疯的道路上越陷越深。朝臣们自问他们的任务是什么。“我怎么说才好呢？我们是徒有其表而空泛其中！——我们比真正的亨利四世的枢密顾问处境更坏。因为虽然他们同我们一样没有人教他们扮演某种角色，但是他们至少不觉得有演戏的义务。”[①] 在这部剧中，相似性不停地造成问题。“就像您觉得他们是乔装改扮过的一样，在他看来，我们穿这样的衣服也是化装。”[②]“亨利”家族的一位成员穿着20世纪的服饰出现在他面前时如是说。同一性的悲剧在皮兰德娄笔下一直存在，但在《亨利四世》里，它被推向了极致。亨利说：“谁不会演自己的角色，谁就活该倒霉。”[③] 人们还不知道他到底是在演戏还是真的把自己当成了11世纪的德国皇帝。此外，谁在扮演什么？谁才是受骗上当之人？他到底知不知道每个人都是谁？协助伯爵夫人给所有这些人打掩护的医生把他的病症描述为一种由“类比机制”（mécanisme analogique）所掌控的疯病。但是在我们身处的这个时代，人们还是类比的受害者吗？因此便需要重新潜入某种将类比当作真金白银来对待的过去之中。然而，医生却认为这其中应该存在一些“当代性的缺口”（brèches de contemporanéité），使得亨利在某一刻知道他并非亨利。医生信心满满。于是芙丽达（Frida）把自己装扮成她的母亲，即伯爵夫人玛蒂尔黛（Mathilde）的模样；芙丽达的年纪与亨利相识并爱上她母亲的年纪相仿。家庭医生期望在

① [意] 皮蓝德娄：《亨利四世》，选自《戏剧二种》，吴正仪译，北京：人民文学出版社，1984年，第79页。

② 同上，第98页。

③ 同上，第108页。

看到母亲和女儿肩并肩站在一起时，亨利就有回到现实的可能。然而，亨利揭穿了他的把戏。“你不明白吗？你没有看出是我在捉弄他们，摆布他们吗？我把他们召进来，让这些小丑吓破了胆！哦，他们就怕这个：怕我撕下他们身上丑恶的假面具，戳穿他们的伪装；仿佛不是我逼得他们戴上假面具来给我的装疯凑热闹的！够了！不要叫喊！我腻烦透了！”[①] 这到底是不是对周围人的某种阴险报复呢？它让人想起哈姆雷特为了报复也装疯卖傻。或者这也许是对某个情敌的报复？作为被语词所驱动的囚犯，语词也阻止人们走得更远；那些把这些人当作疯子的人为前者的疯狂修辞所困扰，随即受到这种疯狂的束缚。但是想在将近二十年的时间里被当作疯子对待，难道不需要真的成为疯子吗？“整个一生就这样被一些闲言碎语给压碎了！被死人压碎了——你们看看我，难道你们真的相信亨利四世还活着吗？可是，你们看，我却在说话，在驱使你们这些活人！”[②] 发疯是说出下面这些话的唯一方法：“一个是卖淫的娼妇，一个是下流的嫖客，另一个是骗子老手。”[③] 如果不这样的话，谁会相信这些呢？当亨利四世说这些话的时候，剩下的所有人都更加害怕他，就像他已经变成了一个真正的疯子似的。当一个被提出的问题悄悄地溜进吞没它的回答的范围之内时，人们便不再能够区分差异。这就是皮兰德娄眼中的修辞：提出一个貌似已经得到解决的问题，目的是更好地摆脱它——这就是在修辞中发生并定义修辞的东西——但是人们却被一切由此引起的后果所束缚，不管他们相不相信这些东西。人就是这样：为了锻造某种同一性，就要创造出某种表象；并且当差异前来敲他们的门时，他们会将差异赶走，因为“面前的这个疯子，他摇撼着你们心里和在你们周围所

① [意] 皮蓝德娄：《亨利四世》，选自《戏剧二种》，吴正仪译，北京：人民文学出版社，1984 年，第 127 页。
② 同上，第 128 页。
③ 同上，第 130 页。

树立的一切的根基；他推倒逻辑，推倒你们包罗万象的逻辑！”。[①] 同一性应该永远占据着优先的地位，即便各种差异已经悄悄地渗入其中，迫使它只能成为其自身的假象。亨利如实地经历了这种假象：受骗的如果不是其他人的话还能有谁？毕竟他在从马上摔下后的十二年里一直保持发疯的状态。他仅仅是将游戏延续了下去，目的是捉弄其他人。相似性因真实而死亡：现实在意象之中是无解的。今天的芙丽达不是昨天的玛蒂尔黛。亨利抓住芙丽达，这是混淆。他抢下其中一个仆人手中的剑，并刺中玛蒂尔黛情人的腹部。他难道不是真疯了吗？

皮兰德娄在为艾斯林（Esslin）[②] 之后所谓的“荒诞派戏剧”做准备。雅里代表了“荒诞派戏剧”中喜剧的一面。不断缩减的问题学排斥削弱着回答的本是，人们只有通过如实地建立问题学差异才能保全这些回答。“如实地”（comme telle）意味着人们谈论真正的问题性和解决性本身，以便明确地区分二者。然而，一切社会秩序、头衔、职务以及各种确定性和那些最微不足道的观点都与这种意识背道而驰。人们不再能够进行隐喻化，他们必须遵循字面忠实性并假装它并未变成某种假象。人们坚定而充满热情地使用语词以及它所装点的那些表象所提供的各种策略，这使他们能够无视自己、无须思考地生活下去。在由我们的想象和幻想所呈现的表演中，对于他者而言我们都是戏剧中的人物。看不清问题性的实际风貌并不能阻止问题出现，但是这一点却妨碍人们在问题中保持清醒的认识。20 世纪《哈姆雷特》的真相难道不是皮兰德娄的《亨利四世》吗？假装的和真实的疯狂难以分辨，即便人们不再在问题学差异的各项内容上犹豫不决，可是他们依旧会继续否认这种差异，即使从历史性的角度来看，这么做变得不再可能。但是社会礼仪和人们

① ［意］皮蓝德娄：《亨利四世》，选自《戏剧二种》，吴正仪译，北京：人民文学出版社，1984 年，第 131 页。

② M. Esslin. *Le théâtre de l' absurde*, Buchet-Chastel, 1977.

愿意相信的各种观点使得问题性继续保持极为不稳定的状态，以至于无法辨认出其实际的面貌。人们偏爱的是各种回答，即便它们会引起错觉：因为回答更加令人放心。因此，回答的真相成为某种作为修辞性而被人们否定的修辞游戏。因为必须对此坚信不疑，不管是自己还是别人。

对皮兰德娄的辩证性回答：布莱希特的戏剧和他在日耳曼国家的继承者们

皮兰德娄的戏剧里最根本的对立是生活与观看生活（voir-vivre）之间的对立。但是这种区别的落脚点在戏剧之中，这就使得人们从未弄清楚过什么是属于虚构的部分而什么又是作为其补偿的现实。为了与这种可疑的等同和持续的混淆做斗争，布莱希特发明了史诗戏剧（théâtre épique）的概念。它涉及种种相互连接的画面，这一手法明显与古希腊悲剧歌队类似，即各种外在诗句，如歌唱或神明的发言被插入其中。总而言之，剧中有各种与行动错位的评论存在；这些评论有时出自戏剧人物自身。在这一点上，布莱希特是德语现代戏剧之父。德语现代戏剧是一种碎片化的戏剧，由长篇的独白和评论构成，通常晦涩难懂，例如汉德克[①]的戏剧。这些画面相互并置在一起组成了戏剧，但事实上我们已经在韦德金德[②]抑或施尼茨勒[③]那里发现了这一点。这种由剧作家所创造出的距离确切地说界定了这类史诗戏剧的特点，其结果是人们很难进入到日耳曼戏剧中去，从而被这种通常缺乏连贯性和条理

① 彼得·汉德克（Peter Handke），奥地利小说家、剧作家，代表作有《骂观众》《无欲的悲歌》《痛苦的中国人》等。——译者

② 弗兰克·韦德金德（Frank Wedekind，1864—1918），德国剧作家，代表作有《地灵》《青春的觉醒》。——译者

③ 阿图尔·施尼茨勒（Arthur Schnitzler，1862—1931），奥地利剧作家、小说家，维也纳现代派的核心人物，代表作有戏剧《阿纳托尔》《轮舞》《贝恩哈迪教授》，长篇小说《通向野外的道路》《特雷赛》，中篇小说《古斯特少尉》《埃尔泽小姐》等。——译者

性的剧作所吸引。这些剧作由各种代替故事的时间片段所构成，这就进一步增加了戏剧的神秘感。布莱希特还不完全是一个特例。在他的那些伟大剧目中令人印象深刻的是大写历史在他看来处于明确的、辩证的当下。在《伽利略传》(*La vie de Galilée*)中，我们清楚地看到布莱希特如何将这个伟大的人物带回到某种更为普通平凡的维度。伽利略像大多数普通人一样喜欢贪图美食和财富。布莱希特曾经在《卢库鲁斯的审判》(*Le procès de Lucullus*)中使用过相同的手法，其中罗马大将军在死者的审判庭上被贬低成屠夫之流。在《伽利略传》中，戏剧并不像在《卢库鲁斯的审判》中那样以推翻差异为目的。它更多是为了在问题学排斥衰减之后呈现新与旧的冲突。但在布莱希特眼中，这被视为某种辩证性的对立过程。这就解释了戏剧具有冲突性一面的原因，这种冲突体现在红衣主教贝拉明（Bellarmin）和伽利略之间。如果伽利略真的愿意肯定他的世界体系仅仅是一种假设、一种对旧回答的隐喻的话，那么一切都将拥有一个最好的结果，教会和伽利略之间也就不会产生问题。但是，伽利略并不想这么做，他坚持用一种字面忠实性的，即科学性的方法阐释他的宇宙观。“旧事物说：自古以来，我就是这样。新事物说：倘若你不是真的，就走开。”[①] 但事情并不是那么简单：旧事物被重新阐释，因此它并不会消失，并且还会与新事物做斗争。如果参考一下我们以叩问为核心的哲学词汇的话，就可以说是存在的弱化产生了那些从结构上被书写为问题的各种回答。它们之间的差异提出问题并维持着混淆；教会从尴尬的境遇中脱身而出，由此产生了下面的想法，即：使伽利略的回答成为各种假设，就是说成为不必是回答的回答。布莱希特的世界是一个等值的世界：一个伽利略等于一个贝拉明，即便这是一种纯粹隐喻性，即社会历史性的对等。辩证性的冲突使得各种立场和观点变得对等，但是这发生在一个被差异（或者

① [德]布莱希特：《伽利略传》，选自《布莱希特戏剧选》(下)，高士彦、高年生、潘子立等译，北京：人民文学出版社，1980年，第40页。

说大写历史）定义为冲突性的世界之中。在这个同一性被不断削弱的世界中，唯一货真价实的同一性由数理化的科学来提供。字面忠实性提出问题，而这种现实由冲突来举例说明。

因此我们看到了布莱希特与皮兰德娄的不同之处。对于意大利作家来说，字面忠实性使人们跌入某种束缚他们的修辞陷阱之中；但对布莱希特而言，冲突一直存在，字面忠实性只是其中的一项内容。字面忠实性从辩证的角度来看甚至是无法维持的，因为每当它要进行自我重构的时候都被大写历史所打破。由于潜在的历史性力量进行了间离性的介入，布莱希特清楚地昭明被皮兰德娄笔下人物紧紧抓住的那些简单的字面忠实义在他的作品中无法被坚持下去。如果贝拉明是伽利略的一种隐喻的话——他们是如此相似——那是因为大写历史使他们相似，他们的差异是由大写历史引发的新与旧的冲突。从字面忠实义的角度来看，他们确实有所不同；但是这种差异具有历史性，因为归根结底，他们属于同一类人并且甚至从形象性的角度来讲，他们相互对应。

在《大胆妈妈和她的孩子们》（*Mère courage et ses enfants*）中，大胆妈妈（Mère courage）身为随军叫卖的小商贩，把战争视为谋生的依靠。但是她却在战争中一个接一个地失去了她所有的孩子。在新教与天主教之间做出选择是不可能的。一切似乎都可以相互替换且有长必有短。伽利略拒绝依靠旧事物，他不想以亚里士多德为参照；他更希望相信他在望远镜中所见到的真实。他利用观察来反对权威，用事实来反对回答中的各种隐喻，这些隐喻不是别的而是对那些已经陈旧过时的东西做出的伪装。布莱希特笔下的伽利略将成为制造麻烦的创造者形象的永恒代表，平庸大众、红衣主教们、教授们或其他的官僚对他没有丝毫兴趣。人们相信的是事实，他们只相信他们所关心的东西、他们的先入之见。然而即便他们感受到了某种即将被揭露出来的平庸，这些先入之见也并不能保证他们能够做出除了对自己有利的事之外的任何事情。所有这一切的目的是在形式上和法律上进行掩饰。贝拉明在这里是个例外：他很聪明，他看透了一切。他知道伽利略是对的。但是正如他所强调的那样："我们不满意的，只是使《圣经》显得错误的学说。"[①] 与其他嘲笑并视伽利略为一个惹是生非者的人不同，贝拉明很欣赏伽利略。"我们再戴上假面具吧。可怜的伽利略没有假面具。"[②] 真相存在于这句奇妙的话中："基督对谁说话，谁就可免受种种质问。"[③] 在与掌管着旧事物的人的激烈斗争中，新回答又有多少斤两呢？这种保守主义的修辞或许与皮兰德娄笔下人物的修辞具有一致性，但是它仅能够在小有产者（petit-bourgeois）的家庭关系之中得以延续。在那里，各种形式将事实隐藏在某种约定好的虚无之中。相反，当大写历史无法被排斥并将人们裹挟的时候，没有任何修辞性的屏障能够长时间地坚持下去；被压垮的伽利略尽管遭遇了个人失败，但终会成为某种获胜观点的开山鼻祖。大写历史无法被无休止地忽略和修辞化。但是——我们甚至可以说不幸的是——布莱希特留下的传统中最为重要的一点在于，这种史诗的形式促使各种画面不再位于戏剧之中，而是成为戏剧。从托马斯·伯恩哈德[④] 到彼得·汉德克再到海纳·穆勒[⑤]，德国戏剧将神秘性变得越来越激进，用表达来代替行动。这就产生了某种艰涩难懂的戏剧，其意义在于没有任何意义可言，其目的在于让人观看而非讲述。

---

① [德]布莱希特：《伽利略传》，选自《布莱希特戏剧选》(下)，高士彦、高年生、潘子立等译，北京：人民文学出版社，1980年，第67页。

② 同上，1980年，第71页。

③ 同上，第120页。该句出自天主教著名灵修书籍《师主篇》(*Imitation de Jésus Christ*)。

④ 托马斯·伯恩哈德（Thomas Bernhard，1931—1989），奥地利作家，代表作有《维特根斯坦的侄子》《历代大师》等。——译者

⑤ 海纳·穆勒（Heiner Müller，1929—1995），德国剧作家、诗人、散文家、戏剧导演，代表作有《危险关系四重奏》《哈姆雷特机器》等。——译者

荒诞派戏剧：从萨特到尤奈斯库和恐慌剧场

大写历史加速运行的速度越快，词与物之间的差距就越远，同时形象性也随之增长。在这种历史背景下出现的戏剧失去了参照标准：语词首尾相连，人物不再是被各种语词禁锢的囚犯，他们被各种语词所定义。这正是尤奈斯库戏剧的特点。但是也许缺少参照性正是戏剧的主题本身，就像在贝克特（Beckett）的《等待戈多》（*En attendant Godot*）里那样，这种缺失聚焦着剧中人物的对话。尤奈斯库代表了这种戏剧的喜剧性一面，而贝克特则代表了它最为悲剧性和隐喻性的风貌。但是荒谬有时被信以为真并从字面忠实义的角度去理解，就像在萨特和加缪的戏剧里那样。通过萨特和加缪，人们清楚地看到荒谬具有现实的、非形象性的一面：这就是存在的真实身上的荒谬性，而这与语词无关。每个人都构成他存在的现实性，这有时会导致荒谬，就像加缪笔下的卡利古拉；但是一般来讲，由于与现实的差距是如此之大，以至于任何观点无论多么荒谬都与另一种观点相等同，因此人们也就无从决定他们更青睐哪一个。在《魔鬼与上帝》（*Le diable et le bon dieu*）里，格茨（Goetz）决定通过弃恶从良来显示他的自由。这表明依照某种自我建立起来的意志，善与恶具有相同的价值，哪怕其原因是人们从未胜利过。荒诞派戏剧的特点建立在一种更大的问题性之上。这种问题性并不一定具有冲突性，但是却与内在性有关。事物与人的叩问性在各个层次的关联中都强调着我们与世界的关系。这一点不仅适用于荒诞派戏剧的形象性风貌，也适用于戏剧情景（situations théâtrales）的忠实性风貌。在前者中，形式致力于这种神秘性；在后者中，这些戏剧情景提出问题。

与其他戏剧相比，在《隔离审讯》（*Huis Clos*）中，人们也许能够更好地找到这种荒诞境遇的视角。三个人物伊奈斯（Inès）、埃司泰尔（Estelle）和加尔森（Garcin）被关在同一个房间里；他们每个人都做过坏事，地狱并不是一个由随便哪种超验性来施加刑罚的地方，而是他者永久的、持续的注视和在场；他们三者中的每一个人都无可救药地被迫处于这种他者的在场之中。每个人既是审判者又是囚犯，这是存在其间所犯下的所有行为中仅存的现实性。大写历史在人的思想中所加深的鸿沟使得他们可以为一切进行辩护；但是既然没什么可辩护的，那么辩护又有什么用呢？永恒（éternité）的重量又加重了这种感觉。若以永恒为尺度，一切都是相等的。人们只能失去或自我迷失。存在问题性的东西最终从他人向我们提出的问题中浮现出来。展现问题性的这种字面忠实性本身就是每个人所想要隐匿于自身之中的问题。

尤奈斯库和贝克特的戏剧位于某种不可能性的核心，这种不可能性属于已经成为问题性的字面忠实义。因此这种字面忠实义通向虚空。所是进一步被削弱并产生出最为荒诞的替代品。基于一些最为细微的、通常是形式上的甚至仅仅是语音上的共同点，隐喻性将权利赋予所有同一性，赋予所有最为晦涩的结论。

对尤奈斯库来说，荒谬即日常。由于加速运行的大写历史以一种出人意料的问题性冲击着那些最为稳固的事实，各种既有回答的同一性便被削弱。它们作为形式的字面忠实义因此变得神秘甚至荒谬；执拗地在这种字面忠实义之中坚守，好像什么都没有发生改变似的，便成为一种滑稽的、怪诞的行为。因此观众在《秃头歌女》（*La cantatrice chauve*）的开场就见证了一种令人震惊的平庸：“哟，九点钟了。我们喝了汤，吃了鱼，猪油煎土豆和英国色拉。孩子们喝了英国酒。今儿晚上吃得真好。要知道我们住在伦敦郊区，我们家又姓史密斯呀。”所有这一切就像是由内心而发，为什么那些从来都不是问题的东西会成为问题呢？是因为存在的悖论性。人们通常把那些显而易见的事实维持在不言明的状态下，因为它们不造成问题；紧接着这些事实而来的是疯疯癫癫的言行，它最终在一阵语词的连接中占了上风。这些语词连接的唯一意义在于使词语失去意义。这里的问题性在于人们不恰当地讲了他们所讲的内容。这并非一出属于不可能的字面忠实义的戏剧，就像佐杜洛夫斯基[①]的恐慌剧院（théâtre-panique）那样；而是字面忠实义提出其参照系的问题。因为字面忠实性不值得一提，所以才显得荒谬，但同时也显得滑稽，它提出了通常不是问题的问题。人们拥有一种可以言说和指示一切的字面忠实义，但是它却不再做出任何回答，而人们却指望它解答一切。这种字面忠实义成了某种无法表达的隐喻化的语言，由此产生了话语和话语间前后衔接的荒谬性。字面忠实性本身成为一种隐喻，它隐喻着某种在其为自身利益而建立起的排他性中分崩离析的权威。

在所是不断衰弱的同时，解决性排斥也在不断增强。这种排斥对字面忠实性的不确定做出回应，因为它的明证性过于明显和具有排他性而不再显得一目了然。通常这种排斥由科学通过某种数理化进行，其目的在于加强各种同一性并将它们变得更为正式和严格。这种排斥的典型范例是逻辑学家（le logicien）。人们在《犀牛》（*Rhinocéros*）中就发现了这种人。这部戏剧的情节众所周知。城市中越来越多的人都陆续化身为犀牛，即便开始的时候居民们还不敢相信这是真的。作为对纳粹的讽喻，犀牛病还象征着当存在被削弱而人们继续对其信以为真时成为同一性的变形和寓意化。一切仇恨都建立在混淆和被人们当作真金白银看待的弱势存在之上。作为对严格的字面忠实义拥有绝对权威的人，逻辑学家就像是一个砌炉工（fumiste）：他貌似拥有遏制弱势存在影响的武器，但在这种吞噬一切的字面忠实义之中，他看不到差异。因此，他也像其他人一样疯疯癫癫：他进行推理的目的是不得出任何结论。人们非难他说："这我明白，但这并不能解决问题呀。——当然喽，亲爱的先生，然而这个问题只有以这种方式提出才是正确的。"并回

① 佐杜洛夫斯基（Alejandro Jodorowsky，1929—），智利裔墨西哥籍导演、编剧、演员、作家、制片人。1962年与费尔南多·阿拉巴尔（Fernando Arrabal）、洛朗·托坡尔（Roland Topor）一道创建了以潘神（Pan）名字命名的"恐慌运动"（Panic Movement）。——译者

答他道，“是完全符合逻辑的”。[①] 逻辑学家自己也加入了犀牛的行列。需要明确的是他的逻辑进一步削弱了逻辑试图补偿的所是：事实上，逻辑学家支持这种削弱甚至是将其体系化的人。逻辑学家对老先生说道：“猫有四只脚。伊西铎尔和弗里哥各有四只脚。所以伊西铎尔和弗里哥是猫。”后者回答他说他的狗也有四只脚。逻辑学家因此总结道:“那它就是一只猫。”[②] 这难道不是一种荒谬的、恰恰建立在弱势存在之上的推论，一种最微不足道的相似性吗？使这种相似性具体化的是各种事物之间存在的唯一共同点，除此之外，它们没有任何共性可言。尤奈斯库并不对这种混淆感到厌倦，他认为这种混淆揭示了那个时代的荒唐行为：“另一个三段论法，即所有的猫都终有一死。苏格拉底是凡人，也终有一死。所以说苏格拉底是一只猫。”老先生总结道：“它还有四只脚。这是真的，我有一只名叫苏格拉底的猫！”[③] 通过逻辑学家的形象或是《教训》(*La leçon*) 中最后杀死所有学生的教授形象，尤奈斯库想要瞄准的是既思想狭隘又狂妄自大的知识分子，自信却缺乏魄力：从中我们能够认出所有人。“它们中间有多少独角犀，有多少双角犀？——统计学家们肯定正在从事这方面的统计。这是多么艰深的学术论战的情况啊！”[④] 重大的问题统统消失了，而其他的还在不断地增加，它们都被平淡无奇所占领：这更简单。为了超越这些毫无价值的问题，人们就需要不断地证明自己的存在，由此产生尤奈斯库在《教训》末尾的名言“文献学使人犯罪”。这不得不使人想起尼采笔下有关文献学家的话：他们的思想最为贫瘠，他们是平庸思想在未来的典型，他们对过去的了解仅限于那些最不准确的东西。人们在犀牛群中找到的具有象征意义的形象是毫无智识可言的教授。简而言之，这里的逻辑学家将已经成为问题性世界的弱势存在的世界加倍。犀牛象征着这

① E. Ionesco, *Rhinocéros*, acte Ier.

② *Ibid.*, acte Ier.

③ *Ibid.*, acte Ⅲ .

④ *Ibid.*, acte Ⅲ .

种属于现实世界的神秘性；由于这个世界被从字面忠实义的角度理解，因此也就不再具有问题性。这是一种回答。研究它的角度只能是某种字面忠实义，然而后者却摇摆不定。城里的犀牛就是突然闯入却并不显得不合时宜的难解之谜。它被再次吸收，因为人们并不怎么感到惊讶；由此也产生了滑稽的效果。但是传播开来的犀牛病同样也说明弱势存在已经蔓延到整个理智的范围，以至于损坏了它的根基：诚然，任何东西都相等同；特别是人们无法区分具有回答价值的东西和制造问题的东西，以至于在那些疯子的眼中，极度的疯癫也显得和其他一切一样严肃。当这一切都变得习以为常，又怎样与疯子们做斗争呢？"谁能知道正常在哪里截止，不正常又从哪里开始？您能够给这些概念下定义吗？您能阐明何谓正常和不正常吗？"[①] 同一性获得了胜利：统治者是大众。犀牛们？"它们全都一模一样，全都一模一样！"[②] 人们无法决定、说明特性并做出决断；混淆全面爆发，是这种混淆导致了（在一开始）温和的极权主义。在这种极权主义中，每个人因他所加入的秩序而变得安心；在那里他可以找到他实实在在的位置。由于无法将正在削弱的所是认定为对问题性的表达，这些人物——而非能够做出区分的我们——将差异当作回答行为：除了字面忠实义，没有任何东西能够被批判。这就使各种意识形态，即被人们当作真金白银来看待的信仰有了借口。最为大胆的联想被认为是真正的回答，即便这些联想都是意识形态上的。弱势存在没有被（逻辑学家）认出它的真实风貌，其统治是被泛化了的可交换性（interchange-abilité）的统治。在《麦克白特》（*Macbett*）里，尤奈斯库强调这种存在之间的可交换性，它对事物之间的可交换性做出补充。尽管有些相似之处，尤奈斯库所讲述的故事与莎士比亚的相比还是略显不同。麦克白特和班科（Banco）是两个忠于主人顿岗大公（Archiduc Duncan）的将军，而龚多尔（Condor）和

① *Ibid.*, acte Ⅲ .
② *Ibid.*, acte Ⅲ .

格拉米斯（Glamiss）则正在煽动一场叛乱。班科和麦克白特被视作一模一样的两个人：在战斗之后的两幕里，尤奈斯库在这两位将军身上使用了相同的话语。龚多尔和格拉米斯也不停地重复着相同的话：一个人说“这坚持不了多久了”，另一个说“这坚持不了多久了”。在《狂热的二人》（*Délire à deux*）中，一对夫妇在蜗牛和乌龟是不是同一种动物的问题上争执不休。在每个属性上，捍卫同一性（至少是弱势的同一性）论点的妻子都能在另一个动物身上找出相同的特征，而丈夫则对此提出异议。在他们争吵期间，外面正发生着大屠杀。他们就这种对一切推论都有利的同一性展开辩论，这不禁令人想起《犀牛》中逻辑学家的方法。在这一点上，我们清楚地认识到，如果弱势的回答被从字面忠实义的角度理解而不是作为问题的同义词的话，人们就能够在正反两个方面都畅所欲言；确切地说是因为这些回答的目的在于掩盖各种替代选择。“里夏尔是头狮子”像任何隐喻一样是一条属于弱势同一性的断言。但是如果人们从字面忠实义的角度去思考它的话，就会面临二选一的局面，即“里夏尔是人且不是人”，这在回答行为的层面是一种矛盾，即便不是也至少是一个问题。“当这不是战争的时候，这还是战争。”《狂热的二人》中的女主角说道。没有被人们发觉问题性的弱势存在的问题在于尽管人们忽略了这一点，但它依然具有问题性。这些人们无法摆脱与这种现实的密切关系，现实中迟早会与他们正面碰撞。人们想当然的各种回答最终暴露出问题性：冲突或单纯的狂热看起来似乎不可避免。这其中只有滑稽可笑和喜剧性，而没有任何悲剧性可言。

如果一切都是可替代的话，人们就能理解《麦克白特》里的士兵。这位死在敌营的士兵甚至不知道他身处何处，尤其是与他作战的敌人是谁、他的同伴又是谁。在被战斗的一方强征入伍后，他在不知情的情况下到敌人那里去送死，并且无缘无故地、悲惨地死去；但是敌人本身却可以相互交换。顿岗夫人被这种逻辑所困，她对麦克白特说：“您和我曾经印象中的您不同。

您和往常不那么一样了。”麦克白特回答说：“人们把我当作我自己的化身（sosie），有时当作班科的化身。”如果从现在起包括那些不同的事物在内的一切都变得相似的话，那么一切都和与其相同的事物不同。简而言之，人们陷入了死循环：在那些被打击对象不知情的情况下，滑稽性统治了一切，包括那些最具悲剧性的场合，例如战争。麦克白特和班科随后要接替叛变的龚多尔和格拉米斯留下的男爵头衔，但被抓住和处决的只有龚多尔，格拉米斯成功地逃跑了。莎士比亚式的女巫们这时突然出现并挑起班科和麦克白特之间的冲突。生气的顿岗在格拉米斯逃走之后想要重新考虑他所做出的许诺。但是在这期间顿岗夫人看中了麦克白特，并告诉后者如果他能杀死她的丈夫并取代他的位置的话，她愿意以身相许。后来格拉米斯自己溺死了，但顿岗不愿履行他对班科的承诺。麦克白特杀死了顿岗，后来又杀死了在阴谋实施过程中曾经帮助过他的班科。事实上，顿岗夫人便是其中一个莎士比亚式的女巫，另一个是她的女仆。在麦克白特和顿岗夫人的婚礼上，死去的人们又重新出场，那就是班科和顿岗；作为麦克白特夫人的顿岗夫人，到底是女巫还是顿岗的妻子？混淆在此达到了顶峰。所有东西都成了一样的，因此差异就成了幻觉；但是因为差异是实实在在存在的，因此虚幻的就只有同一性。简而言之，麦克白特彻底迷失了方向。那些和他有关的到底是幽灵还是个体？顿岗的儿子（其实并不是他的儿子）现身并除掉了麦克白特。可他将会成为一个比那个不是他父亲的父亲更为糟糕的人。

尤奈斯库的戏剧是20世纪戏剧演变史上的一个转折点。他之所以没有像贝克特那样获得诺贝尔奖的荣誉，也许是因为其戏剧中所凸显出的滑稽风貌。但他对社会的判断既清醒又毫无怜悯之心。贝克特的戏剧更加具有隐喻性。问题性不再存在于日常生活的各种回答之中。相反，日常生活本身具有问题性。从戏剧本身开始，一切都是问题。在尤奈斯库那里，字面忠实义通过其隐喻化提出问题，这使得字面忠实性确切地暴露出来；而在贝克特那里，字面忠实性的语言以问题性的身份提出问题。它不是回答；现在不是，以后也不可能是。

《等待戈多》呈现了四个人物。首先是弗拉季米尔（Vladimir）和爱斯特拉冈（Estragon）在等待某个不可能来的人——戈多（Godot）。是上帝（God）吗？这并不重要，使人们等待的恰恰是生活，他们不清楚人的欲望的终极目标是什么。于是就出现了波卓（Pozzo）和被波卓牵着脖子走的幸运儿（Lucky），他们象征着现实生活中的支配者和被支配者。这一次被展现的是回答行为的现实性以及与之相对立的绝对问题性的现实性；这种绝对问题性体现在弗拉季米尔和爱斯特拉冈的身上，它是一种人们想要从中解脱的叩问性。人们更倾向于成为使人感到安心的回答的奴仆，一如幸运儿那样。贝克特表达的是人类境遇中这种增加的问题性身上的悲剧性风貌，而尤奈斯库展示的则是这种问题性的嘲讽性风貌，即便我们在这两位剧作家的笔下都可以找到滑稽性和悲剧性的元素。字面忠实性的悖论作为形式（而不再是内容）变得荒谬可笑，它在佐杜洛夫斯基的戏剧中日臻完善。它不仅残酷，还特别违反常规。让我们举一个幕间短剧（saynète）的例子。两个悲观主义者相遇了。不幸想要使他们在一件事上达成一致，即一切都十分糟糕；但是如果一切都十分糟糕的话，他们就不应该有一致的意见。因此，他们不再抱有相同的看法。一切都进行得很顺利。这就无法成立。人们无法从这种循环中走出来。另一个例子：

> A（向观众）：我要给你们讲个故事。有一次，有那么小的一次，是那么小，以至于小到没有那一次。因此，我没什么要跟你们讲的。然后他就走了。[①]

---

① A. Jodorowsky, *Opéra panique*, p. 47, Métailié, 2001.

人们跌入了字面忠实性设下的陷阱之中；人们对它是如此信以为真，以至于它变得不可能。相比之下，由此而变得激进的尤奈斯库式平庸似乎才是荒诞派戏剧的黄金时代。

现实主义的侧面：盎格鲁－撒克逊戏剧中的残酷与嘲讽

现实就是语词无法提供庇护的东西：它不仅包含苦难和残酷，还包括某种形式的嘲讽和荒谬。例如在哈罗德·品特（Harold Pinter）那里，一切似乎都是空洞徒劳的。人们通常将他归于荒诞派戏剧的阵营中，但是他走得更远，因为荒诞在他笔下表现为一整套通常平庸乏味的回答，但数量却是一个谜。在那里有一种不管怎样都保持着现状的存在，即便人们不知道发生过的事情的原因何在。比各种压迫方式更甚的是权力、不公或欺骗：它们也是用于反对存在虚无的种种存在方式。品特在《独行者》(*Un pour la route*)[①] 中说，如果人们看不到施刑者是在体验存在，而压迫对于平淡无奇的人来说是一种真正的享受的话，那么就根本无法理解那些施刑者的行为。这与经济剥削和其他马克思主义式的解读没有任何关系，它们都太过于笼统概括以至于无法抓住对人进行镇压之中的人道（*l' humain*）。

总的来说，英国戏剧是现实主义戏剧。萧伯纳很早就称赞易卜生所进行的戏剧革命。尽管有《卖花女》(*Pygmalion*) 在电影界取得的辉煌 [《窈窕淑女》(*My Fair Lady*)]，但萧伯纳的戏剧却没能经得起时间的考验。奥斯卡·王尔德式的喜剧更经得住考验。但是大写历史对于现实主义巨大的冲击以及这种冲击所产生的回应却尤其在美国戏剧中体现得淋漓尽致。在英国，

① 剧名意指一小杯威士忌。——译者

荒谬主义催生出残酷戏剧（théâtre de la cruauté）并涌现出像霍华德·巴克[①]或爱德华·邦德[②]这样的人物。语词或许无法掩盖被谋杀或被折磨的人的尖叫声；或者这种尖叫声直接来自那些进行自我摧残的人，比如萨拉·凯恩[③]笔下的那些艾滋病患者，他们最终陷入某种再也无法与之和解的失控之中。相比之下，爱德华·邦德所描绘的各种犯罪行为和大屠杀的恐怖景象也毫不逊色。

关于美国喜剧，作品拥有至关重要地位的两位伟大作家分别是田纳西·威廉斯（Tennessee Williams）和阿瑟·米勒。诚然，还有尤金·奥尼尔，[④]但是他的戏剧缺乏必要的能量和行动以便在今天依然能够抓住读者和观众。与田纳西·威廉斯一道，戏剧朝着另外一个方向发展。他的戏剧因其中所反映的社会暴力而具有一种罕见的力量。这些戏剧有很多都在电影领域找到了自己的位置。在《欲望号街车》（*Tramway nommé désir*）里，类似大仲马《安东尼》式的女主角本应该接受那桩门不当户不对的婚姻。斯黛拉（Stella）和布兰琪（Blanche）两姐妹在分别多年之后重逢。从前，她们都是南方名门望族中的一员。与斯黛拉结婚的是科瓦尔斯基（Kowalsky），一个粗鲁暴躁的男人。可他粗鲁中动物性的一面恰好吸引着斯黛拉。即便恰恰被科瓦尔斯基与自身强烈的反差所吸引，但斯黛拉高贵讲究的出身不允许她接近这个男人。布兰琪在被迫变卖种植园后来到这对夫妇家。她嫌弃她的妹夫，认为后

---

① 霍华德·巴克（Howard Barker，1946— ），英国剧作家、广播剧作家、诗人和散文家，代表作有《死刑》《胜利》《欧洲人》和《可能性》，同时也是英国剧团《摔跤学校》的创始成员、主要剧作家和舞台设计师。——译者

② 爱德华·邦德（Edward Bond，1934— ），英国剧作家、导演、戏剧理论家，代表作有《得救》《赢了！》和三联剧《战争戏剧》等。——译者

③ 萨拉·凯恩（Sarah Kane，1971—1999），英国当代著名戏剧家，西方“直面戏剧浪潮”最重要代表人物，代表作有《摧毁》《菲德拉的爱》《清洗》《渴求》和《4：48 精神崩溃》。——译者

④ 尤金·奥尼尔（Eugene O'Neill，1888—1953），爱尔兰裔美国剧作家，表现主义文学的代表作家，代表作有《琼斯皇》《毛猿》《天边外》《悲悼》等。——译者

者地位卑贱，是个野蛮人。而她的妹夫则操心着那块被变卖的产业。后来他发现布兰琪曾经靠卖身来维持生计。因为勾引一个学生，她丢掉了教师的职位，这才来找她的妹妹，她的最后一根救命稻草。住在妹妹家的布兰琪试图去勾引一个头脑有点幼稚的邻居。后来她在暴力面前屈服于科瓦尔斯基，后者趁斯黛拉去市里医院生孩子的夜里占有了她。布兰琪生活在一个丰富的精神世界里，那里充满了幻想中的崇拜者。她象征着曾经辉煌如今却衰落的美国南部。戏剧的末尾，她已经完全疯了，人们找到她并把她送到了疗养院。经常被布兰琪诟病其择偶标准的斯黛拉清楚地知道她的丈夫是一个既粗鲁又自私的人，但是至少她有个丈夫并接受他的为人。一场门不当户不对的婚姻？也许吧。结婚后变穷了？也可能吧，况且她们年轻时的产业也已经一点不剩了。因此，就需要好好活着，即便是跟一个动物般的人，至少这个粗人的肉欲可以弥补她所失去的一切。斯黛拉向布兰琪肯定地说："可是在男女之间确实有那种暗地里发生的事儿，那会让别的任何东西都显得不再重要了。"布兰琪回答说："你说的就是野蛮的欲望，无非就是欲望，就是这轰隆隆地开过本地区的那辆破烂电车的名字，从这条老旧的窄街开上去又从另一条……"斯黛拉问道："你不是也坐过那辆电车吗？"[①] 正在发生的、显现出来的大写历史就是超越一切文明的暴力史。人们处于某种字面忠实义之中，其明证性加深各种旧回答身上的缝隙；从那时起，这些旧回答便被视为属于另一个时代。此外，这些旧的回答能够阻止暴力发生在不得不以卖身为生的布兰琪身上吗？无法在未来做出改变的人也无法与过去一道活得更久。布兰琪"假装"活在过去，但是也因此被诟病并且不得不消失。说到底，不断削弱的存在表现出某种现实，后者因此使最为根本的问题化重新显现出来；弱势存在是这种问题化的专属语言，其内容是各种直言不讳的、无差异的、不

① [美]田纳西·威廉斯：《欲望号街车》，冯涛译，上海：上海译文出版社，2010年，第96页。

做任何区分的联想。这些联想片面的同一性被视为真正的回答；当问题化被表述的时候，它通常所阐释的内容是无意识所表达出的强烈的被排斥欲望。诚然，完成这种排斥的是各种被编码的、弱势的、隐喻性替换。但是因为被从字面根基去理解，这些片面的同一性便具有了字面忠实义的暴力。性、金钱、控制欲轻而易举地就与问题相等同；原因是从那时起，它们失去了合法和令人尊敬的伪装。那些试图否认或者抱怨这一点的回答经不起考验，冲突演变成性、金钱和权力的提供者与索取者之间的冲突，例如：男人和女人、家长和孩子、雇主与雇员。这使我们想起这方面的代表作——阿瑟·米勒著名的《推销员之死》。我们在下面会提到这部作品。但是让我们也回忆一下《热铁皮屋顶上的猫》(*La chatte sur un toit brûlant*）里发生的事：玛吉（Maggie）被她所钟爱的布里克（Brick）所抛弃，后者被他上学时的旧友斯基伯（Skipper）所吸引。玛吉后来又勾引斯基伯。两个男人最后反目，斯基伯自杀，布里克也离开了他的妻子。在这部戏里，几乎所有的人都互相憎恨。祖父和祖母相互讨厌，前者拒绝接受自己已经处于癌症晚期的事实。两个儿子里他更喜欢的是布里克，因此遗产争夺战正式打响。为了得到遗产，布里克需要有一个子嗣，但是他却不再喜欢爱着他的玛吉。戏剧的标题充分地体现了玛吉的特点。她爱着一个不爱她的男人，一点小事都将使她失去平衡并跌入虚无。这个标题同时也暗示着欲望与未被满足的激情。玛吉最终重新征服了她的丈夫，可人们从头到尾都不知道他是否或曾经是否是一个同性恋。

这部戏剧再一次强烈地彰显了面对无法反抗的大写历史，肉欲和生活的重量。在威廉斯那里，关键词是掩饰（dissimulation）。这与易卜生刚好相反。过去并未被排斥，它因模糊而被遮掩起来：人们可以轻易地将其合理化或借助酒精或其他的幻象逃避它。相反，人们可以对大写历史的重量做出回答，并无视现实而只依附于某种过时但却令人满意的字面忠实义。大写历史重新追赶上那些忽视它的人，这就是历史性排斥的个体化过程。《推销员之死》之中的问题性便应运而生。威利·洛曼（Willy Loman）一直以来都是一个老派的商业代表：他对美式资本主义那些陈旧的价值观深信不疑，例如对老板的忠诚、成功（美国梦）、困难总是能够通过工作克服等等；同时他也在培养对家庭的尊重。随着剧情的发展，这一切都将一步步地崩塌。重要的只是钱。筋疲力尽的威利·洛曼不再能赚取足够多的利润。大写的历史就是旧事物贬值的过程：他看不到这一点，甚至没有重新思考过那些旧的回答。他的儿子们在他们的言行和为人方面欺骗他。然而，他的妻子则试图用他的成就使他感到安心："也干成了一些事啊，威利！房子是我们的，从地窖到阁楼统统属于我们。"[①] 威利呢，则试着意识到这一点："唔，真是件大事啊。"作为一个不再能赢利的推销员，在被解雇的当口，威利仍捍卫着某种自相矛盾的逻辑："我一直都拒绝他们那该死的市场规律。我一直都以为重要的不是推销员有什么东西是必须卖的，而是他的人品，真正的、发自内心的人品。"[②]

受易卜生的启发，[③] 阿瑟·米勒故意选择使用问题—回答的方法创作戏剧。"一部戏剧是否具有现实主义风格取决于被提出问题本身的属性，而非语言。演员自一登场就要引起各种问题（他是谁？他在那干什么？他活得怎么样？他以什么为生？他的父母亲是谁？他是富是穷？他对自己的看法是什么？他的希望和恐惧是什么？他所声称想要的东西和他实际需要的东西是什么？），就像我们在生活中第一次遇见的每个人那样。戏剧要回答这些问题中的哪些？它将如何回答？这就是主要的原则，它所导致的重要结果会创造出戏剧的风格并决定后来被人们称为戏剧性等级的东西。"[④]

---

① A. Miller, *Mort d' un commis voyageur*, p. 62 (tr. fr. J.-Cl. Grimbere), Actes Sud. 1988.

② *Ibid.*, p.81.

③ A. Miller, dans *L' Introduction* qu ' il a écrite à son *Théâtre*, p. 28, R. Laffont, 1959.

④ *Ibid.*, p.12-13.

进化：现实主义的种种疑难

确切地谈论时间上离我们太近的东西是一件很冒险的事。但是至少我们可以感知到使传统得以延续的某些趋势。寻找一种更具神秘色彩的戏剧的运动将变得越来越普遍，例如杜拉斯的戏剧。在《苏珊娜·安德莱尔》(*Suzanna Andler*）里，一个女人被夹在两个男人中间痛苦万分；无论是她还是我们都不知道她爱的是谁。同样我们还能感觉到她连自己是谁也不知道。一切都被混淆在了一起：谎言从哪里开始？真相从哪里开始？这些人物自己也不再能够认清真相和自我。一切都存在于“可能”之中。我们还会在接下来将要分析的雅思米娜·雷札（Yasmine Reza）的戏剧中再次看到这种“三角辩证法”(dialectique à trois personnages)。哪怕只在这部戏剧里，喜剧的对象是对差异化的强迫观念和看起来似乎是无法实现的想要从差异化走出的愿望。回答变得不再重要，这才是更让人担心的一点。但是奇怪的是，上面提到的这两部戏剧看起来好像产生了共鸣。

接下来，当今戏剧的另一大潮流是林荫道喜剧，其源头或许能在雨果的《国王寻欢作乐》中找到。我们同样发现尤其在英国和德国，有一类戏剧将专注于20世纪发生的悲惨事件。

最后，还有一类更加轻松却深刻的戏剧，它把今天出现的当下世界的虚无记录下来。我们将选择上面提及的、象征着这类事物状态的雅思米娜·雷札的《艺术》(*Art*）来作为关注对象。

在我们的世界，一切都可以交易，无论是什么东西；但是自那一刻起，事物与行动的意义就消失了。雷札的戏围绕着塞尔吉（Serge）花重金收买的一幅全白的画作展开。塞尔吉是一位有些冒充高雅的医生，简直像是直接从布尔迪厄的书中走出的人物。他具备一个想要显得与众不同的中产阶级名流的一切气质和品位。这幅不反映任何内容的画作象征着社会的虚无。尽管那幅画上没有一道笔触，只有全白的颜色，但这并不代表画面上一无所有。马克（Marc）是塞尔吉的朋友，他是一位工程师，一位必定具有实践精神的知识分子。他觉得塞尔吉的收购令人可笑。夹在二者中间的是老好人伊万（Yvan），想讨好双方的他被两个朋友强迫表明立场，而他却不想这么做。马克代表着字面忠实性，即数学般精确严密的同一性。“一团废物，这是一团废物。”他说。而塞尔吉代表的则是纯粹的隐喻性：“废物？和什么比？当有人说像这样的东西是一团废物的时候，就有一个用来评判这类事物的价值标准。”[①] 如果不懂艺术的话，人们就无法批评艺术。艺术摒弃任何字面上的忠实性。它从各种等式中跳脱出来。一个工程师对艺术一无所知，因此也就无法评判。作品是无法阐释的，在其中只看到一块巨大无边的白布是一种缩减的行为。塞尔吉和马克一样希望伊万判定谁更有理，但是后者却更希望所有人都和平相处：他就是桥梁。然而通过这次争论，塞尔吉不断地展现自身的优越感。伊万马上将结婚了，这次社会地位真正的提升使另外二人感到好笑。这时的伊万正为母亲和丈母娘之间的争吵而感到进退两难。马克毫不犹豫地告诉他，说他“没有坚定的立场”，是一个“软弱的杂种”。[②] 伊万对他与马克的关系产生了怀疑。塞尔吉批评马克抽烟的妻子，他觉得这么做很庸俗。伊万试图将两个人分开。塞尔吉和马克之间的差异在不断加深：伊万不再能够确保他们之间的联系。此外，马克还因为伊万所扮演的角色而谴责他。“伊万你看，现在我受不了你的一点就是你想要把一切都拉平的念头。你想让我们拥有平等的地位。目的是将你的懦弱悄悄隐藏起来。在谈话中地位平等，在过去的友谊中地位平等。但是我们并不平等。伊万，你要表明你的立场。”[③] 但是，伊万拒绝任何争吵，他爱他的朋友们。“我不想独立地存在

① Y. Reza, *Art*, p. 11, Actes-Sud, 1994.
② *Ibid.*, p. 39.
③ *Ibid.*, p. 56.

着，我想要成为你们的朋友。”[①] 白色的油画吞噬了一切，等同了一切；它象征着不可能的完美隐喻。

除了展示一个时尚牺牲品（*fashion victim*）的世界之外，雷札还描绘了一个隐喻因为过度表达而不再发表任何意见的世界。什么是一种隐喻性的评判呢？让我们简单地回顾一下理论：

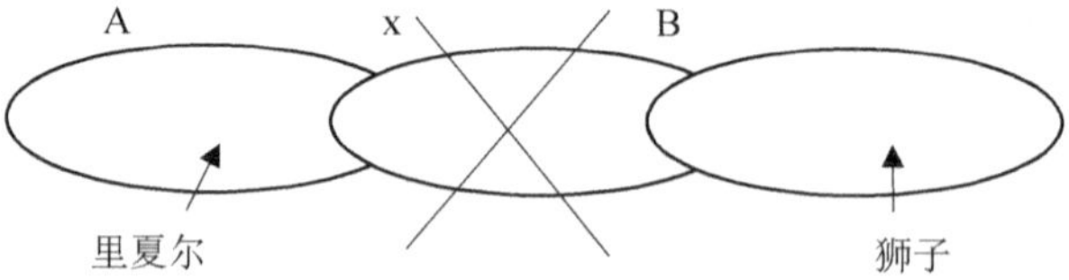

“里夏尔是一头狮子”：这是我们原有的正确回答。集合 A 是人类的集合，我们在那里可以找到里夏尔。集合 B 是动物的集合，我们在那里可以找到狮子。确保人们能够说 A 是 B 的是 x，即：里夏尔和狮子都是有勇气的存在。这是隐喻所暗示，却未言明的东西。在《艺术》中，伊万扮演联系桥梁的角色；他即将显现出他的本来面目；但对他来说，这也不可能。因为他同时属于两个阵营，他是在 A 与 B 之间、塞尔吉和马克之间断裂开来的连接符。破裂、被掏空的隐喻暴露出它缺乏存在理由的一面，因为字面忠实性被确立起来。伊万的面具被揭穿。塞尔吉和马克在隐喻性的问题上针锋相对。而隐喻性是一种具有毁灭性的幻觉。作为悲剧性和戏剧性的关键，曾经的美好时光就这样在面具之下被悄悄地破坏。归根结底，二者的对抗仅与阐释有关。存在甚至是艺术的轻佻是这个缺乏任何实质的世界中的唯一关键所在。对抗的戏剧性只剩下了嘲讽，其对象是一个自身已经不值一提的世界。人们不再等待戈多。在每天都以重金卖给我们的那幅纯白油画内在的乌有之中，人们找到了戈多。象征性已经破裂，字面忠实性的力量已经被 20 世纪损害。那么以后呢？

① *Ibid*., p. 58.

结论：为了一种大写历史的小哲学

戏剧史与问题性排斥的弱化紧密地联系在一起。当人们观察到这种变化的时候，便意识到问题性只会随着时间的推移而变得越来越多，从索福克勒斯到马基亚维利，从莎士比亚到莫里哀，从拉辛到雨果，从皮兰德娄到尤奈斯库，甚至从贝克特到彼得·汉德克。然而，那些界定喜剧、悲剧和正剧的恒常则并未因此失去效力，正如我们耦合了同一性和变化的双重否定理论所揭示的那样。

变得越来越具有问题性的各种回答使得问题性与回答行为之间的差别越来越难以分辨，二者甚至有相互混淆的危险。文艺复兴恰恰被这种不断增加的隐喻化所影响，后者见证了各种同一性的字面忠实性逐渐弱化的过程。各种差异在不断加深，甚至那些人类群体中最为本质性的差异也被隐喻化。在文艺复兴末期，当从字面忠实义角度理解的隐喻性回答与从问题学角度理解的隐喻性回答共存并成为紧张状态的根源时，如何分辨问题性与非问题性之间的差异便作为问题被提出。怎样避免那些最为根本的价值本身成为各种隐喻？这正是莎士比亚想要彰显的二元悖论。在巴洛克时期，上帝的伟大需要在教会的伟大之中实现，这一点成为西班牙戏剧的显著特征。那是一个修辞的时代，是辉煌和壮丽的时代，但是导致唐璜在其中发生蜕变的那个感官世界必须在下面两种情况里做出选择：或者成为一个堕落的世界，或者成为通向上帝和宗教解脱的桥梁。自莎士比亚时期又被进一步加深的各种差距，使得人们有可能将感性和由此被称为文本的弱势存在一道视为唯一的真实和某种自足的事物。归根结底，为什么无视感官世界和它提供的快感之中某种自我的终结呢？将问题当作解决办法一直以来都是一种危险的行为，与这种危险相伴的是衰减中的问题学排斥。问题与回答的混淆在原则上是可以避免的，这也是区别西班牙戏剧与伊丽莎白时期戏剧的一点。但是为了避免混淆，就必须有能力摆脱被认为是混淆和幻觉场域的感性。在法国戏剧所处的古典主义时代，各种差异之间的距离又被进一步加深。即便有问题学性质的无差异化危险存在，它也不再与某种自然幻觉相关，而是与通过言语实施的操纵有关。在莫里哀笔下，虚伪被当成了虔诚，奴才被当成了贵族，胆小的医生被当成了大学者，蹩脚的诗人被当成了伟大的诗人，以此类推。人们从事操纵或隐瞒行为的目的是更好地玩弄各种回答。但是从原则上来说，这里不应该再存在模棱两可的情况，喜剧便应运而生。它嘲讽那些后知后觉的人们，因为他们过于幼稚或自负，还嘲讽那些一贯头脑简单的人们。但是还存在一种更重要的、明显被所有人感知到的隐喻化现象，它影响到了那些即将被抛弃的回答。如果激情无法将盲目维持下去的话，那么这种隐喻化就应该足以使自己远离那些回答。同样是这种激情，它将使各种隐喻性暴露出它们的本来面目并贻害那些曾经想要紧紧握住旧的回答不放却不知道这些回答已经失效的人们，就像在拉辛的戏剧中那样。

在浪漫主义时期，引申义和隐喻性的存在不再被否认。这种引申义甚至对某些遭遇了某种阻止他们实现其主观愿望的大写历史的人来说成了现实。戏剧的主人公们知道他们只剩下了这唯一的一种富有诗意的形式来表达他们的精神状态。以这种精神状态全身心地投入到那条存在于欲望与现实之间无法逾越的鸿沟之中。怀旧和绝望的情绪常常将他们引向致命的结局。浪漫主义并不揭露隐喻性；相反，它滋养着隐喻性。一旦象征性作为表达现代问题性的语言被确立起来之后，接下来唯一的替代方案就是建立起某种新的字面忠实义并在被排斥的事物之中寻找隐喻性。这恰恰是由易卜生和契诃夫所创造的现实主义所捍卫的东西。但是大写历史在得意扬扬的字面忠实义的垄断地位之中挖掘出来的各种沟壑变得越来越深。所有当代的、后浪漫主义（postromantique）的戏剧都将随着字面忠实性在形式上和内容上的这种内向型崩溃而诞生。诚然，舞台的呈现是某种回答，但是同时它也强调着戏深的问题性。戏剧的表现力越来越强而叙述性则越来越弱。大写历史正在加深词与物之间的鸿沟，并制造出人们今天所经历的各种沟通和互动中的问题。但是这种不断加大的差距同样会导致人们用修辞来掩饰最为卑劣的罪行，并借助某种言语使这些罪行变得平淡无奇。在这种言语中，那些反映罪行的语词惯用的含义被曲解，目的是使不可接受之物变得合理正当。荒谬，即无物之词因此是另一种罪行，它反馈到那种无法被任何词语所描述的事物身上。总而言之，二者在意义的缺失之中重新相遇。这就是整个的 20 世纪。